教育部人文社会科学研究规划基金项目（15YJA751032）资助成果

巴蜀地方总集研究

吴洪泽 著

巴蜀书社

2020年·成都

图书在版编目（CIP）数据

巴蜀地方总集研究/吴洪泽著．——成都：巴蜀书社，2020.9

ISBN 978-7-5531-1354-8

Ⅰ．①巴…　Ⅱ．①吴…　Ⅲ．①中国文学—古典文学研究—四川　Ⅳ．①I 206.2

中国版本图书馆CIP数据核字（2020）第163468号

巴蜀地方总集研究
BASHU DIFANG ZONGJI YANJIU
吴洪泽 著

责任编辑	谢正强　且志宇
出版发行	巴蜀书社
	（成都市槐树街2号　邮政编码610031）
发 行 科	（028）86259422　86259423
网　　址	http://www.bsbook.com
经　　销	新华书店
照　　排	四川胜翔数码印务设计有限公司
印　　刷	四川华永盛包装制品有限公司
成品尺寸	148mm×210mm
印　　张	9.125
字　　数	220千
版　　次	2020年9月第1版
印　　次	2020年9月第1次印刷
书　　号	ISBN 978-7-5531-1354-8
定　　价	55.00元

本书如出现印装质量问题，请与印厂联系　电话：13338726168

序　论

　　总集是相对别集而言的，别集以收录单个作家作品为特征，总集则以汇录二人以上作家作品为特征，包括全集、选集、丛刻等形式。最早的总集，可以溯源至《尚书》《诗经》《楚辞》，《四库全书总目》云："文集日兴，散无统纪，于是总集作焉。一则网罗放佚，使零章残什，并有所归；一则删汰繁芜，使莠稗咸除，菁华毕出。是固文章之衡鉴，著作之渊薮矣。《三百篇》既列为经，王逸所裒又仅楚辞一家，故体例所成，以挚虞《流别》为始。"① 至晋挚虞纂《文章流别集》，又撰《文章流别论》，分体编排各类文章，开创了自觉编纂总集的先河。嗣后《文选》《玉台新咏》迭出，影响扩大，纂者渐次增多，历经唐宋，至明清而长盛不衰，遂蔚为大观。据《中国古籍总目》记载，总集类下分"丛编之属、通代之属、断代之属、郡邑之属、氏族之属、尺牍之属、课艺之属"七小类，著录3700多种，可见现存总集的数量仍然可观。及至今日，学者依然重视总集编纂，新编数量不少，如高校古委会规划编纂的"七全一海"等，更是影响巨大。

　　地方总集是以地域为特征进行编纂的，大致从作家籍贯、家族或地方文化几个方面，加以钩辑编类诗文。因此在传统目录分类中，与"地域"或"方志艺文"密切相关，成为总集的重要分

---

① 《四库全书总目》卷一八六《总集类序》，中华书局1983年，第1685页。

支，编纂数量也在 1000 种以上。地方总集的编纂，也可溯源自《诗经》，"十五国风"将各地诗文辑成一集，正是地方总集的雏形。《楚辞》自成一体，传统视野不作为总集看待，实则地域文化特色浓厚，视为地方总集，也不为过。唐殷璠编纂《丹阳集》，收录润州籍十八名诗人诗作，所谓"十八人皆有诗名，殷璠汇次其诗，为《丹杨集》者"①。该书是现存最早的地方总集，成书年代在唐玄宗开元时期。原书散佚，今存陈尚君先生辑本。关于唐时地方总集，明胡震亨有所总结："一方人士诗有《丹阳集》一卷、《池阳境内诗》一卷、《江夏古今记咏》一卷、《宜阳集》六卷、《泉山秀句集》三十卷，家集有《李氏花萼集》二十卷、《韦氏兄弟集》二十卷、《窦氏联珠集》五卷、《廖氏家集》一卷。"② 此外，唐代一些唱和诗集，如《大历年浙东联倡集》《寿阳倡咏集》《荆潭倡和集》《盛山倡和集》《汝洛集》《洛中集》《彭阳倡和集》《吴蜀集》《汉上题襟集》《松陵集》等，也可归入地方总集的范畴。由此可见，唐五代地方总集有以下特征：以诗集为主，有按籍贯、家族、地域三种结集模式，编纂规模都不大。宋代尤氏《遂初堂书目》著录的地方总集有 30 多种，《宋史·艺文志》著录者更超过 100 种，孔延之《会稽掇英总集》、袁说友《成都文类》以地域结集，诗文兼收，将方志与总集密切关联，对后世影响极大。随着方志编纂日兴，区域文化备受关注，对地方总集的编纂，也在明清二代进入鼎盛期。尤其是清代，编纂量超过千种，涵盖省、府、县、镇多个层级，盛况空前。2016 年，国家图书馆出版社出版《历代地方诗文总集汇编》首批 500 册，收录 219 种地方总集，其《出版说明》指出："《中国古籍总目》存世的明清地方诗文总集四百多种，但根据我们对多种书目和几家大型图书馆馆藏的调

---

① 《新唐书》卷六〇《艺文志》四"包融诗"注，中华书局 1975 年，第 1610 页。

② （明）胡震亨《唐音癸签》卷三〇。

查,历代(主要是明清)地方诗文总集的存世量当在一千种以上。明清地方诗文总集数量的迅猛增长与涵盖区域的广阔,是明清两代地方意识逐渐强化的具体体现,也与各地方志编纂的高潮交相辉映。"①《历代地方诗文总集汇编》编委会对地方总集的搜集影印出版,无疑对促进地方总集的研究及繁荣地方文化建设,具有积极意义。

对地方总集之研究,古人偶因个案而有所涉猎,但一鳞半爪,难称全面,唯清陈寿祺尝考其渊源,其《东南峤外诗文钞序》云:"昔自周太史采列国诗胪为风,仲尼编之。鲁君子左丘明及战国游士撰《国语》《国策》,辑诸国文词传于后。《汉》录《吴楚汝南》《燕代雁门云中陇西》《邯郸河间》《齐郑》《淮南》《左冯翊秦》《京兆秦》《河东蒲反》《河南周》《洛阳》《南郡》诸歌诗,垂诸史志。唐有袁州刘松,集其州天宝以后诗,为《宜阳集》。宋有《苏州名贤杂咏》《新安名士诗》《嘉禾诗文》、吕本中《江西宗派诗集》、孔延之等《会稽掇英集》、刘赞《蜀国文英》、章槃《成都古今诗集》。而黄滔缔闽人诗,自武德,尽天祐末,为《泉山秀句集》。闽人辑闽诗,自是始。彼其敷求耆旧,网罗放佚,岂非笃于桑梓,奉典刑哉。"② 所论虽有失误,但大体近是。

而在现当代学者眼中,总集研究尚属偏门,地方总集更是冷门,甚至连研究门类的称谓都不确定,或称"地方总集""地方性总集",或称"地域总集",或称"地方诗文总集"。至其定义,虽都以地域属性为基本特征,但内涵不尽相同,有严格和宽泛之分。严格者仅纂辑与地域文化密切相关的作品,如《会稽掇英总集》《成都文类》之类;宽泛者则不论是作品、作家还是总集编者,但凡与地域相联,即归入地方总集范畴。可喜的是,自20世纪80年代以后,涉及地方总集的研究逐渐增多,既有许多针对个别地方

---

① 《历代地方诗文总集汇编·出版说明》,国家图书馆出版社2016年。
② (清)陈寿祺《东南峤外诗文钞序》,《左海文集》卷六,清刻本。

总集的研究成果，如杜士勇《试论〈粤风〉》（《学术论坛》1982年第2期）、周复纲《〈黔诗纪略〉刍论》（《贵州文史丛刊》1986年第1期）、陈尚君《殷璠〈丹阳集〉辑考》（《唐代文学论丛》第8辑，陕西人民出版社1986年12月第1版）等等，也有针对各省郡邑总集的综合研究，如章曼纯《湖南的地方艺文总集》（《图书馆》2005年第5期）、夏勇《论地方类清诗总集的成就与特点》（《中国石油大学学报》2008年第4期）、夏勇《清代地域诗歌总集编纂流变述略》（《西南交通大学学报》2009年第1期）、马卫中《明末清初江苏诗歌总集与诗派之关系》（《苏州大学学报》2008年第5期）、宋迪《岭南诗歌总集研究》（中山大学硕士论文，2006年）、陈凯玲《清代广东省级诗歌总集研究》（浙江大学硕士论文，2008年）、吴肇莉《云南诗歌总集研究》（浙江大学博士论文，2012年）、李美芳《贵州诗歌总集研究》（浙江大学博士论文，2013年）、陈凯玲《广东清诗总集综论》（《学术研究》2014年第5期）、史哲文《安徽清诗总集研究》（苏州大学博士论文，2017年）等等，还有学者从不同视角切入地方总集研究，如刘和文《清诗总集地域性特征考论》（《内蒙古大学学报》2011年第4期）、丁放等《宋代地域性诗文选本与地理志的关系》（《江淮论坛》2013年第2期）、张冬冬《论明清地方诗文总集的整体特征》（《周口师范学院学报》2015年第4期）、蒋旅佳《论宋代地域总集编纂分类的地志化倾向》（《中山大学学报》2016年第3期）、史哲文《流域文化影响下近代环巢湖地方诗歌总集述论》（《河北水利水电大学学报》2018年第6期）等，取得了可观的成果。夏勇《地域总集研究的回顾与前瞻》（《杭州电子科技大学学报》2017年第1期）一文，梳理了近200篇地方总集研究的论文，认为目前整理资料的不足导致研究基础薄弱、研究视野狭隘，亟待经过调查清理，而加以系统深入的研究，并与文学史及区域文化等密切关联，颇有见地。

至于巴蜀地方总集，除《成都文类》《宋代蜀文辑存》等个别总集有专文研究外，也有学者鸟瞰全貌，如李文泽、霞绍晖、邓秋良《山川毓秀文章汇萃——历代巴蜀作家文学总集编纂评述》(《湖南行政学院学报》2017年第6期)一文，对唐五代至明朝巴蜀地方总集加以梳理，不论存佚，简述其编纂情况。霞绍晖、李文泽《浅述明代巴蜀文学总集编纂》(《国学》第六集)一文，则研究了十余种明人所编巴蜀总集，并总结其文献特色及价值，研究内容具有开创性。李美芳《论明清云贵川地方诗歌总集的外发、自生与共生现象》(《玉林师范学院学报》2019年第3期)一文，在西南文化圈的视野下探讨地方诗歌总集的编纂情况，有所创新。王虎《张邦伸〈全蜀诗汇〉与清代地方诗歌总集编纂》(《重庆文理学院学报》2020年第1期)一文，论述了《全蜀诗汇》对清代巴蜀地方总集及地方志编纂的影响，梳理了清代几部巴蜀诗歌总集之间的关系，用力颇深。可见，当代学者对巴蜀总集的研究，无论是个案还是总体均有所涉猎，但在全面系统地研究及深入挖掘总集编纂与巴蜀文化的关系方面，尚待努力。因此，本课题在借鉴前人研究的基础上，借整理《巴蜀全书》的机会，通过对巴蜀地方总集的调查与校点，进而系统性地研究巴蜀地方总集，挖掘其学术价值及与巴蜀文化的关系。需要说明的是，我们所称的"巴蜀"，既有巴蜀文化的内涵，也是地域空间上的概念。从历史文化的角度看，巴、蜀水乳交融，很难具体割裂为当今地域概念上的四川省、重庆市或贵州省。作为研究对象的巴蜀总集，所收作家作品，往往牵涉四川省、重庆市或贵州省等地域概念，因此我们将巴蜀作为一个整体，而不再细分为某一区域。同时，我们对地方总集的定义也相对宽泛，大约涉及以下三个层面：一是以巴蜀籍作家作品为收罗对象的总集，一是以表现巴蜀文化为主题的作品集，一是编刻于巴蜀地区的总集。因其内涵和编纂形式的差异，我们分为三编，分别以单篇叙录和总论的形式，加以探讨。

目 录

第一编　巴蜀编刻总集 ……………………………………（001）
第一章　巴蜀总集编纂发微 …………………………………（001）
　　第一节　巴蜀地区编纂总集溯源 ……………………………（002）
　　第二节　前后蜀编纂总集的历史文化背景 …………………（006）
　　第三节　编纂地方总集的文学环境 …………………………（010）

第二章　韦縠编《才调集》 …………………………………（013）
　　第一节　韦縠其人与《才调集》的编纂时间 ………………（014）
　　第二节　《才调集》的编纂体例 ……………………………（018）
　　第三节　《才调集》的流传与影响 …………………………（025）

第三章　赵崇祚编《花间集》 ………………………………（028）
　　第一节　赵崇祚与《花间集》 ………………………………（028）
　　第二节　《花间集》的区域文化特色 ………………………（030）
　　第三节　《花间集》的编纂体例 ……………………………（033）
　　第四节　《花间集》的流传与影响 …………………………（041）

第四章　宋以后巴蜀编刻总集述略 ……………………… (044)
　　第一节　宋代巴蜀编刻总集述略 …………………… (045)
　　第二节　宋代眉山编刻总集述略 …………………… (046)
　　第三节　明代巴蜀编刻总集述略 …………………… (061)
　　第四节　清代巴蜀编刻总集述略 …………………… (064)

第二编　巴蜀艺文总集 ……………………………………… (083)
第一章　《成都文类》 ……………………………………… (084)
　　第一节　巴蜀地方总集与《成都志》的编纂 ……… (084)
　　第二节　《成都文类》的编修过程 ………………… (087)
　　第三节　《成都文类》的编纂体例 ………………… (090)
　　第四节　《成都文类》的文献价值及其影响 ……… (094)

第二章　《全蜀艺文志》 …………………………………… (098)
　　第一节　《全蜀艺文志》的编者 …………………… (099)
　　第二节　《全蜀艺文志》的编纂体例 ……………… (105)
　　第三节　《全蜀艺文志》的影响及其流传 ………… (111)

第三章　《补续全蜀艺文志》 ……………………………… (116)
　　第一节　编者及编刻时间 …………………………… (116)
　　第二节　《补续全蜀艺文志》的编纂体例 ………… (122)
　　第三节　版本流传及文献价值 ……………………… (128)

第四章　巴蜀地方艺文总集述略 …………………………… (130)
　　第一节　傅振商编《蜀藻幽胜录》 ………………… (130)
　　第二节　《蜀游诗钞》及《续钞》 ………………… (134)
　　第三节　巴蜀地方唱和诗集述略 …………………… (141)
　　第四节　巴蜀地方总集述略 ………………………… (148)

第三编　巴蜀作家总集 (161)

第一章　巴蜀名家选集 (162)
　第一节　巴蜀名家选集述略 (163)
　第二节　《蜀十五家词》 (168)

第二章　巴蜀家族总集 (171)
　第一节　三苏系列选集述略 (171)
　第二节　明清家族总集述略 (189)

第三章　巴蜀作家总集 (201)
　第一节　《宋代蜀文辑存》 (201)
　第二节　《明蜀中十二家诗钞》 (216)
　第三节　《剑阁芳华集》与《蜀诗》 (217)
　第四节　《全蜀诗汇》与《蜀诗钞》 (226)
　第五节　《蜀雅》 (233)
　第六节　《国朝蜀诗略》及《诗缘正编》 (237)
　第七节　《国朝全蜀诗钞》及《续钞》 (243)
　第八节　《蜀秀集》等课艺诸集 (250)
　第九节　《浣花濯锦集》等闺秀诗总集 (258)
　第十节　巴蜀府县作家总集述略 (259)

结束语 (267)
参考文献 (273)
后　记 (281)

第一编　巴蜀编刻总集

所谓"巴蜀编刻总集",是指编纂于巴蜀,并且刊行于巴蜀的总集。即编者不一定是巴蜀人,只要着眼点在巴蜀文坛的总集,就是我们讨论的对象。反过来说,即使是巴蜀人所编,但着眼点在全国或巴蜀以外的地域的这类总集,也不属于我们重点讨论的对象。这类总集无论是从作家籍贯还是作品内容两方面进行考察,都不属于巴蜀地方总集的范畴,但因其编刻并流行于巴蜀地区,着眼于解决巴蜀文坛的一些实际问题,因此也不能说与巴蜀文化全无关系。同时,如果从巴蜀人好编总集的文化传承方面考虑,将之汇为一编来加以讨论,还是有必要的。由于《才调集》《花间集》是巴蜀地区出现较早的总集,所以我们按照时代先后的原则,优先予以探讨。

第一章　巴蜀总集编纂发微

巴山蜀水,人杰地灵,文学创作,层出不穷。自汉赋三大家,到唐代陈子昂、李白、杜甫,再到宋代的三苏、明代的杨慎,以及现代的郭沫若、巴金等,无不彪炳史册,名垂千古。而编选诗文总集,弘扬文学传统,也是巴蜀人历代相继的传承。自五代前后蜀发端,诗文词各有总集问世后,巴蜀人对总集情有独钟,宋、明、清各代,每有制作。至近现代,《宋代蜀文辑存》《全蜀词》

《全宋文》等大作迭出,承前启后,方兴未艾。因此,调研巴蜀地区总集编纂情况,兼具历史与现实意义,是一项值得重视的工作。

第一节 巴蜀地区编纂总集溯源

作为中国最早的诗歌总集《诗经》,其国风部分,汇聚了十五个不同地区的乐歌,包括《周南》《召南》《秦风》《陈风》等,可以理解成不同的地方诗歌总集,但其中不包括巴蜀地区,所以晋常璩说:"在《诗》,文化之化,被乎江汉之域;秦豳同咏,故有夏声也。"① 在他看来,蜀地也有吟咏华夏文明之声,只不过包含在《秦风》《豳风》中了。汉代结集的《楚辞》,汇聚楚地诗歌,可以视为两湖(湖南、湖北)地区诗歌总集,但与巴蜀无关。《汉书·艺文志》"歌诗"类著录之《吴楚汝南歌诗》《邯郸河间歌诗》《齐郑歌诗》《淮南歌诗》《左冯翊秦歌诗》《京兆尹秦歌诗》《洛阳歌诗》《南郡歌诗》等,可能是汇集各地民歌之总集,但也缺少巴蜀地区的记载。《隋书·经籍志》单列"总集"类著述百余部,也无关巴蜀者。

《旧唐书·经籍志》集部仅录蜀《司马相如集》《王褒集》《扬雄集》《许靖集》《诸葛亮集》等别集,而所录总集也无关巴蜀者。《旧唐书·艺文志》"总集类"著录殷璠《丹阳集》、李义等《李氏花萼集》、韦会等《韦氏兄弟集》、李逢吉等《大历年浙东联倡集》、刘松《宜阳集》、黄滔《泉山秀句集》等地方总集外,还有《吴蜀集》一卷,为刘禹锡、李德裕唱和诗,以"吴蜀"名集,当与巴蜀地方总集密切相关。据刘禹锡《吴蜀集引》云:"长庆四年,余为历阳守,今丞相赵郡李公时镇南徐州。每赋诗飞函相示,且命同作。尔后出处乖远,亦如邻封,凡酬唱,始于江南,而终

---

① (晋)常璩著、刘琳校注《华阳国志校注》卷三,四川人民出版社2015年,第97页。

于剑外，故以吴蜀为目云。"据此，则是刘、李二人自长庆四年（823）以来，从江南到蜀中的唱和诗集。此集不传，今考李德裕《李文饶别集》卷四，尚载蜀中与刘禹锡唱和诗二首，是则二人唱和诗集，诗终于蜀。《旧唐书·艺文志》又载裴均《荆蘡倡和集》一卷，详情难考，仅从书名看，与《吴蜀集》情形相似，也与巴蜀地方总集相关。当然，这种两地两人唱和的总集，仅是与巴蜀地域元素相关联，还不能说是真正的巴蜀地方总集。《舆地碑记目》卷四有"《嘉定诗》，岑参编"的记载，《蜀中广记》卷九七亦云"岑参为嘉州时编"，是则《嘉定诗》为著名诗人岑参知嘉州期间（767—768）所编，收录吟咏嘉州的诗篇，当为最早的巴蜀地方总集。不过，此书不见传世记载，具体情况，尚难考知。

唐人编总集，盛况空前。唐人选唐诗，流传至今的也有十多种，五代前蜀丞相韦庄所选《又玄集》即是其中之一。《又玄集》前有自序，末署云"光化三年七月二日，前左补阙韦庄述"，次年即天复元年（901）春韦庄始入蜀。可见，《又玄集》"为韦庄入蜀前在长安所编"①。韦庄入蜀后大放异彩，《又玄集》也对蜀人编总集有直接影响，但毕竟成于入蜀之前，不属于本编讨论的范围。

至五代前蜀后主王衍时，刘赞编纂《蜀国文英》，该书《崇文总目》卷一一著录为八卷，《宋史·艺文志》著录云："刘赞《蜀国文英》八卷、《分门文集》十卷。"据《十国春秋》卷四三载，刘赞"乾德时，官嘉州司马。后主荒淫无节，日与近臣潘在迎辈宴饮亵慢。赞献《陈后主三阁图》，并作歌以讽。后主虽不之罪，而亦不能用也。未几迁学士。有《玉堂集》若干卷。又编《蜀国文英》八卷。"则刘赞在王衍时，官至学士，所编《蜀国文英》《分门文集》并不传。从书名看，《蜀国文英》当属巴蜀地方总集。

另外，郑樵《通志》卷七○总集类著录无名氏《青城山丈人

---

① 傅璇琮《又玄集·前记》，《唐人选唐诗新编》，陕西人民教育出版社1996年，第573页。

观诗》二卷，当属巴蜀地方诗歌总集。据《益州名画录》载："王蜀先主修青城山丈人观，请素卿于丈人真君殿上画五岳、四渎、十二溪女、山林、溪沼、树木诸神及岳渎曹吏。诡怪之质，生于笔端。上殿观者，无不恐惧。"① 青城山丈人观位于今四川都江堰市境内，前蜀主王衍时曾经维修。《五代诗话》云：

> 前蜀徐公有二女，美而奇艳。初，王太祖搜求国色，亦不知徐公有美女。徐以献，太祖遂纳之，各有子焉。长曰翊圣太后，生彭王；次曰顺圣太后，生后主。性多狂率，不守宗祧，频岁省方，政归国母，多行淫佚，杀戮重臣。乾德中，姊妹以巡礼至境为名，恣风月烟花之乐，惟驾辎軿于绿野，拥金翠于青山，倍役生灵，颇消经费。凡经过之所，宴寝之宫，皆有篇章，刊于玉石。自秦汉以来，妃后省方，未有富贵如斯之甚也。顺圣太后《题青城山丈人观》诗曰："早与元妃慕至玄，同跻灵岳访真仙。当时信有壶中景，今日亲来洞里天。仪仗影交寥廓外，金丝声揭翠微巅。惟惭未致华胥里，徒卜升平万万年。"翊圣太后继曰："获陪翠辇喜殊常，同涉仙坛岂厌长。不羡乘鸾入烟雾，此中便是五云乡。"顺圣太后又题《谒丈人观先帝圣容》云："舜帝归梧野，躬来谒圣颜。旋登三径路，似步九疑山。日照堆岚迫，云横积翠间。期修封禅礼，方俟再跻攀。"翊圣太后又曰："共谒御容仪，还同在禁闱。笙歌喧宝殿，彩仗耀金徽。清泪沾罗袂，红霞拂绣衣。九疑山水远，无路继湘妃。"顺圣又题《谒丈人观先帝圣容》云："千寻绿嶂夹流溪，登眺因知海岳低。瀑布遥春青石碎，菌轮横剪翠峰齐。步粘苔藓龙门峭，目闪烟罗鸟径迷。莫道穹天无路到，此山便是碧云梯。"翊圣太后继曰："登寻丹壑

---

① （宋）黄休复《益州名画录》卷上。

到玄都,接日红霞照座隅。即向周回岩岫首,似看曾近画图无?"①

以下还载录二人游青城山及彭州等地诗。《全唐诗》卷九载:"成都徐耕生二女,皆有国色,能为诗。蜀王建纳之,姊为贤妃,娣为淑妃。王衍即位,册贤妃为顺圣太后,淑妃为翊圣太妃。咸康元年,衍奉太后、太妃同祷青城山,凡游历之处,各赋诗刻于石,共十六首。"后载二人同题诗各八首。据此,我们推测,《青城山丈人观诗》二卷,很可能在咸康元年(925),顺圣太后、翊圣太妃徐氏同游青城山之后,赋诗刻石,后为好事者汇编成集,而汇编的时间当在前蜀灭亡以后。

前蜀后主王衍也尝编总集,据《直斋书录解题》卷一五《总集类》:"《烟花集》五卷,蜀后主王衍集艳诗二百篇,且为之序。"所集艳诗取自蜀地或他处,由于原书失传,我们不得而知。明胡震亨归入"五代人选唐诗"类目下②,可备一说。

至后蜀时,《才调集》《花间集》等蜀地总集问世,且流传至今,影响极大。据郑樵《通志》卷七〇载:"《唐谏诤集》十卷,伪蜀赵元拱集。"《玉海》卷六一作"孟蜀赵元拱纂《唐谏诤录》",宋人称"伪蜀",即指孟氏后蜀而言。《唐谏诤集》后世未见传本,《十国春秋》卷五十六有赵元拱传,称其"有良史才,广政时,授职方员外郎。会宰相李昊监修国史,请置史官,后主乃以元拱为修撰。未几,修《前蜀书》,复命元拱等董其事。国亡降宋,除虞部员外郎。元拱所纂辑有《唐谏诤集》十卷。"则赵元拱在后蜀孟昶广政间任史官,纂《唐谏诤集》,当收录唐名臣奏议,以资辅政。此外,《通志》卷七〇总集类又载"《备遗缀英》二十卷,伪蜀王承范集",然《崇文总目辑释》卷五所载无"伪蜀"二字,

---

① (清)郑方坤《五代诗话》卷八,清粤雅堂丛书本。
② (明)胡震亨《唐音癸签》卷三一。

《宋史·艺文志》作"陈正图《备遗缀英集》二十卷",《唐音癸签》卷三一著录"《备遗缀英》,伪蜀王承范集,二十卷",归于"五代人选唐诗"类目下,则是书为唐诗选本,而王承范、陈正图事迹不详,难以考订。而《才调集》《花间集》《唐谏诤集》,诗、词、文三部总集,同在后蜀出现,已称得上"三年不鸣,一鸣惊人"了!

第二节　前后蜀编纂总集的历史文化背景

在总集编纂方面,巴蜀大地长期默默无闻,却在前后蜀时期猛然绽放,若没有久远的积淀和偶然的机缘,将是难以设想的。我们着眼于隐藏在现象后面的实质,拟从巴蜀文化特质及历史文化背景几个方面,略作探讨。

近现代考古的大量事实,足以将巴蜀两地联成一个文化区,而不仅仅是地域上的关联。因此,巴蜀文化的概念自20世纪提出以来,得到了学者的普遍认同。虽在概念上有广义和狭义之争,而至21世纪初,已大抵形成共识。狭义的巴蜀文化限定在春秋战国时期,以考古文物为特色;广义的巴蜀文化,则指由古及今巴蜀地区的文化,也称"泛巴蜀文化",谭继和先生讲得比较细致:"巴蜀文化就是指以四川盆地为依托,北到天水、汉中,南到滇东、黔西,这样一个大范围内,起源发展于长江上游流域,具有悠久而各自分别的始源并长期交融、不间断发展至今的一支地域文化。"[①]谭先生还从物质层面的"巢居""蜀道""梯田""林盘",和精神层面的"仙源故乡""文宗""才女""菩萨""儒源",总结出巴蜀文化的几大特质,颇有启发性。我们这里讨论的,是秦汉

[①] 参见谭继和《巴蜀文化概说》,徐希平主编《长江流域区域文化的交融与发展——第二届巴蜀·湖湘文化论坛论文集》,四川大学出版社2014年,第5页。

以来的巴蜀文化特质,自然属于广义的范畴。

　　古蜀历史悠久,地域广阔,"东接于巴,南接于越,北与秦分,西奄峨嶓","其山林泽渔,园囿瓜果,四节代熟,靡不有焉"①。自李冰导江,文翁化蜀,秦汉三国,声教远播。诸葛亮所谓"益州险塞,沃野千里,天府之土,高祖因之以成帝业"②,山川险阻与物产丰富,民生繁庶与城池坚固,造就了天府之国,也引来群雄割据之心,蜀汉鼎立一方。李特自立成汉,兵连祸结,战乱不断。及至隋唐一统,天下大定,蜀中经过三百余年的休养生息,富甲一方,最终成了权贵的避难胜地。玄宗入川,僖宗逃难,虽祸患北来,却也使中原文化随驾入蜀。可以说,大自然的奇妙,人文历史的曲折,造就了巴蜀文化的奇特光芒。纵观巴蜀文明的历史,不难寻觅中原文化的光辉,巴蜀重关万道,却挡不住蜀人学习中原文化的雄心,"蜀学比于齐鲁",川人思出夔门。巴蜀古老文明,正是借助中原文化的滋润,才在汉、唐、宋及近现代,秀甲天下。可以说,"蜀道之难,难于上青天",固然形成了地理环境的闭塞,却也造就了蜀人打破牢笼,敢为天下先的精神。道教创始于四川,诸多文史体裁从蜀人发端,蜀石经规模空前,并不是偶然现象。因此,诗、词、文三大总集齐齐整整现于蜀地,也与厚重的巴蜀文化积淀密切相关。

　　唐末藩镇割据,群雄逐鹿中原,天下大乱,民不聊生。僖宗乾符年间,爆发了王仙芝、黄巢领导的农民起义,长安被占,战乱丛生,僖宗两度追随宦官田令孜逃往蜀中,缮治行宫,供馈巨大,再致蜀军兵变,蜀中大乱。王建趁乱崛起,逐渐得到僖宗信任。昭宗立,陈敬瑄叛,王建为永平军节度使,讨之,于大顺二年(891)攻入成都,自称"西川留后",从此割据一方,招贤纳

---

① (晋)常璩著、刘琳校注《华阳国志校注》卷三,四川人民出版社2015年,第97页。
② (晋)陈寿《三国志》卷三五《诸葛亮传》。

士，吞并东川等地。天复三年（903），进蜀王。七年（907）九月，称帝，国号大蜀，次年改元武成，颁布了"革弊从新，去华务实"的《大赦诏》，并公开求贤，网罗了韦庄、卢延让、杜光庭、冯涓等一大批人才。同时，轻徭薄赋，劝课农桑，重视文教，张唐英称其政"前视刘备，可以无愧"①。蜀地在王建治下，强盛一时。天汉二年（918），王建病逝，王衍继位，大兴土木，穷奢极欲，一时"奸谀满朝，贪淫如市"②，政治腐朽，国危如殆。同光三年（925）九月，后唐以郭崇韬为招讨使，率兵六万伐蜀，仅两月余，王衍率百官投降。后唐在川重建节镇，以董璋为东川节度使，孟知祥为西川节度使。孟知祥厉兵秣马，先与董璋联盟，大败后唐招讨使石敬瑭，继灭董璋，独据两川。后唐明宗长兴四年（933），进封蜀王。次年在成都称帝，国号蜀，改元明德。是年（934）七月卒，年仅十六岁的孟昶继位，蜀中进入相对安定的一个时期，直至广政二十八年（965）后蜀灭亡。可见，从公元880年至公元965年这八十余年间，蜀中经历僖宗的两度入川，前蜀的建立与灭亡，后唐节度的兼并，后蜀的建立与灭亡等。武将的跋扈，主权的频繁更替，对士大夫阶层带来巨大冲击。那些进士、明经出身的文臣，本着"致君尧舜上，再使风俗淳"的理想，在大唐盛世编纂总集，彰显文德，原本正常。然而在蜀中，当大唐盛世时，未见编纂总集的记录，却在堪称"衰世"且纷争不断的前后蜀时期，爆炸式地涌出五六部总集，这是什么原因呢？很可能，总集编纂不仅关乎文坛风气的变换，而且还与政权中心的转换密切相关。而在前后蜀时期，随着权力中心的转移，大量的文人涌入蜀中，恰恰具备了上述两个条件。因此，总集编纂在前后蜀时期，才带给我们巨大的惊喜。

另外，还有两个促成巴蜀总集编纂的因素，一是唐五代人大

---

① （宋）张唐英《蜀梼杌》卷上。
② （宋）欧阳修《新五代史》卷六三，中华书局1974年，第791页。

量编纂诗文总集的影响，二是前后蜀统治者编纂总集的示范效应，可能是前后蜀集中编纂诗、词、文总集的直接诱因。

我们知道，唐人喜欢编纂诗文总集。据各种目录书记载，唐人编选诗文总集的数目，"可考者近二百种"①。尽管其间难觅蜀地总集的踪影，但随着唐末五代时期大量中原士人流入蜀中，并与巴蜀本土文化融合，却为编纂本土总集提供了可能。随着曾编纂《又玄集》的韦庄入蜀，继而在前蜀为相，则直接促进了巴蜀地区的总集编纂。韦縠编纂《才调集》，可以说是《又玄集》的扩展版或改编版，甚至"有不少直接抄自《又玄集》"②，便是韦庄《又玄集》在蜀中发生影响的直接证据。另外，王仁裕编《国风总类》五十卷，他曾在前蜀任中书舍人、翰林学士，该书也有可能成于蜀地。因此，有韦庄示范于前，在蜀中产生编纂总集的效应，应是合理的解释。

至于前蜀后主王衍编纂《烟花集》，则可能对蜀中编纂诗文总集产生更直接的影响。通过编纂总集，可以对当时的文坛风气，乃至一时一地的习俗产生影响，而如果是君主亲力亲为的话，则不难产生移风易俗的效果。正如班固所说："系水土逸风气，故谓之风；随君上之情欲，故谓之俗。"③ 上之所好，下必甚焉。王衍集艳诗为《烟花集》，固然与他"浮薄而好轻艳之辞"有关④，也与唐末五代蜀中盛行萎靡不振的俗艳诗风相关，所以韦縠编《才调集》，才要"以浓丽秀发救当时粗俚之习"⑤。而王衍编纂《烟花集》的影响，除直接助长浮艳诗风外，也将引起时人编纂总集的

---

① 卢燕新《唐人编选诗文总集研究》，中国人民大学出版社 2014 年，第 3 页。
② 傅璇琮《才调集·前记》，《唐人选唐诗新编》，陕西人民教育出版社 1996 年，第 688 页。
③ （汉）班固《汉书·地理志》。
④ 《蜀梼杌》卷下。
⑤ （清）吴五伦《才调集序》。

心思。前蜀末年,王衍侍奉太后徐氏、太妃徐氏同祷青城山,二人一路留题刻石,后有好事者集为《青城山丈人观诗》二卷,则是地道的巴蜀总集了。

第三节　编纂地方总集的文学环境

编纂地方总集,除必要的区域文化和历史条件外,文学创作的繁荣兴盛则是最直接的动力。而巴蜀文化深厚的底蕴和前后蜀相对稳定的环境,则为文学的兴盛打下了坚实的基础。

前蜀经王建励精图治,经济大有起色,出现了"岁岁栖亩之粮,时丰廪实;野有如云之稼,国富家肥"的现象①。虽因前蜀后主荒淫而亡国,经济衰退,但至后蜀主孟昶即位,"戒王衍荒淫骄佚之失,孜孜求治,与民休息",纳言听谏,惩治贪吏,颁布《官箴》《劝农桑诏》,以至"蜀中久安,赋役俱省,斗米三钱","府库之积,无一丝一粒入于中原,所以财币充实。"②蜀中一时政权稳定,经济繁荣,富甲天下。当然,国富兵强,难免助长骄奢淫逸之风,王公大臣贪图享乐,君臣游乐唱酬,几成常态,所谓"家家之香径春风,宁寻越艳;处处之红楼夜月,自锁常娥"③。觞咏墨客,歌儿舞女,上至宫廷,下至私馆,甚至"村落间巷之间,弦管歌声,合筵社会,昼夜相接"④。在这种风气下,蜀中文坛弥漫着浮靡之风,以女子形态为描摹对象的诗词,大肆流行,以绮靡淫艳而名闻天下,与同处东南一隅的南唐东西辉映,成为闪耀唐末五代文坛的两朵奇葩。

前后蜀君主都重视文化教育,兴办学校,重开科举,并重用

---

① (五代)杜光庭《谢允上尊号表》,《全唐文》卷九二九。
② 《蜀梼杌》卷下。
③ (五代)欧阳炯《花间集序》。
④ 《蜀梼杌》卷下。

由中原入川的文士，使西蜀地区成为唐末五代人文荟萃之地。前蜀主王建"目不知书，好与书生谈论，粗晓其理。是时唐衣冠之族多避乱在蜀，蜀主礼而用之，使修举故事，故其典章文物有唐之遗风"①，宋人张俞则称："孟氏踵有蜀汉，以文为事。凡草创制度，潜袭唐轨。既而绍汉庙学，遂勒石书九经。"② 可见，随着中原文人大量入川，前后蜀沿用的仍是唐朝的典章制度。不过，作为"乱世文人"这一特殊群体，流落蜀中，又经历频繁的改朝换代，那种受儒家教育熏染形成的忠君报国信念，渐渐淡化，转而寻求全身远祸的方法，或者像蜀中著名诗人唐求那样避世隐居，而更多的则是浮沉人世，及时行乐。因此，像王仁裕那样，曾在前蜀任中书舍人、翰林学士，随从王衍"酬答吟咏无虚日"③，然"国亡降唐，历晋、汉，累官翰林学士承旨、户部尚书"④。又如李昊，历仕前蜀、后唐、后蜀、北宋四朝，曾为王衍降唐、孟昶降宋草表，"蜀人潜署其门曰'世修降表李家'，见者哂之"⑤。像这样历仕数朝，而不知为君为国尽忠者，在前后蜀大有人在。这些人以儒学入仕，却无家国情怀，在道家及时行乐的理念支持下，伴君行乐，花前月下，也滋生了大量淫靡俗滥的诗词。

受唐末五代"儒学文章扫地而尽"⑥的大环境影响，在前后蜀出现大量的绮靡之作，必然与传统的巴蜀文学理念产生冲突。深受本土文化熏染的巴蜀文学，有着悠久的历史传统。汉代大赋，唐朝诗歌，辉映千古，名家辈出，司马相如、王褒、扬雄、陈子昂、李白，既是巴蜀籍顶级文豪，也是全国著名文学家，还有薛涛这样著名的女诗人。受巴山蜀水和农耕文明滋养，巴蜀作家往

---

① 《资治通鉴》卷二五四。
② （宋）张俞《华阳县学馆记》，《成都文类》卷二九。
③ 《十国春秋》卷三七。
④ 《十国春秋》卷四四。
⑤ 《十国春秋》卷五二。
⑥ （宋）欧阳修《范文度模本兰亭序附》，《集古录跋尾》卷四。

往融浪漫与现实于一炉,形成了雄壮的风格。他们不畏自然险阻,不惧人文壁垒,勇于开拓,敢于创新,虽受中原文化影响,却能特立独行,颇有地方特色。唐朝著名诗人王勃、杨炯、卢照邻、杜甫、元稹、白居易、贾岛、李商隐、温庭筠等均曾入蜀,在对蜀中诗坛产生巨大影响的同时,也受蜀中山水人文熏陶,写出了许多传诵千古的名篇,展现了巴蜀文学"海纳百川,有容乃大"的特性。从汉赋的讽谏、三国时诸葛亮的前后《出师表》、晋李密的《陈情表》,到唐陈子昂的《感遇》、李白的《蜀道难》等,无不关照现实,注重文学的社会功用,或讽世,或抒情,表现出经世致用的文学传统。泛滥在前后蜀的俗艳之作,显然背离了这种传统。当时有识之士,多对此不满,如孟昶就曾明确表示"王衍浮薄而好轻艳之辞,朕不为也"①。而针对时文,编纂总集,加以规范指导,无疑是改革文风的一条捷径。正如清人吴五伦评韦縠《才调集》:"縠生五代文敝之际,惟以秾丽秀发救当时粗俚之习,故所录多晚唐,而不及少陵,义各有当。《四库全书》称其'于诗教有益',洵定评也。"②赵崇祚纂《花间集》,欧阳炯《序》称其"将使西园英哲,用资羽盖之欢;南国婵娟,休唱莲舟之引",正是去俗存雅,改革文坛陋风之意。

  编纂总集,相关文献的积累必不可少。除大量的作家作品问世外,前后蜀对典籍的搜集与雕刻也至关重要。前蜀"永平元年(911),高祖作新宫,集四部书于中"③,通正元年(916)秋八月,"建文思殿,命清资五品正员购群书实之"④。除官方大力收藏外,大臣私家收藏也不乏其人。前蜀宰相王楷"家藏异书数千本,多

---

① 《蜀梼杌》卷下。
② (清)吴五伦《才调集序》,《才调集补注》卷首。
③ 《十国春秋》卷四一。
④ 《十国春秋》卷三六。

手自丹黄"①；后蜀毋昭裔"性嗜藏书，酷好古文，精经术"②。除藏书外，前后蜀还大量刻书。乾德五年（923），诗僧贯休的弟子昙域"寻检稿草及暗记忆者约一千首，乃雕刻成部，题号《禅月集》"③，这是蜀中最早刊刻别集的记载。后蜀广政七年（944），"门下侍郎、同平章事毋昭裔按雍都旧本九经，命平泉令张德钊书而刻诸石，以贮成都学宫"④，"蜀土自唐末以来，学校废绝，昭裔出私财，营学宫，立黉舍，且请后主镂版印九经，由是文学复盛。又令门人句中正、孙逢吉书《文选》《初学记》《白氏六帖》，刻版行之。"⑤ 这是史上第一次大规模刻书，不仅有著名的"蜀石经"，而且有总集类名著《文选》，意义非凡。前后蜀大量编纂总集，并有《才调集》《花间集》传世，蜀人收藏及刊刻文献之功，实不可没。

第二章　韦縠编《才调集》

在中国文学史上，素有"唐诗宋词"之称，"唐诗"代表着中国诗歌创作的巅峰水准。唐人不仅喜欢作诗，谈诗选诗之风也长盛不衰，据陈尚君先生统计，唐人编选的唐诗多达130余种⑥，延至五代，余韵犹存，仍有20多种选集问世。即蜀一隅，也有《蜀国文英》八卷、《烟花集》五卷、《国风总类》五十卷、《备遗缀英》二十卷等总集知名于世。流传至今的十多种唐五代人选唐诗

---

① 《十国春秋》卷四一。
② 《十国春秋》卷五二。
③ （五代）昙域《禅月集序》，《全唐文》卷九二二。
④ 《十国春秋》卷四九。
⑤ 《十国春秋》卷四九。
⑥ 参陈尚君《唐人编选诗歌总集叙录》，《唐代文学丛考》，社会科学出版社1997，第136页。

集，后蜀韦縠所辑《才调集》作为相对晚出且规模最大的一种，在清代曾产生过较大影响，不仅有好几个翻刻本，还有评点本和校注本及删节本。

第一节　韦縠其人与《才调集》的编纂时间

有关韦縠生平事迹的传述，仅见于清人吴任臣所著《十国春秋》卷五六《后蜀九》：

> 韦縠少有文藻，梦中得软罗缬巾，由是才思益进。仕高祖父子，累迁监察御史，已又升□部尚书。縠常辑唐人诗千首，为《才调集》十卷，其书盛行当世。

据此，韦縠为后蜀监察御史，有才思，辑《才调集》，又见于韦氏《自序》及《直斋书录解题》等书，信实有据。然"梦中得软罗缬巾，由是才思益进"及升尚书之说，尽管很难从现存载籍中觅得佐证，仍然作为"记载韦縠生平最早亦最详细的文字"，既受前人推举，也为当代学者肯定，如傅璇琮、龚祖培先生认为"根据《十国春秋》所述韦縠仕宦的概略，则书当编成于五代孟蜀时，而且是韦升为□部尚书之前"[①]，并据以推测《才调集》编纂的时间。刘浏、桂天寅认为"其所述韦縠之宦历当可从"[②]，同时认为所载梦"软罗缬巾"而"才思益进"，"谬不可信"，并考证韦縠与京兆韦縠同系一辈，当后蜀建立时（934）年方"50岁上下"，卒年在943至960年之间，进而推得《才调集》当完成于943年之

[①] 傅璇琮、龚祖培《〈才调集〉考》，《唐代文学研究》广西师范大学出版社1994年，第683页。
[②] 刘浏、桂天寅《〈才调集〉编选者韦縠生平考略》，《贵州师范大学学报》（社会科学版）2013年第6期，第112页。

后，结论新颖。认为韦縠为后蜀人及系出京兆韦氏，有一定道理。但因《十国春秋》之说而推测"韦縠在升监察御史不久后又升某部尚书"，"最后以某部尚书致仕（或卒于任上）"，这一说法却值得商榷了。

首先，《十国春秋》关于韦縠任某部尚书的记载，虽有所据依，但所据载籍是否可靠呢？

在《十国春秋》之前，称韦縠为尚书的记载有两处。一是明顾起元《说略》卷二三有"韦縠尚书梦中所得软罗缬巾"的记载，出自"唐李濬纪物之异闻"；二是明徐应秋《玉芝堂谈荟》卷二六"奇宝雷公璞"条，也有相同的记载，而出处则是"李濬《松窗杂录》记物之异闻"。《说略》成书于万历三十三年（1605）前，刊刻于万历四十一年（1613）；《玉芝堂谈荟》记事止于崇祯十年（1637），当成书于崇祯年间。从撰著时间上看，虽有《玉芝堂谈荟》抄录《说略》的可能，但各据李濬原著摘录的可能性更大，且所据版本很可能不同，一称《松窗杂录》，一据《摭异记》，这同书异称的两个版本幸存于《说郛》三种（一百二十卷本之卷五二作《摭异记》、一百卷本之卷四六作《松窗杂录》）中，可为辅证。吴元任撰著《十国春秋》时，应该见过二书，故仅称"尚书"而阙某部，因"得软罗缬巾"而联想江淹五彩笔的掌故，敷演出"才思益进"一句，并非难事。因此，我们完全有理由相信，《十国春秋》关于韦縠"又升□部尚书"及"梦中得软罗缬巾"的记载，是出自上述二书或已佚的李濬《松窗杂录》"物之异闻"条。

《松窗杂录》又名《松窗录》《松窗小录》（《四库全书总目》卷一四一），记事及于李德裕（卫公）卒后（850），作者当非卒于开元八年（720）之李濬，而应是唐宰相李绅（772—846）之子李濬。李濬或作李璿、韦濬、韦叡，传刻不同，莫衷一是。宋周南《山房集》卷五《跋松窗杂录》云："《松窗杂录》一十六条，唐人李濬志玄宗、中宗、德宗、文宗、狄梁公、姚崇、李卫公遗事，与物之异闻者十余件。"该书记事既未下及五代后蜀，所述"韦縠尚书"必非《才调集》之作者。爰考《说郛》（一百二十卷本）卷五二录唐李濬《摭异记》"物之异闻"条，"韦毂尚书"作"韦壳尚书"，明顾氏文房小说本《松窗杂录》"物之异闻"条，也作"韦壳尚书"，"毂"极有可能是"壳"之形误。然韦壳事迹，史无记载。《四库全书》本《松窗杂录》作"韦悫"，宋曾慥《类说》卷一六引作"韦愨梦中所获软罗蜀缬巾"，"韦壳""韦愨"当为"韦悫"之形误。韦悫，《旧唐书》卷一七七附《韦保衡传》，为保衡父，"字端士，太和初登第，后累佐使府，入朝，亟历台阁。大中四年，拜礼部侍郎。五年，选士颇得名人。载领方镇节度，卒。"韦悫自会昌年间（841—846）为尚书户部、吏部员外郎，至大中五年（851）为尚书礼部侍郎，任职尚书六部的时间近十年，并于大中年间卒于武昌军节度使任上。《松窗杂录》既言及李卫公卒事，且于韦悫既称尚书而不称节度使，则成书当在大中四年（850）、五年（851）之间。因此，《松窗杂录》其他版本所载"韦壳"或"韦愨"，应是"韦悫"之误。最有可能的是，"韦悫"先误为"韦壳"，《说略》与《玉芝堂谈荟》或据以摘录的底本再误为"韦毂"。吴元任撰写韦毂传时，径取二书而略加润色，无暇细考，以致张冠李戴，并未做到"采择详博而精于辨核"（魏禧《十国春秋序》），令人遗憾。

其次，对《十国春秋》关于韦毂是后蜀人且"仕高祖父子"的记载，历来有不同看法。

《崇文总目》卷一一有"《才调集》十卷"的最早著录，可惜没有韦毂的相关信息。吴曾《能改斋漫录》卷四有"及观五代韦毂所编《唐贤才调集诗》"的记载，可以明了两点：一是韦毂是五代人，而非唐人或宋人；二是《才调集》又名《唐贤才调集诗》，这与《遂初堂书目》著录之"《唐才调诗》"，《宋史·艺文志》著录之"韦毂《唐名贤才调诗集》十卷"，较为接近，说明宋代曾有名为《唐名贤才调诗集》的版本存在。《能改斋漫录》成书于绍兴二十三年（1153）前后，而成书稍晚于此的《唐诗纪事》，在卷六一引宋邕《春日》诗后云"伪蜀韦縠取此诗为《才调集》",而同书卷七〇称张蠙"王蜀时为金堂令",卷七一"张道古"条称王建为"蜀主",可见,计氏所称"伪蜀",当指后蜀。至陈振孙著《直斋书录解题》,则明言"后蜀韦縠集唐人诗"(卷一五)。嗣后,马端临《文献通考》、曹学佺《蜀中广记》均称"后蜀韦縠",韦縠为五代后蜀人之说,遂成主流。

不过,成书时间与《能改斋漫录》差不多的郑樵《通志》,卷七〇著录"《才调集》《天归集》十卷,唐韦縠集",同时著录"《又玄集》一卷,伪蜀韦庄集",两相参照,可见其视韦縠为唐人,而《天归集》不见他书记载,未知详情。明高棅《唐诗品汇》卷五五称"才调诗,见《才调集》,唐韦縠编",焦竑《国史经籍志》卷五著录"《才调集》十卷,唐韦縠集",清费经虞《雅伦》卷二称"才调体,唐韦縠选元、白、温、李诸公之诗",王太岳《四库全书考证》卷八九亦称"《才调集》,唐韦縠撰",可见韦縠为唐人之说亦不乏受众。究其原因,可能与另一版《才调集》题署"唐韦縠"有关,如汲古阁本、《四库》本等。

那么,韦縠究竟是唐人,还是后蜀人呢?抑或是四库馆臣所称"縠仕王建为监察御史"(《四库全书总目》卷一八六)呢?要回答这个问题,应该通过《才调集》所收作家作品加以考察。

经傅璇琮等先生研究,《才调集》采自韦庄《又玄集》的作品多达百首,约占原书的三分之一,说明韦縠曾参照《又玄集》,而《又玄集》成书于光化三年(900)。另外,《才调集》选录韦庄诗作63首,其中《赠峨眉山弹琴李处士》《奉和观察郎中春暮忆花言怀见寄四韵之什》《奉和左司郎中春物暗度感而成章》《伤灼灼》《汉州》等篇当作于天复元年(901)韦庄再度入蜀之后,武成三年(910)韦庄去世之前。据此可以断言,编纂《才调集》的时间上限不会早于天复元年。

参考陈尚君等先生的研究成果,《才调集》收入的五代诗人还有熊皎、江为、沈彬、张泌等,其中张泌当与《花间集》所收词人张泌为同一人，非南唐人张佖①。沈彬虽公元961年仍存世，然其从虚中、齐己、贯休"以诗名相吹嘘"②，又与韦庄、贯休、杜光庭唱和③，当在公元910年韦庄去世前。《才调集》完全可以"唐人"的身份，选入其诗一首。熊皎与黄损、齐己师事陈沆④，选入本书的《早梅》诗，有"一夜欲开尽，百花犹未知"之句，为陈沆激赏道："太妃容德，于是乎在。"⑤此诗应作于从学陈沆期间，后唐清泰二年（935）熊皎进士及第之前。《直斋书录解题》卷一九《诗集类》称："熊皦《屠龙集》一卷，五代晋九华熊皦撰。后唐清泰二年进士，集中多下第诗，盖老于场屋者。"熊皎既"老于场屋"，及第之时估计已超过40岁了。其后仕于后晋，于开运三年（946）被贬上津令后，即亡匿山中。至于江为，尝从陈贶学诗二十余年，南唐中主时累举进士不第，以谋奔吴越被杀，时在公元950年前后。综合以上所录作家作品而言，《才调集》不可能成于唐末。所录作家生平既及后唐、后晋甚至宋初，而仍以"唐贤"标榜，当因后唐灭前蜀并加封孟知祥的缘故，因此书前所署"蜀监察御史"之"蜀"，必指孟蜀而言，而不会是王蜀。

第二节　《才调集》的编纂体例

《才调集》选录唐代诗家180人，贯穿初盛中晚四期，而中、晚唐诗人居十之七八，晚唐诗人更占多数，间有入五代甚至卒于宋际者。其间不录杜甫、韩愈、柳宗元等大家，其序所谓"诸贤达章句不可备录"，可见其选旨在诗作而不在诗人，重在作品风格

---

①　李定广《千年张泌断案是非——各家张泌考证平议》，《汕头大学学报》2004年第4期，第8页。
②　《唐诗纪事》卷七一。
③　《郡斋读书志》卷四。
④　《诗话总龟》卷一三引《雅言杂载》。
⑤　《郡斋读书志》卷四。

而不局于诗人所处时代。至诗歌体裁，则不拘古体律诗、歌行宫词，而所选近体诗居多，可见其不囿一体而追逐格调之选诗旨趣。不过，前人对此书的选诗标准及编纂体例，看法并不一致，甚至完全相反。褒扬的一派，以冯氏兄弟为代表，评点推赏，发掘微言大义，在清初形成才调派，试图借以抵消江西诗风的影响。如吴五伦序称："縠生五代文敝之际，惟以浓丽秀发救当时粗俚之习，故所录多晚唐，而不及少陵，义各有当。《四库全书》称其'于诗教有益'，洵定评也。"

清冯武在《二冯评阅才调集凡例》中，对韦縠编选《才调集》的体例有所讨论：

> 韦君所取以此，故其为书也，以白太傅压通部，取其昌明博大，有关风教诸篇，而不取其闲适小篇也；以温助教领第二卷，取其比兴邃密，新丽可歌也；以韦端己领第三卷，取其气宇高旷，辞调整赡也；以杜樊川领第四卷，取其才情横放，有符《风》《雅》也；以元相领第五卷，取其语发乎情，风人之义也；以太白领第六、第七卷，而以玉溪生次之，所以重太白而尊商隐也；以罗江东领第八、第九卷，取其才调兼擅也。其他如司空表圣非不超逸，而不取，以其取材不文也；李长吉歌行非不峭媚，而不取，以其著意险怪，性情少也；韩退之非不协《雅》《颂》，而不取，以其调不稳也；柳柳州非不细丽，而不取，以其气不扬而声不畅也；高达夫、孟浩然非不高古，而所取仅一二篇，以其坚意不同也；韩致光《香奁》非不艳冶，而不取，以其发乎情而不能止乎礼义也；襄阳、东野非不奇，而所取亦仅一二，以其艰涩也。余不可殚述。要之，韦君此书，非谓可尽一代之人，亦非谓所

选可尽一人之能事，合者取之，不合者弃之，亦自成韦氏之书云尔。①

在冯氏看来，《才调集》不仅选诗有标准，而且还有精心布局的编排体例。不过，清纪昀认为："韦亦就一时习尚，集为此书，初无别裁诸家之意，此等皆冯氏凿出。"②"此书只一时随手排成"③。在纪昀之前，明胡震亨即认为《才调集》系"随手成编，无伦次"④。当代著名学者傅璇琮、龚祖培先生在认真研究《才调集》选录作家作品之后，认为此书编选体例存在不少问题：同一诗人的同一体裁的诗篇分置两处或两处以上，编者的意图也完全令人不解；对作者或称名或称字，"违背统一体例"等，冯氏"压卷"论难以自圆其说；所收诗篇错乱失考甚多，难称"选择精当"；按整数分卷，勉强凑合，有拼凑、抄袭的痕迹；选择诗人不当，所收诗篇多寡不一。傅、龚两位先生最终得出"《才调集》确实没有固定的选诗标准"⑤的结论，否认《才调集》具有固定的选诗标准与编纂体例。

分歧如此之大，自然不会是《才调集》本身的问题，而是研究视角不同所致。应该说，冯氏一派从韦序入手，着眼于"才调"，认为《才调集》所选作品独具特色，有助于矫正江西诗派之弊，因而模仿创作，形成"才调派"，虽然扬之太过，却非全无道

---

① （清）冯武《二冯先生评阅才调集凡例》，清康熙四十三年垂云堂刻本《才调集》卷首。
② （清）纪昀《删正二冯评阅才调集》卷上，《丛书集成三编》影印本，第24页。
③ （清）纪昀《删正二冯评阅才调集》卷下，《丛书集成三编》影印本，第12页。
④ （明）胡震亨《唐音癸签》卷三一。
⑤ 傅璇琮、龚祖培《〈才调集〉考》，《唐代文学研究》，1994年10月，第693页。

理。傅、龚二先生着眼于《才调集》所选作品，从唐诗整体角度考察，指责其选录不当乃至编例舛误诸多问题，都是客观存在，不容否认。但进而否认《才调集》作为选集的属性，否认其具有一定的选旨和编排体例，似乎又抑之太过。因此，考察《才调集》序中所谓"才调"与所选作品是否相符，以及韦氏选旨之时代色彩与区域文化特色，对考察《才调集》编纂体例，便具有十分重要的意义了。

韦氏编纂《才调集》的时间，难以确定在某一年，但与《花间集》相后先却是学界比较一致的看法。《花间集》成书于后蜀广政三年（940），孟昶即位的第六年。孟昶弃武尚文，喜好"歌酒自娱"，他对唐末以来流行的淫靡之声是厌弃的，曾说"王衍浮薄而好轻艳之辞，朕不为也"①。帝王好尚必然影响一时习气，《才调集》《花间集》的相继出现，书序中均有张扬大雅而黜弃俗艳的意旨，堪称与时俱进之作了。但从南朝宫体到唐末五代的艳诗，长久养成的文坛习气，并不是想改就能改得彻底的，尤其是风气初变时期，诗选家们尚在摸索之中，所选作品存在意旨与选材的不统一、编例的前后参差不齐等问题，应该算是正常。或许出于迎合新文化政策的考虑，韦氏匆忙间编成《才调集》，以韦庄《又玄集》等唐诗选集为蓝本，无暇精校细刻，以致错误百出。但其拈出"才调"二字，作为结集标准，其选集属性是应肯定的。也正因为这点，受到清人喜爱，被推崇到极高的位置。那么，韦氏所举"才调"的内涵是什么呢？

据韦縠《自序》，此集采录李、杜、元、白并诸贤达章句，"但贵自乐所好"。所谓"自好"，即是那些"闲窗展卷""月榭行吟"之作，颇具闲适色彩，而选录诗作以"韵高""词丽"为准，"总一千首，每一百首成卷，分之为十，目曰《才调集》"。"才调"为标目，也成为是集选录诗歌的特色，明焦竑称"其一本才情，

---

① 《蜀梼杌》卷下。

尽铲支蔓,成一家之言"[1]。清冯武云:"惟韦縠《才调集》才情横溢,声调宣畅,不入于风雅颂者不收,不合于赋比兴者不取,犹近选体气韵,不失《三百》遗意,为易知易从也。"[2] 自冯舒、冯班兄弟评点后,《才调集》为人所宗,形成所谓"才调体"[3],一时效仿成风。所谓"才调",韦縠虽没有明确加以诠释,但从"韵高而桂魄争光,词丽而春色斗美"中仍不难揣测其意,而唐人黄滔《答陈磻隐论诗书》一文,庶几可为注脚,兹录于下:

> 大唐前有李、杜,后有元、白,信若沧溟无际,华岳干天。然自李、飞数贤,多以粉黛为乐天之罪,殊不谓《三百五篇》多乎女子,盖在所指说如何耳。至如《长恨歌》云:"遂令天下父母心,不重生男重生女。"此刺以男女不常,阴阳失伦,其意险而奇,其文平而易,所谓言之者无罪,闻之者足以自戒哉。逮贾浪仙之起,诸贤搜九仞之泉,唯掬片冰,倾五音之府,只求孤竹,虽为患多之所少,奈何孤峰绝鸟,前古之未有。咸通、乾符之际,斯道隙明,郑、卫之声鼎沸,号之曰"今体才调歌诗",援雅音而听者憎,语正道而对者睡。噫,王道兴衰,幸蜀移洛,兆于斯矣。诗之义大矣哉![4]

书中言及唐末盛行的"郑、卫之声",背离雅正之道,号称"今体才调歌诗",可见唐末诗道沉沦,有识之士无不为之忧虑而设法拯救。此书明确指出,自《诗经》以至李、杜、元、白诸贤,其诗皆"多乎女子",因此诗歌品格高下,不在乎是否以"粉黛"

---

[1] (明)焦竑《题锦研斋集》,《焦氏澹园续集》卷九。
[2] 冯武《二冯评阅才调集凡例》。
[3] (清)费经虞《雅伦》卷二。
[4] (唐)黄滔《黄御史集》卷七《答陈磻隐论诗书》,《四部丛刊》景明本。

为题材，而在于"所指说如何"，可见作者并不排斥当时流行的诗风。韦縠标举"才调"，也是针对当时诗风，黄书、韦序正可互相发明。韦縠编选"唐贤才调诗"，就是要改变"今体才调歌诗"，其选诗注重"词丽"，正要改造那种多言粉黛而流于绮靡的诗风，力图导引向上，达到清丽脱俗而"韵高"的境界。正如四库馆臣所说："縠生于五代文敝之际，故所选取法晚唐，以秾丽宏敞为宗，救粗疏浅弱之习，未为无见。"① 基于此说，应能明白韦縠此集并非率意而为，而是经过自少而长的积累，有"采摭奥妙"并拣择"贤达章句"的用心。且以"韵高""词丽"作为"才调"的标准，既着眼于当时的诗风，又指出向上一路。故此书自问世以来，影响不断扩大，自有其过人之处，并非胡乱编排之作。细揣"才调"之旨，一是"春色"，即以女性为吟咏题材；二是格调，他标举"唐贤"以对"今体"，正是要借唐贤的"韵高""词丽"来提振当时的诗格，使背离"雅音""正道"的诗坛回归正统。

既以"才调"作为选诗宗旨，而且基于"自好"，自然不必对唐诗做出整体的裁剪，这是韦氏聪明之处，后人也不必从衡鉴唐诗的高度加以苛责。韦自云"暇日因阅李、杜集，元、白诗，其间天海混茫，风流挺特，遂采摭奥妙，并诸贤达章句，不可备录，各有编次"，既言及"李杜"，而韦庄《又玄集》已经采入杜诗，摘录《又玄集》中诗多达三分之一的《才调集》，反而不收杜诗，因此颇遭后人非议。但个中缘由，或许正透出韦氏选诗宗旨的玄机，其所谓"奥妙"，正在"才调"，即歌咏粉黛而格高调雅，不入郑、卫之声者。关于此点，我们可从《又玄集》与《才调集》所选李白诗的情况，窥其一斑。《又玄集》选录李白《蜀道难》《古意》《长相思》《金陵西楼月下吟》四首，正所谓"天海混茫，风流挺特"，"奇中又奇"者。《才调集》录李白诗28首，而不录

---

① 《四库全书总目》卷一八六《才调集》提要，中华书局1983年，第1691页。

上举四诗,冯班所谓:"序言李、杜、元、白,今选太白,不选子美,杜不可选也。选李亦只就此书体裁而已,非以去取为工拙也。"纪昀所谓:"杜亦非不可选,但与此书门径不合耳。""此书门径"四字,正道出《才调集》自有选旨,是从"才调"的角度选诗,而不是以选唐诗的角度选择李、杜诗。其《序》言及杜甫诗,而正集不入杜诗,应当是韦氏刻意为之,正如《花间集序》言及李白应制《清平乐》词,而正集不选李太白词一样,不是不知杜诗李词精妙,而是刻意强调"此书门径"不同的缘故。正因如此,虽其大量选取《又玄集》中诗,但并非剽窃,而实自成一书,在唐诗选集中,自成特色,应占有一席之地。据邓煜先生统计,《才调集》所选诗歌内容包涵"旅况、朝宦、感怀、宴集、送别、闺怨、寄赠、咏物、游仙"九类①。

韦《序》云:"今纂诸家歌诗,总一千首,每一百首成卷,分之为十,目曰《才调集》。"清宋邦绥称:"唐御史韦公縠所选《才调集》十卷,选择精当,大具手眼,当时称善,后代服膺。"② 称十卷、1000首、每卷100首,如此整齐划一的分卷方式,与《花间集》分十卷、每卷收词50首左右的编纂方式如出一辙,两书均编于后蜀时期,针对当时俗艳泛滥的诗词创作,都在高倡孟氏黜俗崇雅的文化政策。《花间集》推出以温、韦为代表的花间词派而名垂千古,《才调集》推举元、白、温、李为代表的才调体也在清代大放异彩。因此,以整数分卷的编纂方式,既便于操作,又符合组队立派的思维,说韦氏精心布局,也非全无道理。又此书分十卷,或亦仿《玉台新咏》而为之。徐陵编《玉台新咏》,既是秉承梁简文帝旨意要光大其艳体诗,韦氏是否奉旨不得而知,但其编《才调》一集,亦有光大"才调体"之意,模仿《玉台》,自在

---

① 邓煜《〈才调集〉选诗是"各有编次"还是"随手排成"》,《现代语文》(学术综合版)2014年第6期,第22—24页。
② (清)宋邦绥《才调集序》,《才调集补注》卷首。

情理之中。

　　总集对作家作品的编排方式，或按文体将作家作品编录于下，或按作者将其所有作品汇聚一集。不论哪种方式，涉及作家编序时，或以时代年齿先后，或依职位高低。《才调集》既按诗人结集，而以白居易、温庭筠、韦庄、杜牧、元稹、李白、李宣古、罗隐、刘商、张夫人分列各卷之首，明显不按年齿或职位编序，甚至有作家作品重收及张冠李戴等诸多粗疏之处，故不免让人怀疑是"随手排成"。尽管如此，仍不足以否认该书是为"才调体"而编的事实。标榜"才调"一格，并推举代表作家，对改革蜀中诗风的意义不言而喻，可见冯氏所谓"压通部""压卷"之说，并非凿空之论。至于末二卷，一卷收录隐士、道士、僧侣之诗，一卷收录妇女之诗，皆是前人关注不多的作者，虽然继承了韦庄《又玄集》的衣钵，但单立成卷，开创了后世蜀诗总集的崭新模式，韦氏当有发凡起例之功。如此发凡起例，既与《才调集》编刊于蜀中密切相关，又与巴蜀文学多才女、多隐士、重神仙的传统相关。

第三节　《才调集》的流传与影响

　　《才调集》是现存唐人选唐诗中规模最大的一书，尽管存在不少错误，但文献价值仍不容忽视。正如《四库全书总目》所说："其中颇有舛误，如李白录《愁阳春赋》是赋非诗，王建录《宫中调笑词》，是词非诗，皆乖体例。贺知章录《柳枝词》，乃刘采春女所歌，非知章作。其曲起于中唐，知章时亦未有。刘禹锡录《别荡子怨》，乃隋薛道衡《昔昔盐》；王之涣录《惆怅词》，所咏乃崔莺莺、霍小玉事，之涣不及见，实王涣作，皆姓名讹异。然颇有诸家遗篇，如白居易《江南赠萧十九》诗、贾岛《赠杜驸马》诗，皆本集所无。又沈佺期《古意》，高棅窜改成律诗；王维《渭城曲》'客舍青青杨柳春'句，俗本改为'柳色新'；贾岛《赠剑客》诗'谁为不平事'句，俗本改为'谁有'。如斯之类，此书皆独存其旧,亦足资考证也。"① 除了在校勘、辑佚等方面具有重要价值外,《才调集》的文学史料价值也应受到重视。首先,《才调集》收录了中晚唐大量的作家作品,成为研究唐代文学史与中晚唐作家群体的重要史料,清人辑录《全唐诗》,多自本书采录。其次,作为在后蜀文化政策指引下编纂的一部诗歌总集,对研究西蜀文学与文化史的发展变化,具有重要的参考价值。再次,《才调集》收录了大量女性题材以及神话、民俗题材的诗歌,是研究晚唐及西蜀俗文学与民俗文化的重要史料,如通过卷八吉师老《看蜀女转昭君变》,可见《昭君变文》在蜀地演唱的情景。此外,因《才调集》标榜"才调",在清代更形成"才调体",《才调集》也成了考察晚唐体、西昆体、江西诗派、台阁体等文学流派演变的关键文献。

《才调集》成编后,最初或以钞本形式流传,北宋《崇文总目》卷一一著录"《才调集》十卷"。南宋尤氏《遂初堂书目》著录"唐《才调集》",《直斋书录解题》卷一五《总集类》著录"《才调集》十卷,后蜀韦縠集唐人诗"。南宋时期,征引《才调集》的笔记、诗话渐次增多,《才调集》的关注度有所增高,当与南宋人推崇晚唐体密切相关,陈起刊刻的书棚本《才调集》也出现在这一时期,并成为后世各版的祖本。至明代推尊唐诗,有著名的毛氏汲古阁刊本传世。胡震亨《唐音癸签》卷三一称:"《名贤才调集》,蜀监察御史韦縠编唐人诗一千首,每一百首为一卷,随手成编,无伦次。其所宗者虽李青莲及元、白,而晚唐人诗十居其七八。"胡氏可能是较早对《才调集》做系统的研究者。明清之际,随着冯舒、冯班兄弟推尊晚唐才调以对抗江西诗派,出现了评点、笺注《才调集》的高潮。康熙四十三年(1704),新安汪文珍垂云堂精刻《二冯评点才调集》十卷问世,后又收入《四库

---

① 《四库全书总目》卷一八六《才调集》提要,中华书局1983年,第1691页。

全书》，一时评注成风，出现了王士禛《才调集选》、赵执信《才调集批校》、周祯《才调集注》、何焯《批才调集》、吴兆宜《才调集笺注》、纪昀《删正二冯先生评阅才调集》、殷元勋《唐诗才调集笺注》、宋邦绥《才调集补注》、天阙山人《才调集七律诗选》、佚名《才调集补》等十多种著述。而于鹏举编刊《玉堂才调集》，选录唐七律诗多达3000首。对《才调集》的研究、传播，达到了历史的高峰。此后，对《才调集》的重视大不如前，出现了一些翻刻本和影印本，当代学者有标点整理本问世，但重拾明清以来诋斥《才调集》的论调，产生了一定影响。

  《才调集》早期刊刻的南宋书棚本，传至明代中叶仅剩残卷，明清之际有孙研北家藏宋抄本、徐玄佐抄补本等。万历年间，有沈春泽重刊本。天启间，钱允治以其"讹谬实甚"而做校勘修补。崇祯初，毛晋以汲古阁藏影写宋刊本为底本，参照各校补本及文集等，刊入《唐人选唐诗八种》。崇祯年间，又有冯舒、冯班先后校补评阅本。清顺治年间，钱曾又据汲古阁藏影写宋刊本（徐玄佐抄补本）影印，是为述古堂影宋抄本。《四部丛刊》初编据述古堂影宋抄本影印，是即傅璇琮主编《唐人选唐诗（十种）》（上海古籍出版社1958年）所据之底本。新安汪文珍垂云堂以汲古阁影宋本为底本，参校二冯评阅本及钱允治校正沈春泽本，于清康熙四十三年（1704）付梓。在诸本中，述古堂影宋本、汲古阁刻本和垂云堂刻本较重要，傅璇琮《唐人选唐诗新编》（陕西人民教育出版社1996年）即以《四部丛刊》本为底本，并参校汲古阁刻本和垂云堂刻本等多种版本，是目前校勘精审的本子。宋邦绥《才调集补注》是对殷元勋笺注本的订补，并参考二冯评阅本，采其评语入集，每卷首题"虞山冯默庵、钝吟先生评阅，古吴殷元勋于上笺注，长洲宋邦绥况梅补注"，由其子宋思仕刊刻于乾隆五十八年（1793），光绪二十年（1894）江苏书局重刻。1996年，上海古籍出版社据乾隆刻本影印，收入《续修四库全书》，这是目前较为常见的《才调集》评注本。

第三章　赵崇祚编《花间集》

第一节　赵崇祚与《花间集》

《花间集》是中国文学史上第一部文人词总集，被奉为"倚声填词之祖"①，对后世影响巨大，在现当代更成为词学研究的热点之一，论文、专著层出不穷，观点推陈出新。可以说，她是词坛明珠，闪耀于一千多年的历史长河中。

该书由赵崇祚于五代后蜀广政三年（940）编成，卷首总目下题"银青光禄大夫、行卫尉少卿赵崇祚集"。崇祚史籍无传，从本书欧阳炯序知其字弘基；据后蜀林罕《字源偏旁小说序》"于大理少卿赵崇祚讨论，成一家之书"，知其明德二年至四年（935－937）间任大理少卿②。而《实宾录》卷六略载其事迹云："五代后蜀赵崇祚，以门第为列卿，而俭素好士。大理少卿刘昺、国子司业王昭图，年德俱长，时号宿儒，崇友之，为忘年友。"③是知崇祚出身显贵，为人俭朴，好结交饱学之士，兼擅小学，为一朝名士。可惜载籍不详，至其籍贯，仍存歧说。《四库全书总目》谓："崇祚字宏基，事孟昶为卫尉少卿，而不详其里贯，《十国春秋》亦无传。案蜀有赵崇韬，为中书令廷隐之子，崇祚疑即其兄弟行也。"④

馆臣之说，并非无据，考《九国志》卷七《赵庭隐传》云

---

①《直斋书录解题》卷二一《歌词类》，上海古籍出版社1987年，第614页。

②（宋）陈思《书苑菁华》卷一六，宋刻本。

③（宋）马永易《实宾录》卷六《忘年友》，景印文渊阁四库全书本。

④《四库全书总目》卷一九九《花间集》提要，中华书局1983年，第1823页。

"庭隐,开封人……子崇祚、崇韬"①,《资治通鉴》卷二七二亦载"廷隐,开封人","庭隐"当从《五代史》作"廷隐",则崇祚当为廷隐(885—950)长子,开封(今河南开封)人。同光四年(926),廷隐随孟知祥入蜀,崇祚随父宦游居蜀当在此年以后,时年二十左右。廷隐在后蜀累官太师、中书令,封宋王,为后蜀开国功臣。其次子崇韬,亦为后蜀名将,曾率军守卫四川,击退周世宗大军。历任左右卫圣步军都指挥使,后为宋军俘虏,《宋史》卷四七九有传,称其为"并州太原人"。而近年考古发现的赵廷隐墓志则称"天水人"②。是致崇祚籍贯扑朔迷离,颇疑"天水"为赵氏郡望,太原则廷隐发达之地,《资治通鉴》《九国志》《蜀梼杌》等并作"开封人",当有所据,故崇祚籍贯当为开封。

崇祚结交儒士,讨论音律著述,与其弟崇韬一文一武,赵氏一门,实为孟蜀朝显贵,自然深受西蜀燕乐侈靡的享乐环境影响,这点从赵廷隐墓出土的彩陶俑也可得到佐证。这些彩陶俑中有"20余件伎乐俑色彩鲜艳、神态各异,手执陶质乐器,是迄今西南地区发现的最精美伎乐俑组合",而"歌俑神态尊贵,头饰金簪,位于众乐俑中部;舞俑中2件为柔舞俑,着女装,姿态柔和优美,1件为健舞俑,着男装,姿态干健有力","出土庭院功能分区明确,且墓主人像置于其间,极可能是仿墓主人生前住宅而制"③。可见这种按身前生活模式打造的地宫,正是墓主人在世时的生活写照,有大量伎乐俑陪葬,说明墓主人对歌舞音乐的偏爱。值得留意的是,歌俑居中,舞乐相伴的表演形式,很可能反映了当时唱词的场景,不仅对曲子词的研究具有重大意义,而且也为赵崇

---

① (宋)路振《九国志》卷七,清《守山阁丛书》本。
② 王毅、谢涛、龚扬民《四川后蜀宋王赵廷隐墓发掘记》,《中国社会科学报》2011年5月26日。
③ 王毅、谢涛、龚扬民《四川后蜀宋王赵廷隐墓发掘记》,《中国社会科学报》2011年5月26日。

祚编纂《花间集》的时代背景提供了有力的实证。崇祚出身高贵，受过良好的音乐教育，又时常高朋满座，故能"广会众宾，时延佳论，因集近来诗客曲子词五百首，分为十卷"①。

第二节 《花间集》的区域文化特色

由于《花间集》的选域并不局限于前后蜀作家，而是将视野投向了晚唐五代，选录作家涉及蜀中、荆南等地词客，但又以前蜀作者为主，因此对《花间集》是全局性的总集还是地方总集，学术界看法并不一致。我们将之视为巴蜀地方总集，主要基于以下几点考虑。

首先，《花间集》编成于后蜀孟昶时期，具有后蜀时代特色，且受孟昶朝政影响明显。据《五国故事》《蜀梼杌》等记载，孟昶是一位节俭、仁慈的明君，与北宋官修《五代史》所载昏君孟昶形象截然相反，反映了民间私史特别是蜀人对孟昶的看法。官修正史对亡国之君的记述是可以理解的，而私史则为此鸣不平。孟昶著有《官箴》，强调"尔俸尔禄，民膏民脂，下民易虐，上天难欺"，可见孟昶具有亲民思想，受民爱戴也在情理中。孟昶降宋离蜀，《蜀梼杌》卷下载有万民哭送，《邵氏闻见录》卷一亦载："昶治蜀有恩，国人哭送之。至犍为县别去，其地因号曰'蜀王滩'。"孟昶在位三十多年，"自袭位，颇勤于政，边境不耸，国内阜安"，"村落闾巷之间，弦管歌诵，合筵社会，昼夜相接"②，可见在孟昶治下，俗阜民安、弦管歌诵的盛况。而孟昶自己也"习于富贵，

---

① （五代）欧阳炯《花间集序》。
② 《蜀梼杌》卷下。

以歌酒自娱"①,泉州南音界至今仍崇奉孟昶为乐神②,可以说孟昶在音乐方面颇有造诣,他曾说过:"王衍浮薄而好轻艳之辞,朕不为也。"③ 可见他对前蜀流行的淫词艳乐不仅反对,而且态度明确。《花间集》编成于孟昶即位六年后,准备编纂工作的时间应当更早,不可能不注意到孟昶的态度。如《花间集》中不收王衍、孟昶、花蕊夫人等人作品,很可能就与广政元年孟昶下令杀掉"以王衍为戏"的俳优之事有关④。此外,孟昶继位后,弃武尚文,主张以礼乐教化治国,一方面支持刻印典籍,如著名的《广政石经》,又尝令史馆集《古今韵会》五百卷;一方面对专横的武将大加挞伐,继位第二年(934),即族灭骄奢跋扈的开国功臣李仁罕、贬斥李肇。此事对赵氏一族而言,虽剪除了多年的政治对手,但也增加了大臣兔死狐悲的担忧。赵崇祚在此时编选《花间集》,既暗合孟昶尚文轻武之意,又黜艳崇雅以示同好,讨得孟昶欢心,以求全身远祸是完全可能的。而且接下来发生的几件事,也可验证此点。据《蜀梼杌》卷下载:"(广政三年)六月,教坊部头孙延应、王彦洪等谋为逆。延应,赵廷隐之优人,以能选入教坊。有尼谓曰:'君贵不可言。'至是谓其徒胡圭曰:'今苦竹开花,侯侍中家马作人言,银枪营中井水涌出,地又数震,此叛乱之兆也。'构得十二人,期以宴日,因持仗为俳优,尽杀诸将而夺其兵。为其党赵廷规所告,尽擒而诛之。"此事发生在《花间集》编成两个月后,赵家并未受株连,没有遭到李仁罕那样被族灭的厄运。而在《花间集》编出后的第二年,赵廷隐加检校、罢节度使。广政十一年(948)七月,位高权重而豪侈专恣的张业被击杀,王

---

① (宋)王灼《碧鸡漫志》卷二。
② 郑国权《泉州南音界崇奉后蜀主孟昶为乐神之谜》,《音乐探索》2005年3期。
③ 《蜀梼杌》卷下。
④ 《蜀梼杌》卷下。

处回被罢黜,而"安思谦密告卫圣都指挥使兼中书令赵廷隐谋反,夜发兵围其第。会山南西道节度使李廷珪入朝,极言廷隐无罪,得免。甲戌,廷隐称疾,请解军职,许之。八月甲申,以赵廷隐为太傅,赐爵宋王,国有大事,就第问之"①。从此事可以看出,位高权重的前朝旧臣一直是孟昶心腹大患,必欲除之而后快,李仁罕、李肇、张业、王处回均遭不测,而赵廷隐虽被诬告谋反,终因早表忠心而平安无事,但也连忙称疾辞职,获封宋王。由此可见,通过编辑《花间集》等一系列讨好孟昶的举动,赵家的地位可望得以巩固。

其次,《花间集》成书地点在成都,选词具有蜀中地域色彩。《花间集》的编者赵崇祚虽非蜀人,但长期生活在蜀地,贵为朝官,熟稔蜀都掌故文物,又有优越的家庭条件,自然熟知当时在蜀地演唱的词曲,特别是后蜀宫廷和贵族家宴乐曲风格。选入《花间集》的词,也有不少打上了蜀中地域文化的烙印。蜀中自汉以来,深受道家思想及道教的影响,在道教性命双修及神仙之说驱动下,逐渐形成了娱乐人生的休闲文化特征。在五代前后蜀时期,游宴成风,及时行乐的现象,上至宫廷,下到民间,都习以为常,每每见诸文献记载。这与近年考古发现,也多相印证,如赵廷隐墓中出土有地轴、雷公俑、鸾鸟等神怪俑,墓志"文字所述具有浓厚的道教色彩"②,证明赵氏一族也是道教信徒。根据词起源初期,词牌即词题的特点,《花间集》中有《女冠子》《河渎神》《河传》《思帝乡》《天仙子》《临江仙》《巫山一段云》《月宫春》《凤楼春》《玉楼春》等十多个词牌直接与道教神仙之事相关,而且18位作家均有上述题材的作品选入,总计达80多首。其他词牌咏及神仙之事的也不少,如孙光宪《菩萨蛮》"木绵花映丛祠

---

① 《十国春秋》卷四九。
② 王毅、谢涛、龚扬民《四川后蜀宋王赵廷隐墓发掘记》,《中国社会科学报》2011年5月26日。

小,越禽声里春光晓。铜鼓与蛮歌,南人祈赛多",描述民间赛神的风俗,与温庭筠《河渎神》"铜鼓赛神来,满庭幡盖徘徊。水村江浦过风雷,楚山如画烟开"的描述彼此映衬,相得益彰。据粗略统计,《花间集》中词咏及道教神仙之事者占总数的五分之一以上,这一方面反映了唐五代时蜀人尊崇道教的事实,另一方面也说明赵崇祚对此类题材的喜爱。另外,西蜀僻处一隅,相对于中原地区战乱更少,自安史之乱玄宗避地蜀中以来,不少中原人士陆续入蜀,随之而来的中原文化,逐渐在蜀中生枝开叶,促使以成都为中心的蜀中经济文化日渐繁荣。自隋唐以来兴起的曲子词,也在蜀中得以发扬光大,并不断有文人加入创作阵营,而蜀地民风追求奢侈逸乐,喜好日游夜宴,可以说是曲子词繁盛的温床。因此在前后蜀时期,成都地区词风独盛,"合筵社会,昼夜相接",成为当时与南唐并列的两大词乐中心之一。蜀词虽受到中原地区的影响,但也烙上了蜀人休闲逸乐的色彩。以绮艳为特色的蜀词,为赵崇祚选入《花间集》,被后世奉为西蜀词派的代表作。

其三,《花间集》所收,蜀中作家居多。在18家中,除温庭筠、皇甫松、和凝外,其余15家或生长在蜀,或仕宦、寓居于蜀。以时代而言,温庭筠、皇甫松、薛昭蕴为晚唐人;和凝为五代后唐词人;孙光宪虽入荆南,但也曾生活、仕宦于前蜀;其余13家,均为前、后蜀词人。因此,《花间集》往往也被看作西蜀词集。

总而言之,《花间集》的编纂具有五代后蜀时代特色,《花间集》词也具有唐五代蜀词的地域化色彩,而集中作家也多与蜀地相涉,因此,完全有理由将《花间集》视为巴蜀地方总集。

第三节 《花间集》的编纂体例

《花间集》前有欧阳炯序,对选集的由来及选词标准有所交待。但关于《花间集》的"花间"二字,今人却有"锦城""歌妓""花丛"诸多解释,皆因序言"昔郢人有歌《阳春》者,号为绝唱。乃命之为《花间集》,庶以《阳春》之甲,将使西园英哲,用资羽盖之欢;南国婵娟,休唱莲舟之引",所指语焉不详,故多滋歧解。今检《旧唐书》卷五有"其异色绫锦并花间裙衣等,糜费既广,俱害女工","花间"与"异色"相对,再联系下文"靡丽服饰"之语,则花间盖指"花样间杂",有"靡丽""绮丽"之意。回看欧阳炯序开篇所言"镂玉雕琼,拟化工而迥巧;裁花剪叶,夺春艳以争鲜",实即阐释"花间"二字含义,也指艳丽雅致,当就《花间集》录词旨趣而言。又《五国故事》卷上有"或以花间柳曲讴歌辞以示之"的记载,则当时歌妓唱词当有写本流传,如敦煌写本《云谣集》之类,"花间柳曲"当即"绮筵公子""绣幌佳人"所在的娱乐场所。如此看来,《花间集》选录的是文人所作,歌妓所唱,内容艳丽而旨趣清雅之曲子词,可谓开宗明义。因此下文叙述歌曲发展及唐五代词乐盛况,展示其推崇《阳春》《白雪》之曲而鄙弃艳诗俗词之意,并肯定流行歌词中"不无清绝之词,用助娇娆之态",故将这些"清绝"胜似《阳春》之作汇聚成编,既供僚友西园雅集之欢,也让歌妓停唱淫俗之曲。可以说,欧阳炯序已将《花间集》的选词标准和唐五代词发展的简况说清楚了,序文也没有错讹不通之处,不必如宋明以后人那样因曲解而随意改字窜意。

《花间集》选录 18 家词共 500 首,即序中所谓"因集近来诗客曲子词五百首,分为十卷",已说明该书是断代词选集的性质,而"近来"的时限,从温庭筠(?—866)到结集的广政三年(940),也就一百多年的时间。从选域看虽以蜀籍或仕宦、客居于蜀的词人群体为主,也兼及太原温庭筠、新安皇甫松等未涉蜀境之人[①]。唐昭宗光化三年(900)韦庄曾奏请追赐温庭筠、皇甫松等人进士及第,二人一以词名,一以酒名,蜀中词客奉为先辈。《花间集》

---

① 参夏承焘《唐宋词人年谱》、陈尚君《花间词人事辑》。

选录温庭筠词最多,达66首,位冠全书,自然是词派宗主,其词绮靡浓艳,缠绵婉约,奠定了花间词的基本风格。韦庄有47首,位冠蜀词人之首,其词清丽温婉,与温庭筠各具特色,王国维称:"飞卿之词,句秀也;韦端己之词,骨秀也。"① 孙光宪生长于蜀,前蜀亡后至荆南,故作为蜀外荆南词家代表,其词入选61首,仅次于温庭筠,词风绮艳、清丽兼而有之,词境开阔,题材较广,温、韦之外,卓然一大家。和凝作为中原词家,历仕梁唐晋汉周五朝,有"曲子相公"之称,入选20首,大抵似温词秾艳富丽,也有清秀似韦词者。其余十三人为前后蜀词家,词风虽各有特色,然均以秾丽婉约为宗,故《花间》结集,实以风格相近,称为"花间词派"或"温韦词派",再恰当不过。因此,《花间集》不收南唐二主及冯延巳之词,或许也有风格不合的缘故。同样,欧阳炯序特意提及的李白,《花间集》也不收其词,个中缘由,值得玩味。明人补刻《花间集》,直接补入李白等人之词,也就成另外一个选集了。

《花间集》选录18家词,或许受唐初设置十八学士的启发,十八也成为唐五代人喜欢的数字,如佛家的十六罗汉也在这一时期衍生为十八罗汉之类。而关于"李"字拆为"十八子"的说法,在当时也很盛行,如宋代路振《九国志》卷六《王宗弼传》载:"先是,蜀有谣言曰:'我有一点药,其名为阿魏,卖与十八子。'至是,宗弼背国归唐,果其验也。"赵崇祚特意挑选十八家,暗含"十八子"寓意,其间是否有效忠李唐,延续李唐之意呢?观其晚唐、前蜀、后唐、荆南、后蜀的作家群体格局,而刻意将另一词学中心之南唐作家排斥于外,编选一部总集,借以表达王朝正朔之深意,是否更能讨得孟蜀后主的欢心呢?

至编排顺序,有学者指出是参考了南朝陈徐陵《玉台新咏》的编纂方法,即前代作者按年齿顺序编排,简称"齿序法",同时

---

① 《人间词话》。

代作者按职位高低排列,简称"职序法"。今按绍兴十八年刻本所载18家顺序,简介如下。

温庭筠(801—866),本名歧,字飞卿,并州祁(今山西祁县)人,彦博裔孙。貌丑,人称"温钟馗"。能诗,与李商隐齐名,时号"温李"。早年客游江淮,后定居雩县郊野,邻近杜陵,自称杜陵游客。他精通音律,诗词俱佳,但恃才傲物,取憎于权贵,累年不第。宣宗时因扰乱科场被贬方城尉,仕终国子助教,后流落而死。著有《握兰集》《金荃集》《汉南真稿》《采茶录》等,大多散佚,今存《诗集》及王国维所辑《金荃词》一卷。其诗词缠绵艳丽,在唐人中存词最多。《花间集》录其词共18调66首,有"侧艳"之名,"花间鼻祖"之称。

皇甫松字子奇,号檀栾子,睦州新安(今浙江淳安)人,皇甫湜子,牛僧孺表甥。开成、会昌间,屡试进士不第,终身未仕,寄情声诗,流连杯酒。光化三年(900),韦庄奏请追赐进士及第,故花间派称为"皇甫先辈"。著有《大隐赋》《大水辨》《续牛羊日历》《醉乡日月》等。今存王国维辑《檀栾子词》一卷。《花间集》录其词共6调11首,闲雅清新,与韦庄风格相近。

韦庄(836—910),字端己,京兆杜陵(今陕西西安市东南)人。韦应物四世孙。能诗,尝作《秦妇吟》,时人号曰"秦妇吟秀才"。后游江南诸地。乾宁元年(894)登进士第,为校书郎。光化三年,擢左补阙。天复元年(901),入蜀依王建为掌书记。王建称帝,为吏部侍郎兼平章事。蜀高祖武成三年(910)八月,卒于成都,谥文靖。著有《浣花集》十卷,王国维辑有《浣花词》一卷。韦庄与温庭筠并称花间词派代表作家,《花间集》录其词共20调48首,清新流丽,情深语秀,别具一格。

薛昭蕴,生卒年和里籍不详,《花间集》称为"薛侍郎",王国维以为即薛昭纬,并辑《薛侍郎词》一卷。《旧唐书》卷一五三《薛存诚传》附传,河东人,保逊子。乾宁间为礼部侍郎,"贡举得人,文章秀丽,为崔胤所恶,出为磎州刺史,卒"。《北梦琐言》

卷四又谓昭纬爱唱《浣溪沙》词。今《花间集》载薛昭蕴《浣溪沙》词八首,王氏之论,可备一说。《花间集》录其词共8调19首,清丽似韦庄。

牛峤(约848—915),字松卿,一字延峰,祖籍安定鹑觚(今甘肃灵台),徙居狄道(今甘肃临洮)。僧孺之孙,牛丛之子。乾符五年(878)进士,历官拾遗、补阙、尚书郎。大顺二年(891),王建辟为判官。及前蜀开国,任秘书监,拜给事中,卒于成都。著有文集三十卷、歌诗三卷,佚。王国维辑有《牛给事词》一卷。《花间集》录其词共13调32首,秾丽似温庭筠,长于咏物托兴。

张泌,生卒年与里籍不详。仕前蜀,官至舍人,《花间集》称"张舍人"。王国维辑有《张舍人词》一卷。《花间集》录其词共13调27首,清绮委婉,介乎温、韦之间。

毛文锡,字平珪,高阳(今属河北)人。年十四登进士第,唐亡,仕前蜀为中书舍人,累迁翰林学士承旨。永平四年(914)迁礼部尚书,判枢密院事。通正元年(916)拜司徒,天汉元年(917)八月贬茂州司马。及前蜀亡,随后主降唐。著有《前蜀纪事》二卷、《茶谱》一卷,不传。王国维辑有《毛司徒词》一卷。文锡精音律,能诗词,工艳语,词风近温而浅露,所撰《巫山一段云》词,当世传咏之。《花间集》录其词共21调31首。

牛希济(约872—926),狄道(今甘肃临洮)人,避乱入蜀,依季父峤。仕前蜀为起居郎,累官翰林学士、御史中丞。前蜀亡,随后主入洛,作《蜀主降臣唐诗》,为明宗所称赏,拜雍州节度副使。著有《理源》二卷,佚。王国维辑有《牛中丞词》一卷。《花间集》录其词共5调11首,清新自然,雅近韦庄。

欧阳炯(896—971),益州华阳(今四川成都)人。少仕前蜀为中书舍人。前蜀亡,随王衍入洛,为后唐秦州从事。孟知祥镇蜀,炯复入蜀,任中书舍人。后主朝累迁翰林学士、礼部侍郎、吏部侍郎,拜门下侍郎兼户部尚书、平章事,监修国史。后蜀亡,仕宋为翰林学士,分司西京。开宝四年(971)卒,年七十六。《花间集》称"欧阳舍人",所撰《花间集序》为现存最早的词论。好作艳词,婉约清和,而写景怀古之作则清新质朴,出入温、韦之间而自成一格。王国维辑有《欧阳平章词》一卷。《花间集》录其词共7调17首。

和凝(898—955),字成绩,郓州须昌(今山东东平)人。后梁贞明二年(916)登进士第,历仕梁、唐、晋、汉、周五朝,在后唐官至翰林学士、中书舍人、工部侍郎。入晋拜中书侍郎、同中书门下平章事,入汉封鲁国公,入周为太子太傅,显德二年(955)七月卒,年五十八。和凝曾作艳词,有"曲子相公"之称。著有《演纶集》《游艺集》《疑狱集》《香奁集》《宫词》《红叶稿》等,大多散佚。今有王国维辑《红叶稿》一卷。作为后唐词家代表,《花间集》录其词12调20首,词风介乎温、韦之间,清秀富艳兼而有之。

顾夐,号油溪,璧山(今属重庆市)后祠坡人[①]。前蜀通正元年(916),以小臣给事内庭。久之,擢茂州刺史。后事孟知祥,官至太尉。能词,《醉公子》曲为一时艳称。著有《袁氏传》一卷,王国维辑有《顾太尉词》一卷。《花间集》录其词16调55首,绮艳缠绵,近于温庭筠。

孙光宪(约898—968),字孟文,号葆光子,陵州贵平(今四川仁寿)人。仕前蜀为陵州判官。后唐天成元年(926),避地江陵,仕荆南高季兴为掌书记,历仕三世,累官荆南节度副使、检校秘书监兼御史大夫。入宋,授黄州刺史。在郡有治声。乾德六年(968)卒。光宪博物稽古,富于藏书,常自校雠。著有《荆台集》《橘斋集》《玩笔佣集》《巩湖编玩》《北梦琐言》《蚕书》等,王国维辑有《孙中丞词》一卷。《花间集》录其词25调61首,绮

[①] 参见熊笃《读古杂考五则》,《重庆师范大学学报》(哲学社会科学)2017年第1期第50页。

艳清秀兼而有之，而词境意象开阔，卓然自成一家，无愧荆南词家代表。

魏承班（？—925），祖籍许州（今河南许昌），居璧山（今属重庆市）五峰山后祠坡，号五峰①。王建收其父魏弘夫为养子，改名王宗弼，承班亦从其父改姓，仕前蜀为驸马都尉、太尉。咸康元年（925）十一月，后唐军攻入成都，族诛王宗弼家，承班罹难。王国维辑有《王太尉词》一卷。《花间集》录其词8调15首，秾艳似温庭筠。

鹿虔扆，成都人，进士，仕后蜀为学士②。累官永泰军节度使，进检校太尉，加太保③。王国维辑有《鹿太保词》一卷。《花间集》录其词4调6首，寄托遥深，雅丽似韦庄。《临江仙》"金锁重门荒苑静"一首，时人推为绝唱。

阎选，生卒年、里籍不详，蜀处士。酷善小词，时人称为阎处士。今有王国维辑《阎处士词》一卷。《花间集》录其词共5调8首，艳丽似温庭筠。

尹鹗，锦城（今四川成都）烟月之士。工诗词，与宾贡李珣友善。仕前蜀王衍为校书郎，累官参卿。王国维辑有《尹参卿词》一卷。《花间集》录其词共5调6首，淡雅幽闲，颇似韦庄。

毛熙震，号巴傩，璧山（今属重庆）后祠坡人④。五代后蜀进士，广政中累官秘书监，终翰林承旨。好书，与王文昌、王著、句中正等交好，宋乾德中尚在世⑤。王国维辑有《毛秘书词》一卷。《花间集》录其词共13调29首，艳丽深婉似温庭筠。

---

① 参见熊笃《读古杂考五则》，《重庆师范大学学报》（哲学社会科学）2017年第1期第50页。
② 嘉靖《四川总志》卷四。
③ 《茅亭客话》卷三《勾居士》。
④ 参见熊笃《读古杂考五则》，《重庆师范大学学报》（哲学社会科学）2017年第1期第50页。
⑤ 《茅亭客话》卷三《兰亭会序》。

李珣,字德润,梓州(今四川三台)人。其先为波斯人,随唐僖宗入蜀。其妹舜弦为前蜀王衍昭仪。珣以秀才豫宾贡,国亡不仕,隐居以终。其弟玹业医学道,尝于雍熙元年(984)春游青城山①。珣著有《海药本草》。王国维辑有《琼瑶集》一卷。《花间集》录其词共12调37首,婉丽清新,超拔世俗。

显然,18人的编排,欧阳炯(后蜀)、和凝(后唐)、顾敻(后蜀)、孙光宪(荆南)、魏承班(前蜀)的排列方法,并非按晚唐、前蜀、后唐、后蜀的时代序列;顾太尉敻、孙少监光宪、魏太尉承班、鹿太尉虔扆、阎处士选、毛秘书熙震的序列,明显也不是按职位高低的顺序排列。因此,《玉台新咏》那种前代人用齿序法、同时代人用职序法的排列组合,并没有为《花间集》所套用。而从生年可知或大致可推知生年的牛峤(约848年)、毛文锡(约865年)、牛希济(约872年)、欧阳炯(896年)、和凝(898年)、孙光宪(约898年)的排列顺序看,自温庭筠至孙光宪12人,均可视作按生年排列。其中顾敻生年虽难以考定,但以二十出头的年龄于通正元年(916)给事内庭的可能性很大。一些学者认为顾敻与顾琼、顾在珣为同一人,即顾彦朗(?—891)之子,虽有文献将顾敻词署作"顾琼",但尚不足以据此认定二人即为一人。魏承班与顾敻、毛熙震少年时期居住在璧山,年龄大致相当,故次于顾敻、孙光宪之后,生年也当在公元898年前后。鹿虔扆为后蜀进士,《茅亭客话》载禄虔扆舍宅于享年163岁的瓦屋和尚事云:"天复年初入蜀,伪永泰军节度使禄虔扆舍碧鸡坊宅为禅院居之。"虽学者多认同"鹿""禄"相同之说,但此事也可疑,且不说享年163岁是否可靠,永泰军既不属蜀境,天复初年(901)成都仍属唐昭宗治下,不当书"伪"字,因此"伪永泰军节度使"是黄休复追述之语,非当时实录,即天复初年鹿虔扆不可能为节度使。而舍宅事言之凿凿,我们也可推测鹿虔扆因生于是年,故

---

① 《茅亭客话》卷二《李四郎》。

其父母假其名舍宅作寺以祈福报，据此可推知鹿虔扆的生年为天复元年（901）。毛熙震为后蜀进士，宋太祖乾德年间（963—967）尚在世，其生于公元901年以后的可能性是存在的。尹鹗与李珣友善，年龄大致相当。李珣之妹舜弦为王衍（899—926）昭仪，王衍于公元918年登基，假使其年舜弦16岁，则当生于公元903年，李珣为兄，生于公元901年以后的可能性是存在的。李珣之弟四郎李玹于公元984年尝登青城山，假使其年70岁，则当生于公元915年前后。如果珣为长兄，中间很可能还有二郎、三郎，李珣生于天复年间的可能性仍很大。综上所述，《花间集》是以18人的生年为序编排的，既不同于《文选》类总集的按文体编排，也不同于《玉台新咏》的齿序法、职序法并用，而是采用《楚辞》的编排方法，以作家生卒年为序，将每个作家的作品汇聚一处，而不是将作品分散到各体裁之下。《楚辞》编纂体系又被称为经传体系，是以屈原作品为经，宋玉以下作品为传。《花间集》将温庭筠、皇甫松列为先辈，以下收录都是与二人风格相近的作品，也有开宗立派的含意。《花间集》作家群自成一派，赵崇祚功不可没。

第四节 《花间集》的流传与影响

《花间集》选录"诗客曲子词"，趋向雅化，强调格律的规范，揭开了北宋以后倚声填词的新篇章，为词体的确立，做出了重要贡献。《花间》词也被推为婉约词派的正宗，本色当行，后人竞相仿效，影响深远。如五代南唐重要作家冯延巳、李璟、李煜词作，均受到《花间集》影响，冯延巳《阳春集》掺入多首《花间集》词，便是他们研习《花间集》的明证。北宋填词，更奉《花间集》为正宗，李之仪认为："至唐末，遂因其声之长短句，而以意填之，始一变以成音律，大抵以《花间集》中所载为宗。……思道覃思精诣,专以《花间》所集为准,其自得处,未易咫尺可论。"①南宋张炎更进一步指出"当以唐《花间集》中韦庄、温飞卿为则"②。一"宗"一"则"之论,肯定了《花间集》在词史上的重要地位。而自南宋以下,《花间集》影响更大,这从《花间集》的翻刻情况也可略窥一二。

五代时期流传的《花间集》本,应该是分卷册页装手抄本,现存最早的绍兴十八年建康刻本。书前有总目,每卷又有卷首目录,标明作者及作品数量,依然保存了册页装的形制,应当是五代旧本的翻刻本。该本晁谦之跋云:"建康旧有本。比得往年例卷,犹载郡将监司僚幕之行,有《六朝实录》与《花间集》之烬。又他处本皆讹舛,乃是正而复刊,聊以存旧事云。"在南宋初之前的"旧本",很可能是北宋刻本。词在北宋获称"诗余",难登大雅之堂,而《花间集》则有幸成为官方馈赠的礼品,可见颇受欢迎。建康旧本和"他处本"的存在,至少证明《花间集》已在多地流传,但校勘不精,难免错讹。晁谦之本校刻较精,半页八行,行十九字,卷首有序,题"武德军节度判官欧阳炯撰",又有目录一页。每卷前有分目,标列作者与篇目及作品数量。现存《花间集》另一宋刻本为淳熙年间鄂州刻本,又称"宋刻递修公文纸印本",半页十行,行十七字。卷首序无标题及署名,末署"唐广政三年夏四月大蜀欧阳炯序"。卷首无总目,每卷前有分目,形制较晁刻本大同小异,文字稍有改动,刻印质量则差不少。这两个宋刻虽不能代表宋刻本全貌,但后世刻本皆祖此二本,其重要性不言而喻。

金、元时期,没有《花间集》刻本传世,但金、元人阅读

---

① (宋)李之仪《姑溪居士前集》卷四〇《跋吴师道小词》,景印文渊阁《四库全书》本。

② (宋)张炎《山中白云词》附《乐府指迷》,景印文渊阁《四库全书》本。

《花间集》的记载,仍时见简端,如"《麟角》《兰畹》《尊前》《花间》等集,传播里巷,子妇母女,交口教授,媱言嫘语,深入骨髓,牢不可去"①,"少时阅唐人乐府《花间集》等作,其体去五七言律诗不远"②。可见《花间集》虽未受重视,但也不至湮灭无闻。

到明代,《花间集》备受重视,出现了十多个刻本,大致可分为3种类型,一是翻刻宋本,有正德十六年(1521)陆元大翻刻晁谦之本(简称陆本),万历二十六年(1598)毛氏汲古阁翻刻宋开禧间陆游跋本(简称毛本)。二是补遗本,有万历八年(1580)茅一祯刊本(简称茅本),以陆本为底本,十卷,附温博《花间集补》二卷,补入李白以下14家71首词;万历三十年玄览斋巾箱本,万历间吴勉学师古斋刻本,均以茅本为底本;明末雪艳亭活字排印本,以茅本为底本,但将原书顺序打乱,按词调与补遗词作混合编排。三是评点本,有万历四十八年汤显祖评点本,四卷,书后附义释与音释,颇为后人关注;天启四年钟人杰笺校本,有杨慎评点,二卷,以茅本为底本,但有所删略,且打乱原书顺序,按词调将原词及补遗之作混合编排。四是丛刻本,有正统六年吴讷《唐宋名贤百家词》本,万历四十八年朱之蕃《词坛合璧》本等。明人有鉴于《花间集》选词的局限性,加以增补,增入了李白、张志和、元结、刘禹锡、李涉、王建、白居易、薛能、徐昌图、刘燕哥、无名氏、李璟、李煜、冯延巳等人词作,其本意是展现全唐五代词盛况,以弥补《花间》之不足,但却违离了原书"本色当行"的属性,故李一氓先生称其"选录极为草率,并没有补救得了《花间集》的缺陷,反而替以后《花间集》的滥刻开辟了一条道路"③。汤显祖、杨慎评点本的出现,

---

① (金)元好问《遗山先生文集》卷三六《新轩乐府引》,《四部丛刊》景明弘治本。
② (元)戴表元《剡源文集》卷一九《题陈强甫乐府》,《四部丛刊》景明本。
③ 李一氓《花间集校·校后记》,人民文学出版社1981年,第213页。

有助于普通读者对词的鉴赏与创作，对扩大《花间集》的影响有着积极意义。

　　清代以后，《花间集》被收入多部丛书，影印本大量出现，除《四库全书》《徐氏丛书》《四印斋所刻词》等丛书收录《花间集》外，还有陆元大本和汲古阁本的翻刻本。至近现代，主要有吴氏双照楼影印元刻本、《四部丛刊》影印明玄览斋本、《四部备要》影印南宋鄂州本、1955年文学古籍刊行社影印宋绍兴十八年刻本等，而李一氓《花间集校》（人民文学出版社1958年）汇校诸本，堪称善本。四川省图书馆更将李一氓旧藏20种《花间集》版本编为《花间集汇刊》十册（国家图书馆出版社2016年），大大方便了研究者。而最引人注目的，则是注本不断出现，1934年商务印书馆出版华钟彦《花间集注》是较早较好的评注本，有1983年中州书画社、2008年河南大学出版社再版本。1935年开明书店出版李冰若《花间集评注》，笺评外还有"栩庄漫记"点评，颇具特色，1993年人民文学出版社、1999年河北教育出版社再版本。此外，还有李谊《花间集注释》（四川文艺出版社1986年）、沈祥源等《花间集新注》（江西人民出版社1987年）、周奇文注释《花间词》（吉林文史出版社2002年）、高峰《花间集注评》（凤凰出版社2008年）等等，颇便读者阅读。近年杨景龙《花间集校注》（中华书局2014年）、解玉峰《花间集笺注》（崇文书局2017年），汇集注释、评论及前人整理成果，为《花间集》更深层次的研究铺平了道路。

第四章　宋以后巴蜀编刻总集述略

　　现存巴蜀编刻总集，以《才调集》《花间集》为代表，二者不但编纂、流行于巴蜀地区，而且是针对巴蜀文坛而编，对规范和引导巴蜀诗词创作，有不可磨灭的作用。基于此种认识，我们将这类收集作家作品内容超出巴蜀范围的总集,也予以关注并加以粗略的探讨。这类总集在宋以后,仍在不断编刻。明代杨慎、清代李调元等,也多致力于编刻总集。在此仅撮述大要,不求全面,略作梳理。

第一节 宋代巴蜀编刻总集述略

陈充《九僧诗集》

宋初成都人陈充(944—1013),曾编《九僧诗集》一卷,凡110篇,并为序。九僧诗宗晚唐,对后世颇有影响。九僧中剑南希昼、青城惟凤、峨眉怀古为蜀人,且与陈充唱和。其事见欧阳修《六一诗话》、司马光《温公续诗话》。《郡斋读书志》《直斋书录解题》均著录该书,惜散佚已久,无从考知其编刻情况。

勾龙震《谪仙集》

《宋史·艺文志》总集类著录"《谪仙集》十卷,勾龙震集古今人词,以李白为首"。勾龙震,成都人,绍兴十八年(1148)进士(《绍兴十八年同年小录》)。原集已佚,难以考知具体情况。

李壁《中兴诸臣奏议》

《宋史·艺文志》总集类著录眉州丹棱人李壁(1159—1222)编《中兴诸臣奏议》四百五十卷,《玉海》卷六一有《国朝中兴诸臣奏议》一书,其序曰:"略仿赵公凡例,总为十八门,别而汇之,又二百门,通为四百五十卷。凡修德兴学之序,正家善俗之方,事天罪己之诚,用贤纳谏之公。爱惜名器,辨别忠邪,屏浮侈,尚勤约,戒苛刻,本忠厚。上而郊庙礼文、诏诰赏罚;次而官制职守、学校荐举,与夫议狱断刑、阜通财货、消弭盗贼、勤恤民隐切于政者,靡不具焉。而其时最大而莫先者,则尝胆之志未伸，兴复之义未明。如择将训兵，申儆军实，料敌制胜，经理边防。曰海道，曰江淮荆襄，曰川陕。地形厄塞，戍守疏密，开卷了然，有同图绘。斟酌损益，有裨于今者，惟高庙朝谋议莫详焉。故今纂次，终于绍兴。其有系国家大计，生民休戚，事已见于前而至孝宗初始定者，则仍取后来所谕附之逐事之末，其是非同异之实，不可得而掩也。"则是书仿赵汝愚《诸臣奏议》而编，自建炎迄于隆兴，纂辑有关中兴政事之奏议，分十八大类，二百小类，编成四百五十卷，惜此书久佚，仅据此序知其大概。

第二节　宋代眉山编刻总集述略

宋代是中国历史上的一个文化高峰，其中巴蜀文化也占有十分重要的地位。而眉山作为巴蜀文化的重镇，三苏文学璀璨千年，眉山蜀刻辉耀一代。经济文化的发达，加上社会环境的相对稳定，使宋代四川刻书业得以发展壮大，很好地继承了唐五代以来蜀刻的传统。明胡应麟称："凡刻之地有三：吴也，越也，闽也。蜀本宋最称善，近世甚希。"① 清人金鹗历考版刻源流云："唐末，益州始有板本，多术数、字学小书。后唐长兴三年，始依石经文字刻九经印板，流布天下，命马缟、田敏等详勘。《宋史·艺文志》谓始于周显德，非也。宋端拱元年（988），司业孔维等奉敕校勘孔颖达《五经正义》，诏国子监镂板行之。淳化中，复以《史记》、前后《汉书》付有司摹印，自是书籍刊镂者益多。庆历中，有布衣毕昇又为活板，其法用漆泥刻字，薄如钱，每字为一印，火烧令坚，印数十百千本，极为神速。镂板之地，蜀最善，吴次之，越次之，闽又次之。"② 可见，四川在版刻历史上，有着举足轻重的位置，而宋代蜀刻本更是天下闻名。蜀刻有成都和眉山两个中

---

① （明）胡应麟《少室山房笔丛》甲部《经籍会通》四。
② （清）金鹗《求古录礼说》卷一五《汉唐以来书籍制度考》。

心，北宋时期以成都为中心，南渡以后，则转移至眉山，形成官刻、家刻和坊刻几种体系，刻印了《眉山七史》《册府元龟》《太平御览》《唐六十家集》、三苏及唐人文集等名著。眉山人不仅刻书，而且兼通编纂，编刻一体，推出了《唐三百家名贤文粹》《国朝二百家名贤文粹》及《名臣碑传琬琰集》等总集。

蒲积中编《古今岁时杂咏》

本书在宋绶（991—1040）《岁时杂咏》基础上增补而成。《岁时杂咏》为宋绶"手编古诗及魏、晋迄唐人岁时章什一千五百有六，厘为十八卷，今溢为二十卷矣"①。宋绶原编为十八卷，又有二十卷本，均失传已久。绍兴十七年（1147），眉山蒲积中在原编基础上，依例增补宋朝人诗，并以"古诗"标示原编，以"今诗"标示补编，扩编为四十卷（明《千顷堂书目》卷三一著录），又有四十六卷本，自序云：

> 《岁时杂咏》，宋宣献公所集也，前世以诗雄者俱在选中，几为绝唱矣。然本朝如欧阳、苏、黄与夫荆公、圣俞、文潜、无己之流，逢时感慨，发为词章，直造风雅藩阈，端不在古人下。予因隙时，乃取其卷目而择今世之诗以附之，名曰《古今岁时杂咏》，鸠工镂板，以广其传。非惟一披方册而四时节序具在目前，抑亦使学士大夫因以观古今骚人用意工拙，岂小益哉！绍兴丁卯仲冬日，眉山蒲积中致和序。②

蒲积中字致和，眉山（今四川眉山）人，绍兴进士（嘉靖《四川总志》卷一二），仕履不详。他纂集本朝感慨岁时，"直造风

---

① 《郡斋读书志》卷四下。
② 《皕宋楼藏书志》卷一一三，《清人书目题跋丛刊》（一），中华书局1990年，第1279页。

雅藩阃，端不在古人下"之作，"以观古今骚人用意工拙"，的确可助益诗歌创作。清四库馆臣说："晁公武载绥原本诗一千五百六十首，而此本二千七百四十九首，比绥所录增一千二百四十三首，则一代之诗，已敌古人五分之四，其搜采亦可谓博矣。其书自一卷至四十二卷为元日至除夜二十八目，其后四卷则凡只题月令而无节序之诗皆附焉。古来时令之诗，摘录编类，莫备于此，非惟歌咏之林，并亦典故之薮，颇可以资采掇云。"①本书依原编体例而增补诗篇，并以"古今"为界限，故清彭元瑞云："全书四十六卷，其分目以时节，末四卷以十二月。每门前古诗，宋绥所编五代以上人作，次今诗，蒲积中所补本朝人作。所谓古今，以时代，非以诗体也。视近世《月令广义辑要》《日涉编》《岁时类传》诸书，较为大雅。"②可见，蒲积中不仅继承宋绥原编"大雅"之趣，供人赏析，而且保存了原编的框架和诗作，也间接保存了已经失传的《岁时杂咏》。所录1200多首宋人诗，有些不见于他书，不仅具有评选鉴赏的功用，而且保存了珍贵的文献。

至具体的编纂体例，清李慈铭剖析细微："其书自卷一至卷四二，起《元日》，迄《除夜》，皆依节序编之。卷四三至四六，更以《正月》至《十二月》，非关节序及有月无日之诗，编次盖皆依宋之原。第宋书止二十卷，此所取宋人诗过倍。每类皆先曰'古诗'，即宋所编自汉至唐也。次曰'今诗'，则蒲所续宋诗。于宋人如欧阳（原误'宗'）、司马等，或称公，或称谥，或称爵，又有韩资政缜、吕相公公著等皆称官，苏、黄、梅、陈等皆称字，而刘筠、杨亿、晏殊皆称名。又有豹林先生、东溪先生等称，颇无义例，不如宋选之概题姓名也。其中如本朝字皆提行，敬字等

---

① 《四库全书总目》卷一八七《古今岁时杂咏》提要，中华书局1983年，第1696页。
② 《知圣道斋读书跋》卷二，《国家图书馆藏古籍题跋丛刊》，北京图书馆出版社2002年，第4册第558页。

皆缺笔,盖据宋本钞出,惜太草草,不足观。"① 李氏所观仿宋抄本,当保存了蒲积中原刊旧貌,如眉山书隐斋刊《国朝二百家文粹》,也多以"司马温公""王枢密""贤良王公""东坡先生""东溪先生"等标署作者,而不以姓名,大约是南宋眉山编刊总集的习气使然。而文渊阁《四库全书》本统作姓名,加以规范,并剪除原序,删略诗篇,不复旧貌。

是书宋刊本不传,明清也无再刊本,清钱曾云:"眉山蒲积中致和又取欧阳、苏、黄、荆公、圣俞、文潜、无己辈流逢时感慨之作,附古诗后,列为今诗,卷次犁然,洵大观也。此等书除宋刻缮写外,别无刊本流布,将来芜没无传,甚可惜耳。"② 今传本除《四库全书》外,还有明、清抄本多部,藏于国家图书馆及上海、南京、重庆等图书馆。1998年,辽宁教育出版社出版徐敏霞校点本,用四库本校国图所藏明抄本,收诗2709首。

家求仁编《草木虫鱼诗》

《宋史·艺文志》总集类著录:"家求仁《名贤杂咏》五十卷,又《草木虫鱼诗》六十八卷。"家求仁字直夫,眉山人。所编《名贤杂咏》五十卷,未见传世记录,而《草木虫鱼诗》则经后人增广刊刻,而幸有传本。

明高儒《百川书志》卷一九云:"《增广草木虫鱼杂咏》十八卷,宋眉山家求仁(原误'人')直夫编。集唐、宋人诗凡咏物者,长编短章,细大不遗,效宋宣献公《岁时杂咏》之例,编中草木鸟兽之名,有出《三百五篇》之外者,可助多识。乾道中,龙溪增广之。"据此可知,眉山家求仁所编《草木虫鱼诗》,乾道中,经龙溪增广而成《增广草木虫鱼杂咏》十八卷。而原本六十

---

① (清)李慈铭《荀学斋日记》壬集卷下。
② 《钱遵王读书敏求记校证》卷四下,《清人书目题跋丛刊》四,中华书局1990年,第221页。

八卷之《草木虫鱼诗》，不知何故经增广后反成十八卷。清人倪灿《宋史艺文志补》云："家求仁《增广虫鱼杂咏》十八卷。字直夫，眉山人。《宋志》有《草木昆虫诗》六十八卷，此当在外。"认为二者不同，应当无视高儒之说了。

傅增湘云："《重广草木鱼虫杂咏诗集》□卷，残本，存十卷。宋元间刊本，十行二十一字，黑口中，四周双阑。存卷六、七、十一、十二、十三、十四、十五、十六、十七、十八，共十卷。钤有'朱彝尊印'白、'朱垞老人'朱两印。"① 此本现藏国家图书馆，《中国古籍总目》集60343382著录为"明□□辑，明刻本"，与傅氏所定"宋元间刊本"不同，而祝尚书先生定为"家求仁、龙溪编"②，认为与高儒所见《增广草木虫鱼杂咏》为同一书，可备一说。

成午编《唐三百家名贤文粹》

据《文献通考》卷二四八载："《唐三百家文粹》四百卷，眉山成叔阳编。后溪刘氏序，略曰：'往时有《唐文粹》百卷，姚铉之所铨纂，已倍于古今。眉山成君乃增益之至三百家，为四百卷。呜呼，何其多也！文之多者，可以察治；言之富者，可以观德。眉山乡多藏书，叔阳所以尽力乎其间，岂徒然哉！叔阳荐于乡，既成此书，丐余序之。'"姚铉（968—1020）据《文苑英华》选录成《唐文粹》一百卷，诗文赋2000多篇，分体编纂。序言"以古雅为命，不以雕篆为工，故侈言蔓辞，率皆不取"，故只收古文、古体诗，不录骈体、近体。成氏或仿《唐文粹》而为，诗文兼收，既增至三百家、四百卷，又称"乡多藏书，叔阳所以尽力乎其间"，当是普查载籍增补而成，而以"察治""观德"为编纂宗旨，也即文以载道、经世致用之意。此书后世不传，成氏据他书增补

---

① 《藏园群书经眼录》卷一七，中华书局1983年，第1487页。
② 《宋人总集叙录》卷二，中华书局2004年，第97页。

者不知凡几？宋彭叔夏《文苑英华辨证》卷五称："近世眉山成午编《唐三百家名贤文粹》，亦与姚铉同，殆未见《文苑》故耶？"史绳祖也说："姚铉编《唐文粹》及蜀本《唐三百家文粹》《唐七十家大全集》及国初馆阁所编《文苑英华》，唐人花木、音乐赋各有十余卷，而此两赋（宋璟《梅花赋》、张曙《击瓯赋》）俱不在。"① 可见，此书全名《唐三百家名贤文粹》，盖据《唐文粹》增益而成，似未一一检核《文苑英华》，或未见《文苑英华》原书。编者当名成午，字叔阳，宋宁宗朝预眉州乡荐。马端临以"眉山成叔阳编"著录，或未见原书，但据刘光祖（后溪刘氏）序著录而已。

刘光祖（1142—1222）起知眉州在庆元末至嘉泰初，序称"叔阳荐于乡，既成此书，丐余序之"，则此书之成，当不晚于南宋宁宗嘉泰年间（1201—1204）；而经周必大、胡柯、彭叔夏于嘉泰年间校订之《文苑英华》（明刻本），引《川文粹》备注异文多达七十余处，可证此书编刊于嘉泰之前；又《文苑英华辨证》成书于嘉泰四年（1204），既称"近世眉山成午编《唐三百家名贤文粹》"，则此书或成于宋光宗绍熙年间（1190—1194）。此书编刻均完成于蜀中，故史绳祖称蜀本《唐三百家文粹》，又称《川文粹》。顾广圻云："《文苑英华》屡引《川文粹》，而其间每为《文粹》不载之篇，疑不能明久之。顷读彭叔夏《辨证》，第五卷名氏条有云'近世眉山成午编《唐三百家名贤文粹》'，乃知《川文粹》者指此。为记于帙，亦读《文粹》者所当知也。"② 清沈涛称："《文苑英华辨证》云'近世眉山成午编《唐三百家名贤文粹》'，此姚氏书之外又一《唐文粹》也，而其书不传，晁、陈两家书目亦失

---

① （宋）史绳祖《学斋占毕》卷二。
② （清）顾广圻《思适斋书跋》卷四《唐文粹跋》，《国家图书馆藏古籍题跋丛刊》，北京图书出版社2002年，第5册第345页。

载。"① 可见此书失传已久,对后世影响不大,关注者寥寥。而差不多同时编纂的《国朝二百家名贤文粹》,则有幸得以传世,受到后人重视。

佚名编《二百家名贤文粹》

《遂初堂书目》总集类著录的《本朝二百家文粹》,与现存《新刊国朝二百家名贤文粹》当属同一本书。据《郡斋读书志》卷五下记载:"《国朝二百家名臣文粹》三百卷。右论著二十二门、策四门、书十门、碑记十二门、序六门、杂文八门,总目六,分门六十二。所谓二百家者,赵普、柳开、张齐贤、田锡……张孝祥、杨万里、王十朋、赵雄。"明《内阁藏书目录》卷四著录:"《二百家文粹》,五十六册,不全。宋庆元间,蜀中编集宋朝名公著述议论,凡三百卷。眉山王称为序,莫详编次姓名。"《文渊阁书目》卷九著录:"《二百家文粹》,一部六十册,完全。"则是书在明代尚存三百卷全帙,盖至清代始有散佚。

此书今残存《新刊国朝二百家名贤文粹》一九七卷,《楹书隅录》卷五著录云:

> 宋本《新刊国朝二百家名贤文粹》一百九十七卷,六十册六函,每半叶十四行,行二十四字。不著编辑者姓名。首载庆元丙辰朝散大夫、直秘阁、知邛州军州兼管内劝农事眉山王称季平父序云:"吾乡抑文章之所自出,乡人有欲集国朝闻人胜士之文,刊为一集者,属予为序。"次列二百家名贤世次,仅一百九十九人。共分六类,曰论著,曰策,曰书,曰记,曰序,曰杂文。每类之中,又各分子目。末有庆元丁巳咸阳书隐斋跋,称"文章莫盛于国朝,近岁传于世者,诗有选,经济有录,《播芳》《琬琰》皆有集,独其著述论议,所

---

① (清)沈涛《铜熨斗斋随笔》卷七《唐文粹》,清光绪会稽章氏刻本。

以经纬天人,发明道学,该贯今古者,或罕其传。此书旁搜类聚,总括精华"云云,当即编辑者之自序。其体例已可概见。《秘阁书目》作三百卷,似误。《国史经籍志》《菉竹堂书目》皆著录。卷首有"鼎元""伯雅"两印及"普福常住藏书之记""筠生"各印,盖王弇州先生藏本也。①

存本藏国家图书馆,仅一九七卷,而首尾序跋完整。核其门类,则"论著"类细分为"古圣贤"四卷,"历代人臣"九卷,"圣道"八卷,"治道"七卷,下细分"论治""治乱教化""礼乐""刑赏""刑法""法制"6小类,"臣道"三卷(缺其一),"官职"二卷,"用人"二卷,"朋党"一卷,"风俗"一卷,"财用"一卷,"边防"三卷,"杂著"四卷,共12类,较《郡斋读书志》著录之"论著二十二门"缺9门,且"臣道""朋党""风俗""财用"四门疑有阙漏;"策"类细分为"制科策"五卷,"馆职策"一卷,"廷试策"六卷,"时议策"十一卷,《郡斋读书志》著录之"策四门"相符;"书"类细分为"上皇帝书"十卷,"上宰相书"八卷,"上侍从书"五卷(存四、五两卷),"上台谏书"二卷,"上监司帅守书"八卷,"杂上时流"二卷,"师友问答"十四卷,"拟古书"一卷,共8门,较《郡斋读书志》著录之"书十门"缺2门,且"上侍从书"门缺三卷;"记"类细分为"国事记"一卷,"郡国学记"五卷,"祠庙记"七卷,"寺观记"三卷,"厅壁记"二卷,"官宇记"一卷(缺二以下),"楼观记"五卷,"堂宇记"九卷,"图籍记"(书记附)二卷,"城邑记"(山川风物附)二卷(卷一四六"城邑记三"至卷一五〇"城邑记二"之间,阑入卷一四七"经史序四"卷一四八"经史序五"卷一四八"文集序一",当为错简),共10门,较《郡斋读书志》著录之"碑记十二门"

---

① 《楹书隅录》初编卷五,《清人书目题跋丛刊》(三),中华书局1990年,第560页。

缺2门;"序"类细分为"经史序"五卷,"文集序"七卷,"诗集序"二卷,"图籍序"二卷,"送别序"九卷,"名字序"三卷,共6门,与《郡斋读书志》著录之"序六门"相符;"杂文"类细分为"赋"五卷,"颂"二卷,"铭"二卷,"箴"二卷,"赞"三卷,"檄谕"一卷,"题跋"七卷,共7门,较《郡斋读书志》著录之"杂文八门"缺1门。总计现存6大类48门,较《郡斋读书志》著录之"总目六,分门六十二",缺14门,且"臣道"等5门尚有缺漏,残缺比例约占全书的三分之一,据此也可推测原书当为三百卷。杨绍和谓"《秘阁书目》作三百卷,似误",则为凭空悬揣之词。盖宋晁公武和明孙能传据原书著录为三百卷,今本作一百九十七卷,卷首无目录,各卷相连,当系藏书家据残存本剜改卷次,拼合而成。而卷一四六"城邑记一"和卷一五〇"城邑记二"之间,窜入卷一四七"经史序四"卷一四八"经史序五"卷一四九"文集序一"三卷,实为错简,剜改卷次者不察,率意而改,反露作伪痕迹。

今存另一残本也藏国家图书馆,傅增湘《藏园群书经眼录》卷一八云:"《新刊国朝二百家名贤文粹》三百卷,存卷十五、十八至二十、九十至九十三、一百六十四至一百六十八、一百七十至一百七十六、一百八十四至一百九十、二百五至二百八、二百七十二至二百七十七、二百八十五至二百八十六,计存四十一卷。宋庆元三年书隐斋刊本,半页十四行,每行二十四字,白口中,左右双阑。缺宋讳至'敦'字止。审其雕工,当是蜀中刊本。各卷钤有'甓社书院文籍'楷书木记。……后又见海源阁旧藏一百九十七卷,卷次均经剜改。谐价未成。"① 傅氏所编《宋代蜀文辑存》尝据是本辑录佚文并标注出处,其卷次也与一百九十七卷本不同,可证三百卷者当为原编,一百九十七卷本经后人剜改。

原书既不署编者,《郡斋读书志》也不著编者名,清杨绍和则

---

① 《藏园群书经眼录》卷一八,中华书局1983年,第1523页。

谓咸阳书隐斋跋"当即编辑者之自序",而傅氏《经眼录》、祝尚书《宋人总集叙录》均谓书隐斋为刊刻者,尚难断为编者。"咸阳书隐斋"当为眉山书坊名,姓名失考。卷首王称序称"乡人有欲集国朝闻人胜士之文,刊为一集者,属予为序",则此书为眉山人所编,正如《内阁藏书目录》所说那样"眉山王称为序,莫详编次姓名"。成书于庆元三年(1197)丁巳,成书时间与眉山成午(叔阳)所编《唐三百家名贤文粹》相后先,未知二书是否出自同一人之手?

王称序强调"文者载道之器",希望"非载道之文则不与此集",书隐斋跋也谓此书"旁搜类聚,总括精华",旨在纂辑"经纬天人,发明道学,该贯今古"之文。观其"六十二门"名目设置,如"古圣贤""圣道""治道""臣道""用人""朋党""风俗""财用""边防""师友问答""国事记""郡国学记"之类,更是直接与"道学"相涉。也与成午《唐三百家名贤文粹》刘光祖序所谓"文之多者,可以察治;言之富者,可以观德"同一旨趣,贯彻了巴蜀文学经世致用的思想。此书卷首列"二百家名贤世次",名为"二百家",实录199家。每一先贤按姓氏、谥号、名、字、进士及第年的顺序登录,并按科甲先后顺序排列。再考虑六目、六十二门的设计,多与科举课试密切相关。则是书之编纂,当与南宋人所编《词科指南》《论学绳尺》等类似,标榜先贤以示范后学,直接服务于科举应试诸生。其中蜀籍作家多达60余人,约占总数的三分之一,当有借蜀中先贤模范以激励后人之意,故编刊于蜀中,也有为巴蜀文坛及学子服务的功用。

与《文选》《文苑英华》《唐文粹》《宋文鉴》一样,是书也按文体分类编排。但所收文体十分有限,仅涉及论、策、书、碑、记、序、杂文(赋、颂、铭、箴、赞、檄、谕、题跋)等十四种,而不录诗歌、制诏、奏议、表状、启、尺牍、墓志、行状、祭文等常见文体。如此安排,大约与咸阳书隐斋跋所称"诗有选,经济有录,《播芳》《琬琰》皆有集"有关,但更大的原因则是所录文体与南宋进士、诸科及制科考试密切相关,如"制科策""馆职策""廷试策""时议策"及"上皇帝书""上宰相书"之类。

至编排顺序,则与《文选》《文苑英华》《唐文粹》《宋文鉴》不同,而别出心裁,如"序"类细分"经史""文集""诗集""图籍""送别""名字"6门,"书"分"上皇帝""上宰相""上侍从""上台谏""上监司帅守""杂上时流""师友问答""拟古"等,分门别类,条目清晰,且易于甄别,实用性强。又如"论著"类下"治道"门,又细分"论治""治乱教化""礼乐""刑赏""刑法""法制"6小类,也便于学者对号入座,实习模仿。然既称"名贤文粹",而所收文章门类不全,遗漏实多,其在后世流传受限,影响不及《宋文鉴》《南宋文范》,与其编纂体例难脱干系。

现存《二百家名贤文粹》诸帙皆为宋刊,具有珍贵的文献辑佚和校勘价值。傅增湘《宋代蜀文辑存·凡例》云:"《二百家名贤文粹》三百卷,系蜀中选刻,所存蜀人为多。余幸得残本,未睹全编,特志于此,冀吾乡人得据以访寻焉。"[①] 傅氏所据残帙仅四十一卷,从中辑出宋集外文 63 篇,我们据一百九十七卷本再度辑补,复得巴蜀集外文 308 篇。即此可见,《新刊国朝二百家名贤文粹》保存了大量无集作家之文,文献价值弥足珍贵,是研究巴蜀文学的重要参考书。

此外,编者所据文献,都是宋代流行的版本或碑刻,不少文章与别集及他书所载者文字迥异,除具有宝贵的校勘价值外,对文献学及文学史、文学批评等研究者来说,也是极为珍贵的参考资料。如成书时间相近的《成都文类》,与本书卷一四四同载杨天惠《徙文湖州木石画壁记》一文,而文字颇多差异:如《文类》"自其为大布衣,即以古文获重语于天下。然壮思锐甚,注射缣素不能休,则又于书画焉发之"一段,《文粹》无之;《文类》"某不

---

① 傅增湘原辑,吴洪校补《宋代蜀文辑存校补》卷首《凡例》,重庆大学出版社 2014 年,第 1 册,第 2 页。

及知,晚幸交公之子冲卿,乃克闻之",《文粹》作"某以少贱,不识公,独识其子冲卿,闻冲卿言如此";《文类》"而某为之记",《文粹》作"而某为之记以政和之辛卯。舜选名某,南荣人,爱客嗜义,为士所尚云"。显然,《文粹》所载更完整,与《文类》所据底本当不相同。嗣后《全蜀艺文志》、乾隆《盐亭县志》、嘉庆《郫县志》以及《宋代蜀文辑存》均录是文,源出《成都文类》,而《文粹》一脉,几近湮灭无闻。《文粹》多存宋文原貌,可据以校订别集讹误,补其阙漏,如清抄本《何博士备论·邓禹论》一文,《文粹》卷一〇所载多出"故曰:善守者藏于九地之下,善攻者动于九天之上。所谓守者,非彼攻而我守之守也;所谓攻者,非彼守而我攻之攻也。形之以弱,而敛之以不应者,皆守也;出吾匿伏之强与锐者,皆攻也。无得而窥之者,藏也;无得而备之者,动也"一段,更为完璧。

当然,是书亦存在刻工不精,多俗字、讹字等问题,且残缺不全,有人为剜改而导致错简等问题,使用时需多加注意。

是书自庆元三年(1197)刊刻后,未见翻刻及传抄本。当今影印宋本者有上海古籍出版社《续修四库全书》本(集部第1652—1654册)、《宋集珍本丛刊》本(线装书局2004年)、《中华再造善本丛书》本(北京图书馆出版社2006年)等,秘籍重现,嘉惠实多。

杜大珪编《名臣碑传琬琰之集》

是书《四库全书总目》入史部传记类,核其采集众作,分篇署名,实属总集之例。编者杜大珪,眉州眉山人,第进士,仕履不详。卷首有绍熙甲寅(1194)序,称"好事者",未署名,清陆心源断为"自序"①,似可信。《四库全书总目》云:

---

① 《皕宋楼藏书志》卷二七,《清人书目题跋丛刊》(一),中华书局,1990年,第305页。

大珪,眉州人,其仕履不可考。自署称进士,而序作于绍熙甲寅,则光宗时人矣。墓碑最盛于东汉,别传则盛于汉魏之间。……顾石本不尽拓摹,文集又皆散见,互考为难。大珪乃搜合诸篇,共为三集,上集凡二十七卷,中集凡五十五卷,下集凡二十五卷,起自建隆、乾德,讫于建炎、绍兴,大约随得随编,不甚拘时代体制。要其梗概,则上集神道碑,中集志铭、行状,下集别传为多。多采诸家别集,而亦间及于实录、国史,一代钜公之始末,亦约略具是矣。①

四库馆臣指出是书的编纂宗旨在展现"一代钜公之始末",与自序所称"好事者因集神道、志铭、家传之著者为一编","以观其人之出处本末","以便后学之有志于前言往行者。……学者将阶此以考信于得失之迹,不为无助",大抵相合。可见其旨在纂辑一代名臣的碑铭传状,借以考察其立言行事的本末,以供后人借鉴学习。以史为鉴,利在当世,这与后蜀赵元拱纂《唐谏诤集》、南宋李壁纂《中兴诸臣奏议》,钩辑奏议以资辅政,一脉相承,凸显了巴蜀文学追求教化功用的特色。

是书共一百零七卷,分三集,上集录神道碑,中集录墓志铭、行状,下集录别传等,大致按文体分类,而编排文章则显混乱,既不依传主或作者时代,也不分文臣武将,正如四库馆臣所谓"随得随编,不甚拘时代体制"。至于体例沿革,清李元度谓:"宋朱子撰《言行录》,取并世名臣事迹,件系而条缀之,为后世法。文虽不迨昌黎,而其扶世翼教,厥功懋矣。嗣是杜大珪有《名臣碑传录》、苏天爵有《元名臣事略》、徐纮有《明名臣琬琰录》、项

---

① 《四库全书总目》卷五七《名臣碑传琬琰集》提要,中华书局1983年,第520页。

笃寿有《今献备遗》，皆祖述朱子之意以成书者也。"① 实则朱熹《宋名臣言行录》是节录诸书，聚为一编，与此书"集神道、志铭、家传之著者为一编"体例有别，简言之，《宋名臣言行录》于四部著录属史部传记类，而本书则可入总集类。观元苏天爵撰《元朝名臣事略》，清四库馆臣云："大抵据诸家文集所载墓碑、墓志、行状、家传为多，其杂书可征信者亦采掇焉，一一注其所出，以示有征，盖仿朱子《名臣言行录》例，而始末较详。又兼仿杜大珪《名臣碑传琬琰集》例，但有所弃取，不尽录全篇耳。"② 可明了二者的区别。

此体当为杜氏首创，属碑传集，故明徐纮编《明名臣琬琰录》，清四库馆臣云："是书乃仿宋杜大珪《名臣碑传琬琰集》而作。"③ 清钱仪吉纂《碑传集》，刘锦藻称其"先后易名者三，最后始援宋杜大珪《名臣碑传集》例，定为今名"④。是书整篇照录宋代碑传文献，保存了许多珍贵史料。清陆心源说：

> 北宋名臣碑、状、墓志略具于斯，三集所录，多取之《隆平集》，惟姑溪居士李之仪所撰《范公行状》，今载《忠宣集》中，此本未录。南宋只录《张浚行状》《刘珙行状》《刘子羽墓志碑铭》《李显忠行状》《虞雍公守唐事》，而于李忠定纲、种忠宪师道、宗忠简泽、赵忠简鼎、吕忠穆颐浩、胡忠简铨、岳武穆飞、韩忠武世忠、朱文公熹、吕成公祖谦、赵

---

① （清）李元度《天岳山馆文钞》卷二六《国朝先正事略序》，清光绪六年刻本。
② 《四库全书总目》卷五八《元朝名臣事略》提要，中华书局1983年，第523页。
③ 《四库全书总目》卷五八《明名臣琬琰录》提要，中华书局1983年，第524页。
④ （清）刘锦藻《清续文献通考》卷二六四《经籍考》八，民国景十通本。

忠定汝愚，志状不登一字，亦缺典也。①

陆氏似对不录朱熹、赵汝愚等人碑传表示不满，实则本书所录止于绍兴年间，且结集之时，朱熹、赵汝愚尚在世，岂有墓志、行状可录？当然，是集所选"名臣"，涉及历史人物评价问题，立场不同，观点迥异，如四库馆臣所说："中如丁谓、王钦若、吕惠卿、章惇、曾布之类，皆当时所谓奸邪，而并得预于名臣，其去取殊为未当。然朱子《名臣言行录》、赵汝愚《名臣奏议》亦滥及于丁谓、王安石、吕惠卿诸人，盖时代既近，恩怨犹存，其所甄别，自不及后世之公。此亦事理之恒，贤者有所不免，固不能独为大珪责矣。"②实则王安石有大功于世，堪称名臣，即如其他诸人，正如祝尚书先生所说："若碑传皆废，如何能知人论世？杜氏搜辑保存众多宋代著名人物碑传资料，大有功于文献。诚如潘景郑先生所说：'余读杜大珪《名臣碑传琬琰集》，窃有慕乎其荟萃之功。开往古未有之宏业，启后来踵述之规范，虽甄别未必尽是，而椎轮大辂，昭兹来许，抑亦不朽之盛事矣。'(《著砚楼书跋》)"③杜氏开创此体，可谓发扬了巴蜀人敢为天下先的精神。

是书初刊于绍熙五年（1194），题《新刊名臣碑传琬琰之集》，华东师范大学图书馆、宁波天一阁藏有原刊本。宋人书目未见著录，明以后书目多有登录。清瞿镛云："《新刊名臣碑传琬琰之集》一百零七卷，宋刊本，题眉川进士杜大珪编。目录分上、中、下，上二十七卷神道碑，中五十五卷志铭、行状，下二十五卷传。第二十二卷以后，杂以谥议、行状。宋朝名臣事实，略具于此。前

---

① 《仪顾堂题跋》卷四《宋本名臣碑版琬琰之集跋》，《清人书目题跋丛刊》（二），中华书局1990年，第47页。

② 《四库全书总目》卷五七《名臣碑传琬琰集》提要，中华书局1983年，第520页。

③ 祝尚书《宋人总集叙录》卷四，中华书局2004年，第196页。

有绍熙甲寅序,不题名。每半叶十五行,行二十五字。楮墨精好,洵为宋椠之善本。"① 其后又有抄本及宋刻元明递修本、《四库全书》本等,多家图书馆均有收藏。

第三节 明代巴蜀编刻总集述略

见证过宋代文化高峰的巴蜀大地,在总集编纂的诸多方面都取得了丰硕成果。进入元代后,却陷入沉寂,除青城人杨朝英编有《乐府新编阳春白雪》《朝野新声太平乐府》两部散曲选集外②,难觅蜀人编纂总集的记载。到了明代,巴蜀编纂总集稍有起色,杨慎一人独当一面,成就非凡。

明代除杨慎之外,内江人萧俨编有《皇明风雅广选》三十七卷(张廷玉《明史·艺文志》著录),未见传本。

射洪人谢东山《全明近体诗钞》二十三卷,明嘉靖四十五年(1566)刻本,又明陆稳刻本,不分卷,有杨慎批点。

富顺人晏铎纂有《鸣盛集》十卷(《千顷堂书目》卷三一著录),李东阳云:"宣德间,有晏铎者,选本朝诗,亦名《鸣盛诗集》,其第一首林子羽应制曰:'堤柳欲眠莺唤起,宫花乍落鸟衔来。'盖非林最得意者,则其他所选可知。"(《怀麓堂诗话》)据此,则是明诗选集。

梁平人李宾编《八代文钞》,收录"屈原至明钟惺凡九十有二人"之文,而以屈原、宋玉为"文人之宗祖","然文章不止词赋,以二人为宗祖,则未免失词。且所选明代十七人中,如袁宏道、

---

① 《铁琴铜剑楼藏书目录》卷一〇,《清人书目题跋丛刊》(三),中华书局1990年,第155页。
② 因编者籍贯存在争议(青城:一说指四川都江堰,一说指山东高青),且二书编刊地不在蜀中,不在本编讨论的范围。

钟惺亦未能抗行古之作者，其去取殆不足凭也"①，今未见传本。

这些总集虽由蜀人编纂，但未必刊于蜀中，因此在蜀中影响不大。

杨慎编纂总集述略

杨慎是巴蜀地区编纂总集数量最多的一人，据明何宇度《益部谈资》卷中记载，杨慎著作多达140种，其中总集有《尺牍清裁》《词林万选》《五言律祖》《绝句辩体》《李诗选》《杜诗选》《风雅遗编》《明诗钞》《金石古文》《尺牍拾遗》《选诗外编》《选诗拾遗》《唐绝精选》《唐音百绝》《唐绝增奇》《六言诗选》《经义模范》《文海钩鳌》《名奏菁英》《古文古诗选》《明诗续钞》《诗林振秀》《五言绝选》《选唐百绝》《古今柳诗》《古今谚》《古今风谣》《百琲明珠》《词苑增奇》《草堂诗余》《草堂诗余补遗》《交游诗录》《交游余录》《苏黄诗选》《宛陵六一诗选》《五言三韵诗选》《五言别选》《宋诗选》《元诗选》《群公四六丛珠》《群公四六节文》41种，近乎三分之一，可见杨慎对编纂总集的执着。令人震惊的是，140种只是杨氏著述的冰山一角，据嘉庆《新都县志》卷四九载："杨升庵著述，新邑有序有书者四十六种，有序无书者二十一种，无序无书有名可考者八十七种，较诸何宇度所见所闻，各有异同。盖得自新刻者共十种，升庵自序者四种，并何宇度所记一百四十种，合为一百五十四种。据简绍芳叙《升庵年谱》云'生平著述四百余种'，散佚颇多，学者恨未睹其全。今新邑所存，仅什一耳。"400多种著述中，还有多少部总集，我们不得而知。由于杨慎仕途坎坷，许多著述未及刊刻。后来经焦竑、王世贞等人评点、补编、增注而梓行，流传渐广。张廷玉《明史·艺文志》总集类著录杨慎《古隽》八卷、《尺牍清裁》十一卷、《古今翰苑

---

① 《四库全书总目》卷一九三《八代文钞》提要，中华书局1983年，第1760页。

琼琚》十二卷、《风雅逸编》十卷、《选诗外编》九卷、《五言律祖》六卷、《近体始音》五卷、《诗林振秀》十一卷、《明诗钞》七卷、《经义模范》一卷等10种。嘉庆《四川通志》卷一八七载杨慎所纂总集有《金石古文》十四卷、《古隽》八卷、《风雅逸篇》十卷、《翰苑琼琚》八卷、《三苏文范》十八卷、《全蜀艺文志》六十四卷、《选诗》外编九卷、《选诗拾遗》、《五言律祖》六卷、《诗选辑要》四卷、《诗林振秀》十一卷、《近体始音》五卷、《古诗选》、《唐诗要》、《唐绝精选》、《唐绝增奇》、《唐音百绝》、《宋诗选》十卷、《元诗选》三卷、《明诗钞》七卷、《明诗续钞》三卷、《六言诗选》、《交游诗录》、《交游余录》、《五言绝选》、《五言别选》、《五言三三韵诗选》、《李杜诗选》、《宛陵六一诗选》等近30种。而据《中国古籍总目》集部总集类著录，明曼山馆刻本《古诗选》内有《五言律祖》前集四卷后集六卷、《绝句衍义》四卷、《绝句辩体》八卷、《唐绝增奇》五卷、《唐绝搜奇》五卷、《六言绝句》一卷、《五言绝句》一卷，焦竑评点；明嘉靖卜大有刻本《选诗》三卷、外编三卷、拾遗二卷，朱曰藩增注；明嘉靖刻本《杨升庵辑要三种》（《诗选》四卷、《诗韵》五卷、《诗余》三卷）；明嘉靖刻本《风雅逸篇》十卷；明万历琳琅馆刻本《千里面谭》二卷；明刻本《美人诗宫词》四卷；明嘉靖陈士贤刻本《皇明诗钞》十卷；明崇祯刻本《东归唱和》一卷；明嘉靖刻本《全蜀艺文志》六十四卷；明刻本《嘉乐斋三苏文范》十八卷，袁宏道评释；明崇祯豹文斋刻本《合诸名家评注三苏文定》十八卷，李维桢评注；明嘉靖刻本《赤牍清裁》十卷；明刻本《笔媚笺》十二卷；明天启刻本《古今翰苑琼琚》十二卷，孙镰辑评；明天启刻本《花间集》二卷，杨慎选并评；明汲古阁刻《词林万选》四卷。以上共计25种，其中《五言律祖》《绝句辩体》《绝句衍义》《风雅逸篇》《唐绝增奇》《全蜀艺文志》等还有多种刻本，也有部分刻于蜀中。可见，无论从编纂总量还是现存数量，杨慎都无愧蜀中著述第一人之称。

杨慎所编总集中，《全蜀艺文志》《三苏文范》《三苏文定》《东归唱和》四种属地方总集，我们会在后面的章节讨论。其余多属诗词选集，总数多达 40 余种①。他大量编纂总集，明显受明朝诗派林立、各家竞编选本以宣扬宗旨的环境影响，既有杨慎自觉编选者，也不乏应邀而作。选诗范围从先秦到明代，选词范围自《花间》到明朝，通过选辑加评点的方式，既表达自己的重六朝、宗盛唐的诗学见解，诗词选集自成体系，也对当时的诗坛、词坛产生了一定的影响，而对明清兴起的总集编纂热潮更有直接的影响。其选词于《花间集》《草堂诗余》之外，掇拾余作，具有一定的文献价值和词学研究价值，值得重视。由于这类总集大多不在蜀中编纂刊刻，流行蜀中者也不多，因此我们在这里仅存其目，而对各选集的具体内容，不做进一步的探讨。

第四节　清代巴蜀编刻总集述略

自杨慎以后，巴蜀编纂总集渐入正轨。明清之际，费经虞、费密父子编纂《剑阁芳华集》，成为现存最早的四川地方诗歌总集。嗣后编纂者逐渐增多，对明清以来巴蜀地方诗人诗作，加以搜集评选，产生了较好的影响。同时，编纂者还能放眼全国，关注前代及同时代作者的作品，编刊了一些颇具影响的总集。总集的类型也更加丰富，既有通代、断代的诗文选集，也有一国一代的全集，或者几大名家的选集。既引导巴蜀文学进一步与中原、江南融合，也推动巴蜀文坛精英之作流向域外，产生应有的影响。同时，还产生了服务于巴蜀学子，面向科举应试的应用型总集，可以说是明清八股文科考的产物，在全国各地大量编纂科考总集的影响下，巴蜀文英也不能免俗。从编纂者角度看，不同于明代

---

① 参马莉《杨慎所编诗词选本研究》，四川师范大学硕士学位论文，2019 年。

杨慎的一枝独秀，清代巴蜀学人更重视总集的功用，出现了李调元、张邦伸、释含澈等编纂多部总集的名家，扩大了总集的影响。

清代巴蜀编刻的总集数量，可能比前几代的总和还多。而且类型更加丰富，不仅有大量的通代、断代选集，而且有全集；不仅有妇女作家的选集，而且有释家、居士的总集；既有全国性的选本，也有专为某一区域编纂的地方诗集。由于目录书登录不全，《中国古籍总目》记载的存量有限，我们只能根据嘉庆《四川通志》及各府县方志、王晓波主编《清代蜀人著述总目》的记载，略为梳理如次。

《全五代诗》一百卷

（清）李调元编，《函海》本，嘉庆《四川通志》卷一八七《经籍》"总集类"著录。李调元（1734—1803），字羹堂，号雨村，别署童山蠢翁，四川罗江县人。与张问陶、彭端淑合称"清代蜀中三才子"。乾隆二十八年（1763）进士，入翰林院，历广东学政，擢直隶通永兵备道，因得罪权臣和珅，遣戍伊犁，后以母老赎归，居家著述。调元致力于搜集与整理乡邦文献，辑刊《函海》30集，共150种书，致力于弘扬巴蜀文化及振兴蜀学。《函海》辑刊杨慎著述较多，《古隽》《金石古文》《古文韵语》《风雅逸篇》《古今风谣》《古今谚》等总集赖此得以流传乡邦，有功于升庵。虽有校勘不精等问题，但瑕不掩瑜。其所编纂《全五代诗》一百卷、《粤风》四卷、《蜀雅》二十卷等总集类著述，也刊入《函海》中。

是编成于乾隆四十三年（1178），前有自序云："五代诗向无全本，编诗者率皆附之唐末宋初之间，并少专辑。惟新城王尚书渔洋有《五代诗话》，而所载者事迹，诗或缺焉。……故数年来，于趋署直宿之余，辄坐拥诸书，详加翻核，有五代诗而为前人附入唐末宋初者，俱一二归还之。或应入某代，或应入某国，或按其时其事而更于每人姓氏之下，缀以小传，皆据各书采录，非臆说也,盖不如是则不足以成五代之诗也。更于五代后附以十国。凡有断章摘句,靡不收入,统名之曰《全五代诗》,共计书一百卷。自乙未春二月至戊戌春正月,积三年而始成。"① 则是书以汇总五代十国之诗为旨,自乾隆四十年春始,历三年而编成,"颇自信捃拾无遗,庶几使五十二年之文献得以不坠"。全书按五代十国分卷,每卷下按作者官爵、隐逸、道释等身份为序,作者名下缀以作家小传,并附相关轶事、评论等。其诗则按体排列。所据文献有《五代诗话》等300多种书,资料详赡,网罗较全,虽偶有滥入及遗漏者,仍不失为较好的五代诗歌总集,蜀中后世纂辑方志、总集等书,颇资考据。是书有乾隆初刊《函海》本所收为九十卷,道光《函海》本增补析为一百卷,另附"补遗"一卷,《丛书集成初编》据道光本排印。1991年,巴蜀书社出版何光清点校本。

这是巴蜀编刻最早的一部断代诗歌全集,其以人系诗并按诗体编集的方式,对后世蜀人编纂诗、文、词全集,有较大影响,如傅增湘编《宋代蜀文辑存》、李谊编《历代蜀词全辑》(重庆出版社1992年)、四川大学古籍所编《全宋文》(上海辞书出版社、安徽教育出版社2006年)、廖永祥编《蜀诗总集》(天地出版社2002年)等,均采用这种编纂体例。

通代诗选

《古诗自怡编》八卷 (清)王瑽编,光绪《广安州志·艺文志》《清代蜀人著述总目》著录。王瑽(1600—1681),字元佩,号子荆,广安人。明时仕至广西左江道,入清强起为江南驿盐副使,寻擢荆南大参。退处30年,著述30多种。康熙二十年(1681)卒,年八十二。有《船政新书》、《青城山人集》八卷、《伤寒医论》四卷、《古诗自怡编》八卷等。事见雍正《四川通志》

---

① (清)李调元《全五代诗序》,《童山文集》卷五。

卷四七李仙根《王璲暨元配熊氏墓志铭》。

《人海诗钞》六十余卷　（清）李炳奎编，民国《夹江县志·典籍》《清代蜀人著述总目》著录。李炳奎（1791—?），原名屺瞻，字石筠，夹江人。嘉庆十八年（1813）举人，历官长沙、武黄同知，署常德府知府。多与名公唱和，文名特著。尝辑《人海文钞》《古文辑述》等，著有《常惺惺斋诗集》十一卷、《文集》十卷等。事见《国朝全蜀诗钞》卷四一、民国《夹江县志》卷八。

《诗选便读》六卷　（清）罗星辑，见道光《綦江县志》卷七。罗星号春堂，重庆綦江人。道光元年（1821）恩科举人，筑九峰学堂，从游者达500人。德行高一世，年八十卒。尝纂修道光《綦江县志》十二卷，辑有《诗选便读》六卷、《九峰制艺》四卷、《诗古文集》三十二卷，著有《珍珠舫》四卷、《谈锋镜》一卷、《书差福海》一卷，皆早梓行。《沧海谈奇》一卷，手钞待梓。如《读史拾要》《海疆戎务》《流寇琐闻》《外夷传》《西洋事略》《蚕桑宝要》《家训》等又不下百卷。事见道光《綦江县志》卷七下。

《诗古文集》三十二卷　（清）罗星辑，见道光《綦江县志》卷七。

《咏历代名臣诗注》八卷　（清）潘泰行编注，光绪《江津县志》卷一一、《清代蜀人著述总目》著录。潘泰行，重庆江津人。以新繁诸生娶女诗人夏兰滋（字畹香，有《绣香阁留草》）。道光八年（1828）举人，井研教谕。事见民国《新繁县志》卷三〇。

《五朝诗铎》三十一卷　（清）李寿萱选编，有光绪十三年（1887）谷诒堂刻本（存）、光绪十四年叙州府学署刻本（存），民国《新繁县志》卷一〇、《清代蜀人著述总目》著录。李寿萱（1821—1898）字荫堂、映生，别字慕莲，成都人。廪贡生。同治十年授叙州府训导，光绪十八年（1892）改蓬州学正。二十四年（1898）卒，年七十八。其学重伦常而尊实践，著有《谷贻堂集古诗钞》十卷、《五朝文铎》三十卷、《诗铎》二十卷，皆刻行于世。民国《新繁县志》卷一〇有传。

是编收唐、宋、元、明、清五代诗歌。民国《新繁县志》卷三〇《艺文》载其自序云："余司铎戎州，忝膺训导，循名甄实，无以为道。学诗未能，溺职滋惧。惟萌芽唐、宋，渔猎元、明，以迄国朝。虽名公钜制，而其词涉浮艳者悉去之；即草野讴吟，而其宗正轨者亦登之。尽屏伪体，独诠真趣。总归于激发至性，有裨名教，不失《蓼萧》《蓼莪》《常棣》《伐木》诸篇之本旨。以类统诗，以诗聚类，搜缀而区分，比事而排辑，凡一千三百八十三首，标其目曰《五朝诗铎》。"则是同治年间任叙州府训导时编，旨在训迪诸生，以期"植人材以端教化"，"持大节而立纲常"。

《古诗选》四卷 （清）王士元编，民国《简阳县志》卷二〇《经籍篇》"总集类"、《清代蜀人著述总目》著录。王士元（1836—1908）字翰才，原名栩，简阳人。庠生，议叙州判。曾参纂光绪《简州续志》。光绪三十四年（1908）卒，年七十三。辑有《五代诗选》一卷、《二王诗选》二卷、《友声录》四卷，辑有《诊痴诗文集》诗一卷文二卷（存）、《偶笔》二卷遗稿一卷、《诗说》一卷、《联话》一卷、《运甓精舍楹联》一卷、《简州志稿》六卷。民国《简阳县志》卷一三有传。

《玩春蕤阁八代杂言诗抄》 （清）陈崇哲辑，光绪十年（1884）富顺考隽堂刻本，民国《富顺县志》卷一一、《清代蜀人著述总目》著录。陈崇哲字元睿，一字子元，一作子沅，富顺人。光绪八年（1882）优贡生，朝考二等；十一年（1885）中举人，官秀山训导。著有《仪礼士丧虞器服释证》四卷、《馈食仪节》一卷、《江汉源流考》上下卷、《蜀历代文学赞》上下卷、《玩春蕤阁诗文集》若干卷，辑有《八代文章志》《八代文粹》等。事见《国朝全蜀诗续钞》卷三、民国《富顺县志》卷一一。

以上通代诗选本，凡8种。多编于嘉庆、道光以后，大抵为教育诸生而编。

断代诗选

《汉诗说》十卷、《总说》一卷 （清）费锡璜、（清）浙江钱塘人沈用济同编,今存康熙刻本。《昭代丛书》仅存《总说》。费锡璜(1664—1723)字滋衡,一作滋蘅,成都新繁人,侨居江都,费密子。清初著名诗人,著有《道贯堂文集》《掣鲸堂诗集》等。

是编"因冯惟讷《诗纪》、梅鼎祚《诗乘》所录汉诗,略为评释"[1]。"前断自秦,后断自魏,上至郊庙,下至杂曲谣谚,毕取而陈说问难,精究其旨趣。"(康熙刻本卷首费锡琮序)

《唐诗自怡编》八卷 （清）广安人王璲编,光绪《广安州志》卷一二、《清代蜀人著述总目》著录。王璲编有《古诗自怡编》,见前。

《唐诗正音》十卷 （清）张邦伸编,嘉庆《汉州志》卷三八、《清代蜀人著述总目》著录。张邦伸(1737—1803)字石臣,号云谷,汉州(今四川广汉)人。乾隆二十四年(1759)举人,摄辉县事,补光州州判,历任河南襄城、固始知县,有政声。以母老乞归,专意著述。著有《锦里新编》十六卷、《光郡通志》六十八卷、《古绳乡志略》十二卷、《固始县志》二十六卷、《云栈纪程》八卷、《地理正宗》八卷、《云谷文钞》四卷、《云谷诗钞》八卷、《西园唱和集》一卷、《热河纪行草》一卷、《庆诞录》一卷等。嘉庆《四川通志》卷一五三有传。作为广汉历史上著述最多的作家,张邦伸也编纂了不少总集。据李元《云谷张公墓志铭》载,邦伸编有《氾南诗钞》四卷、《全蜀诗汇》十二卷、《唐诗正音》十卷、《明七律选》二卷、《排律韵荟》四卷5部总集。《氾南诗钞》是他任襄城县令期间所编,辑录清初至乾隆元年(1736)襄城本地诗人诗作889首,总计72名诗人,各附小传及评语,今

---

[1] 《四库全书总目》卷一九四《汉诗说》提要,中华书局1983年,第1775页。

存乾隆三十九年刻本。《唐诗正音》《明七律选》《排律韵荟》当为诗歌选集，今未见传本。据张邦伸自撰《云谷年谱》，《唐诗正音》与《明七律选》均辑成于乾隆五十二年（1787）。

《唐宋四家诗钞》十八卷　广汉人张怀溥（雨山）辑，又名《唐宋四大家诗选》，今存道光十一年（1831）刻本（残）。一作《唐宋四家诗选》六卷（同治《续汉州志》卷九）。见《清代蜀人著述总目》。

检四川大学图书馆藏道光十一年刻本2册，四大家为唐李白、杜甫、韩愈，宋苏轼。前有道光十一年知汉州吴县蔡习安序及张怀泗序及《唐宋四大家诗·例言》，卷一至卷三为李诗选，前有《李诗叙》，每卷下题"汉州张怀溥读本"，正文有圈点及旁批，天头也有评语，所录前贤评语皆标姓氏，不标者即选者自评。卷四至卷九为杜诗选，卷一○至卷一二为韩诗选。此下缺苏轼诗1册。

《唐宋诗纂便读》六卷　内江人王果（1765—1846）编，同治《渠县志》卷四六、《清代蜀人著述总目》著录。是书为指示渠县后学之作，以五七绝、五七律、古体为编次，有渠县知县何庆恩序。

《唐诗选辑》二卷　重庆铜梁人王泮（1773—1806）选辑，见光绪《铜梁县志》卷一二丁显元《王芹村先生墓志铭》。

《养源书屋唐诗选》　三台人李志学（道光十二年举人）编，今存稿本（上图），见《中国古籍总目·总集类·断代之属》。

《鱼溪集唐诗钞》一卷　重庆永川例贡生刘助杰辑，见光绪《永川县志》卷一○。今存永川刘氏清刻本。

《全唐诗选》六卷　井研人宋治性（咸丰元年恩贡生）手自抄选，见光绪《井研志》卷一五。

《唐宋诗近体选》四卷　简阳人汪鼎元（1816—1881）编，见民国《简阳县志》卷二○。

《唐诗约钞》　叙州人张启辰（1820-1888）编，见光绪《叙州府志》卷三三。

《五代诗钞》六卷　广安庠生蒲怀瑾辑。怀瑾字端溪，号隐君子，尝两纂州志，又辑《思省益书》三十二卷、《文最类次》十六卷、《俪文选体》十卷、《韵事增华》六卷，见光绪《广安州新志》卷二一、《清代蜀人著述总目》。

《五代诗选》一卷　（清）王士元编，民国《简阳县志》卷二〇《经籍篇》"总集类"、《清代蜀人著述总目》著录。王士元编有《古诗选》，见前。

《元明诗抄》　重庆忠县人吴学凤（乾隆十八年举人）辑，见道光《忠州直隶州志》卷八、《清代蜀人著述总目》。

《明诗七律选》二卷　（清）张邦伸编，嘉庆《汉州志》卷三八、《清代蜀人著述总目》著录。张邦伸编有《唐诗正音》，见前。

以上断代诗选15种，涉及汉、唐、五代、宋、明诸朝，而以唐代居多。

名家诗选

《八家诗选》三卷　丹棱人彭端淑（1697—1777）编，"取曹植、陶潜、谢灵运、鲍照、谢朓、李白、杜甫、韩愈八家之诗，汇为一册"①，未见传本。光绪《丹棱县志》卷七作"曹植以下八大家《诗选》若干卷"。

《国朝四大家诗选》　广汉人张怀泩（乾隆五十九年举人）辑，见同治《续汉州志》卷八、《清代蜀人著述总目》。

《评选七家诗》　峨眉人张熙宇（1783—1853）辑，刻行于世，见宣统《峨眉县续志》卷七本传。

《杜韩诗选注》　成都人高浣花（1783—1853）选注，见民国《华阳县志》卷二六。

以上名家诗选4种。选录名家诗文，是明清比较流行的编刻总集模式，如著名的"唐宋八大家"之类。巴蜀亦有仿作，然影响不大。

---

① 嘉庆《四川通志》卷一八七。

方外诗选

《方外诗选》八卷 （清）释含澈（1824—1899）辑，有光绪三年融琢、星槎刻本，龙藏寺绿天兰若刻本，均存。民国《南溪县志》卷六、《清代蜀人著述总目》著录。释含澈字雪堂，一字懒懒头陀，俗姓支，新繁（今属四川成都）人。出家龙藏寺，师从云坞学诗。继云坞主寺事，钻研《藏经》，刊布朋辈诗文、前人遗墨，与顾子远、王懿荣等酬唱不绝。晚年筑潜西精舍，更号潜西退士。光绪二十五年（1899）卒，年七十六①。著有《绿天兰若诗集》《绿天兰臭集》《潜西随笔》《禅宗直指性道南针》等书，编刻有《纱笼诗集》十六卷、《纱笼文选》八卷、《方外诗选》八卷等与佛教相关的总集，独具特色。又编《及见诗钞》十卷、《及见诗续钞》八卷，搜罗文献，孜孜以求，有功后世。王增祺《诗缘》正编、正编续屡选其诗，认为："近数十年来，缁流参文字禅者，吾川画则推梁山竹禅，书则称新繁乘三，诗则雪堂也。……其诗多本色语，无禅和子气，而念不忘亲，坚持戒律，尤非他富僧所能。"②

四川大学图书馆所藏光绪三年融琢、星槎刻本，缺卷首及卷一，中缺第四卷宋释部分。正文每卷题"方外诗选卷之×"，题下署"蜀僧含澈雪堂编次，徒融琢、星槎校刊"，录自唐寒山至释含澈历代僧诗，辑为九卷。卷一录唐释寒山等29人，卷二录唐释皎然等36人，卷三录唐释齐己等35人，卷四录宋释祖可等230人，又卷四录元释圆至等7人20首，卷五录明释观衡等129人，卷六录清释止岩等57人，卷七录清释祇一老人等59人，而卷八独录含澈诗433首。是此编实为九卷，而标署为八卷而已。卷八录编者自己之诗，独为一卷，首有光绪三年何元普序云："吾友繁江诗僧雪堂，以禅说诗几三十年，思力颇挚，编集古今方外诗家，累帙

---

① 民国《新繁县志》卷二〇有传。
② （清）王增祺《诗缘》正编续卷九，光绪二十八年（1902）刻本。

联篇,云受之钵师云坞老人者。及兹付梓,片昙零贝,焕采烟霞,是为不二门中另开一法门也。"是编辑录自唐以来方外诗僧之作,所选寒山、拾得、贯休、皎然、齐己、道潜、惠洪等皆名家,堪称方外诗大观,虽以巨量己作压轴,颇存杂念,然是编于众多蜀刻总集之中,别具一格,且辑录、保存文献之功,仍不容否认,故略为论次如此。

《纱笼诗集》十六卷 （清）释含澈辑,存同治十一年(1872)绿天兰若校刊本,《清代蜀人著述总目》著录。释含澈编有《方外诗选》等,见前。

扉页题"同治十一年秋八月绿天兰若校刊",卷首有同治十二年(1873)黄云鹄《纱笼诗集序》、陇右牛树梅序、同治十一年吴郡顾复初序、黄冈李应观、蜀吕燮枢序及同治十二年杨益豫序及释含澈所撰《凡例》。黄云鹄序称:"雪堂上人自新繁冒暑走雅州,携所刊《纱笼诗集》,属一言。盖师搜萃唐以后诗家于象教有关涉者,都为十六卷行世。"以"纱笼"名集,盖取唐人"而今始得碧纱笼"之语,"意在尚友古人",凡与佛门相涉之诗,"胥采之,上至帝后、公卿、大夫、士庶、隐逸、缁羽并名媛闺秀,无遗佚焉"（释含澈《凡例》)。"为书凡十六卷,为人无虑数十百家,为诗无虑万篇,而殿以贱子"（杨益豫序),凡唐之诗编为六卷,五代、宋、金、元各一卷,明代二卷,清朝四卷。以人系诗,人各有传,略述爵里字号及生平简历等,选诗则以"题咏佛门、赠答僧侣之作"为主。其友吕燮枢序称:"尝考古之编释氏文字者为明梅鼎祚,其书四十五卷,名《释文纪》,诗无与焉。编释氏之诗者为释正勉、释性通,同编《古今禅藻集》二十八卷,所录皆衲子之诗,而文不存。雪堂此编,收揽赅博,寄意深远。其阐扬象教者,欲藉资于词翰,询非枯坐丈室,饾饤语录者所能穷其宗旨也。"是编广选世俗居士与方外交游唱酬或僧侣之作,按时代先后编排,颇具特色,于释氏与文学研究独辟蹊径,故李应观序称"雪堂是选"为"释氏之功臣,吟坛之护法"。不过,是编仍秉承含澈"及见"

的特点，多选时人交游之作，如卷一六选清吴俊异等123人，顾复初、沈寿榕、杨益豫等皆与含澈密切交往。个人见闻毕竟有限，难以顾全天下后世公论，故本书虽颇具特色，然影响有限。

《六僧诗存》 南溪人包崇祐（光绪二年举人）辑，"六僧"名不详，见民国《南溪县志》卷六、《清代蜀人著述总目》。

以上佛教总集4种。蜀中释道传承不灭，方外诗文结集传播，也是唐宋以来传统。明清多有编刻，自是情理中事，惜多锁闭深山，难觅踪影。

地方总集

《汜南诗钞》四卷 （清）张邦伸编，今存乾隆三十九年（1774）刻本，《清代蜀人著述总目》著录。张邦伸辑有《唐诗正音》，见前。

是编为他任襄城知县期间（1772—1774）所编，辑襄邑先达自清初至乾隆元年诗，凡名公巨卿，以及山林隐逸、妇人女子，无不毕载。共得72家，诗889首，厘为四卷。每人各附小传，间缀评语。始刻于乾隆三十七年（1772）（张邦伸《云谷年谱》）。事见嘉庆《四川通志》卷一八七。

《粤风》四卷 绵竹人李调元（1734-1803）任广东学政期间（1778-1780）所编，收录汉、瑶、苗、壮等各族歌谣111首，系汇辑增补明修和、赵龙文、吴代、黄道原辑而成。有道光增修《函海》本。

《金华诗录》七十二卷 广汉人黄彬（嘉庆十五年举人）任浙江金华府知府时，与朱琰、陈嗣龙辑录金华贤达诗，为《金华诗录》六十卷、《外集》六卷、《别集》四卷、《书后》一卷，今存乾隆三十八年（1773）金华府学刻本、《金华丛书》本。嘉庆《汉州志》卷三八下著录为黄彬编《金华诗录》七十二卷，又卷二五著录黄彬与朱笠亭、陈春淑辑《金华诗萃》五十四卷、《补遗》六卷、《外集》六卷、《别集》四卷，当为同书异名及版刻不同所致。

《翠屏诗社稿》十卷　（清）冯誉骢编，清光绪二十四年（1898）刻本（存），《清代蜀人著述总目》著录。

冯誉骢字雨樵，什邡人。光绪八年（1882）顺天乡试举人。二十二年（1896），任云南东川府知县。上任伊始，即组织翠屏诗社，并发布《诗社牌示》，"拟于文课外，创设翠屏诗社……每月十五会课一次，届期由本府拟诗题数道，粘贴府署大堂，诸生自行钞回，宽以时日，脱稿送阅。同寅诸友及在籍绅士有愿作者，均请入社。俟会萃成帙，择尤付梓，俾广流传"，旨在"提倡风雅"。《翠屏诗社稿》便是历次诗课作品的结集，冯誉骢跋称："翠屏诗课起于光绪二十二年夏月，讫于二十三年冬月，会课数十人。选存各体诗十卷，略加修饰，特为付梓，用践前言。"是编收录参与会课的诸生与僚友、乡绅等64人之作，共604首。月课一集，凡15集，有24组题目，题材以咏古、咏物为主。本着师法前贤而培养诸生的思路，"不拘门户""强调创新"①。该书作为云南东川的诗社结集，除具有珍贵的文献价值外，对研究当地的教育与文学创作活动，均具有参考价值。

以上地方诗集4种，均为蜀人任职外地期间所编，体现了重视区域文化，为官一任，造福一方的仕宦情怀。

闺秀诗选

《唐宫闺诗》二卷　成都新繁人费密编，"录唐代女子之作，颇有别裁，然皆习见"②，今未见传本。

《闺秀诗抄》　（清）李德扬编，卷数不详，见王增祺《诗缘》正编卷一〇卢谦、陈瑞馨小传引李芳谷《闺秀诗抄》。

---

①　参朱则杰、黄治国《"翠屏诗社"考》，《四川师范大学学报》2013年第6期。

②　《四库全书总目》卷一九四《唐宫闺诗》提要，中华书局1983年，第1767页。

李德扬（？－1855），字芳谷，一字晋熙，德阳人。廪贡生，候选训导。著有《听花吟馆诗集》五十二卷（存），其昆季女子皆工吟咏，李惺为之序。其母侯淑兰，字佩香，有《梦湘吟馆遗稿》，芳谷为刊行。其女李锡桂，字月樵，有《梯蟾草》。尝与曾宏莲同辑《国朝闺秀所知集》，又有诗作共入《锦江闺秀吟》。事见《诗缘》正编卷一〇、民国《绵竹县志》卷七。

《国朝闺秀诗选》 （清）曾宏莲、李锡桂同辑，同治《德阳县志》卷三九、《清代蜀人著述总目》著录。

曾宏莲字静香，德阳人，举人德琮女。家贫，为女塾师。著有《瓣香阁诗钞》。事见《诗缘》正编卷一〇。清沈善宝云："四川绵竹李月樵锡桂，赵东垣室，著有《红蕉碧梧轩稿》。……月樵与德阳曾静香宏莲同辑《国朝闺秀所知集》，刊而行之。静香有《瓣香阁诗钞》。……静香为举人德琮女，姊素莲、妹碧莲俱能诗。"① 据此可知，是编又名《国朝闺秀所知集》，为绵竹女诗人李锡桂与曾宏莲合辑，尝刊行于世，今未见传本，待访。

以上女诗人选集3种。自《才调集》专立一卷收录女诗人以来，注重女作家便成为巴蜀文学总集的传统。

通代文章总集

《人海文钞》四十余卷 （清）李炳奎编，湖南梓行，民国《夹江县志》卷一一《典籍》、《清代蜀人著述总目》著录。李炳奎辑有《人海诗钞》，见前。

《古文辑述》 （清）李炳奎编，民国《夹江县志》卷一一、《清代蜀人著述总目》著录。李炳奎辑有《人海诗钞》《人海文钞》，见前。

《纱笼文选》八卷 （清）释含澈辑，邓宝森斠讹，光绪十一年新繁龙藏寺刻本（存），《清代蜀人著述总目》著录。释含澈编

---

① （清）沈善宝《名媛诗话》卷五，清光绪鸿雪楼刻本。

有《方外诗选》等,见前。

是本扉页题"光绪甲申中秋之月""纱笼文选""长洲顾复初题"。正文每卷下题"蜀僧含澈雪堂纂述,徒融琢校刊,新繁邓宝森星梧斠讹"。卷首有清光绪十年蕲州黄云鹄《纱笼文选序》、长洲顾复初序、清光绪十一年始康傅燮序、桂湖吴永祚《纱笼文选序》。其下为"总目录"列朝代及作者名。又有分卷目录,列所选文章目录,卷七以下更为"目录姓字纪略",盖意在推尊一时友朋之文,颇为随意。

黄云鹄序称:"雪堂前刊《纱笼诗集》,予尝序之。近复都南北朝下迄今,凡文字有关象教,遴其合作,汇为若干卷付刊,颜曰《纱笼文选》。"并对雪堂擅诗能文大加赞赏。诸序旨意大同小异,大抵一时习气使然。选文自晋王羲之始,按朝代编排,卷一录晋、宋、齐、梁文,卷二录梁至隋文,卷三卷四录唐文,卷五录宋文,卷六录元、明文,卷七、卷八、卷又八录清代文。唐以前所录多皇帝及名家文,唐以后所录大抵皆名家或蜀人。所录清人文章,以蜀为焦点,且多与含澈相关者。可见,是编辑录与佛教相关的文章,且对与蜀相涉者尤多关注,涉及书、启、赋、记、忏文、碑铭、疏、茶榜、上梁文等诸多文体,编辑不易,用力甚勤。选文虽着眼于述古信今,然重点在蜀及交游圈内。本书刊出后,影响不大。

《八代文粹》二百二十卷《目录》十八卷 (清)简伯璋、陈崇哲合编,光绪十年(1884)富顺考隽堂刻本(存),民国《富顺县志》卷一一、《清代蜀人著述总目》著录。简伯璋,字君达,富顺人。光绪二年(1876)举人,以古文知名,主讲江阳书院,邑中才俊半出其门。著有《愚千堂集》。事见民国《富顺县志》卷一一。陈崇哲辑有《玩春虀阁八代杂言诗抄》等,见前。

是编前有崇哲《叙例》曰:"自汉讫隋凡十三朝,古以汉魏六朝名八代,今从其称。"故录汉魏六朝文,按文体编类,"凡四集,一千三百家有奇"。王闿运为序称:"富顺简君及吾陈子广甄往籍,精论流别,类分仍夫萧《选》,正副略仿李《钞》,要以截断众流,归之淳雅，使词无鄙倍，学有根本。"民国《富顺县志》卷一五载有崇哲自序及湘潭王闿运序。

《五朝文铎》二十卷　（清）李寿萱选编，光绪十七年（1891）叙州府学署明伦堂刻本（存），民国《新繁县志》卷一〇、《清代蜀人著述总目》著录。李寿萱编有《五朝文铎》，见前。

是编录唐、宋、元、明、清五代文章，编为二十卷（民国《新繁县志》卷三〇作"三十卷"），民国《新繁县志》卷三〇《艺文》载其《诗铎自序》云："余司铎戎州，忝膺训导，循名甄实，无以为道。学诗未能，溺职滋惧。惟萌芽唐、宋，渔猎元、明，以迄国朝。虽名公钜制，而其词涉浮艳者悉去之；即草野讴吟，而其宗正轨者亦登之。尽屏伪体，独诠真趣。"则是同治年间任叙州府训导时编《五朝诗铎》，《文铎》亦当同时所为，意在训迪诸生而已。

《古文辞钞》三卷　乐山人谢世瑄（光绪二十三年拔贡）辑，民国《乐山县志》卷一一、《清代蜀人著述总目》著录。

《古文类编》　重庆合川人陈泽民编，光绪二十二年（1896）自序："今依曾太傅文正公《经史百家杂钞》分类十有一……而移其各类冠首诸经，别为书曰《古文溯源类编》二卷。"全书按文体分类，而以六经冠首，以期"明其本源在是"。今未见原书传本，仅民国《新修合川县志》卷七五载《古文类编叙》和《古文类编溯源叙》，简述各类文体起源和本书编辑原委。

《古文辞汇纂约编》二十四卷　井研人龚煦春（光绪中廪生）节选姚氏《古文辞汇纂》，与梅曾亮《古文词略》可两存之，见光绪《井研志》卷一五。

《七十家赋钞注稿》　井研人王肈辑。廖平分校尊经，肈肄业尊经，曾以此书命题。肈采辑数册，未经缀属，遂卒。事见光绪《井研志》卷一五、《清代蜀人著述总目》。

《骈文读本》四卷　成都新繁人吴虞（1871—1949）选辑骈文以教诸生，有民国十年（1921）成都昌福公司铅印本。见《清代蜀人著述总目》。

以上通代文章总集9种，受湘潭王闿运影响，尊经书院诸生选编为多。

断代文章总集

《**两汉八家文钞**》　泸县廪生曹国佐选辑两汉文章，国佐字斗垣，泸县崇义乡人。清廪生，布衣终身。嗜著述，刊有《历朝诗教录》《治心录》两书，辑有《两汉八家文钞》《江阳诗文偶钞》，著有《孙子十家注节本》《道德经集注》《金刚经集注》《心经集注》。事见民国《泸县志》卷六、《清代蜀人著述总目》。

《**唐宋文轨**》十二卷　成都温江人曾学传选辑唐宋古文，依姚鼐《古文辞类纂》、曾国藩《经史百家杂钞》体例，分三门十二类，以教后辈。见民国《温江县志》卷五、《清代蜀人著述总目》。

《**本朝十二家文选**》　泸州人何飞凤（乾隆九年举人）选辑，见光绪《直隶泸州志》卷九、《清代蜀人著述总目》。

《**国朝古文选**》二卷　成都郫县人孙澍（嘉庆二十四年举人）辑，有道光十四年（1834）鹅溪孙氏刻本、《古棠书屋丛书》本，《清代蜀人著述总目》著录。

《**国朝四家文选**》十卷　井研人龚煦春辑，本其师王树楠之旨，选姚鼐、梅曾亮、曾国藩、张裕钊四家古文，成都志古堂拟为刊行。见光绪《井研志》卷一五、《清代蜀人著述总目》。

以上断代文章总集5种，清代占了3家。

科举类总集

科考类总集在宋代兴起，在明清大盛。巴蜀自不乏作者，然偏重功利，于文学之道，实非其长，故时过境迁，渐渐湮没。今略为搜查，得16种。

《**诗林韶濩选**》二十四卷　重庆涪陵人周煌（1643—1714）编，节选顾嗣立《诗林韶濩》所录唐、五代、宋、金、元、明应制馆阁诸诗，嘉庆《四川通志》卷一八七载其自序云："为试帖之学者，爱其博而苦其繁，爰是重加厘定，如其卷之数而编之，省者几过半焉。"当是科举应制类总集，分类编排，今存清乾隆间刻本。

《诗韵集成题考合刻》十卷　余照、王文渊合编，收录《诗经》类科考试题。今存光绪十四年（1888）魏氏古香阁刻本，由江都余照春亭辑，新都王文渊巨源合编，一适编次，新都魏朝俊青士校刊。编刻于巴蜀，以资巴蜀学子科举之用。

《排律韵荟》四卷　（清）张邦伸编，嘉庆《汉州志》卷三八、《清代蜀人著述总目》著录。张邦伸编有《唐诗正音》，见前。据张邦伸自撰《云谷年谱》，此书选刻于乾隆六十年（1795），今未见传本。

《孝义编诗》二卷　广汉人张煌（道光十五年选授大竹县训导）辑，见同治《续汉州志》卷九、《清代蜀人著述总目》。

《古今五言排律试帖类编》八卷　金堂人高辰编，当为科举应试而作，见嘉庆《四川通志》卷一八七著录，未见传本。

《文渊津逮》六卷首一卷附《组庄诗钞》一卷（又名《增辑文渊津逮》）　荣县人詹鸿章辑，现存民国十年（1921）犍为王氏刻本。

《历朝诗教录》　泸县廪生曹国佐辑，见民国《泸县志》卷七、《清代蜀人著述总目》。

《诗教》五卷　长宁人沈宗元（1884－1951）辑，选录历代诗歌1000多首，分个人、家庭、国家、仁爱、杂喻五卷，卷下细分小类，取温柔敦厚之旨以资教化，故名《诗教》。见民国《长宁县志》卷一五。

《弦歌选》二卷　成都温江人王铭新编，今存民国四年（1915）王氏家塾刻本。民国《温江县志》卷五载其自序云："撷古今诗之可以厚人伦、励风俗者，博观约取，汇为《小学弦歌》八卷，分教、戒二门，计诗九百三十余首。……因取所选约而刻之，凡二百五十余首，名曰《弦歌选》。"

《诗鹄约编》十二卷　成都新繁人王维举、重庆秀山人王绳祖同编，民国《新繁县志》卷三〇《艺文》总集类著录。今存光绪八年（1882）东湖草堂刻本，作《诗鹄》上编三卷、中编三卷、下编三卷、附编三卷。

《四书文文律》　邛崃人周文宦（乾隆十五年举人）选辑，为教学辅助读物，见嘉庆《邛州直隶州志》卷三四本传。

《举业泽古》　成都新都廖玉湘（光绪二年举人）辑。民国《新都县志》第五编本传云："平日志学，注重根柢，尝编辑《困学纪闻》，标题《任氏述记》《黄氏日钞》，订正《博议》，削繁评注《举业泽古》《古文类纂》《古文常读》诸书，风行一时。"则三书当为萃选评注之作，与所编《策论正源》《题体会通四编》一样，为科举课试辅助读物。今存光绪八年刻本《题体会通四编》。见《清代蜀人著述总目》。

《古文类纂》　新都廖玉湘辑。民国《新都县志》《清代蜀人著述总目》著录。廖玉湘辑有《举业泽古》，见前。

《古文常读》　新都廖玉湘辑。民国《新都县志》《清代蜀人著述总目》著录。廖玉湘辑有《举业泽古》《古文类纂》，见前。

《历科状元策》　资中人骆成骧（1865—1926）编，为科举读物，今存光绪间石印本。见《清代蜀人著述总目》。

《光绪癸卯恩科广西闱墨》一卷　资中人骆成骧与浙江嘉善人钱能训编，为科举读物，今存光绪二十九年（1903）衡鉴堂刻本。见《清代蜀人著述总目》。

以上科举类总集，共16种。自唐宋以来，总集的一大功能便是为科举服务，产生了大量的科举类文选。由于这类选本针对性强，带有浓厚的功用性，文学性不强，时过境迁，往往难以保存下来。清代科举类总集，远远不止这些，我们这里只是略举一二，备此一科而已。

第二编　巴蜀艺文总集

所谓艺文总集，是指辑录关联地方文化的诗文总集，也即严格意义上的地域总集。这类总集与地方志中的艺文部分类似，伴随地方志的产生而兴起，并在宋代得到较大的发展。比如北宋孔延之编纂于熙宁四年（1071）的《会稽掇英集》，即被称为"现存最早的地域总集"，"其后董弅《严陵集》、李兼《宣城总集》、袁说友等《成都文类》、林师蒧等《天台集》、林表民《赤城集》和《天台续集别编》以及郑虎臣《吴都文粹》等竞相纂成刊刻，成为宋代总集编纂中特立独行的一类"①。这类总集的兴起，固然与地方经济文化的发展紧密关联，更与区域文化意识的强化以及地方志的编纂直接相关。

相对于其他地方而言，在唐末五代的混战中，巴蜀地区受到的冲击较小，经济文化得以稳定发展。进入北宋，经历短暂的动荡后，作为财赋基地的四川，渐渐受到统治集团的重视，开始委派贤能如张咏、赵抃、张方平等治理蜀中，并向朝廷举荐蜀中优秀人才。人才的双向流动，使蜀中在较短时间内融入中原文化圈，深受本土文化滋养的巴蜀士子，不断在中原大地崭露头角，如"三苏"名动京师即是震惊天下的大事件。神奇的巴蜀文化，更容易引起一方执政大员的注意，在任期内搜集整理地方文献，在编

---

① 蒋旅佳《论宋代地域总集编纂分类的地志化倾向》，《中山大学学报》2016年第3期，第22页。

修地方志完成政绩工程的同时，顺带将搜集到手的诗文分类编成总集，既是风雅趣事，又有助于了解一方风土人情。于是，伴随地方志的编修，编纂具有地域文化特色的艺文总集，也随之兴起，《成都古今诗集》《成都文类》等巴蜀地方总集，也就应运而生了。

第一章　《成都文类》

《成都文类》与《成都志》是袁说友知成都期间，组织编纂的两部大书。二者的同步进行，可以证明地方总集与地方志之间的纽带关系。《成都文类》收录有关成都地区的诗文1100多篇，在研究巴蜀地域文化及文献辑佚方面，具有重要的参考价值。学术界有关该书的研究，集中在编者及价值两方面，而对该书的编纂体例及其影响方面，则关注不多。

第一节　巴蜀地方总集与《成都志》的编纂

元代成都人费著在《成都志序》中说："全蜀郡志无虑数十，惟成都有《志》、有《文类》。"① 费氏将成都有《成都志》与《成都文类》作为特色加以强调，是从"郡志"的角度讲的。事实上，从总集的角度看，与方志配套产生，这也是巴蜀编纂地方总集的重要特色。我们前面提到的第一部巴蜀地方总集，是唐代岑参编纂的《嘉定诗》，成书时间在公元767年前后，但在后世失传。《舆地碑记目》卷四最早记录《嘉定诗》，而且紧接在郭公益所编《嘉定志》和林洁己所编《续志》之后，这也从一个侧面证明，编纂地方志的同时编纂地方总集，文史结合，相得益彰，在巴蜀地

---

①　（明）杨慎编，刘琳、王晓波点校《全蜀艺文志》卷三〇，线装书局2003年，第801页。

区由来已久。北宋熙宁七年（1074），赵抃编《成都古今集记》三十卷（《宋史》卷二〇四《艺文志·地理类》），又编《成都古今集》三十卷（《宋史》卷二〇八《艺文志·别集类》，雍正《浙江通志》卷二二五总集类著录作《成都古今文集》三十卷），应当也是在编纂成都方志时编集成都文章，可惜没有流传下来。继而章楶在元祐初（1086）为成都府路转运使，其所编《成都古今诗集》六卷（《宋史》卷二〇九《艺文志》八总集类），或许也有匹配《成都古今集记》与《成都古今集》之意。以《成都记》命名的地方志，前后经过四次编修，据胡元质《成都古今丁记序》云：

> 《成都古今记》起自熙宁甲寅，前帅赵阅道集之，凡三十卷。后八十七年，当绍兴庚辰，王时亨复为《续记》二十二卷，废置因革，纤悉巨细，靡不载也。又十有八年，当淳熙丁酉，范至能复为《丙记》十卷，距时亨去日未远，虽不至如前、续《记》之多，然二书之所不及者，则加详矣。予以是年秋代匮帅蜀，四路兵民之寄实在焉。蜀久困于征输，榷酤之额虽减，盐茗之课犹重，与其他边防民政事所当行，利兴害去，皆有端绪，可覆而考也。居三年，缀为《丁记》二十五卷，粗成一书。惟沈黎蕃部绎骚，逾时方定，变之所起，以迄无事，随宜描画，本末具存，姑俟论定，别为一编。合成都四《记》而观之，往事顿前，得过半矣。①

所谓"成都四《记》"，即熙宁七年（1074）赵抃编修《成都古今记》三十卷，绍兴三十年（1160）王刚中修《续记》二十二卷，淳熙四年（1177）范成大修《丙记》十卷，淳熙七年（1180）胡元质修《丁记》二十五卷，合计八十七卷，后三次修订，没有

---

① （宋）胡元质《成都古今丁记序》，（明）杨慎编，刘琳、王晓波点校《全蜀艺文志》卷三〇，线装书局2003年，第798页。

同时编修总集的信息,《舆地碑记目》卷四"成都古今前后记"条有"眉山人孙汝听修《成都古今前后记》六十卷,见《眉州江乡志》"的记载。孙汝听,字良臣,绍兴中进士,淳熙间为鄞县令。著有《梓潼古今记》《眉州古志》《三苏年表》等,对三苏、韩、柳均有研究,也是眉山出世的文献大家,很可能参与淳熙年间修志一事,或合前后记而另成一书,因所纂六十卷之书失传已久,具体情况如何,不得而知。此后,便是庆元年间,袁说友组织编纂《成都志》了。

袁说友(1140—1204),字起岩,号东塘居士,建宁府建安(今福建建瓯)人,寓居湖州德清(今浙江德清)。宋孝宗隆兴元年(1163)进士,历知池州、平江府、临安府,累官同知枢密院事、参知政事,在南宋政治及文学领域有一定影响,可惜《宋史》不为立传。其在蜀事迹,可据所著《东塘集》略知一二。他在宁宗庆元二年(1196)九月,出任四川制置使兼知成都府,年底到任,至庆元六年(1200)三月离成都,入朝任吏部尚书,所谓"在蜀四年"①,实则三年有余而不足四年。他在到任的第二年,曾主持修纂《成都志》,所谓"乃命幕僚摭拾编次,胚胎乎白、赵之《记》,而枝叶于《续记》之书,剔繁考实,订其不合,而附益其所未备。胪分汇辑,稽仿古志,凡山川地域,生齿贡赋,古今人物,上下千百载间,其因革废兴,皆聚此书矣",并于庆元五年(1199)秋撰序②。此序列举山川、沿革、户口、贡赋及人物传记等方志常见内容,而不及艺文。那么,其于"到任三年"后倡修,并于庆元五年二月撰序的《成都文类》,是否为《成都志》的补充呢?序中虽未明言,而《成都文类》成于纂修《成都志》期间,编修班子大抵相同,则是大概率事件。明曹学佺云:"宋《成都志》,庆元中制置使建安袁说友序,作者不知为谁。按费著云'全

---

① (宋)袁说友《再跋御赐书汉文翁龚遂故事》,《东塘集》卷一九。
② (宋)袁说友《成都志序》,《东塘集》卷一九。

蜀郡志唯《成都志》有《文类》'，今《文类》五十卷为袁所集，则志必出其手而自序矣。"① 元至正中，费著补修《成都志》，其序云："全蜀郡志无虑数十家，惟《成都志》有《文类》，兵余版毁莫存，蜀宪官佐搜访百至，得一二写本，乃参稽订正，仅就编帙。"② 则元时庆元《成都志》尚存，今则亡佚久矣，然《方舆胜览》《舆地纪胜》《事类备要》《玉海》等书多有引用，尚存部分条目。从前人的论述似可推知，《成都文类》与《成都志》很可能出自同一套编修班子，两者的关系，很可能如后来的《全蜀艺文志》与《四川总志》一样，《成都文类》与《全蜀艺文志》虽作为志书的一部分，但不妨碍其自成一体而单独刊行。

第二节 《成都文类》的编修过程

关于本书的编者，由袁说友倡议并由扈仲荣、程遇孙等八人具体编辑，书前有袁说友序及八位编者题名，清清楚楚，本无疑问。但因各书著录不一，如《四库全书总目》称"诸家著录皆称宋袁说友编"，而据说友序及卷首编集题名，认为"此集之编，出说友之意，此集之成，则出八人之手"③。而明《内阁藏书目录》卷四则谓"傅仲容编"（当为"扈仲荣"之误），明朱睦㮮《万卷堂书目》卷三则题"扈仲荣"，清丁立中《八千卷楼书目》卷一九又称"宋程遇孙等八人同编"，陆心源《皕宋楼藏书志》卷一一四称"程遇孙等编集、建安袁说友谨序"。各家或从序著录为袁说友辑，或从题名第一人著录为扈仲荣，或从题名末一人著录为程遇孙，不仅随意，且不确切。

---

① （明）曹学佺《蜀中广记》卷九六。
② 《蜀中广记》卷九六引。
③ 《四库全书总目》卷一八七《成都文类》提要，中华书局1983年，第1699页。

原序言:"爰属僚士,撅方策,裒诸碑识。……其以益而闻者,悉登载而汇辑焉。"① 由此可知,该书是由袁说友授意部下编纂的。题名末署"编集",则汇辑资料并编纂成书,很可能均成于八人之手。古代地方编修志书,多以地方长官领衔署名,本书既为四川安抚制置使兼知成都府袁说友倡议编修,其著作权自不应旁落他人。问题是袁说友仅仅是倡议,还是具体参加编纂,如制定体例,聘请学者分工编辑等。从现存资料看,这些只能是揣测,很难有明确的答案了。

参与编修的八人,均为袁说友幕僚,而且多为蜀中秀士。

扈仲荣字叔义,崇庆府江源(今四川崇州)人。绍熙四年(1193)进士,庆元五年(1199)为迪功郎、监永康军崇德庙。嘉泰间签书大安军判官厅公事,为蜀帅谢源明所荐②。开禧二年(1206)除秘书省正字,有"文艺器识,西方之秀"之誉③。三年(1207)为校书郎,五月致仕。事迹参见《南宋馆阁续录》卷八、卷九。

杨汝明(?—1232)字叔禹,眉州青神(今四川青神)人,大全子。绍熙四年(1193)进士,庆元五年(1199)差充利州州学教授。开禧年间,为成都府观察推官,吴曦叛,汝明拒不受招。历知衢州、西安,累官起居舍人、礼部侍郎,权工部尚书,出知泸州,以刚正有守见称于时。绍定五年卒于官。事见魏了翁《泸州赡军田记》(《鹤山先生大全文集》卷四八)、《哭杨尚书》(卷九一)。

费士威,广都(今四川成都双流区)人。第进士,庆元五年为广安军军学教授。事见嘉庆《四川通志》卷一二三。

---

① (宋)袁说友《成都文类序》,《成都文类》卷首,景印文渊阁四库全书本。以下引书未注明版本者,均采自《四库》本。

② (宋)李心传《建炎以来朝野杂记》乙集卷一〇《淳熙至嘉定蜀帅荐士总记》,中华书局,2000年,第663页。

③ (宋)卫泾《宣教郎扈仲荣迪功郎陈模并依前官特授秘书省正字制》,《后乐集》卷一。

何德固，字叔坚，自号梧溪散人，汉州雒县（今四川广汉）人，耕子。淳熙十四年（1187）进士，庆元五年为成都府学教授，尝为隆兴倅。开禧中为参知政事李壁所荐，后历知长宁军、崇庆府。卒年五十四。事见嘉庆《汉州志》卷二二。

宋德之，字正仲，崇庆府（治今四川崇州）人。庆元二年（1196）外省进士第一，为山南道掌书记。历武学博士、枢密院编修，累官兵部郎官，知眉州。著有《青城遗稿》二卷。《宋史》卷四〇〇有传。

赵震，庆元间为文林郎、前利州东路安抚司干办公事。光绪《西充县志》卷八载赵震字希阳，朱熹弟子。嘉泰进士，为威远令，尝行社仓法。又尝知荣德县①。但未知是否同一人。

徐景望（？—1207），庆元中知绵州魏城县。开禧二年（1206）从吴曦叛，命为四川都转运使。次年被诛。事见《宋史纪事本末》卷二二。

程遇孙字叔远，仁寿（今四川仁寿）人。淳熙年间进士②。遇孙雄于文，庆元间预修《成都志》及《成都文类》，后为袁说友所荐③。历知夔州云安县，通判成都府。嘉定十二年（1219）为潼川路转运判官兼权府事，以张福叛兵逼近遂宁，弃城遁（《宋史》卷四〇《宁宗纪》）。

以上8人，除徐景望未知籍贯外，均为蜀人蜀官，熟谙蜀中掌故及文献，故受袁说友委托编修《成都文类》，很可能还参与纂修《成都志》。其具体分工情况，由于文献不足征，已难以考知。

---

① 乾隆《荣县志》卷三，清乾隆二十一年（1756）刻本。
② 嘉靖《四川总志》卷四，明嘉靖刻本。
③ （宋）李心传《建炎以来朝野杂记》乙集卷一〇《淳熙至嘉定蜀帅荐士总记》，中华书局，2000年，第663页。

第三节 《成都文类》的编纂体例

由于现存《成都文类》各本均无凡例,当时编纂该书所参照的范本及具体的编修条例,我们不得而知。据袁说友序:

> 两京、三都以赋而传,使无传焉,斯文泯矣。然则由汉以来,其文以益而作者今独无传,可乎?有益都斯有此文,此文传,益都亦传矣。爰属僚士,摭诸方策,裒诸碑识,流传之所脍炙,友士之所见闻,大篇雄章,英词绮语,折法度,极眩耀,其以益而闻者,悉登载而汇辑焉。断自汉以下,迄于淳熙,其文篇凡一千有奇,类为十一目,厘为五十卷,益之文滋备矣。

袁说友认为文以地名,地以文传,如同《两京赋》《三都赋》使两京、三都名扬天下一样,他主持编纂《成都文类》,就是要让益都声名远扬。从"其以益而闻者,悉登载而汇辑焉"二句,可见其所编为以成都府为中心的地方总集,其时间断限为西汉至宋孝宗淳熙间凡1300余年,地域断限为成都府所属九县,选文标准是作品内容而非作者籍贯。因此,我们就从选文标准、编排体例等方面加以考察。

首先,诗文兼收。《成都文类》的"文",与《文选》《文苑英华》的"文"一样,都是广义的,包含诗、文、赋等众多文体。《成都文类》所收诗文多达1150余篇,作者370多人,分五十卷,其中赋一卷,诗十四卷,文三十五卷。所列文体有赋、诗(歌谣、宫词、鬼谣)、策文(铁券、赦文、诏敕、制)、表(疏、笏记)、书(笺、奏记)、序、记、檄(难、牒)、箴(颂、铭、赞)、杂著、诔(哀词、祭文),共11门,涉及29种文体,所列文体名称与《文选》《文苑英华》有所出入,可能是受地域限制的缘故,类别也相对较少,但诗文兼收却是一体相承的。值得注意的是,《成都文类》于"诗"之外,未立"诗余"或"词"等目,对兴盛于蜀地的唐宋词创作视而不见,是其一大缺憾。

其次,所收诗文均与成都相关,《成都文类》也成为现存最早的成都地方总集。袁说友在《成都志序》中,开篇就提前贤所作有唐白敏中《成都记》五卷、宋赵抃《成都古今记》三十卷,而在《成都文类序》中言及两京、三都以文而传,而未及其他。其实,在袁说友之前,除《成都记》《成都古今记》等含有诗文的成都地方志外,前人也编有地方总集。《宋史》卷二〇九总集类著录"刘赞《蜀国文英》八卷,《分门文集》十卷","章粢《成都古今诗集》六卷",刘赞"蜀王衍时仕为嘉州司户"①,章粢(1027—1102),元祐元年(1086)为成都府路转运使。从书名看,《蜀国文英》与《成都古今诗集》均为地方总集,下距袁说友等编修《成都文类》的时间也不算太远,但袁氏序并未提及二书,后世也未见传本,当是失传已久。

第三,所收诗文是选录,而非全编,反映了袁说友"地以文传"的编纂思想。地方总集的编法,或因人而结集,如唐皮日休、陆龟蒙唱和诗集《松陵集》,五代刘松集其里人所作为《宜阳集》六卷,以及辑录宋孔延之、孔武仲、孔平仲诗文的《清江三孔集》等;或因地而成编,如孔延之《会稽掇英总集》等。对这两种编法,清人俞樾评价说:"宋孔延之知越州,搜辑古来诗文之有关于会稽者八百余篇,为《会稽掇英总集》,亦云富矣。然但取其有关于会稽,而不必皆会稽人所作,是所以备掌故,而非以存其诗且存其人也。"② 由此可见,以地而编者便于了解一方掌故,偏重于史学,类似方志艺文;以人而编者重在人和作品,侧重于文学。

---

① 《蜀中广记》卷四八。
② (清)俞樾《郦黄芝诸暨诗存序》,《春在堂杂文》四编卷五,清刻《春在堂全书》本。

从袁说友"地以文传"的观念，可以推知他是文史兼顾的："以益而闻者悉登载"是借助诗文以考察益地掌故的最佳方法，其选录标准是"悉"，即求全，堪称所主修《成都志》的配套工程；至于"流传之所脍炙，友士之所见闻，大篇雄章，英词绮语"，则是从美文角度考虑，择取代表地方的名篇佳作，继承了《文选》类总集的选录标准，即不求全，而求美。总之，既追求"大篇雄章"，又要"悉登载"，就是既看重文彩，也传扬掌故，追求文史两方面的尽善尽美，这就是袁说友主修《成都文类》的指导思想。

第四，秉承《文选》先文体再题材的二级分类方法，而略有创新。《文选》于"赋"分为甲至癸9集，又按题材分为京都、郊祀、耕籍、畋猎、纪行、游览、宫殿、江海、物色、鸟兽、志、哀伤、论文、音乐、情15类，共一九卷；于"诗"分甲至庚7集，按题材分补亡、述德、劝励、献诗、公宴、祖饯、咏史、百一、游仙、招隐、反招隐、游览、咏怀、哀伤、赠答、行旅、军戎、郊庙、乐府、挽歌、杂歌、杂诗、杂拟23类；其他文体未按题材分类。《成都文类》继承了《文选》按文体分类的模式，除"诗""序""记"三门外，其他文体因作品数量不多，则不按题材分类，仅按时代先后排列。如《文选》采用二级分类的"赋"门，本书仅录一卷，因此未按题材再分类。

至"诗""序""记"三门，则采用《文选》先文体次题材的二级分类模式。"诗"门十四卷，前有题记称："今取凡诗缘成都而作者载之，其类十有四，于类之中，又有别焉。若其人，则以世先后为序，其在前代者并记国号，在本朝者止书氏名，兹其凡也。"所列14类为都邑、江山、学校、寺观、陵庙、亭馆（二）、时序、题咏（二）、赠送（二）、杂诗（卷一四失题，姑以"杂诗"代之）、道释、歌谣、宫词、鬼谣[①]。"序"门二卷，分送别、文集

---

① 《四库》本《成都文类》，于"歌谣""宫词""鬼谣"题上并低一格，盖视为与"诗"平列之文体，今人整理本则处理为诗下二级类别，较为合理。

2类。"记"门二十三卷,分为城郭、渠堰(桥梁附)、宫宇(四)、府县学(二)、祠庙(二)、祠堂(二)、寺观(六)、堂宇、居处(二)、画像(名画附)、杂记11类,盖记文于风物掌故最为相关,故所录最多,分类也较细。

而本书所用的三级分类,所谓"于类之中,又有别焉",是指在二级分类之下,再分小类,如"诗"门"都邑"类下再列"城郭""宫苑""楼阁"3个子目,"江山"类下细分"池沼""堤堰""桥梁"3个子目,"时序"类下再列"故事""宴集"2个子目,"题咏"类下细分"书画""器物""雨雪""风月""草木""虫鱼"6个子目;"记"门"居处"类下细分"阁""园""溪""亭""轩""斋""庵""坞"8个子目等。这种分类方法,《文苑英华》于赋、诗、制诰、记等文体下均有运用,《成都文类》习用此法,而根据地方特点设立细目,是对《文选》《文苑英华》体例的继承与发展。四库馆臣称《成都文类》"分为十有一门,各以文体相从,故曰'文类'。每类之中,又各有子目,颇伤繁碎。然《昭明文选》已创是例,宋人编杜甫、苏轼诗,亦往往如斯,当时风尚使然,不足怪也"①。而同为地方总集,且成书更早的《会稽掇英总集》,则备受馆臣推爱,称其"各有类目,前十五卷为诗,首曰州宅;次西园;次贺监;次山水,分兰亭等八子目;次寺观,分云门寺等四子目,而以祠宇附之;次送别;次寄赠;次感兴;次唱和。后五卷为文,首曰史辞,次颂,次碑铭,次记,次序,次杂文。……裨益良多,其蒐访之勤,可谓有功于文献矣。"② 该书同样有二级、三级两种分类模式,二级为题材、文体的分类模式,如卷一"州宅"下列"律诗""古诗"2个子目;三级则是大题材、

---

① 《四库全书总目》卷一八七《成都文类》提要,中华书局1983年,第1699页。

② 《四库全书总目》卷一八六《会稽掇英总集》提要,中华书局1983年,第1694页。

小题材、文体的分类模式，如卷四"山水中"下又分"剡中""天姥"等类，各类下再按"律诗""古诗"细分。其按名胜古迹等题材分类，再系以诗文的方式，和地方志的编法如出一辙，更加注重掌故。而《成都文类》先文体次题材的分类方法，则是《文选》《文苑英华》一路，偏重于文学，而于题材进一步细分，以便于了解地方文化，则彰显了地方总集的特色。

如前所述，《成都文类》与《成都志》相辅相成，为凸显地方特色，其题材分类越详细越好，尤其是在文章众多的情形下，完全有必要再向下细分，因此不能一概斥之为"繁碎"。其按门、类、目三级分类，再以时代为序的编纂体系，在继承《文选》二级分类的同时，又参考了《文苑英华》的三级分类方法，并根据成都地方文献的特点，调整类目设置，灵活机动，繁简适中，因此颇具特色，为后代地方总集的编纂，提供了一个较好的范例。

第四节 《成都文类》的文献价值及其影响

《成都文类》自问世以来，颇受世人关注。

首先，作为现存较早的地方总集，《成都文类》俨然已成地方总集的代表作之一。尤氏《遂初堂书目》"总集类"著录了30多部宋人所编地方总集，《成都文类》排在榜首位置。清胡虔称："选录诗文，若孔延之《会稽掇英》、程遇孙《成都文类》之类是也。"[①] 李元度称："文章家总集，有合一朝为一集者，若《唐文粹》《宋文鉴》《元文类》《明文海》之属是也；有合一州一邑为一集者，若宋有《成都文类》《吴都文粹》及《会稽》《严陵》《赤城》诸集，元有《宛陵群彦集》，明有《中州名贤文表》《新安文献志》《全蜀艺文志》《三台文献录》《吴兴艺文补》诸集，国朝有

---

① （清）胡虔《柿叶轩笔记》，《峭帆楼丛书》本。

《粤西文载》《金华文略》《柘浦文钞》诸集是也。"① 显然，《成都文类》已成为地方总集的楷模，因此，后人编修地方总集，也多引为范本，其影响可见一斑。如明代编《新安文献续志》，李维桢称："今志例用《会稽掇英集》《成都文类》法也。"② 所谓"志例"，当即如《成都文类》之"其以益而闻者，悉登载而汇辑焉"，《会稽掇英总集》之"但取其有关于会稽，而不必皆会稽人所作，是所以备掌故"，均指辑录事关当地之诗文而言，而不管作者是否为本地人。杨慎编《全蜀艺文志》，其诗文编例，大体沿袭《成都文类》，而增加了一些来自碑刻与方志、专著类的文献，清沈椿龄认为："十五《国风》实列国艺文之权舆也，宋书袁说友官蜀时，辑汉以下蜀人诗文，厘为五十卷，目曰《成都文类》，杨升庵《全蜀艺文志》实本之，诗文之关于山川风俗也重矣。"③

其次，汇录成都地方文献，加以细致分类，对编修方志及了解地方掌故，具有重要参考价值。后人整理文献，涉及蜀中事典，往往参考是书，予以订正。如明曹学佺著《蜀中广记》，于蜀中事典，多引《成都文类》为证。清冯浩注李商隐诗，也取证于是书，其注《五言述德抒情诗一首四十韵献上杜七兄仆射相公》云："此二篇，余初误为大中二年义山蜀游时作，时未悼亡，故于'悼伤'句误引《怀旧赋》戴侯、杨君以比王茂元之卒。后从《成都文类》得《为河东公上西川相国京兆公书》，知义山有奉使西川决狱一事，而此笺乃能改定。"④ 当代学者赵晓兰即从《成都文类》中，发掘出杜甫草堂的营建史⑤。四库馆臣称"说友学问淹博，留心典籍，官四川安抚使时，尝命属官程遇孙等八人辑蜀中诗文，自西

---

① （清）李元度《天岳山馆文钞》卷二五《湖南文征序》。
② （明）李维桢《新安文献续志叙》，《明文海》卷二二五。
③ （清）沈椿龄《题西子传后》，乾隆《诸暨县志》卷四三。
④ （清）冯浩《樊南文集详注》卷四，清乾隆刻本。
⑤ 赵晓兰《〈成都文类〉中的杜甫草堂》，《杜甫研究学刊》2007年第3期。

汉迄于淳熙，为《成都文类》五十卷，深有表章文献之功"①，堪称公允之论。

其三，具有珍贵文献价值，可备辑佚之用。由于编刻年代较早，《成都文类》保存了大量珍贵的资料，特别是年代相近的宋人诗文，由于作者本人文集在后世失传，一些没有被《全蜀艺文志》采入的作品，也靠是书得以流传。近代傅增湘编录《宋代蜀文辑存》，直接采自《成都文类》的文章多达100余篇，如李畋《双流县文宣王庙记》、彭乘《重修大中永安禅院记》《太原王公写真赞》、邓至《双流县重修文宣王庙碑阴记》等文，均仅存于是书，弥足珍贵。今人编《全宋诗》《全宋文》，也从是书辑出大量诗文②，其文献辑佚价值，自不容低估。

其四，由于编修人员文化素质较高，所据又多原始资料，因此，《成都文类》具有一定的校勘价值。如卷一所载《辨蜀都赋》"口呀双剑，若邠岐虎唅之吻；尾拽二南，乃咸雍金城之麓"之"二南"，《新刊国朝二百家名贤文粹》《历代赋汇》《四川通志》等书多作"终南"。四库本《全蜀艺文志》也作"终南"，别本多作"西南"，而嘉靖刻本则阙"二"字，刘琳、王晓波先生点校本据《成都文类》补作"二南"，甚是。首先，从文例讲，"二""双"对文，作"西""终"则不相称。其次，从文义看，"双剑"指剑门关，宋程大昌诗有"谁遣五丁通蜀险，擘开双剑倚天长"之句可为证③；二南泛指巴东、荆楚一带，是宋人的普遍认识。既"口呀双剑"，则是面向西北；而"尾拽二南"，则是尾向东南，于方位完全吻合。如作"终南"或"西南"，则是首尾不顾了。仅此一

---

① 《四库全书总目》卷一五九《东塘集》提要，中华书局1983年，第1374页。

② 吴宗海《〈成都文类〉中的〈全宋诗〉佚诗》，《中国典籍与文化》2007年第1期。

③ （宋）程公许《沧洲尘缶编》卷一〇《剑门》。

例,已足见古旧文献的可贵了。

当然,《成都文类》本身也存在不少问题,如误收、漏收诗文,前人及当代学者多有指摘①。还有失收全篇的情况,如卷一所收扬雄《蜀都赋》,辑自《艺文类聚》节文,而《古文苑》卷四尚存其全文,杨慎编《全蜀艺文志》即据补全篇。由于《成都文类》编例及诗文,多被《全蜀艺文志》采纳,后出转精,故《成都文类》的影响反而不如《全蜀艺文志》深远。清朱彝尊评价《成都文类》说:"分门十一,颇为详整,杨文宪公慎《全蜀艺文志》所由本也。自杨氏《志》行,而袁氏之《文类》庋之高阁矣。"② 较为客观。当然,作为巴蜀现存最早最完整的一部地方总集,《成都文类》仍然是无可替代的。

《成都文类》在后世影响不及《全蜀艺文志》,最重要的原因还是受限于版本流传。费著《成都志序》有"兵余版毁莫存,蜀宪官佐搜访百至,得一二写本。乃参稽订正,仅就篇帙"的记载③,可见稍后于《成都文类》成书的《成都志》,曾在庆元年间刊刻行世,而费著既称"惟成都有《志》、有《文类》",则《成都文类》也当在庆元年间一并刊刻,应是合理的推测。尤氏《遂初堂书目》著录有《成都文类》,应是尤袤后人添录,但不知是抄本或刻本。而《直斋书录解题》《宋史·艺文志》《文献通考》等宋元目录书没有相关著录。明《文渊阁书目》著录有"《成都文类》一部十五册",《赵定宇书目》也著录有"《成都文类》十五本",而现存最早的明嘉靖刻本尚保存宋讳,据此似可佐证宋庆元刻本的存在。自嘉靖刻本面世后,清人收藏渐多,朱彝尊"从海盐陈

---

① 胡钰《〈成都文类〉研究综述》,《现代语文》(学术综合版)2015年9月。
② (清)朱彝尊《曝书亭集》卷四四《书成都文类后》。
③ (明)杨慎编,刘琳、王晓波点校《全蜀艺文志》卷三〇,线装书局2003年,第801页。

氏得刊本，重装藏之"①，阮元《文选楼藏书记》卷一亦著录此本。陆心源《皕宋楼藏书志》卷一一四著录"明刊本，吴枚庵旧藏"，丁仁《八千卷楼书目》卷一九著录"抄本"。清编《四库全书》，据明刊本抄录。今上海图书馆藏有抄本，国家图书馆藏有明刊残本（卷十六至十八），而流落至日本，为静嘉堂文库收藏的明刊本则相对完整（卷三二至卷五〇为抄配），赵晓兰教授自外访得，并据为底本，参校景印文渊阁《四库全书》本，由中华书局于 2011 年出版校点本二册。另有刘琳教授校点本，系以景印文渊阁《四库全书》本为底本，参校他书，收入《成都旧志》丛书，由成都时代出版社于 2007 年出版。可见，《成都文类》所蕴藏的珍贵文献，已引起今人重视并加以发掘整理，必将促进当代对《成都文类》的研究及引用，一改《全蜀艺文志》出而《成都文类》"庋之高阁"的局面。

第二章　《全蜀艺文志》

　　前面提到，蜀中有同时编纂地方志与总集的传统，但因《嘉定志》与《嘉定诗》，《成都志》与《成都文类》等，均没有配套编纂的明确记载，因而作为《四川总志》艺文部分编纂，而在后世单独流传的《全蜀艺文志》，更能说明总集编纂与地方志之间的联系，而《全蜀艺文志》就成了方志艺文的范例。1920 年编纂的《六合县续志稿》卷一五《艺文志·序》云："《汉志·艺文》悉载书目，《唐志·艺文》肇分四类。吾邑旧志，以诗义充之，盖用明周复俊《全蜀艺文志》例，第类萃诗文，则总集也，而非史体。"认为《全蜀艺文志》所创方志艺文体例，属于总集，而不是史学体裁，这点是对的，但将编者指为周复俊，则是受了清代四库馆臣的误导。

---

①　（清）朱彝尊《曝书亭集》卷四四《书成都文类后》。

第一节 《全蜀艺文志》的编者

《全蜀艺文志》在明朝有嘉靖、万历两个刻本,都是和《四川总志》一并刊印,并未单刻行世。嘉靖二十四年(1545)本为原刻,卷首列嘉靖二十年(1541)巡抚刘大谟《重修四川总志序》,有云:"予与合川王侍御以升庵于役之便,方洲放免之闲,更征玉垒,共为是书。适侍御谢狷斋至,而尤乐于赞成,乃不两阅月,遂以竣事告。其涣而为萃者,仍托周宪副木泾、崔金宪楼溪重加编集。"次列巡按御史谢瑜《重修四川总志》,有云:"于是巡抚留东皋公倡议,而前巡按合川王子和之,乃敦礼升庵杨子、玉垒王子、方洲杨子分职撰述,再阅月而就绪。"(此序亦见嘉靖《四川总志》卷末,而题作《重修四川总志后序》)后列杨慎《全蜀艺文志序》云:

> 先君子在馆阁日,尝取袁说友所著《成都文类》、李光所编《固陵文类》,及成都丙丁两《记》、《舆地纪胜》一书,上下旁搜,左右采获,欲纂为《蜀文献志》,而未果也。悼手泽之如新,怅往志之未绍,罪谪南裔,十有八年。辛丑之春,值捧戎徼,暂过故都。大中丞东皋刘公,礼聘旧史氏玉垒王君舜卿、方洲杨君实卿,编录全志,而谬以艺文一局委之慎。乃捡故麓,探行箧,参之近志,复采诸家。择其菁华,褫其繁重,拾其遗逸,翦彼稂稗。……乃博选而约载之,为卷尚盈七十。……开局于静居寺宋、方二公祠,始事以八月乙卯日,竣事以九月甲申,自角匝轸,廿八日以毕。食时而成,既愧刘安之捷;悬金以市,又乏《吕览》之精。乃属乡进士刘大昌、周逊校正,而付之梓人。……嘉靖辛丑九月十五日,

博南山戍成都杨慎序。①

合观以上三序,嘉靖《四川总志》由王元正、杨名、杨慎编纂,而杨慎承担"艺文一局""廿八日以毕""为卷尚盈七十",是七十余卷之《全蜀艺文志》原本,是为《四川总志》而编,编者为杨慎,毫无疑问。其后所列王元正《全蜀人物志序》,更对嘉靖《四川总志》纂修过程,有详细叙述:

> 乃遣文学敦聘礼,方洲杨子由遂宁先至,升庵杨子由新都继至,元正则由茂林后至,假居宋祠,分局从事。方洲几一月告完,以先去;升庵几两月告完,而亦去;元正则匝三月始得告成,而后去。……是志也,我东阜公暨合川侍御公创意举之。未几,合川竣事北上,猗斋侍御公代按斯土,而左右成之。兹乃缮录成编,总二十有六卷,立论十有三篇,统冀高明,臃我昏陋。嘉靖二十年十月二十日,玉垒山人蓥屋王元正撰。②

所谓"方洲几一月告完""升庵几两月告完",与杨慎所说"廿八日以毕"不合,可能是王元正将二人的编纂时间记错了,应该说"升庵几一月告完"才恰当。此序所说的也是嘉靖二十年(1541)初稿本,未说刊刻情况,明何宇度云:"《全蜀艺文志》,杨用修所编也,网罗金石、鼎彝、秦汉之文几尽,可谓博矣。然惜太繁,刻在藩司,已不存。《太平清话》云:'《四川总志》,惟

---

① (明)杨慎《全蜀艺文志序》,刘琳、王晓波点校《全蜀艺文志》卷首,线装书局2003年,第11—12页。
② (明)王元正《全蜀人物志序》,嘉靖《四川总志》卷首,嘉靖二十四年(1545)刻本。

《艺文》一卷乃用修所选,立例最古。'似殊不然,岂俱未见二书乎?"① 何宇度是明神宗时人,所谓"刻在藩司,已不存"的版本,当指嘉靖二十四年本,而嘉靖本《全蜀艺文志》是《四川总志》的一部分,何来"二书"之说?而嘉靖二十年初稿未经刊刻即转入重编,这点刘大谟序说得很清楚。既然王元正序说初稿"总二十有六卷,立论十有三篇",那么《太平清话》说"惟《艺文》一卷乃用修所选"就没有问题,说明他见过王元正"缮录成编"的初稿本,反而是何氏"未见二书"了。何氏既说"刻在藩司,已不存",说明他所见《全蜀艺文志》不是刻本,而可能是抄本,因而脱离《四川总志》单行。

嘉靖《四川总志》卷末载崔廷槐《四川总志后序》云:

> 太史氏升庵杨公、玉垒王公、方洲杨公,分而校之。时则方洲志《藩封》,以官寮附;志《建置》,以编户、形胜、风俗、城池、公署、邮驿附;志《山川》,以台榭、古迹、水利、关津、陵墓、祠庙、寺观附;志《赋役》,以课税、征徭附。玉垒志《名宦》,以职名、科第附;志《人物》,以流寓附;志《武弁》,以土官附;志《割据》,以乱臣、盗贼附。升庵志《文艺》。而各为序以见。卷凡百余,皆主通志,标分胪列,视昔盖彬彬矣。②

上列篇目当为嘉靖二十年《四川总志》的初稿,所列篇目与嘉靖二十四年刊本大不相同,"卷凡百余"也与八十卷的嘉靖二十四年刊本不合。因二本明显不同,故一些学者认为有嘉靖二十年刊本存在,也因杨慎序有"乃属乡进士刘大昌、周逊校正,而付

---

① (明)何宇度《益部谈资》卷上,清抄本。
② (明)崔廷槐《四川总志后序》,嘉靖《四川总志》卷末,嘉靖二十四年(1545)刻本。

之梓人"之语，认为《全蜀艺文志》也有嘉靖二十年刊本。实则，嘉靖二十年王元正、杨名、杨慎所修百余卷只是稿本，并未立即刊行，而是交由周复俊、崔廷槐主持修订。关于此点，嘉靖二十四年刊《四川总志》卷首《编纂职名姓氏》标明："旧史氏鳌屋王元正、新都杨慎、遂宁杨名编，副使吴郡周复俊、佥事胶东崔廷槐重编。"是为周、崔重编之力证。在杨慎完稿当日即撰《重修四川总志序》的刘大谟明确说："乃不两阅月，遂以竣事告。其涣而为萃者，仍托周宪副木泾、崔佥宪楼溪重加编集。"是为周、崔重编之一证。崔廷槐《四川总志后序》叙述重编过程，更是周、崔重编之明证：

> 都抚公睹而叹曰："嗟乎！备矣，未萃也。"谋诸监察侍御狷斋谢公，属公走聘按察宪副周君暨予不肖，会而一之。时则宪副君发凡起例，而义以断焉。《藩封》《监守》《杂志》用通志例，《郡县》用一统志例，例之正也；尊崇帝纪，表章后妃，删落年表、官制、财赋，不书户口、田额、兵屯、力役之征，例之变也。予所编次《经略》三卷，亦通志例，例之正也。余唯校删《郡县志》之重庆、叙州、马湖、镇雄及乌撒军民府、嘉定州、石砫宣抚、邑梅洞长官二司，间有笔削，与旧志互异，亦例之变也。而《文艺志》，则悉仍升庵之旧，未之能易焉。大抵台峰体例不一，三太史主通志，宪副主台峰，加取舍尔。予所草创，实三太史之所略也。稿脱，都抚公躬自检阅，更其讹舛，而又叹曰："嗟乎！似矣。"乃又以谋诸监察公而下，令梓人趣刻之。……悉窃附名，实深祗畏，故于志刻之终也，僭述始末异同之故，殿诸群玉，冀览者有考焉。①

---

① （明）崔廷槐《四川总志后序》，嘉靖《四川总志》卷末，嘉靖二十四年（1545）刻本。

崔廷槐"于志刻之终也,僭述始末异同之故",说明此序写于重编并刊刻完工之后。卷一《监守志·金事》有"戴嘉猷,字献之,绩溪人,进士,嘉靖二十三年任"的记载,也是嘉靖二十年初稿经重编后刻印的证据。大约百余卷的初稿,除《艺文志》外,均经周、崔大肆刊削改编,从而将王元正《全蜀人物志序》所说的"总二十有六卷",刊削为除《艺文志》以外的十六卷。"而《文艺志》,则悉仍升庵之旧,未之能易焉",大约说的是杨慎所编文稿次序或未改易,只是将"为卷尚盈七十"的原稿分割为六十四卷。由此可见,今本《全蜀艺文志》仍属杨慎编次,周、崔只是分卷,并未重编。或者连校正与重新分卷的工作,都由杨慎所"属乡进士刘大昌、周逊"一手完成,故《全蜀艺文志》中全无二人加工的痕迹。

嘉靖《四川总志·凡例》于"四川总志"题下注云:"《凡例》八条及《杂志》,周复俊撰。"在而《四川总志》各卷包括《全蜀艺文志》各卷上,均不注编者姓氏。全书最后列周复俊《四川总志后序》,有云:"是知蜀不可以无志,犹国不能以无史也。是故首纪《帝后》,而立极配体昭焉;次之以《藩封》,而疏潢锡壤渥焉;次之以《监守》,而分画慎固崇焉;次之以《名宦》,而授钺载其光焉;次之以《郡县》,而分茅禀其责焉。若乃《经略》赞皇王之业,《杂志》慎扬遏之几,《艺文》以参阴阳之秘,而其本末焕然,章纪列矣。"所列篇次,乃与今存嘉靖刻本全合,而不言杨慎等纂修始末,末署"嘉靖壬寅夏四月朔旦,按察司副使周复俊撰"。若从此本单抄《全蜀艺文志》成书,误题编者为周复俊,是完全可能的。

明万历四十七年(1619)刻《四川总志》,一同校刻了《全蜀艺文志》及《补续全蜀艺文志》。因此,万历本《全蜀艺文志》仍附刻于《四川总志》后,并未单行。可以说,明代单行的《全蜀艺文志》,应该只是抄本。清修《四库全书》,据两淮马裕家藏本,转抄《全蜀艺文志》,不录杨慎等序,并将嘉靖本最末之周复俊

《四川总志后序》移置卷首,改题"全蜀艺文志原序",并于每卷下均题"明周复俊编",遂将杨慎的著作权转嫁到周复俊头上,铸成冤案。随着《四库全书》特别是《四库全书总目》的影响越来越大,周复俊编《全蜀艺文志》之说渐渐为人接受,即使在目录书著录中,杨慎编和周复俊编也两说并存。即使当代学者引用《全蜀艺文志》,也有标注周复俊者。近年来,有多位学者加以考辨,拨乱反正,回归杨慎编纂的本来面目。

杨慎(1488—1559),字用修,号升庵,四川新都人,明东阁大学士廷和长子。正德六年(1511)状元及第,授翰林修撰。世宗即位,改经筵讲官。嘉靖三年(1524),因"大礼议"伏左顺门痛哭,被廷杖,下诏狱,谪戍云南永昌卫(今保山市)。嘉靖二十八年(1549)卒于戍所,年七十二。天启中追谥文宪。杨慎是著名的文学家,明代三大才子之首。博学高才,《明史》本传称:"明世记诵之博,著作之富,推慎第一。"据记载,其著述多达400余种,流传于世者也有200多种,所编总集多达40余种。

杨慎对巴蜀文化情有独钟,在他37年的流放生涯中曾多次返蜀。嘉靖二十年(1541)二月,因四川巡抚刘大谟拟重修《四川总志》,受聘还蜀,与蓥屋人王元正、遂宁人杨名一起担任编纂工作。开局于成都城东静居寺宋濂、方孝孺祠,杨慎主修《艺文志》,自八月初二至九月初一,历时29日(序称"廿八日")即告完稿。主修刘大谟对杨慎所修部分极为满意,在他完稿当日即撰写了《重修四川总志序》,宣称"乃不两阅月,遂以竣事告"。实际上当时王元正主修《名宦》《人物》等志尚在编纂中,杨名主修《建置》《山川》则已交稿,刘大谟对二人所修部分并不满意,于是委托按察司副使周复俊、佥事崔廷槐重编。周、崔对王元正、杨名所修部分作了较大调整,包括重订体例,调整门目,增删内容,重编卷次等,"而《艺文志》则悉仍升庵之旧,未之能易焉"(崔廷槐《四川总志后序》)。杨慎所修《全蜀艺文志》六十四卷,编入嘉靖《四川总志》第一七至第八〇卷,保存了完整的体例,实际上可直接印行，自成一书。可能当时即有这样形成的刻本或单独的抄本出世，故明人著书，即有单引《全蜀艺文志》，而不称《四川总志》者。《全蜀艺文志》展现了杨慎对乡邦文献的关注，通过对文献的汇集整理与考订，透出其学术功力与思想，在杨氏有关巴蜀文化的诸多著述中，占有重要的地位。

第二节 《全蜀艺文志》的编纂体例

杨慎在《全蜀艺文志序》中说："唐宋以下，遗文坠翰，骈出横陈，实繁有眆。乃博选而约载之，为卷尚盈七十。中间凡名宦游士篇咏，关于蜀者载之，若蜀人作仅一篇传者，非关于蜀亦得载焉，用程篁墩《新安文献志》例也；诸家全集，如杜与苏，盛行于世者，只载百一，从吕成公《文鉴》例也；同时年近诸大老之作，皆不敢录，以避去取之嫌，循海虞吴敏德《文章辨体》例也。"《全蜀艺文志》附属《四川总志》，没有专门的凡例，杨慎序中所言，即是《全蜀艺文志》的编纂体例。

其一，"用程篁墩《新安文献志》例"，而录游宦记蜀事诗文及"蜀人作仅一篇传者"，民国《乐山县志》卷一一下云："以名人诗文凡有关邑事者汇辑成编，此仿升庵《全蜀艺文志》与程篁墩《新安志》例也。"但《新安文献志》却旨在收录乡贤作品以及外地人记载乡贤行实的诗文，两者采录对象并不相同，《新安文献志》以人为主，而《全蜀艺文志》则以事为主，其编纂体例则与《成都文类》更为接近。那么，杨慎如此强调"用程篁墩《新安文献志》例"，就有深意了。考虑到《新安文献志》的编纂目的在"稽古尚贤"，故编"为甲集六十卷，以载其言；乙集四十卷，以列其行"[①]，实际上是借用朱熹《名臣言行录》的主旨，运用真德秀《文章正宗》的编法，而聚焦于新安一地，实现了先贤言行、

[①] （明）程敏政《篁墩集》卷二九《新安文献志序》。

文章选集与地方文化的一体化，《新安文献志》借整理乡邦文献而弘扬徽学，并成为区域文化模式总集的典范，受人推崇。显然，杨慎也要借用乡邦文献而弘扬蜀学，因此才"用程篁墩《新安文献志》例"。程敏政（篁墩）博学而精于考据，用30年时间编成《新安文献志》，以期"诵法程、朱氏以上窥邹鲁，庶几新安之山川所以炳灵毓秀者，不徒重一乡，将可以名天下，不徒荣一时，或可以垂后世"①。他奉行程朱理学，曾将朱熹贬黜苏轼之言编为《苏氏梼杌》。《新安文献志·凡例》中也明确标示："甲集悉遵西山先生《文章正宗》例，凡先达时文，务取其平正醇粹，有关世教者，否虽脍炙人口，不在录也。"② 其选录标准是重义理而轻文学，与宋代的洛学一脉相承。杨慎编《全艺蜀文志》，推尊蜀学，特别是汉四子，唐陈子昂、李白，宋苏轼，元虞集之文学，旨在借先贤文章以展示巴蜀文化历史，所谓"文之传，事之传也"（杨慎《全艺蜀文志序》），其选录标准是既重文学，也重历史文献。宋代洛学与蜀学之争，杨慎不可能不知道，而《新安文献志》标榜的正是"洛学"传承，杨慎"用程篁墩《新安文献志》例"而推尊以苏轼为代表的蜀学，其用意耐人寻味。

其二，从《宋文鉴》例选录名家别集。作为选集，不可能全录别集诗文，从《文选》《唐文粹》等，无非如此。《新安文献志》遵从"《文章正宗》例"，杨慎则"从吕成公《文鉴》例"，四库馆臣所谓"《文选》而下，互有得失，至宋真德秀《文章正宗》，始别出谈理一派，而总集遂判两途，然文质相扶，理无偏废，各明一义，未害同归"③。《新安文献志》也有"朱子诗文，不敢多入，

---

① （明）程敏政《篁墩集》卷二九《新安文献志序》。
② （明）程敏政《篁墩集》卷五九《新安文献志·凡例》。
③ 《四库全书总目》卷一八六《总集类·序》，中华书局1983年，第1685页。

止取有关于新安者及本集所遗阙者"的凡例①，与杨慎所谓"诸家全集，如杜与苏，盛行于世者，只载百一"的说法相似，实际上就是选集的通例，他为何偏偏拈出《文鉴》呢？只因吕祖谦编《宋文鉴》的宗旨是义理与文采并重，因此受到张栻、朱熹等人的批评。杨慎显然赞同吕氏的观点，而不像《文章正宗》那样只重义理。

其三，循吴讷《文章辨体》例，不录当代人作品。这也是大多数选集遵从的原则，即《新安文献志凡例》也有"近世闻人已捐馆者，其诗文随所见附入，余俟续编"的条例。吴讷《文章辨体》推崇真德秀《文章正宗》，即便是杨慎所从此例，《文章辨体·凡例》云："考之《文章正宗》，凡同时及年近诸大老之作，皆不敢录，以避去取之嫌。今循其例，以俟后之君子。"② 杨慎不说从《文章正宗》，而说从《文章辨体》，是因为吴讷虽强调明理，但也反对不顾"文辞题意"，与杨慎看重的巴蜀文学传统并不相悖。杨慎在《全蜀艺文志》卷三"诗"序论中，也讲到全书的编纂体例：

> 文王之化，行乎江汉之域。"江有沱"，咏于二《南》之先。征之《禹贡》，则岷山导江，江别为沱。蜀人凡水皆称江，江之慢流皆称沱，至今犹然。原夫媵女之见，不出窥观，此诗之兴，即见而起。未有身在岐山，而远取江沱；家奠鄢郡，而遥咏岷蜀者也。是"江沱"之篇为蜀诗之首无疑也。岂独《东明》《史邪》之名，见于扬雄之《纪》；《中和》《乐职》之诗，始于王褒之作乎？今《志》所取，凡缘蜀而作者载之；其人为蜀产而诗仅存一二者，亦载焉。其类十有九，

---

① （明）程敏政《篁墩集》卷五九《新安文献志·凡例》。
② （明）吴讷《文章辨体》卷首《凡例》，《四库全书存目丛书》集291—7，齐鲁书社1997年。

于类之中又有类焉。其人则以世之先后为序。当轴时栋、表仪里门者,咸不敢载,以附海虞吴先生《文章辨体》之例。①

对蜀诗溯源竟委,显出杨慎研究巴蜀文化的深厚功底,并对蜀诗及全书的编纂体例作了进一步的说明。

其四,"其类十有九,于类之中又有类焉",是指全书按文体分类,共 19 类:赋、诗、诗余、诏策敕文敕、表疏状、书笺、书、序、记、檄难牒、箴铭赞颂、碑文、论说辩考述议、杂著(文、教、词、语、吊文、诔、哀辞、祭文、世家、传)、碑目、谱、跋、赤牍、行纪(题名、钤记、简版附),涉及 47 种文体,较《成都文类》的 11 类 29 种文体,有所继承,有所增加。兹列简表如下:

文　体题材	全蜀艺文志	成都文类
赋	卷一—二	卷一
诗风谣	卷三	卷一五
楚辞	卷四	
都邑	卷五	卷二
城郭、楼阁	卷六	卷二
宫苑	卷七	卷二
江山附池沼、堤堰、桥梁	卷八—九	卷三
学校	卷一○	卷四
陵庙	卷一一	卷六
亭馆	卷一二—一三	卷七—八
寺观	卷一四	卷五

---

① (明)杨慎编,刘琳、王晓波点校《全蜀艺文志》卷三,线装书局 2003 年,第 71 页。

续表

文体题材	全蜀艺文志	成都文类
怀古	卷一五	
纪行	卷一六	
时序	卷一七	卷九故事、宴集
题咏	卷一八—一九	卷一〇—一一书画、器物、雨雪、风月、草木、虫鱼
赠送	卷二〇—二一	卷一二—一三
杂赋	卷二二	卷一四
道释	卷二三	卷一五
哀挽	卷二四	
诗余	卷二五	
诏策、敕文、敕	卷二六	卷一六—一七诏策、铁券、敕文、敕、制
表、疏、状	卷二七	卷一八表疏、笏记
书笺	卷二八—二九	卷一九—二一书、笺、奏记
序志序	卷三〇	
集序	卷三一	卷二三文集
赠送、游览	卷三二	卷二二赠送
记甲（城郭、桥堰）	卷三三	卷二四城郭、卷二五渠堰（桥梁附）
乙（堂馆）	卷三四	卷二六—二九官宇、卷四二堂宇、卷四三居处（阁园溪亭）、卷四四居处（轩斋庵坞）
丙（学校）	卷三五	卷三〇府县学
丁（学校）	卷三六	卷三一府县学
戊（祠庙）	卷三七	卷三二—三三祠庙、卷三四、卷三五祠堂
己（寺观）	卷三八	卷三六—四一寺观

续表

文体题材	全蜀艺文志	成都文类
庚（古迹）	卷三九	卷四六杂记
辛（古迹）	卷四〇	
壬（绘画）	卷四一	卷四五画像（名画附）
癸（书法）	卷四二	
檄、难、牒	卷四三	卷四七
箴、铭、赞	卷四四	卷四八箴、铭、赞、颂
颂	卷四五	卷四八
碑文	卷四六—四七	
论、说、辩、考、述、议	卷四八	
杂著一	卷四九	卷四九杂著（论、文、教、词、语、说）
杂著二诔、哀辞、祭文	卷五〇	卷五〇诔、哀辞、祭文
杂著三世家、传	卷五一	
宋王象之《舆地纪胜》碑目	卷五二	
谱氏族谱、器物谱	卷五三—五八	
跋	卷五九	卷三七跋
赤牍	卷六〇	
行纪附题名、简版	卷六一—六四	卷五六

而所谓"于类之中又有类焉"，则指既按文体分类编排，而同一大类文体之下，则按题材内容分若干小类，如"诗"下又按甲至癸风谣、楚辞、都邑、城郭、楼阁等19小类，"记"下又按分为10小类等。大抵前50卷与《成都文类》差别不大，而增加了"诗余"，后十四卷则增加世家、传、碑目、谱、跋、赤牍、行纪、

题名、简版等文体，收文范围更加广泛，所增收的文类，许多与文学无关，甚至如《宋王象之〈舆地纪胜〉碑目》那样如同书目文献的资料也加以收罗，更多是从方志和地域文化的角度出发的。

其五，"其人则以世之先后为序"，是指全书诗文按文体编排，篇次则依作者的时代先后编次，这是编纂选集较为常用的方式。

《全蜀艺文志》最大的贡献在创立了艺文总集体例，该书原本是为《四川总志》而编，因此较之《成都文类》《新安文献志》等，更加具有方志艺文的特色；而相较《会稽掇英总集》那样按山川、古迹、人物等题材分类汇集诗文的模式，则更接近选集编纂的模式。因此，前人大多认为这种体例创自杨慎："班固作《志》首创《艺文》，后世作史者踵之。晁公武《读书志》、马端临《经籍考》，搜罗赅备，亦不过条其篇目，撮其意旨，非胪列诗古文辞，以为艺文也。至明杨慎，采摭篇什，为《全蜀艺文志》，始变其例。"[①] "《艺文志》之目，始于班《书》，自后史家，沿以为例，或有或无，或仍称《艺文》，或改称《经籍》，要之，所登九流四部，但存其目及撰人姓名、作述大旨而已。其鸿篇巨制，或详本纪，或见列传，各有指归，初非为地志起例也，而言志地者宗之。明新都杨文宪撰《全蜀艺文志》，始变其体，杂采名篇，分门别类，创伊古之所无。于是言志地者又宗之，而二体遂并行至今。"[②] 可以说，《全蜀艺文志》被世人推为地方艺文总集的代表作，实至名归。

第三节　《全蜀艺文志》的影响及其流传

《全蜀艺文志》收录诗文1873篇，有名氏的作者631人。所收诗文自两汉以迄明代，而以唐宋居多。收录诗文的标准是与蜀相

---

① 嘉庆《四川通志》卷一八三。
② 同治《高安县志》卷二一《艺文志序》。

关，而不管作者是否是蜀人。通过汇辑编选巴蜀文献，从人杰地灵的题材到海纳百川的体裁，展现了巴蜀文学的风貌和巴蜀文化的悠久绵长。如果说《成都文类》是从文选的角度来铨择成都诗文的话，《全蜀艺文志》就是以巴蜀文化为着眼点来鉴裁众作。因此，《成都文类》虽与《成都志》一同编纂，但仍然分为二书，而《全蜀艺文志》则融方志艺文与总集于一炉，开创了艺文总集的新体裁。对传承巴蜀文化精神的这一创制，尽管评说各异，而赞扬者居多。如明万历间杜应芳、胡承诏继杨慎之后，编《补续全蜀艺文志》，沿用杨氏体例并续补有明一代诗文；傅振商在《全蜀艺文志》基础上，选编为《蜀藻幽胜录》。至清初，汪士铉仿效《全蜀艺文志》而编《全秦艺文志》①，后世修地方志，多有"艺文志""诗文存""文征""诗征"等目，收录区域诗文，明显受到《全蜀艺文志》的影响。可见，明清之际，杨慎所创艺文总集体例，已经得到认同。有"西南巨儒"之称的学者、诗人郑珍说："地志之专载篇章，自《全蜀艺文志》始，而作者或以非班氏例仅编目录，撮旨要，其文章则缘事附入，苟末从附者，则虽于山川风土，利弊因革，多借以明，而格于胶鼓，反致缺漏，此杨氏之书，所以称立例最古也。"② 民国修《绥阳县志》则说："方志之搜辑篇章，发轫于《全蜀艺文志》，而一时之山川风俗，政教人心，无不赖以表见，后遂奉为定例，至今不弛。"③

当然，也有指斥杨氏体例者，如清四库馆臣便认为《粤西诗载》"以视《全蜀艺文志》，虽博赡不及，而体要殆为胜之"④，光绪间修《获鹿县志》亦称"刘《略》、班《志》为著录艺文之始，

---

① （清）汪士铉《秋泉居士集》卷二《全秦艺文志序》，清乾隆刻本。
② 道光《遵义府志》卷四二《艺文·序》。
③ 民国《绥阳县志》卷八《艺文志序》。
④ 《四库全书总目》卷一九〇《粤西诗载》提要，中华书局1983年，第1731页。

而《全蜀艺文志》猥以诗文入选，后世纂修志乘，往往踵其陋习，而于著述目录反缺而不书，识者讥之"①，指斥杨氏舍弃了《汉书·艺文志》创立的"著述目录"体例，也不尽合事实，《全蜀艺文志》卷五二《宋王象之〈舆地纪胜〉碑目》，采用的正是著述目录体例。清李元度曾辨析两种体例说："刘《略》、班《志》为艺文著录之始，《关中风俗记》始以地志而兼及艺文，若专录篇章，则自杨慎《全蜀艺文志》始也。后之作者以其非班氏法，遂从目录例，止列书名，撮其旨要。其诗古文，则用范石湖《吴郡志》例，分附各条下，不另立一门，以涤冗滥。法诚善矣，然诗文有无类可附而实关掌故及风土利弊、时事因革者，必尽憖置之，不可惜乎！"② 可见两种体例，各有优劣，而从总集类例之，《全蜀艺文志》颇具特色，保留了大量编排有序的原始诗文，有助于多角度展现巴蜀文化风貌，使之成为研究巴蜀文学乃至巴蜀文化的资料宝库，这正是杨慎留给我们的巨大价值。

100多万字的《全蜀艺文志》，杨慎用28天编成，难免使人怀疑其"体要"不精而陷于猥滥。关于此点，杨慎在自序中有所强调："先君子在馆阁日，尝取袁说友所著《成都文类》、李光所编《固陵文类》，及成都丙丁两《记》、《舆地纪胜》一书，上下旁搜，左右采获，欲纂为《蜀文献志》，而未果也。"其父杨廷和盖仿《新安文献志》而作《蜀文献志》，已钩辑《成都文类》《固陵文类》《成都丙记》《成都丁记》《舆地纪胜》等五种主要书籍中诗文，并进一步"上下旁搜，左右采获"，已具一定规模，并形成了手稿，所以杨慎才有"悼手泽之如新，怅往志之未绍"的说法。因而继承父志，成此巨编。以杨慎的博学多才，平日有心于此，又在几度往返滇蜀途中，采集了《汉太守樊敏碑》《汉孝廉柳庄敏碑》等珍贵文献。因此，得到参编《四川总志》的良机，闭馆编

---

① 光绪《获鹿县志》卷一四《艺文志·序》。
② （清）李元度《天岳山馆文钞》卷三九《平江县志例言》。

书,虽不足一月成稿(王元正序谓"几两月告完"),但基础深厚,并非仓促草创者可比,所以才得到刘大谟等的认可。刘琳、王晓波先生总括本书的材料来源说:"一是《成都文类》;二是《固陵文类》;三是《文苑英华》;四是唐宋人文集;五是《舆地纪胜》与《方舆胜览》;六是地方志。"① 此外,《锦里耆旧传》之类的书籍,也可供直接采录,清周中孚称"其叙述亦颇简略,唯详于诏敕、章表、书檄之类,仅可以供《全蜀艺文志》所取资耳"②。

由于这些来源书籍中,有许多已经失传,据统计,《全蜀艺文志》所录1800多篇作品中,大约有五分之一全靠此书得以保存,可见其珍稀的文献价值。其大量收录的成都、夔州等地作品,成都部分幸有《成都文类》可资勘校,而据《固陵文类》采入的大量夔州作品,却因《固陵文类》在后世失传,全靠《全蜀艺文志》得以存留,成为研究夔州历史文化的宝贵文献。此外,因选择角度的差异,《全蜀艺文志》并非全录《成都文类》中作品,而是有所删补,清耿文光说:"周复俊所编《全蜀艺文志》,凡六十四卷,视《文类》为详,案语亦多所考证。升庵所编,不只以《文类》为蓝本,且搜采有年,故视周书为尤备,若《文类》,则遗漏多矣。"③《全蜀艺文志》收录的费著《氏族谱》《器物谱》《笺纸谱》《蜀锦谱》《钱币谱》《楮币谱》《岁华纪丽谱》七谱,是有关宋代成都风土人情、经济文化的重要史料。由此可见,因为杨慎学识过人,眼光独到,《全蜀艺文志》对巴蜀文献的铨选,是他书难以比拟的。因此,后世编修方志、钱谱,以及撰写有关四川、重庆的政治、军事、经济、文化、历史、文学、哲学等著作,所征引

---

① (明)杨慎编,刘琳、王晓波点校本《全蜀艺文志·前言》,线装书局2003年,第3页。

② 《郑堂读书记》卷二六,《清人书目题跋丛刊》(八),中华书局1993年,第134页。

③ 《万卷精华楼藏书记》卷四七,《清人书目题跋丛刊》(九),中华书局1993年,第134页。

文献多出自《全蜀艺文志》，可见其重要性。而《固陵文献》等书的失传，也与《全蜀艺文志》的备受世人重视直接相关，因此清朱彝尊才有"自杨氏《志》行，而袁氏之《文类》庋之高阁矣"①的感叹。

当然，《全蜀艺文志》也存在误收、漏收及校勘不精及误题作者等问题。如清仇兆鳌注杜诗，便"窃怪杨升庵修《全蜀艺文志》，而于杜诗寥寥止数首。夫以杜之九钻巴火，三蛰楚雷，其太半所作，岂独为瞿塘、岷峨生色，乃多抑而不载"②。今人魏红翎撰有《〈成都文类〉、〈全蜀艺文志〉误收之魏晋南北朝作品考辨》（《蜀学》第八辑，第45—48页）一文，认为晋李雄《答张骏劝称藩书》、梁江总《别袁昌州》、梁简文帝《琵琶峡》等与蜀无涉，应当删去。清嘉庆重刊本载谭言蔼跋云："升庵职此志，在谪戍暂归时，闻诸先老，凡廿有八日而毕，不携篋，不检籍，取之腹笥，蔚为巨编。其间应不无小舛，矧转相传写，乌马递成，鲁鱼迭出。……中如《破吐蕃露布》，实王应麟所拟，误题韦皋；陆游《牡丹谱》本集实三篇，后两篇误合为一。"

《全蜀艺文志》在明代有嘉靖二十四年（1545）、万历四十七年（1619）两个刻本，并附刻于《四川总志》后。嘉靖本校勘不精，刻工粗劣，传本稀少；万历本略有校正，也难称精当，传本也不多。清修《四库全书》所据"两淮马裕家藏本"是抄本，讹误阙漏较多。至嘉庆初，江陵人朱云焕（字遐塘）购得抄本数种，校勘刊行，是为嘉庆二年（1797）刻本（读月草堂本），仍存在校勘不精的问题。后经谭言蔼等再校，并修补旧板，于嘉庆二十二年（1817）刊行于乐山。光绪间，安岳邹兰生曾据嘉庆二十二年本两度校勘，分别刊印于光绪十七年（1891）和光绪三十一年（1905），虽自序称"校论精详"，然讹误仍复不少。民国三年

---

① （清）朱彝尊《曝书亭集》卷四四《书成都文类后》。
② （清）仇兆鳌《杜诗详注》卷二五，景印文渊阁《四库全书》本。

(1914),成都昌福公司据读月草堂本铅排,作为"蜀藏"之一,"错字亦多,殊无足取"(参刘琳、王晓波《全蜀艺文志·前言》)。2003年,线装书局出版刘琳、王晓波点校本,以嘉靖刻本为底本,参校上述诸本及各家文集等,附录《引用书目》及《作者篇名索引》,分上、中、下三册印行,是目前最好的版本。

第三章　《补续全蜀艺文志》

《补续全蜀艺文志》是由杜应芳、胡承诏编纂的一部巴蜀地方总集,是《全蜀艺文志》的续编。影响虽不及《全蜀艺文志》远大,但对保存巴蜀地方史料,展现区域文学文体形态,以及文献辑佚价值等方面,仍不容忽视。但是,目前学术界对该书及其编者的研究,基本处于空白状态。

第一节　编者及编刻时间

本书今存明万历末初刻本,五十四卷,卷下题"黄冈杜应芳、景陵胡承诏裁订",是则此书编刻,当出自杜、胡二人之手。

第一编者杜应芳,《明史》无传。据本书题署及嘉庆《四川通志》记载,杜应芳为湖北黄冈人。乾隆《黄冈县志》略载其事迹:

> 杜应芳,字怀鹤。祖鸣阳,父杰,皆有传。应芳至孝,有异才,称于士林。万历丁未进士,授礼部主事,出守河间。时福藩之国,河间属邑,例有夫马供亿者五万金。应芳议其太繁,节三万,后三王皆视为例。天津税珰马堂横肆,应芳得其弟不法事,捕治之,堂坐此遂去。督学四川,无敢以片牍干者。详《四川·名宦志》。迁福建按察使,时倭寇旁午,应芳剿抚兼用,海甸以宁。后告归,卒。妻樊氏,死难,载

《列女传》。子镇、铿,俱选贡。①

又据乾隆《黄冈县志》卷九载,杜应芳的祖、父、伯父一门四人入祀乡贤:

杜鸣阳,嘉靖戊午举人;杜杰,隆庆辛未进士;杜伸,万历丁未进士;杜应芳累阶中大夫,福建参政。

杜鸣阳字子凤,曾任遂宁知县,改江川②;杜杰字汝英,曾任长宁知县③;杜伸字冲宇,曾任华亭、大足知县,继补南安府,升松潘兵备道④;杜应芳则任四川提学副使。祖孙四人均曾任职四川,应芳因而习谙四川风土人情、典章掌故,为他续编《全蜀艺文志》打下了很好的基础。而且杜应芳重视地方志的编纂工作,他在任河间知府时,就曾编修《河间府志》十五卷⑤。而补编《全蜀艺文志》,正是他编纂万历《四川总志》的附产物。

本书的第二编者为"景陵胡承诏",《明史》无传。至其籍贯,雍正《四川通志》有两种记载:

胡承诏,湖广人。由进士初任内江令,甚循良,累迁四川督学。清正廉明,独秉公直,与杜应芳齐名,升布政使。⑥

胡承诏,天门人。万历甲辰进士,知夹江县,以治最调繁内江,不畏强暴,待人有礼,作士有法,为政务大体,邑

---

① 乾隆《黄冈县志》卷九,乾隆五十四年(1789)刻本。
② 乾隆《黄冈县志》卷一一,乾隆五十四年(1789)刻本。
③ 乾隆《黄冈县志》卷九,乾隆五十四年(1789)刻本。
④ 乾隆《黄冈县志》卷一〇,乾隆五十四年(1789)刻本。
⑤ (明)祁承爜《淡生堂藏书目》,清宋氏漫堂钞本。
⑥ 雍正《四川通志》卷六。

人至今思之。①

又据嘉庆《大清一统志》载：

> 胡承诏字君麻，竟陵人。由进士授夹江令，民苦徭役，多逋亡，承诏安集之。调内江令，民病盐课，乃亲履勘诸井，酌其平，上官以为允。并条马价杂税，皆便于民。旋擢主事，迁郎中，提学四川。任满，迁河南参议。当去蜀，会奢崇明叛，自留御贼，分扞东城，卒以谋略取胜。天启末，所在省会皆祠魏阉，蜀抚尤其私人，将庀材鸠工，承诏持不可，乃止。会珰败，以计最升太仆卿。②

竟陵县，历史上又曾改称景陵、天门，清属湖广省。综合以上三条记载，可知胡承诏为湖北天门人。雍正《湖广通志》卷三二亦称天门人，万历三十二年（甲辰）进士。而明时官修《礼部志稿》于"祠祭司郎中"下载"胡承诏君麻，湖广景陵县人。辛丑进士，繇南京吏部稽勋司郎中，万历四十六年补任（祠祭司郎中）"③。景陵县至清雍正年间更名天门县，所称"辛丑进士"，则与《湖广通志》所载甲辰进士不同。考辛丑为万历二十九年，雍正《湖广通志》卷三五载胡承诏为万历二十八年举人，按理应举万历二十九年进士。然康熙《安陆府志》卷一四亦载其为万历二十八年举人、三十二年进士，乾隆《天门县志》有传，载胡承诏事迹为详，兹录于下：

> 胡承诏字君麻，旱长子。神宗甲辰进士，授夹江令。江

---

① 雍正《四川通志》卷七上。
② 《大清一统志》卷三四二，《四部丛刊续编》景旧钞本。
③ （明）俞汝楫编《礼部志稿》卷四三，景印文渊阁《四库全书》本。

苦徭役，半逋亡，多方安集之。三月，移内江。下车问利病，知盐课最病民，亲历诸井，酌其平上之，两台以为允。乃条马价杂税，皆饬为令。擢南仪部主事，迁祠祭郎，以提学副使衡文西蜀三年。迁河南参议，当去官，会奢崇明叛警至，慨然曰："虽非守土，奈何目击其事而去之？"自留御贼，分扞东城，兜鍪犀渠，往来橹堞间，卒以谋略取胜。蜀人曰："大参往以玉尺量才，今乃龙韬决策，信乎君子之器不易窥也。"天启末，所在省会皆祠魏忠贤，蜀抚尤其私人，以庀鸠恬藩臬。承诏时为左辖，毅然曰："蜀苦兵，蘩幣给饷不暇，敢以公家财急私门役耶？民亦萧索矣，又忍敛诸踣诸？"乃止，顾憾入髓，将借假父睞剑一睞耳。承诏亦拟此蹶未审死所。会珰败，仍以计最升南太仆，驻节滁州。寻致仕。

又嘉庆《内江县志》卷三七亦称其为"甲辰会魁"，道光《天门县志》卷一九于庚子科乡试下明载"胡承诏，字君麻，号侍黄"，甲辰科会试下又载"胡承诏，第五名"。诸书出处不同，当各有所据，胡承诏为万历三十二年（1604）进士，似属可信。

在明代，官方颁布了《纂修志书凡例》，要求地方官吏按规定编修方志，自明正德十三年（1518）四川清军御史熊相编修《四川总志》三十七卷以来，又经嘉靖二十年、万历七年、万历四十七年三度刊修，其间多有四川提学官主持或参与编修，如嘉靖间的周复俊，万历间的郭棐、杜应芳等，"总理学政之余，倾心参与四川省志的重新编纂，在四川方志史上留下珍贵而光辉的一页，也为巴蜀地方文化的传承做出了巨大贡献"①。作为四川学政副使的杜应芳，在负责编纂方志的同时，还留意收集艺文，他在《四川总志序》中说：

---

① 陈坤《明代四川提学官参与四川总志修纂考论》，《攀枝花学院学报》2017年第1期，61页。

> 蜀志凡三被修，初正德戊寅，次嘉靖辛丑，次万历己卯。《戊寅志》居体要，犹之椎轮也；《辛丑志》出三先生手，而《艺文》独属杨太史用修，增华加丽，令洛阳纸贵；《己卯》补缉维勤，芟别过半，得无瘠璧之见哉？中丞饶公、直指吴公慨然兴文，旁求旧本，得什之七八。乃应芳遍搆，复得二三，珠还剑合，事良不偶。教下亟刻《艺文》，庶几云汉昭回于天。其他秩官、人物、经略、沿革之类，因例编入，而《艺文》窃续焉。

可见，在纂修《四川总志》之余，他还校刻杨慎所编《全蜀艺文志》（即今存万历四十七年刻本），并在修志刻书之余，检漏补阙，续编《全蜀艺文志》。

吴之皞序则将杜应芳续补《全蜀艺文志》的过程及时间，说得更加清楚：

> 蜀之志以升庵、玉垒、方洲三太史，独《艺文》出升庵手选，网罗金石、鼎彝、秦汉之文几尽，竟可单传。《太平清话》亦称其立例最古，非他志所及，可知也。……缘万历初禩重修，渐增沿革，其厘正之功，固不可诬，而《艺文》裁却强半，晦蚀之累，亦不细矣。由己卯来，更四十年，亡得睹升庵之遗者，则亦蜀文一厄塞也。予亟谋重梓，赖督学杜君雅与同嗜，搜购古本，得二三残牍凑之，幸断圭复完。恨原日笔讹刀误，殊多鲁鱼。况岁久漫漶，难以竟读，遂檄诸帐下士拣其品识超韵者司编校焉。……惟《艺文》虽只字必仍，纤误必考，乃杜君更出心裁，补续新艺若干卷，俾成全书。……事竣，藩臬虚首简以迟予语。

观此，则补续之作，似亦成于万历四十七年（1619），而且是杜应芳一人所为，片语不及胡承诏。而从目录书著录情形看，本书仅题杜应芳编纂者居多。如万历《四川总志》诸序，均谓杜应芳编；《明史》卷九七著录"杜应芳《补蜀艺文志》五十四卷"，《千顷堂书目》卷七著录"杜应芳《续补蜀艺文志》五十四卷，黄州人，提督学政副使"；朱彝尊《经义考》卷二九一征引是书，亦作"杜应芳《续全蜀艺文志》"。而今存明万历刻本，则题"黄冈杜应芳、景陵胡承诏裁订"，则是书成编，盖出自杜、胡二人之手。《传是楼书目》谓"《续补全蜀艺文志》五十四卷，明杜应芳、胡承诏，十九本"，当是据明刻本著录。那么，万历刻本署杜、胡二人共同裁订，又是什么原因呢？

据前引资料可知，胡承诏于万历四十六年（1618）任祠祭司郎中，又"以提学副使衡文西蜀三年。迁河南参议，当去官，会奢崇明叛"。据《明史》卷二二载"奢崇明反"于天启元年（1621）九月，则胡承诏提学四川当在万历四十七年（1619）至天启元年（1621）九月之间。撰于万历四十七年的吴之皞序既称"督学杜君"，则其时杜应芳仍为督学，而继任者当为胡承诏。至于胡承诏是与杜应芳同编《续补全蜀艺文志》，抑或是继杜而为，史无明文，略作揣测：万历四十七年，杜应芳完成《四川总志》纂修及校刻《全蜀艺文志》完毕，而《续补全蜀艺文志》则初具规模，故吴之皞序称其"补续新艺若干卷，俾成全书"。适逢杜应芳调任福建按察司副使（天启间升按察使）①，因而委托继任学政胡承诏完成全稿的裁订校刻，并于万历末年刻印成书。胡承诏文韬武略，为政口碑甚好，完全具备继承杜应芳完成续订成书的条件，雍正《四川通志》卷六亦称其"累迁四川督学，清正廉明，独秉公直，与杜应芳齐名"。胡承诏督学三年，于天启元年任满，而本书万历刊本当刻于万历四十七年以后，可以说，本书由杜应芳初编，终由胡承诏裁订并刻印的可能性最大。

---

① 乾隆《福州府志》卷二九。

第二节 《补续全蜀艺文志》的编纂体例

杜应芳在《四川总志序》中既称"秩官、人物、经略、沿革之类，因例编入，而《艺文》窃续焉"，则是既沿例修志，亦沿例续补《艺文》，而无论续修《四川总志》，还是续补《全蜀艺文志》，杜应芳都以杨慎为楷模。今存《补续全蜀艺文志》前后既无序跋，也无纂修凡例，核其编排体例，则与《全蜀艺文志》类似，当是依例增补。至于《全蜀艺文志》的纂修体例，杨慎序言：

> 先君子在馆阁日，尝取袁说友所著《成都文类》，李光所编《固陵文类》，及成都丙丁两《记》、《舆地纪胜》一书，上下旁搜，左右采获，欲纂为《蜀文献志》而未果也。悼手泽之如新，怅往志之未绍，罪谪南裔，十有八年，辛丑之春，值捧戎檄，暂过故都，大中丞东阜刘公礼聘旧史氏玉垒王君舜卿、方洲杨君实卿，编录全志，而谬以艺文一局委之慎。乃检故簏，探行箧，参之近志，复采诸家，择其菁华，祓其烦重，拾其遗逸，蔫彼稂稗。支郡列邑，各以乘上，又得《汉太守樊敏碑》于芦山，《汉孝廉柳庄敏碑》于黔江，文无销讹，刻犹古剂。东阜公喜曰："汉碑之传于今，中原亦扫迹矣，乃今得兹于远邦，不谓斯举之获乎！"唐、宋以下，遗文坠翰，骈出横陈，实繁有旨。乃博选而约载之，为卷尚盈七十。中间凡名宦游士篇咏，关于蜀者载之，若蜀人之作仅一篇传者，非关于蜀亦得载焉，用程篁墩《新安文献志》例也。诸家全集，如杜与苏，盛行于世者，只载百一，从吕成公《文鉴》例也。同时年近诸大老之作，皆不敢录，以避去取之嫌，循海虞吴敏德《文章辨体》例也[①]。

---

① （明）杨慎《全蜀艺文志序》，明嘉靖《四川总志》卷首。

通过此序，可以明了以下几点：其一，杨慎编纂《全蜀艺文志》，作为《四川总志》的重要组成部分，其选材标准侧重风土人文，与《成都文类》等偏重文学的角度不同，属于文献志，故其纂例，既基于其父所搜集《蜀文献志》的资料，又按照程敏政《新安文献志》的编法，采用文以事存、诗以人传的标准，是符合编修地方史要求的。其二，对大家文集，则选存名篇，杨慎说是遵从吕祖谦《宋文鉴》的范例，实际上也就是《文选》类总集的编法。其三，秦汉南北朝诗文尽量保存，唐宋以下则从严选录，同时人之作则避而不取，这是学习吴讷《文章辨体》的方法。显然，杨慎采用这种既重文学但更重史学的方法编修地方总集，既为地方志提供了最原始的史料，又保存了脍炙人口的范文，特点鲜明，这也是《全蜀艺文志》较《成都文类》更受欢迎、影响更大的重要原因。不过，他只讲了选录标准，至于具体的编纂方法，我们只能从书中探求了。

今存《全蜀艺文志》六十四卷，与杨慎序所称 70 余卷的初稿本相比，可能经过重编，但大体上仍能反映杨氏匠心独运之处。全书按文体分类编排，分赋、诗、诗余、诏策、赦文、表、疏、状、书笺、书、序、记、檄、难、牒、箴、铭、赞、颂、碑文、论、说、辩、考、述、议、杂著、谱、跋、赤牍、行纪等大类，诗、序、杂著、谱、行纪等下又细分小类，但小类的分法略显杂乱，如诗歌二十二卷，按题材细分风谣、楚辞、都邑、城郭、楼阁、宫苑、江山、堤堰、桥梁、学校、陵庙、亭馆、寺观、怀古、纪行、时序、题咏、赠送、杂赋、道释、哀挽等类，而记下所分 10 小类则按甲乙丙丁的天干顺序排列。行纪、谱类下既收《氏族谱》《入蜀记》一类专著，杂著下则又按文体细分文、教、词、语、吊文、诔、哀辞、祭文、世家、传等类，卷五二则单列"宋王象之《舆地纪胜》碑目"，大抵随手登录，意在适用，也就不管编例是否严谨了。

联系到杨慎此编"廿八日以毕"的成书效率，出现编排不尽合理、选文难免漏略的情况,理所当然。因此,杜应芳重修《四川总志》,重刊《艺文志》并加以续补,可谓顺理成章。吴之皞《四川总志序》称:

> 其补者,或当日偶遗,非故遗之也。盖瑶毡怪牒,其错彩出世有后先,即如花蕊之集拾于敝纸,若不经安国拈出,志何得而有之?又如唐玄宗刻剑阁诗,剥落莓藓,升庵录入《诗品》,而志反不载。由此而推,遗编败碣之见于纂志后者间有矣,补之良不容已,而文与世隆,代有作者,不续之,其又何观?至于博摭郡邑之文,凡家乘野榻,足光兹典者,其遗之也,微杜君之左癖不至是。

对杨慎前编的疏漏,吴之皞说得很客气,是"偶遗"而非"故遗",加以续补,显然必要。杜应芳在取材方面,也颇下了一番功夫:一是所谓"偶遗"者,如杨慎其他著作中已录,而前编漏收者;二是前编之后出世的文献,加以搜检补充;三是州县志及私家载录之文,前编不及者,补之"足光兹典"。除吴序所说外,杨慎前编不收同时人作品,而杜应芳补编则大量收录时人诗文,如收吴之皞诗13首,收录自己的诗文有16篇等,虽为后人留下了一些文献,但所收作品难免有"去取之嫌",启人讥疑,从编例的角度看,反不如杨慎避之为佳。

至于编排体例,杨慎《全蜀艺文志》与杜应芳《补续全蜀艺文志》二书,都不乏特别之处,列表如下:

文　体题材	全蜀艺文志	补续全蜀艺文志
赋	卷一—二	卷一—二
诗风谣	卷三	卷三
楚辞	卷四	

续表

文体题材	全蜀艺文志	补续全蜀艺文志
都邑	卷五	卷四
城郭、楼阁	卷六	卷四
官苑	卷七	
江山附池沼、堤堰、桥梁	卷八—九	卷五江山、卷六桥梁、堤堰
学校	卷一〇	卷四
陵庙	卷一一	卷七
亭馆	卷一二—一三	卷四
寺观	卷一四	卷八
怀古	卷一五	卷九、卷一八古迹
纪行	卷一六	卷一〇、卷一六游览
时序	卷一七	卷一一
题咏	卷一八—一九	卷一二
赠送	卷二〇—二一	卷一三
杂赋	卷二二	卷一四—一五
道释	卷二三	卷一七
哀挽	卷二四	卷一七
诗余	卷二五	卷四五
诏策、赦文、敕	卷二六	卷一九敕谕牒诰
表、疏、状	卷二七	卷二〇表疏奏
书笺	卷二八—二九	
序志序	卷三〇	卷二二
集序	卷三一	卷二三
赠送、游览	卷三二	

续表

文体题材	全蜀艺文志	补续全蜀艺文志
记甲（城郭、桥堰）	卷三三	卷二四学校
乙（堂馆）	卷三四	卷二五题名
丙（学校）	卷三五	卷二六楼阁、桥堰
丁（学校）	卷三六	卷二七堂、亭、园
戊（祠庙）	卷三七	卷二八—二九祠庙
己（寺观）	卷三八	卷三〇—三一道观、佛寺
庚（古迹）	卷三九	卷三二碑记
辛（古迹）	卷四〇	
壬（绘画）	卷四一	
癸（书法）	卷四二	
檄、难、牒	卷四三	卷三八檄、文、露布
箴、铭、赞	卷四四	卷三七
颂	卷四五	卷三八
碑文	卷四六—四七	卷三九墓碑
论、说、辩、考、述、议	卷四八	卷三三—三四论论、议、辩解、说、考
杂著一	卷四九	卷四〇文类、卷四一杂著
杂著二诔、哀辞、祭文	卷五〇	卷四〇文类
杂著三世家、传	卷五一	卷三五传
宋王象之《舆地纪胜》碑目	卷五二	卷四二—五三志余诗话、外纪、逸编
谱氏族谱、器物谱	卷五三—五八	卷三六谱类、卷五四器物谱、卷五五岩字石刻谱
跋	卷五九	卷三七跋
赤牍	卷六〇	卷二一赤牍
行纪附题名、简版	卷六一—六四	卷五六

《补续全蜀艺文志》五十四卷，也按文体分类编排，大体依前编归类，而略有调整：前编将"堤堰、桥梁"附于卷八"江山"下，而续编于卷五单列"江山"，卷六另立"桥梁、堤堰"；而将前编"都邑"（卷五）、"城郭""楼阁"（卷六）、"学校"（卷一〇）合置于卷四，并于"楼阁"后增设"亭台"一目；而略去前编所设"楚辞"（卷四）、"宫苑"（卷七）；并于卷一六增设"游览"一类，卷一八增设"古迹"一类，虽体现了时人游赏观念之变化，却不免与"怀古""纪行"之题材有所重合，可谓标新立异，但未必恰当。至于文类立目，则对前编细目多有调整：如将"诏策、赦文、敕"改作"敕、谕、牒、诰"，"表、疏、状"作"表、疏、奏"等，大抵根据收录文章的体类而对类目稍作变更。前编记文十卷，按天干排序，所收文章实际上也按题材归类（见表），只是不像诗歌部分立目而已；续编记文九卷，也按题材归类分卷（见表），除"碑记"外不另立目。限于续补，所收文章题材类型较前编为少，但对题记、道观、佛寺、碑记单作一卷收录，颇具特色。前编卷四九"杂著"类下收录文、教、词、语等文体，但未立细目，而卷五〇"杂著"类则另立"谏、哀辞、祭文"等细目，前后并不统一；续编有所改进，于卷四〇特设"文类"，收录前编之文、祭文等类文章，又于卷四一设"杂著"，收录疏、征、檄、传、解、书后及唐刘蜕《山书一十八篇》等文，确实显得杂乱。前编卷五三至卷五八"谱"类收录氏族谱、器物谱等专著，续编卷三六设"谱类"，增收年谱一类，录入《东坡年谱》《杨慎年谱》二种，卷五五至卷五六又收入"器物谱""岩字石刻谱"，虽不乏创意及文献价值，但于编法，仍值得商榷。

总之，作为方志艺文类汇编，与总集的编纂方法有明显的不同，总集一般严格按文体分类，很少有诗、文、专著汇编的情形。杨慎前编大体按文体分类，但于诗类下不分古律，而改以题材归类，可谓创新，即使相对于他所效仿的《新安文献志》等地方总集而言，也颇显另类。而增设"宋王象之《舆地纪胜》碑目"，收入《氏族谱》《器物谱》《入蜀记》《吴船录》等专著,虽然不符合传统总集的编法,但作为方志文献志,也无可厚非。杜应芳补编虽大体步骤依据杨慎前编,但也做了较大的改动,对文体类目、细目,乃至编排顺序都有诸多不相一致的地方(见上表),所改动有合理之处,也有颇显杂乱的地方,如将"诗余"置于"诗话"类中,反不如前编那样于"诗"类后单列"诗余"一目,更符合总集的编法;卷三四设"解"目,卷三五单立"传"体,而卷四一"杂著"类又收入张大龄《黄白石传》《花奴解》等文,称其编法混乱也不过分。至于续编卷四二至卷五三特设"志余"一类,收"诗话"(附收"诗余")、"外纪""志余逸编"等,辑录杂记蜀事的条文,完全是方志的编法,实际上不全属于"艺文"的范畴。可见,无论前编续编,都不乏别出心裁而略显随意之处,或许这正是方志类艺文总集的特殊之处吧。

第三节　版本流传及文献价值

是书于万历四十七年编纂完成,旋即裁订刻印,今存原刻本。《明史》卷九七《艺文志》、黄虞稷《千顷堂书目》卷七著录的《续全蜀艺文志》五十四卷,所据当即原刻本,而不署胡承诏之名,不知何解。《传是楼书目》著录"《续补全蜀艺文志》五十四卷",则明确署名为"明杜应芳、胡承诏",而装订成"十九本"。此书传本极少,也不见翻刻本,上海古籍出版社编纂《续修四库全书》,据福建省图书馆藏原刻本影印出版,方使此书流布渐广。而学者研究、引用者仍极少,据文渊阁《四库全书》电子版查检,明清人引用者,仅朱彝尊一条。又据中国知网统计,当代学人引用本书,也仅彭志《误题撰人词及相关问题考辨》一篇[1],说明此

---

[1] 彭志《误题撰人词及相关问题考辨》,《沈阳大学学报》2016年第3期,376页。

书因流传稀少、受关注度不高,致使其内在的价值并未被世人挖掘并加以利用。

首先,本书在《全蜀艺文志》的基础上,进一步搜罗有关蜀事蜀人的作品,含诗、文、词及专著,乃至辑录方志、类书中有关奇闻异事,借以考察一地风土人情,汇聚文献,功不可没。其中,诗歌及记文等按题材分类编纂,为地方史志的修纂提供了较大的便利。所增补诗话数卷,对了解蜀中文学创作盛况,也不无帮助。

其次,所搜罗文献的范围,较原编有所扩大。《全蜀艺文志》仅用二十八天编成,所据文献集中于袁说友《成都文类》、李光《固陵文类》,及《成都记》《舆地纪胜》等书,主要借重于杨慎之父为编《蜀文献志》而搜集的资料。补编所据除利用《文苑英华》《古文苑》《万首唐人绝句》《古诗纪》等总集外,还较多利用曹学佺《蜀中广记》及各郡县方志等地理类书籍,对唐、宋、明人文集的引用也不乏其例,还利用了一些石刻资料,特设"岩字石刻谱"一卷,对前编征引文献的不足,作了大量的补充。

第三,本书大量收录同时人作品,于编纂体例虽有失检点,却也因此留下了不少珍贵文献。如曾题三苏祠"一门父子三词伯,千古文章四大家"而名噪一时的戴燧①,其文集不传,其《巫山高》《蜀道难》《武侯祠》《三苏祠》等十七首诗及《茹园记》一文,全靠本书收录,得以传世。

当然,此书的不足之处十分明显,总集编纂常犯的错误,如体例混乱、张冠李戴、校勘不精、征引不当以及刊刻时俗字误字太多等,本书无一避免。如误题作者,彭志先生已指出其将魏了翁《临江仙·约李彭州璧兄弟看荔丹有赋》误作明人李玺《失调名·眉州双荔堂词》。这样的错误还有一些,如第一卷第二篇所录王褒《吊苌弘赋》,实为柳宗元所作《吊苌弘文》,见于《五百家

---

① (清)郑方坤《全闽诗话》卷八,景印文渊阁《四库全书》本。

注柳先生集》卷一九及《楚辞集注·楚辞后语》卷五等。清人编《历代赋汇》补遗卷一四也题作王褒撰，盖误信本书而失于不检。可见面对一些制作粗疏的明人所编书籍，使用者当格外留意。

第四章　巴蜀地方艺文总集述略

自杨慎《全蜀艺文志》行世，凡游蜀者，大抵参观是书，而有所作为。本章讨论几部以巴蜀文化为题材的总集，虽跳出方志艺文的窠臼，仍难脱艺文总集（选集）的影响，故于此粗略论之。

第一节　傅振商编《蜀藻幽胜录》

《蜀藻幽胜录》是明代傅振商编选的一部蜀地文章选集。

傅振商（1573—1640），字君雨，河南汝阳（今河南汝南）人。万历三十五年（1607）进士，选庶吉士，授江西道监察御史，平反冤狱。摄畿辅学政，创建恒阳、国士、天雄三所书院。累迁太常卿，巡抚赣南，升南都兵部右侍郎，整肃军政，江左倚为长城。崇祯间，进兵部尚书。后托疾致仕，自号养拙叟。卒年六十八岁，谥庄毅。生平博学，著有《爱鼎堂文集》三十卷、《恒南稿》八卷、《西征稿》八卷、《南都稿》三卷等，编纂有《杜诗分类》《文苑英华选隽》《珠渊异宝》《古论元著》《风雅元音》《地理醒心录》等。

傅氏留心文献，尤其用力于总集编纂，据《千顷堂书目》卷三一、《续通志》卷一六三、《八千卷楼书目》卷一九等载，其所编有《文苑英华选隽》二十八卷、《四家诗选》四卷、《古论元著》八卷、《缉玉录》五卷、《珠渊异宝》十二卷、《蜀藻幽胜录》四卷、《秦藻幽胜录》十二卷等。他编选总集既多，且将一千卷之《文苑英华》萃编为二十八卷，足见其熟稔选编之道。可惜《文苑英华选隽》传本稀少，影响不大，鲜有论及者，今天津师范大学图书馆藏有明崇祯六年（1633）刊本。其巡历陕甘，除撰著《西征集》1370余篇诗文外，还编著《缉玉录》《珠渊异宝》《蜀藻幽胜录》《秦藻幽胜录》四种川、陕地方总集，其勤于著述，于此可见一斑。当然，仕宦余暇，撰著如斯之富且多，令人惊叹之余，也不免启人疑窦，有借力前人、取巧售名之嫌。如所选《蜀藻幽胜录》，明显是以万历刊《全蜀艺文志》为蓝本，参考《文苑英华》《唐文粹》《宋文鉴》《元文类》等选辑而成，清四库馆臣称："蜀虽僻处一隅，而自汉、晋以来，文章为盛。宋庆元中，有程遇孙等《成都文类》，明嘉靖中，又有周复俊《全蜀艺文志》，搜罗赅备，业已巨细兼登，菁华毕萃。振商此集，采掇十一，分为二十五类，去取颇无条理。盖当时书帕之本，不足以言别裁也。"在肯定《成都文类》《全蜀艺文志》的同时，对《蜀藻幽胜录》则几乎全面否定，斥为书商射利之作。不过，今人也有不同看法，巴蜀书社影印本《前言》称之为"一部具有四川地方特色的文选"，"是一本知识性、趣味性兼而有之的优秀读物"，"对研究四川历史文化，政治经济，编写地方志书，修复文物古迹，有相当高的参考价值"，看法与《四库全书总目》正好相反。

  影印本卷末有傅振商所作《秦蜀幽胜录跋》，称"留滞秦川，三易岁叙，白云凝目，瓜代屡愆。愁绪难遣，聊作蠹鱼"，"搜寻旧简，秦、蜀幽文，几无剩采"，"采掇业劳，人之郁谱，固黮告于二集间已。至文工拙之辩，须之别淄渑者"，末题"己未孟冬"。所谓"留滞秦川，三易岁叙"，当指其万历四十五年（1617）巡视陕西茶马，至万历四十七年（1619）己未十月期间。明代巡按御史一般是一年一代，既称"瓜代屡愆"，则为排遣"幽闲寂寞"而编辑《蜀藻幽胜录》《秦藻幽胜录》二书，当是第二次"瓜代"期之后，即编成与刊刻均完成于万历四十七年。至于搜检古籍碑刻，当然有可能提前进行，所以才有"采掇业劳"的感叹，不仅甘苦自知，而且对后世如此大相径庭的评论，似乎也预知一二。用心良苦，自非贸利背景下草创之作可比，馆臣之言，不免武断。

　　巴蜀书社据万历四十七年初刻本影印，前有傅振商自序及目录。其《题蜀藻幽胜录》表明选旨是"披沙搜宝，止存菁华，汇备饱腹，虽摩诃池上供十二小吏，余沈未睹其绪，然绣橐自足一披玩，有若听蜀国之絃，江灵之瑟者。蜀之奇藻幽逸之概，大观具是矣"，即是萃选纪述蜀中山水、古迹、人物的奇文佳篇。至于选录所据的文献，则是杨慎所纂《全蜀艺文志》，所谓"幸升庵博奥，尽揽收志林，庶借功人，以存什一"。《全蜀艺文志》六十四卷，含诗文总计1800余篇，文章约680篇。本书不收诗词，仅录文章，总计204篇，如果全取自《全蜀艺文志》，就不是"以存什一"或"采掇十一"，而是超过四分之一了。所以傅振商才有"复苦脱遗而荒伧"的慨叹，并注意到"古洞云封，神碑壑隐"，"泛及泖石，并为洗擢"，努力搜采，以便做到"披沙搜宝，止存菁华"。经统计，卷二附载《荆州与杨衡说旧因送游南越序》、苏洵《送石昌言为北使引》、孙樵《书何易于》《书田将军边事》、何朝隐《普成县玉虚观僧伽堂记》《洞真观横翠阁记》、张龟年《回车宅记》、卢棠《刻西崖文公墨妙记》、宇文久望《汉王潭神祠记》、陈概《紫霄观混元殿》，卷三何汝贤《禹迹山院记》、张守约《积庆院记》、舒岩夫《剑泉记》、罗有中《普成县增修灵济庙记》、冉益谦《灵云洞环胜记》、金皋《中节祠记》、高举《灵芝寺灵泉记》，卷四苏轼《文与可琴铭》、佚名《剑阁铭》、陈子昂《馆陶郭公姬薛氏墓志铭》、黄裳《赵隐君墓志铭》、扬雄《酒箴》、苏辙《代三省祭司马丞相文》、费少南《跋中兴颂摩崖碑后》共25篇，《全蜀艺文志》未收。另有家子鉴《陈公祠记》、阎苍舒《将相堂记》、何璆《相墨堂记》3篇，文字较《全蜀艺文志》完整，两者出处不同。也就是说，总计有28篇出自《全蜀艺文志》之外，约占全书的八分之一还多。由此可见，傅振商不仅对《全蜀艺文志》所载文章多有鉴裁，而且增补奇文，并非如《四库全书总目》所说的"不足以言别裁"。

至于全书的编纂体例，虽没有"凡例"明确交待，但通过卷首"目录"，也能窥其大端。除不收诗词外，辑录赋、策、诏、敕、表、书笺（以上卷一）、序、记（卷二、卷三）、檄、难、铭、赞、颂、箴、碑、论、杂著、诔、哀辞、祭文、传、谱、跋、赤牍、行纪题名（以上卷四）25种文体的文章，《四库全书总目》所说的"分为二十五类，去取颇无条理"，盖指此而言。"二十五类"即指25种文体，"去取"则指每种文体下删存的文章。文体编排顺序大抵参照《全蜀艺文志》，只是将"诏策"类依《全蜀艺文志》编文顺序调整为策、诏二类，并将箴类从铭类前移至颂类之后。另外，对类目名称也略有调整，一是将《全蜀艺文志》原属杂著类的诔、哀辞、祭文、传分立而自成一类，而杂著类则仅录文、语二体；二是将"行纪"更名为"行纪题名"。总之，无论编类顺序还是文体名称的设置，无疑都受到《全蜀艺文志》的直接影响。每种文体下所收文章，大体也依《全蜀艺文志》按时代先后排列，其中序、记等类仍依《全蜀艺文志》所分小类编排而致时代顺序紊乱，编者未做处理，也可证明傅氏是以《全蜀艺文志》为蓝本而拣选"菁华"，并据《文苑英华》《唐文粹》《成都文类》《宋文鉴》《元文类》及碑刻等补充部分文章，辑成此编。因此，他基本上沿袭了《全蜀艺文志》的编纂体例，未做大的调整，所收文章上至西汉，下迄元、明，而以唐、宋居多。文章作者既有蜀中名家，也不乏外地圣手，文章内容则以蜀地山川人物、名胜古迹为主，取名"蜀藻幽胜"，恰如其分。

毋庸讳言，傅氏依傍《全蜀艺文志》而成本书，甚至连编纂体例也照搬原书而不知变通，加之疏于检核，错漏明显，为人诟病，理所当然。首先是编排失误，如卷一诏敕类中，《孟昶劝农桑诏》与《宋赠苏轼为太师敕》之间滥入《贺江神移堰笺》一篇；卷二序类《华阳国志序述》与《入蜀纪行诗序》间，掺入《先贤士女总赞》一篇，编类混乱。其次是剪裁不当，如卷二《菩提寺置立铭》仅存原记后之铭文，仍置入记类；卷四《唐左拾遗翰林学士李公新墓铭》裁去墓志，仅存铭文，仍入碑类。再次是校勘不精，因形近致误或臆改者，不乏其例。有此三端，遭四库馆臣贬斥，无足多怪。

不过，因此而将本书贬得一无是处，也不合事实。本书于剪裁蜀藻幽胜之文，自有衡鉴之功，且于篇末多有品评，堪称一家之言，自有价值。所补诸篇，不乏稀见之文，如卷二何朝隐以下六篇，赖本书得传世，自不乏珍贵的文献价值。又如卷三录存家子鉴《陈公祠记》、阎苍舒《将相堂记》、何璆《相墨堂记》三篇，内容完整，而《全蜀艺文志》所录为节文，各方志编录文献亦多从《全蜀艺文志》，可见本书所录，弥足珍贵。且本书据万历刊《全蜀艺文志》选文并加以校勘，也具有一定的文献校勘价值。因此，对本书加以校勘整理，也不为无用之功。

本书于明万历四十七年（1619）与《秦藻幽胜录》十二卷一并首刊，其后未见重刊本。1985年，巴蜀书社据重庆图书馆藏明刊本影印，使本书流传渐广。1997年，齐鲁书社复据北京图书馆藏明刻本影印，收入《四库全书存目丛书》，然此本略有残缺。

第二节　《蜀游诗钞》及《续钞》

巴山蜀水的神奇韵味，令历代入蜀诗人流连忘返，留下了数不尽的奇思妙想。自初唐四杰入蜀，到杜甫草堂传奇，以及宋代的陆游、范成大，这些屹立于历史之巅的伟大诗人，流下了许多令人魂牵梦绕的诗篇，滋养着巴蜀大地。也令后继登临者高山仰止。仅就清代而言，入蜀吟咏而结集为《蜀游诗》者，有冯云骧①、李星沅②、邓三坚③、姚大椿④、周厚辕⑤、程含章⑥、马霳⑦、何鑫⑧，而民国《嵊县志》卷一六载孙锷著有"《蜀游诗》二卷"，民国《盐丰县志》卷一一载"李官陶《蜀游诗》一卷"，民国《萧山县志稿》卷二八载陆玑"任巴州刺史，与兄省视，著有《蜀游草》。既以母老谋禄养，出而为吏，再至蜀中，为《后蜀游诗》"，杨钟羲则谓其"省觐入蜀，有《蜀游诗》二卷"⑨。以《蜀游诗草》名者，有温承恭⑩、汪应镛⑪、徐世垓⑫、侯若源⑬。而名为《蜀游草》者，更多达数十家，如吴峻有《蜀游草》二卷⑭，赵学浩有"《蜀游草》二卷，省父汉州时作"⑮，王文范有《蜀游草》

---

① （清）魏学诚《一斋旧诗·冯讷生先生自蜀视学归以见示赋以寄怀》，清康熙刻本。
② （清）李星沅《李文恭公遗集·重阳前一日自题蜀游诗册》，清同治五年（1866）刻本。
③ （清）李继圣《寻古斋诗文集》卷一《赠邓三坚右徐》注，清乾隆刻本。
④ （清）陆继辂《崇百药斋文集》卷二《姚大椿蜀游诗卷题后》，清嘉庆二十五年（1820）刻本。
⑤ （清）吴嵩梁撰《香苏山馆诗集》卷三《周载轩编修招饮舟中书蜀游诗卷》，清木犀轩刻本。
⑥ （清）刘大绅《寄庵诗文钞》续卷一《岭南集序》，民国《云南丛书》本。
⑦ 道光《续修桐城县志》卷一六。
⑧ 民国《新修大埔县志》卷二六。
⑨ （清）杨钟羲《雪桥诗话》卷一一，民国《求恕斋丛书》本。
⑩ （清）刘彬华《岭南群雅》，清嘉庆十八年（1813）玉壶山房刻本。
⑪ 道光《歙县志》卷八之二。
⑫ 民国《贵州通志·艺文志》卷一五。
⑬ 民国《南皮县志》卷八。
⑭ 嘉庆《无锡金匮县志》卷三九。
⑮ 同治《太湖县志》卷二二。

三卷①，黄琮有《蜀游草》四卷②，沈声陛有《蜀游草》四卷③，汪壬有《蜀游草》六卷④等，吟咏诗篇较多。以《蜀游集》名者，有高崧⑤、魏士前⑥、郑文昂⑦、宁泉⑧、潘鸿宝⑨，而张诚有《蜀游集》三卷⑩。此外，黄臣燮著《蜀游诗稿》⑪，宋佳树⑫、查淳著《蜀游诗钞》⑬。据粗略统计，有清一代入蜀诗集，将近百家，成为宦游入蜀的一道风景线。入蜀诗歌成集者如此其多，而吟咏巴山蜀水的诗人则更多，自然会引起选评家的关注，因此加以搜集编选而汇成总集，可谓水到渠成。

《蜀游诗钞》六卷

（清）陆炳辑，乾隆三十九年（1774）且朴堂刻本，《巴蜀珍稀文学文献汇刊》影印入第19册。

据嘉庆《四川通志》卷一八八载："《蜀游诗钞》六卷、《蜀游续钞》六卷，陆炳辑。炳字赤南，丹阳人。《剑囊草》《续草》，陆炳撰。"又据光绪《重修丹阳县志》卷二〇载："陆炳字赤南，布衣幕游湘、蜀，精于经学，并以诗名。与查恂叔观察、顾东山臬

---

① 同治《续纂扬州府志》卷二二。
② 民国《新纂云南通志》卷七七《知蔬味斋诗钞》。
③ 民国《海宁州志稿》卷一五。
④ 民国《全椒县志》卷一五。
⑤ 乾隆《杭州府志》卷五九。
⑥ 乾隆《天门县志》卷八。
⑦ 民国《古田县志》卷二四上。
⑧ 民国《贵州通志·艺文志》卷一七。
⑨ 民国《安徽通志稿·艺文考》集部别集类十九。
⑩ 光绪《平湖县志》卷二三。
⑪ （清）盛大士《蕴愫阁诗集》卷三《题黄茂才臣燮蜀游诗稿》，清道光元年（1821）刻本。
⑫ 光绪《丹徒县志》卷三四。
⑬ 光绪《顺天府志》卷二六。

使为文字交。"《听雨楼随笔》云:"丹阳陆炳,字赤南,号黎轩。乾隆间游蜀,著有《剑南草》,多记风土。"并载其《红花行》《川马行》二诗①。则《剑囊草》一名《剑南草》,同治《直隶绵州志》卷四二为谓其"游蜀,寓绵,与吴奇诚诗酒盘旋,选刻《蜀游诗》三集"。是则陆炳乾隆间以布衣入蜀幕,寓绵阳,与吴昆、查礼等交好,所刻"《蜀游诗》三集",当指所辑《蜀游诗钞》及所著《剑囊草》《续草》。查礼《与陆赤南闲话》诗云:"一笑相倾意外欢,成都谁料返征鞍。雨窗看剑心犹壮,雪塞从军胆未寒。闲伴茶枪销酒癖,放高诗格总吟坛。(赤南时梓《剑囊草》并《蜀游诗钞》。)江湖旧约群鸥在,气味投时似臭兰。"②陆炳所著有《蜀迹辨》一卷,今存乾隆间自刻本、道光十五年(1835)黎轩刻本;《剑囊草》五卷,今存乾隆三十八年(1773)刻本;《剑囊续草》三卷,今存乾隆三十九年(1774)刻本。所辑有《记事珠》一卷,今存稿本(北京大学图书馆);《湘漓合稿》十六卷,今存嘉庆三年(1798)刻本。

《蜀游诗钞》前有乾隆三十九年(1774)十月吴省钦序,云:

> 丹阳陆君赤南入蜀九年,录所作《剑囊诗》前后八卷以行。又录蜀近人与近人入蜀诗数百篇,五十余家。凡天地人物之无与蜀者,诗虽工弗录也。古者陈诗观民风,故列国皆有风,太师教六诗,风赋比兴雅颂,盖诗之起,莫先于风谣。有风则赋比兴之三体备而雅颂由之。蜀邈处西土,其名始见《泰誓》,其风固辀轩所未采。宋安吉袁说友起岩辑汉以下至淳熙蜀人诗文,为《成都文类》,明杨慎用修本之,为《全蜀艺文志》,意以征蜀文献,非蜀产亦弗录焉。然予读《韩》《鲁》

---

① (清)王培荀《听雨楼随笔》卷五,清道光二十五年(1845)刻本。
② (清)查礼《铜鼓书堂遗稿》卷一八《与陆赤南闲话》,清乾隆查淳刻本。

诗,《芣苢》,蔡人妻作;《行露》,申人女作;《邶·柏舟》,卫宣夫人作;《式微》,黎庄夫人及其傅母作;《黍离》,一以尹伯奇弟伯封作,一以卫宣公子寿作。作是国之诗,固不必尽出是国之人。若《木瓜》美齐而在卫,《猗嗟》刺鲁而在齐,《泉水》《载驰》皆卫而在邶、鄘,是又各从其国之声。以为声而采者,歌者即以属之是国。唐、宋以来,序录日多,如高仲武、殷璠、韦縠、陈起之徒,皆尝举一时之诗,选为一集。君谦而不有,取少陵"钞诗"之语,名之曰钞,则《箧中》例也。曰游,则《江湖》例也。系以蜀,则陈诗观风之义。系蜀人而及入蜀之人,则犹是蔡申之系《周南》,卫、黎之系《邶》,封、寿之系《王风》之义也。抑予又疑古之采风者,及曹、邻诸小国,而不及吾吴,且延州来季子之知乐,言子之文学,宜有诗而无诗,至晋、宋而所称江南音者乃显。蜀之诗宏自汉,予采风来此,未能综甄决择,以备太师之教。而君游迹所至,揽其人与诗,俾有以传世行远,即一时蜀之风赖以存,其可无一言相质也。异时君自蜀归,庶录吾吴近时之诗,以冀采而歌者之比烈于古焉。"①

序中既言陆炳"入蜀九年",则入蜀当在乾隆三十年(1765)左右。其所编《蜀游诗钞》六卷,凡60家,共收诗469首,定稿刊行于乾隆三十九年(1774)。按人系诗,作者名下有小传,简介字号、籍贯、科举、历官、现职。卷一录顾光旭、查礼诗以冠首,而选顾光旭诗五达50首,为诸人之冠,次以吴昆40首、查礼37首、沈清任30首、吴省钦28首、朱云骏28首、查淳24首,古诗、近体、绝句皆备,不按诗体编序,而按时先后游历所经为序,诗多咏景酬唱之作。而卷六再录查礼诗22首,又录沈清任等人诗数量不一,当因诸人选官候调而补录诗作。可见是编收录清代蜀

---

① (清)吴省钦《白华前稿》卷一二《蜀游诗钞序》,清乾隆刻本。

中诗人及外地入蜀诗人之作,以"天地人物"与蜀相关为录取标准,即《凡例》所谓"诗之非出于蜀者,概所不录,故以'蜀游'名编",是属地方总集范畴。所录虽以"蜀"名,但也包括巴地之作,他在《凡例》中对此有所诠释:

> 四川古称巴蜀,然在周秦时,蜀所有地,惟今之成都、潼川、嘉定及眉州而已。巴地较广,今重庆、顺庆、保宁、夔州、泸州皆是。其间僰界其南,羌据其北,蛮獠域其西,荆楚杂其东,夷落不一,不得概以巴蜀名之。至季汉,跨有荆益,诸夷悉服,名曰蜀,而巴亦在其中矣。今巴东西所得诗并登者,以此。

并收巴蜀两地之诗,也是唐宋以来巴蜀地方总集的传统做法。至具体编例,则大致与《才调集》《花间集》及费经虞等《蜀诗》相似,按人系诗,诗人姓名下系以小传,取《诗经》采风之义,以反映蜀地风土人文为目的。至诗家之间与诗作之间的编序,其《凡例》称"诗不以年体次,人不以爵齿序",固然与"蜀游"的选题相关,所录诗多近年所作,所谓:"余以丙戌入蜀,是编成于甲午,凡所录诗,多在九年之内。间有出于此前者,亦必因见其人乃及其诗。"所撰作家小传,也强调与蜀关联的经历,"有自蜀迁他省者,则书今官某省某官。蜀人而官于外者,亦必详及。至如自他省占蜀籍,与寄籍他省,以及人之字与号,上中下三舍,无不逐一详勘。"

既有雄厚的入蜀诗积淀,又有长达九年的蜀中经历,所剪裁宜有可取。然吴省钦序谓《成都文类》《全蜀艺文志》辑"蜀人诗文","意以征蜀文献,非蜀产亦弗录",这是不确切的,二者皆以"天地人文"与蜀相关为选择诗文标准,而不管是否为蜀人所作,陆炳沿用其旨,而名以"蜀游",却仍录蜀人之作,反不妥帖。且因见闻所及,录同时友朋如查礼、吴昆之作,而不"避去取之嫌"①,反而有损杨氏品题严谨的体例,何况对于"寄籍江油""掌涪江书院""诗酒盘旋"之好友吴昆,"选录最富"呢②?同时选入之好友,还有查礼、顾光旭、沈清任等③多人,受《补续全蜀艺文志》影响,于选本体例有害。然此书流传不广,所录诗作有别集不传者赖以存留,仍具有珍贵的文献价值,对清代四川诗歌的研究也有裨益。

《蜀游诗续钞》六卷

(清)陆炳辑,清乾隆间且朴堂刻本,《巴蜀珍稀文学文献汇刊》影印入第 20 册。

是编前有自序称:"前行《蜀游诗钞》六卷,累经更定,先是四百六十七首,旋改四百七十首,又改四百六十九首,是为定本。《续钞》悉承前例,人有见前者,字号籍不更书,在官已迁者,书今迁某官。"《续钞》编成于乾隆四十一年(1776)秋,"所录徼外纪事及山川诸作,倍于前集。"其时清廷平定金川不久,故其序称"今两金川并入板图,诗系其地,厥为采风始",保存了一些珍贵的史料。他编辑《续钞》,也有弥补《前编》的意思,他说:"蜀中购书甚难,前拟选前人蜀中诗冠诸《诗钞》首,殆不可复。余梓《蜀迹辨》一卷,拟辑近人考订蜀迹诸文,合为一集以行。吴学使、查观察各有若干篇,高明倘不见弃,并当授梓,以补《诗钞》未全三集之意。"

是编亦分六卷,卷一以刘秉恬诗 6 首为冠,录吴省钦 25 首、顾光旭 24 首,卷五录陈奉兹 24 首,卷六录查礼 22 首,道士徐本

---

① (明)杨慎编,刘琳、王晓波点校《全蜀艺文志·序》卷首,线装书局 2003 年,第 12 页。

② 同治《直隶绵州志》卷四二。

③ 民国《灌县志》卷六。

表3首、道士张清夜5首，闺秀顾慈1首，闺秀陈绛绡9首，诗有圈点。所收诗人总计77家，其中已见前集者25家，续增者52家，计诗504首。合前后二集，总计录诗人112家，诗973首。于蜀中风物掌故多有记录，诚如序所谓可备采风之用。而所录诗作多系原稿，具有文献校勘价值。如续集所录吴省钦25诗，其中《永安宫故址》1首，检《白华前稿》卷五一题作《永安宫》；《江越门太守于夔城东三里改建少陵新祠，祠故菜园沱晋阶书院废址》，本集题《菜园沱少陵新祠》，注云"祠故晋阶书院，在城东三里，江越门改建"，可见二者出处不同，可资参校。《武后长安古钟歌》，本集卷五二作《武后长安钟歌》，当脱"古"字；《颜鲁公干禄字书碑》注云"碑在潼川府学，系宋龙图宇文某重刻"，集卷五二作《潼川郡学宋刻干禄碑》，无注。

陆炳所辑《蜀游诗》前续二编，除反映了清代蜀游诗作的盛况外，由于当时人辑当时事，也保存了一些珍贵史料。如前集卷六赵寯"字杰公，号毓川，又号木亭，安县人，乙酉拔贡"，乾隆《安县志》卷四载赵寯《春日自曲山抵石泉望禹穴即呈郑瓒文同年》诗，下注"邑人"，而失载赵寯字号科贡等事。卷五录贾肇琦《锦城西南行》《寄弟维翰军中》《征妇怨》诗，《续钞》卷四补录《夜过广都故城址》《过金花桥》《金沙寺》《灵峰寺》等诗，同治《重修成都县志》、民国《华阳县志》等失载。又如《蜀游诗钞》卷五载谭经"字有九，号子常，新都县人，诸生"，录其《安县署中双桂斋同人小集》《题双桂斋》诗，道光、民国间两修《新都县志》并失载。如此之例还有不少，可见其史料价值。

第三节　巴蜀地方唱和诗集述略

宋代巴蜀文坛，苏易简（959—997）是一位传奇性的人物，状元及第，年未三十，知贡举，掌诰命，太宗为书"玉堂之署"匾额，累官参知政事，英年早逝。易简曾奉诏预修《文苑英华》，

《宋史》卷二〇九《艺文志八》著录所编《禁林宴会集》一卷[①]。作为早期蜀中的代表人物，虽所参与总集纂修，非蜀中独有，但对后世蜀人纂修地方总集，无疑有着积极影响。

蜀人参与的唱酬盛事，在宋代极多，结集刊行者也不在少数。如《直斋书录解题》卷一五《总集类》著录："《和陶集》十卷，苏氏兄弟追和，傅共注。""《汝阴唱和集》一卷，元祐中，苏轼子瞻守颍，与签判赵令畤德麟、教授陈师道无己唱和，晁说之以道为之序，李廌方叔后序。"又如著名的《南岳倡酬集》，为朱熹与张栻、林用中同游南岳唱和诗集，虽均有蜀中名家参与其中，但因唱和地点不在蜀中，不属于本文讨论的范畴。我们关注的，是唱和地点在蜀中，而不论唱和者是否为蜀人，姑就所知见，略为条列如下。

《潼川唱和集》一卷

（宋）张逸、杨寘撰。见《通志》卷七〇《艺文略八》、《宋史》卷二〇九《艺文志八》。张逸字大隐，郑州荥阳人。宋仁宗天圣末至景祐初，曾以龙图阁待制知梓州[②]。又以枢密直学士知益州，凡四至蜀。《宋史》卷四二六有传。杨寘，梓州人，景祐元年（1034）进士及第。司马光《续诗话》载："科场程试诗，国初以来难得佳者。天圣中，梓州进士杨寘始以诗著。其天圣八年省试《蒲车》诗云：'草不惊皇辙，山能护帝舆。'是岁以策用'清问'字下第。景祐元年省试《宣室受厘》诗云：'愿前明主席，一问洛阳人。'寘是年及第，未几卒。"（光绪《新修潼川府志》卷二八《轶事》）则杨寘与张逸于潼川唱和，当在杨寘天圣八年（1030）省试下第归乡、张逸知梓州期间，而在明道年间的可能性较大。

---

① 此书收入洪遵《翰苑群书》卷七，录李昉、张齐贤、贾黄中、李沆、李至、苏易简、韩丕、毕士安、柴成务、吕祐之、钱若水、王旦、杨徽之、梁周翰、吕文仲、王著等十六人诗，以纪宋太宗御书飞白"玉堂之署"事。

② 《宋会要辑稿》食货六四之二二。

《送文同诗》一卷

(宋)鲜于侁序,见《宋史》卷二〇九《艺文志》八。文同(1018—1079),字与可,梓州永泰(今四川盐亭东)人。皇祐元年(1049)进士,二年通判邛州。累官知湖州,卒。《宋史》卷四四三有传。光绪《新修潼川府志》卷二八《逸事》:"文同任仁寿令,奏革盐井之弊。皇祐间,通判邛州,王安石送以诗云:'文翁出治蜀,蜀士始文章。莘莘汉守孙,千载起相望。'"又载安岳冯山与文同、鲜于侁游,有《寄文与可》诗。乾隆《盐亭县志》卷四载范镇《送文与可通判邛州》诗,有"仙籍新年贵,宾寮旧日荣。壶浆故父老,应在半途迎"之句。鲜于侁(1019—1087),字子骏,阆州(今四川阆中)人,累官京东转运使,判太常,出知陈州。其为《送文同诗》作序,今不传。何时何地相送以及结集情形,已难考知。

《游峨集》一卷

(明)殷绮编,嘉庆《四川通志》卷一八七《经籍·集部》著录。宣统《峨眉县续志》卷一〇作《游峨合编全集》。嘉靖九年,四川巡按御史邱道隆偕官吏游峨眉山,有诗倡和。嘉靖二十一年(1542),巡按御史谢瑜亦提倡故事。雅州知州殷绮因合二人暨同游诸诗稿为一集,刊为此书。今未见传本。

《六寅唱和集》

(清)释悟贤辑。光绪《铜梁县志》卷九《仙释》:"释悟贤,号愚岭,周姓。襁褓多疾,寄养空门。比长,家贫父没,母改适,贤因披衲寿隆寺,六寅、波仑皆所住锡。又尝云游东南,用益工于吟咏,与同里廖先达、王明诚、左昌华、吴乃赓,暨合州张乃孚、禹湛,巴县龚有融诸名士,结社赋诗,极一时韵事。著有《六寅唱和集》,又自著《海山诗》一卷。"张乃孚《铜梁六寅山八景唱和诗序》:"由是骚人逸士接踵而来,羽客名流,磨崖以待。禅心不逐狂絮,茆屋可赋新诗,人各八章,汇为一集。……时则性癖耽佳,闭门惟知索句;心喜见猎,读书不异看山。遂与门人辈各赋古近体五七言若干首,并附卷中,略加叙次焉。"龚有融《题六寅诗集》:"愚岭和尚喜品书,兼读画,尤耽声韵,汇《六寅山唱和集》一册,殆所谓剃发有诗斑者。"① 今未见传本。

《西园唱和集》一卷

(清)张邦伸编,见所撰《云谷年谱》。

张邦伸(1737—1803)编有《唐诗正音》,见前。

据张邦伸《云谷年谱》乾隆五十四年己酉条载:夏,李调元、鼎元兄弟至汉州,约游峨眉山,因暑热不果行。李调元赋《述怀》诗三首,邦伸、鼎元及张怀泗和之。又请李调元为其母程孺人作传。"盘桓数日,诗酒唱酬,颇得林泉之乐,有《西园倡和集》一卷。"据此,知是集编于乾隆五十四年(1789)夏,汇辑张邦伸与李调元、李鼎元及张怀泗唱和之诗。今未见传本。

《水村唱和集》一卷

(清)张邦伸编,见所撰《云谷年谱》。

张邦伸(1737—1803)编有《唐诗正音》,见前。

据张邦伸《云谷年谱》嘉庆四年己未(1799)条载:四月,因从侄怀泗请假省墓,邦伸奔赴德阳墓次,赋诗四章寄之。"翌日,族中诸子往访于半亩园,遂以韦应物诗'宁知风雨夜,复此对床眠。始话南池饮,更咏西楼篇'分韵赋诗,汇为一集,名《水村唱和集》,景泗公为之序。时年八十有三,亦韵事也。"此为嘉庆四年四月,张氏一族相聚唱和的诗集,今未见传本。

---

① 光绪《铜梁县志》卷二《艺文》。

《流江唱和集》一卷

（清）贾秉钟序刊，今未见传本。据同治《渠县志》卷四六《经籍》载，嘉庆十一年（1806），学博陈献瑞解任归，渠人祖帐东门外，陈首唱，众和之。七律皆次归微、飞、稀、扉原韵，凡数十首。其诗因难见巧，愈出愈妙，汇为一帙，掌院贾秉钟序而行之。秉钟（1777—1839）字绥禄，一字屏山，渠县人。嘉庆六年（1801）举人，邑侯延主文峰书院。十三年成进士，累官山西孟县知县。事见民国《渠县志》卷一二刘学厚《贾屏山先生行状》。

《唱和记载别集》

（清）冯大田辑，民国《乐山县志》卷一一《艺文·书目》著录，注云："见《挹爽轩记》。"冯大田为嘉、道间恩贡，乐山人[①]，盖从张瑞（1751—?）游者。张瑞著有《挹爽轩文集》《挹爽轩杂记》，道光十年（1830）自夔府教授致仕归嘉州。大田盖辑嘉州一时闻人唱和诸诗为集，惜未见传本，俟考。

《重游宴集诗》一卷

（清）刘光宸（1807—?）编。光宸字莆堂，井研附生。光绪丁亥（1887）年八十一，重游泮水。同人觞咏，凡得古今体诗35首。见光绪《井研志》卷一五《艺文》。

《好音集》二卷

（清）宋暾（1822—?）编。暾字寅谷，井研廪生。著有《红杏山房集》四卷。光绪二十五年（1899），暾为在籍训导，重至泮宫，知县延为大宾，行乡饮酒礼。时年七十八，喜吟咏，因首倡七律二首，其韵前首为庠、方、扬、场、忙，次首为郎、昌、行、

[①] 民国《乐山县志》卷八《选举》。

康、香,皆声律家最忌之字,一时和者百数十人,皆用元韵。夸新斗奇,亦一时韵事。事见光绪《井研县志》卷一〇《学校》、卷一五《艺文》。

《夏山塘倡和诗词》一卷①

(清)伍肇龄(1826—1915)编,锦江书局刊。夏山塘为井研举人王鸿训故宅所在地,咸丰七年(1857),邛州编修伍肇龄、江西陈溥于此开局重刊《通鉴》,与江安邹茂才、县人王育德及其子鸿训、鸿谦、鸿谋与宋暾、卢德懿、雷汝动,文宴觞咏,极一时之盛。光绪八年(1882),伍肇龄刻于成都。鸿谋有诗记其事,有"九人强半成千古,万感苍茫对一编。寄谢邛州老太史,蒲亭下里借君传"之句,则是集当为邛州大儒伍肇龄所编刊。事见光绪《井研志》卷三《疆域》及卷一五《艺文》。

《藕花洲唱和集》一卷

(清)刘春生辑。春生字香亭,长宁人。监生,道光元年(1821)举孝廉方正,隐居以终②。著有《长宁县志补遗》一卷,今存清刻本。藕花洲在其宅内,杨庚为撰《藕花洲赋》③。道光间,刘春生与李惺、杨庚、盛堂诸人觞酒唱和,结为此集。见民国《长宁县志》卷一五《艺文》。

《南游酬唱集》

(清)吴照撰。吴照(1782—1850),字光四,号南庵,居东里白沙泉侧,学者称为白沙先生,绵竹人。嘉庆二十四年(1819)

---

① 夏山塘:原作"夏山堂",据下引正文及光绪《井研志》卷三《疆域》改。
② 民国《长宁县志》卷七。
③ 光绪《叙州府志》卷一四《古迹》。

举人,道光初主晋熙书院。著有《勉不足斋文集》《晋熙文献集》《唐律诗约》《南游唱酬集》《吴氏家传》《见闻录》《白沙诗话》等。事见民国《绵竹县志》卷六。其所编《晋熙文献集》《唐律诗约》《南游唱酬集》似皆属总集,惜无传本,姑置此俟考。

《西山杂咏合集》一卷

(清)何明礼撰。明礼字希颜,号愚庐,崇州人。乾隆二十四年(1759)举人,著有《太平春新曲》一卷。《蜀雅》卷一九录其诗。是编为明礼与胡德琳、李光绪游什邡崟华山唱和诗集。

《平山堂唱和诗》一卷

嘉庆《四川通志》卷一八七《经籍·集部》:"高辰与李天英、米万愫、庄书臣、丁鸿智、吴行简、吴克谐等,由虹桥至平山堂倡和诗,高辰为之序。"今未见原本,不知在何地唱和。

《夔门送行诗》二卷、续编一卷

(清)彭聚星辑,清光绪二十八年(1902)刻本,《巴蜀珍稀文学文献汇刊》据以影印入第29册。

据卷首光绪二十八年彭聚星序,是编因知县曾福谦"瓜代有日","故于其去也,邑之能文章者皆为歌诗以宠其行",因辑而成编。首列曾福谦所撰《瓜代有日留别夔门绅耆士民四律》。卷上为少陵书院山长潘树嘉(蔼初)、峨麓书院山长王良槐(植三)、夔州书院山长张第兴(子贤)、奉节县学赵一琴(韵泉)、文生赵永祜、陈嘉谟、朱学源、丁锡荣、李馥瀛、万伯阳、张履坦、邱琬林、张星海、闵绍文、王昌麟、孙彦龙、李先春、项文勋、徐文灿、万鹏翔、王传心、彭远超,受业文生刘树芬、黄敏三等75人送行之作。卷下录文童项文树、彭远琛等70人送行诗。续编录拔贡知县周浩(翰卿)、柏阳泛陈瑞焕(辑五)、文生谭价藩、谭锦帆等15人之诗,而以蓬峰书院山长彭聚贤(云伯)4首五律终焉。

《西山唱和集》一卷

（清）冯誉骢、誉骧兄弟合撰，清光绪、宣统间刻本，今藏四川大学图书馆，《清代蜀人著述总目》著录。

冯誉骢字雨樵，什邡人。光绪八年（1882）举人，官云南东川府知县。著有《七砚斋百物铭》一卷杂著一卷（存）、《七砚斋诗草》八卷（存）、《钝斋诗钞》二卷（存）、《和归农百咏》（存），编有《翠屏诗社稿》十卷（存）、《西山唱和集》（存）等。《国朝全蜀诗续钞》卷三录其诗1首。冯誉骧字香浦，什邡人。光绪十七年（1891）举人，官主事。著有《留春诗草》二卷、《西山唱和集》（与兄誉骢合著）（存）等。《国朝全蜀诗续钞》卷三录其诗3首。

是编仅1册，汇辑冯誉骢、誉骧兄弟唱和诗。卷首有黄天锡叙，称其"自得于林阜间，相赏有松石意。游戏三昧，自成一家。时杂仙心，全空俗艳。始拈题而赌韵，继同赏而互纠。高咏申则好月衔峰，清歌发则啼鸟惊树。挥毫伸纸，含徵应商，著《西山唱和集》一卷。珠唾随风，金声掷地。古体则亦韩亦杜，近诗则若陆若苏。异曲同工，双烟一气。浩浩然有干霄之兴，飘飘乎有遗世之思矣。"以西山景物、建筑、物产等为题咏对象，凡20余题，各为一编，誉骢居前，誉骧殿后，兄唱弟和，其乐融融。

第四节　巴蜀地方总集述略

《宋史》卷二〇九《艺文志八》著录"刘赟《蜀国文英》八卷、《分门文集》十卷"，应该是较早的巴蜀地方总集。前面讨论过的《青城山丈人观诗》也是地方总集。郑樵《通志》卷七〇《总集》著录"《西蜀贤良文类》二十卷"，不署编者，从题名看，应当是分类编纂蜀中诗文的总集，类似于后世的《成都文类》。由于该书失传已久，对后世影响不大，因此对其编纂细节，我们难以做出准确的判断。以下就所知见地方总集名目，略作考述。

《成都古今诗集》六卷

（宋）章楶编，见《宋史》卷二〇九《艺文志八》。章楶（1027—1102），字质夫，浦城（今属福建）人。元祐二年（1087）四月，自成都府路转运副使除吏部郎中，改知越州①。则其任职成都，当在元丰末至元祐初数年之间，编辑《成都古今诗集》当在其时。《全蜀艺文志》卷一二载其所作《运司园亭诗》十首，并载许将、丰稷、孙甫三人和诗，民国《华阳县志》卷二八谓"当时和诗者吴师孟、许将、丰稷、杨怡、杜敏求五人，想见其时人物风流之盛"，可见一时朋友僚属唱酬，吟咏成都风物，即此辑录古今相关诗作，汇为此编，应是情理中事。

《清才集》十卷

（宋）刘禹卿编。《郡斋读书志》卷四下著录云："皇朝刘禹卿编辑古今题剑门诗什铭赋，蒲逢为之序。"是辑录有关剑门的诗文，当属地方总集，惜此本后世不见传录。刘禹卿为宋哲宗元祐时人。元祐二年，种谊破鬼章，禹卿与喻陟、游师雄、黄庭坚、王纯臣等作诗庆贺，后刻为《禅院诗碑》②。康熙《岷州志》卷一九《艺文下》载其和王纯臣《启至大寨闻擒鬼章捷书上奏喜而为诗》云："英主龙飞嗣位来，洮东首奏捷师回。若评后圣勋臣序，功占凌烟第一魁。"据嘉庆《四川通志》卷一二二载，蒲逢为成都人，景祐间进士。

《固陵集》二十卷

（宋）费士戣编。士戣字达可，广都（今属成都双流）人。《蜀中广记》卷九七："嘉定中，为夔守，编集管内山川建置碑文

---

① 《续资治通鉴长编》卷三七六。
② 光绪《甘肃新通志》卷九二《艺文志·金石》。

记颂，为二十卷，多半夔门之书，在旁县者十之二三。"是书今已失传，《舆地纪胜》中尚存引文数条。明杨慎《全蜀艺文志序》中言及参考文献，有"李光所编《固陵文类》"，固陵即夔州的古称，《固陵集》与《固陵文类》或为同书而异名，"大概是费士戣领衔，而实际编者为李光"①。王象之《舆地碑记》卷四著录此书于李国纬编旧《图经》与马导编《新夔州志》之间。则此书或亦如《成都文类》一样，与方志一同编集。明陈讲纂修嘉靖《潼川志》卷首《潼川志序》，有"《固陵文类》所载乡贤，如潼川王日晕、遂宁陈德刚、小溪杨咸亨、普慈牟积中、白巽数公，后皆游宦夔府，尤多著述。但今世籍莫考，无从类入"一则，又卷一〇《艺文志·引》有"为发《固陵文类》诸书，以助博采"的记载，则《固陵文类》在明嘉靖年间尚留存世间。

《蓉溪书屋集》四卷《续集》五卷

（明）方豪辑，《续集》，（明）高第编，《四库全书总目》卷一九二《总集类存目》著录，今未见传本。《四库全书总目》云：

> 初，绵州左都御史金爵居州城东三里，所居有水，迤逦而南入于涪江。水上多植芙蓉，因以名溪，颇擅林壑之胜。爵以按察使罢归时，尝构屋数楹，徜徉其间，名之曰蓉溪书屋。后复起掌宪，思之不置。于是礼部尚书刘春、乔宇等皆有赋咏，以纪其胜。士大夫闻而和者甚多。正德十四年，因属豪裒集成书，凡作者七十八人。至嘉靖二年，继和者益众，复属第编为《续集》，凡作者七十一人。爵字舜举，成化己丑进士，官至刑部尚书。其父良贵，以进士累官左参政。子皋，以进士为翰林；皡亦以进士为主事。三世通显，交游甚盛，

---

① （明）杨慎编，刘琳、王晓波点校《全蜀艺文志·前言》，线装书局2003年，第4页。

故一时题赠至盈八九卷云。①

《提要》误以金献民（字舜举）事为金爵事，张冠李戴，文中三"爵"字均为"献民"之误。明边贡有《题金宪长舜举蓉溪书屋图四首》诗，其一云："蓉溪主人溪上来，来时廉访去都台。共道溪花似溪主，暂时摇落又还开。"②已言明金献民（舜举）为蓉溪书屋主人。又顾清有《蓉溪书屋为金都宪舜举赋》诗，注云："都宪本松人，孝子梅屋皆其族也。"③也可证蓉溪书屋为金舜举所有。《提要》中"左都御史金爵"当改作"左都御史金献民"。嘉靖《四川总志》卷五《郡县志·人物》载："金献民，绵州人，字舜举，登进士，历官湖广按察使。为政刚明，不避权幸，以忤逆瑾罢官。寻召入内台，进都御史、刑部尚书，仍掌院事。……致仕家居，葺宇蓉溪上。……子皋、皞俱进士。"可证舜举为献民之字，《提要》中"爵字舜举"当为"献民字舜举"之误。万历《绍兴府志》卷三八《人物志》载："金爵字良贵，绵州人。成化中知山阴。……子献民，官刑部尚书。"嘉庆《松江府志》卷五二载："金献民字舜举，世为上海人，居杜行镇。先有戍籍在蜀，献民父爵依金祐于绵州，遂以绵州籍成化五年进士，官山西提学副使。献民成化二十年进士，除行人。弘治初授御史，按云南、顺天，并著风裁。出为天津副使，历湖广按察使。正德初，刘瑾乱政，追坐献民勘天津地不实，斥为民。瑾诛，起贵州按察使，历南京刑部尚书。世宗即位，召为左都御史，迁刑部尚书。"可证献民为金爵之子，"以按察使罢归"在正德初，正德五年（1510）刘瑾伏

---

① 《四库全书总目》卷一九二《蓉溪书屋集》提要，中华书局1983年，第1745页。

② （明）边贡《华泉集》卷七《题金宪长舜举蓉溪书屋图四首》，景印文渊阁《四库全书》本。

③ （明）顾清《东江家藏集》卷一三《北游稿》，景印文渊阁《四库全书》本。

诛后,起为贵州按察使,与《提要》所言仕历均相合,而误把舜民当作金爵了,因此"爵字舜举,成化己丑进士"当改作"献民字舜举,成化甲辰进士",而下文"其父良贵"亦当改作"其父爵"为妥。

是编正集成于正德十四年(1519),编者方豪(1482—1530),字思道,号棠陵,浙江开化人。著述丰富,《棠陵集》《段碑集》收入清《四库全书》。正德间为南京刑部主事,金献民为刑部尚书,故"属豪裒集成书",方豪《蓉溪书屋记》亦有"忝公属吏""兹承公命"之语①,可证其事。《续集》编者高第,字公次,自号瓦屋山人,绵州人。正德九年进士,出宰长洲,历南京吏部验封郎中,累官云南副使。著有《蓉溪续集》五卷。其编次《续集》在嘉靖二年(1523),金舜民盖以同僚加老乡的缘故,"属第编为《续集》"。前后集合计有149人奉和,今未见原集,难以言说次第。考时人文集,多有以"蓉溪书屋"题咏者,大抵依题追赋,而不押原韵。邵宝《蓉溪书屋歌》题下注云:"都宪金公奉使还,自江西访予冉泾之上,出涯翁先生《蓉溪书屋记》相示。想望风景,不可得见,情见乎辞。"②则金献民携卷访友,寻求题赠,多言蜀地山水及蓉溪乃至金氏一门光彩,亦一时习气使然,难及《文选》盛事。

《秉忠定议集》十三卷

(明)宋沧编,黄虞稷《千顷堂书目》卷五著录,云:"嘉靖十年,平四川真潘贼周天星,疏议、诏敕及赠颂歌诗。"是书《四库存目》著录为二卷,不著编辑者名氏,云:"嘉靖十年,都御史宋沧巡抚四川,平真州剧盗周天星等。时同官于蜀者作为凯歌露

---

① (明)方豪《棠陵文集》卷四,清康熙十二年(1673)方元启刻本。
② (明)邵宝《容春堂集》后集卷九《蓉溪书屋歌》,景印文渊阁《四库全书》本。

布等篇，汇成一书，以纪其事。其名《秉忠定议集》者，盖取世宗所赐玺书有'秉忠定议，条奏肤功'语也。"① 宋沧字伯清，钜野人。正德三年（1508）进士，授中书舍人，历升左通政，擢左佥都御史巡抚四川，平周天星之乱，升右副都御史。所著有《台文稿》十卷，《秉忠定议》十卷。事见明过庭训《本朝分省人物考》卷九五本传。乾隆《曹州府志》卷二〇著录为"宋沧《秉忠定议》一卷"。则是书或作一卷、二卷、十卷、十三卷，今未见传本，难以论定。大约是纪功褒崇之集，以事发四川，纪事诗文多及蜀事，故著录于此。

《三贤集》三卷

（明）杨名编，嘉庆《四川通志》卷一八七《经籍》"总集类"著录。杨名字实卿，遂宁人。嘉靖八年（1529）进士，官翰林院编修。是编略采宋周敦颐、王十朋、明宋濂诗文为一集，以三贤祠而得名。三贤祠在夔州莲花峰下，以周敦颐尝判夔州，王十朋尝为夔帅，明初宋濂亦卒于夔，故知府张俭为立斯祠，并属杨名集其遗文为一集。"然周子仅《太极图》《通书》二篇，世所共见，毋烦甄录。至梅溪、潜溪二集，文极繁富，而所采寥寥，尤难免于挂漏矣。"②

《凌云寺古今诗钞》

（清）释达彻撰，未见传本，嘉庆《乐山县志》卷一五、《清代蜀人著述总目》著录。"达彻字礼汀，凌云山僧。《诗钞》拣择未精，且多纰缪，如成廷珪二诗，不应入钞，亦其一也。然亦颇费苦心，致不可没。（《挹爽轩集》云：礼汀号丽天，江南人。）

---

① 《四库全书总目》卷一九二《秉忠定议集》提要，中华书局1983年，第1748页。

② 《四库全书总目》卷一九二《总集类存目》，中华书局1983年，第1748页。

按：礼汀虽落空门，觉非俗僧之匹，其所以刻成《诗钞》。旧志载有《征刻凌云山诗启》一篇，兹录之。……张瑞《凌云访丽天上人序》云：'自《通志》载薛涛、司空曙而外，存者绝少。有明一代，碑碣半就湮没，刮垢磨光，广询博访，哀然成集者，殆丽天上人力也。因为长歌谢之云。'"① 据此，则达彻字礼汀，号丽天，江南人。毕沅《南广寺访丽天上人》诗有"邻有好花乘雨乞，壁逢佳句借笺誊。远公早悟无生法，怕上钟楼最上层"之句，注云"指导师静公禅师"②，则丽天上人为江苏南广寺僧，师从静公禅师，盖游访凌云寺而抄辑碑刻古今诗，辑为此集。

《流江鸿雪集》二卷

（清）贾振麟编次。见民国《渠县志》卷六《艺文志》著录。振麟字莼浦，渠县人，秉钟长子。岁贡生，候选训导，曾参纂同治《渠县志》五十二卷。事见民国《渠县志》卷九。是集未见传本，辑录知县何恺棠在渠所作诗文及渠人为何恺棠所作之诗文。分上、下卷，上卷文，下卷诗。集名为何恺棠自题，取东坡《渑池怀旧》诗意。

《汉嘉诗归草》

（清）帅士安辑，民国《乐山县志》卷一一《艺文·书目》著录，并载张瑞序，有云："郡邑之有志，所以发皇山川，表扬人物。其中有艺文者，尤山川之英，人物之美所萃，盖一物而三善具焉者。此非四民之任，而士之任也。……乃雍正二年以前无州志，雍正二年以后无县志，索其旧本，有人牧而无艺文。嗟乎！地以人传者也，人以文传者也。兵燹之余，稿集不存，所存者散

---

① 民国《乐山县志》卷一一下《艺文志·书目》。
② （清）毕沅《灵岩山人诗集》卷九五，清嘉庆四年（1799）经训堂刻本。

见于他书,暨夫断碑残碣之间。有如凌云《松溪四绝》,予犹及见全碑,幸早录出。未几,为俗工磨其一,其一又漫灭不可读。予甚恨焉,而他可知也。当此时而有志于收辑,虽存什一于千百,未足见古人文章之全,而山川之英,人物之美,亦赖之以略著。……可泉帅子士安以《汉嘉诗归草》质于予,分艺文为若干卷帙。自唐诗人唐球暨明诸先辈,其非嘉之人而文涉于嘉者,亦备录之。是编也,予有其志而无其勤,帅子能之,嘉其功而为之序。"士安,乐山人,嘉庆间副贡。是编盖仿《全蜀艺文志》体例,辑录吟咏嘉州之诗,惜未见传本。

《广安文类》十六卷

广安人周克堃(同治十二年优贡)辑,见光绪《广安县志》卷二一。克堃曾纂《增修广安州志》五十七卷、《广安新志》四十三卷,则《广安文类》亦当如《成都文类》《全蜀艺文志》体例,是与方志配套之地方艺文总集。

《巴蜀薪传集》

武胜人王清远(乾隆十三年进士)选辑,见嘉庆《定远县志》卷二八、《清代蜀人著述总目》。

《巴蜀薪传集》

泸州人何飞凤(乾隆九年举人)选辑,见光绪《直隶泸州志》卷九、《清代蜀人著述总目》。

《及见诗钞》十卷

(清)释含澈辑,今存咸丰六年(1856)四川绿天兰若刻本,《清代蜀人著述总目》著录。

释含澈编有《方外诗集》等,见前。

是编扉页题"咸丰六年绿天兰若镌""中州程祖润题签"。正文卷次下有"前集"二字，题下署"繁江释含澈雪堂辑"，中缝下署"绿天兰若"。卷首有咸丰六年东冯赵戣次严序、汉安刘景伯序及含澈《例言六则》。

据《例言》，是编不以选诗为旨，而是"窃耽讽诵，见闻所及，辄录笥箧，板而存之，备遗忘也"，也即刘景伯序所谓以"梓人遗集为功德"，故"此编专载未经问世之作，其全集板行者，知皆不胫而走者也，故所取从略"。显然，出于保存巴蜀遗产的宗旨，本编对李调元《蜀雅》所录乾隆以前诗作，不再重录，而补其遗漏，如卷一开篇录杨弘绪诗47首，而《蜀雅》仅录两首，故为补录，且远远超过《国朝全蜀诗钞》所录15首，明显有"梓人遗集"之意。

鉴于孙桐生《国朝全蜀诗钞》多改原诗，故《例言》强调"集中所录皆系原作，不敢妄有窜改"。至编次，"则以得诗之先后为序"。如卷一录高辰诗50首，多过《国朝全蜀诗钞》所录35首，但随得随录，忽古忽律，不按诗体或写作时间编排，编次混乱，意在凸显其"及见"的特点，而与《国朝全蜀诗钞》那样井然有序的选集相区别，再度强调其意在存诗而不在选诗。

其所录诗人，以蜀人及新繁籍为主，但不限于此，但凡宦游入蜀而及新繁者，以其见闻所及，都在收罗之列。如卷二录云南石屏人杨周冕诗一卷，杨曾任罗江县知县，著有《繁江诗草》，其诗多在蜀中唱酬游赏题赠之作。卷末有含澈跋云："铁崖先生诗集极富，散佚不可多得。兹刻于先师所藏外，半得于高伯元、罗书坪、叶朔亭诸君子之手也。后有得者，当即补入，成完璧焉。"又如卷三录闽县郑方城、福建长溪李馨，卷四录浙江钱塘人许田诗，虽非蜀人，然均宦游蜀中，故录其诗为多。而卷五所录柳下野人诗一卷，其人爵里不详，其诗内容大多与蜀无关，含澈得邑人康藜阁茂才珍藏本而录之。卷八录松州人郑逢年诗，亦以郫筒胡镜堂等珍藏其诗的缘故。可见，"及见"之旨，意在保存文献。

集中所录新繁籍诗人较多，如卷六姜兆璜、卷七邢振翼、卷十张谨度等等，而相近之郫县、彭县诗人，如朱近光、左基、左作佐、周泽浓、吕清和及崇宁人郭维藩、新都人黄理中等，也因见闻所及而收录。可见，是编以新繁为中心，辑录相关的诗作，《例言》所谓"此编搜箧之外，半属友朋录寄"，故不必求全责备，其保全文献之功，自足称道。

《及见诗续钞》八卷

（清）释含澈辑，今存光绪十九年（1893）四川潜西精舍刻本，《清代蜀人著述总目》著录。

释含澈编有《方外诗集》等，见前。

前有光绪十九年雪堂含澈自序，次《及见诗续钞总目录》，正文卷次下题"繁江释含澈雪堂编次，徒融琢、孙法溥同校"，中缝题卷次及作者名，底部署"潜西精舍"。自序云："予于咸丰丙辰有《及见诗钞》之刻，大半皆乾隆、嘉、道间老辈之作也。……今予亦老矣，退隐潜西精舍，日长无事，追念当时名流与唱和者诸友，又多寂寥，不胜人琴之感。爰采各家遗作，汇而刻之，名曰《及见诗续钞》，都为八卷，存之座隅，以为观摩之资也。"则是编以辑录一时友朋之作为主，录诗2046首，既有流寓成都之江南人黄霖，也有卒于重庆的滇南济州人何彤云，以及官四川学政湖南道州人何绍基，而更多的则是新繁周边友人，如沈寿榕、吕燮枢、史惇、杨益豫等等。也有前编已录，而兹复补录诗作者，如左基等。盖编纂目的同前编，意在保存文献，随得随录，不依时代先后、里贯异同、诗歌体裁。录诗多寡不一，也因见闻，非关选事，如选录好友吕燮枢诗多达483首，接近全书四分之一的分量。选录"往还酬酢二十余年"之杨益豫诗也有206首，以见闻录近世诗人诗，虽利于保存文献，但却妨害选集体例。至随得随录，不经编排，也易于造成体例混乱，不便阅读，如卷三于武来雨之后收录沈寿榕诗78首，继录李义得、邓春林、黄沛翘、邓光瑜、车酉、徐步高、程祥栋、詹克焘、吴可读等人诗,复又于卷四再录沈寿榕诗120首,盖编刻时也不复调整,以维护"及见"与随得随录的特点,而妨害于编书体例。因此,本编最大贡献在搜罗保存诗作,而于选诗方面,则影响不大。当然,含澈对所得诗作,也不是照单全收,毫无编选。如卷八录李德扬诗47首,小传称其自著诗集四十卷,又有《同声》《秋海棠》《春雨》等集,"惟《叙乐园全集》日久未得,今昌海大师闻予将刻《及见诗续钞》,不惮数百里,持以求选,因并述其梗概如此"。

《诗缘前编》四卷

(清)王增祺辑,有光绪十六年(1890)华阳王氏韩城刻本(存),民国《华阳县志》卷二六《艺文》"总集类"、《清代蜀人著述总目》著录。

王增祺字师曾,一字也樵,号蜀西樵也、聊园老樵,成都人。举人,历官陕西韩城、石泉、洋县知县。著有《聊园诗存》(存)、《樵说》十卷(存)、《诗缘樵说拾遗》(存)等。事见民国《华阳县志》卷一五。

光绪十六年韩城刊本《诗缘》前编四卷,扉页题"诗缘前编定本","光绪庚寅刊于韩城",半页10行,行21字,黑口,版心题卷数"前编"。前有《重订诗缘序》《诗缘例言》《诗缘前编诗人题名》(目录)。正文卷次下署"蜀西樵也"。其《例言》称:"是编意在表章全川文献,见即书记。至他行省诗人,录其文字因者。惟闺秀能诗者无几,见亦即登,是为前编。"又称:"网罗散失,阐发幽隐,是编之本志也。其诗已经梓行与负骚坛重名者,录从略。知同体之善而忘异量之美,识者羞之。是编所录,不拘一格,要合《三百》宗旨。"其意在保存全川文献,以人存诗,以诗存人,兼而用之,于女诗人见则必录,虽有违全书宗旨,然而无伤大体。以人系诗,诗人名下有小传,间以《樵说》评其诗格逸闻等,可资参考。卷一录忠满以下23人,卷二录王凤池等19人,卷三录沈竹溪等21人，卷四录那逊氏以下女诗人21人。所录诗作内容并非全关蜀事，或因诗人与川关联，或因编者见闻所及，大约即《例言》"录其文字因者"之意。

《诗缘前编续》四卷

（清）王增祺辑，光绪二十八年（1902）成都聊园刻本（存），《清代蜀人著述总目》著录。

王增祺生平，见《诗缘》前编介绍。

是编继前编续辑旅蜀诗人之作，女子诗则录以见闻，凡辑得43家，析作四卷。卷一录富勋以下11人，以人系诗，诗经古律五七言为序。诗家下列小传，简述历官著述，后以《樵说》详解其诗，盖本知人论世之意，于文学史家之研究颇有助益。卷二辑席裕驷以下11人，诗咏蜀事，而泛及汉中、黔中等地。卷三录道士心玉诗1首、刘元机诗4首，均与蜀相关。其《诗缘续编例言》虽云"录二氏诗宜宽"，然以选诗为准，所得仅此，所谓"打禅语、唱道情是魔非诗，悉摈之，不以多为贵"是也。卷四录曹姗姗以下女诗人19家，人、诗多与蜀无关，是其《诗缘续编例言》所谓："他选多执妇人从夫之义，闺秀诗无论何籍，概入所适行省。意显多才，殊嫌掠美。是编仍分别前正夫籍官阀，知无不录。"盖主以诗存人之义。《诗缘续编例言》又云："慨时事之日非，念心力其将尽，编定付之书人，难再改写。后更有得，拟为补遗。"可见与诗之缘，毕生难尽，于弘扬巴蜀诗学，贡献良多。

第三编　巴蜀作家总集

　　本编考述以巴蜀籍作家作品为收罗对象的总集，大致从以下三个方面征集整理。一是名家选集，包括两人以上的作品合集；二是家族总集，包括以家族为中心汇编的各类总集；三是诗文总集，包括单行的诗集、文集和词集。

　　自文翁化蜀以来，随着经济文化的发展，巴蜀本土作家也如雨后春笋般破土而出，汉赋四大家中，司马相如、扬雄占了半壁江山，辅以严君平、王褒，形成了巴蜀文学的第一个高峰。进入魏晋南北朝，战乱不断，虽有李密《陈情》一表传诵人口，陈寿、常璩史学耀映千古，但文学沉沦却是不争的事实。到了唐代，陈子昂、李白的横空出世，初唐四杰以及杜甫等在蜀中的创作，西蜀派词人的缠绵悱恻，巴蜀文学进入第二个高峰。宋代是中国文化的高峰，巴蜀在儒学、史学等方面都有巨大成就，文学创作更是登峰造极，出现了以三苏为首的庞大作家群。南宋以后，苏轼的影响越来越大，研究、模仿者大有人在。元明清时期，虽然有虞集、杨慎、张问陶等撑持巴蜀文坛，但巴蜀文学从高峰再度走向低谷，落后于江浙等经济文化发达地区，则是事实。近现代以来，张之洞入川兴学，尊经诸子在维新变法思潮的影响下，留下了许多爱国诗文。五四运动以后，出现了郭沫若、巴金等文坛巨匠，巴蜀文学再度迈向高峰。

　　自唐末五代开始编纂总集，评选家的眼光就在关注巴蜀文学。五代前蜀刘赞编《蜀国文英》，从书名看，应该是选录巴蜀作家作品的总集，可惜没有流传下来。《花间集》选录的18个词家，绝大部分都是蜀人，后人也将其视作西蜀词人的选集。《青城山丈人观诗》很可能是顺圣太后、翊圣太妃二人的诗歌合集，但既以"青城山丈人观"为题，明显更侧重于地域题材。《直斋书录解题》卷一五《总集类》著录的《三家宫词》和苏轼兄弟《和陶集》，既可以说是特殊题材的结集，也可以说是巴蜀名家选集的雏形。南宋时苏轼诗文备受喜爱，有关三苏的选本风行至明清，说明三苏的文学成就得到了极大的认同。三苏是巴蜀文坛的顶尖人物，三苏选集虽然习惯上归入家族式总集，但归入名家选集也不为过。明清之际，费氏父子编选蜀诗，影响极大，清代有关蜀诗的选本接踵而至，巴蜀文学的独特价值逐渐引起世人的关注。近代傅增湘、吴虞等人，对巴蜀文学领域各有关注，随着《宋代蜀文辑存》《蜀十五家词》等的问世，巴蜀文学总集的品类更加齐备。可以说，巴蜀总集的编纂，在宋以前未能与文学创作同步发展。而在南宋以后，总集编纂与文学创作的关联度趋高，科举文选渐成时尚。明清以后，总集编选与诗文评密切结合，对文学创作的影响更加直接。因而总集也更受时人重视。本编遵循巴蜀总集编纂的历史轨迹，从名家选集、家族总集、诗文词总集三个维度，略作探讨。

第一章　巴蜀名家选集

名家选集在地方总集中是一个特殊的存在，以汇集两个以上的名家作品为主要特征，而地域、时代等属性反而退居其次。名家选集相对于地方总集或历代总集来说，一是作家数量较少，且标题明确，如"三家""五家""八家"或"名家""大家"之类。二是名家组合往往跨越地域与朝代的界限，以特定的作家作品为选集对象，如唐宋八大家选录、八家散文之类。由于本编以巴蜀作家总集为研究对象，因此我们讨论的名家总集，必须以巴蜀作家为主。三是名家选集与家族总集的概念有较大范围的交叉，如以三苏为主题形成的总集，既可以说是名家选集，也可以说是家族总集，其区别在于编选主题的差异。因此，凡以姓氏、家族为主题形成的巴蜀总集，我们放在下一章《巴蜀家族总集》中讨论。

第一节　巴蜀名家选集述略

《和陶集》十卷

（宋）苏轼、苏辙追和，傅共注。《直斋书录解题》卷一五《总集类》著录："《和陶集》十卷，苏氏兄弟追和，傅共注。"《文献通考》卷二四八、《蜀中广记》卷九七著录相同，今未见传本。

苏轼（1036—1101），字子瞻，号东坡，眉山人，与父洵（1009—1066）、弟辙（1039—1112）合称"三苏"，入选"唐宋八大家"，为中国古代著名文学家，影响极大。而苏轼更是天纵奇才，在诗、文、词、书、画等领域都贡献卓著。追和陶渊明诗，也是苏轼首倡，其弟苏辙奉和，一时门人弟子竞相仿效，蔚然成风。后人模仿者极多，宋、元、明、清都不乏其人，仅清黄虞稷《千顷堂书目》著录的即有童冀、孙蕡、莫维贤、包文举（以上卷一七）、朱之佐（卷二七）等五家《和陶集》，可见盛况。这些人既和陶，也和苏，借古人之酒杯，浇自己之块垒，此起彼伏，蔚为壮观，成为诗歌史上一道独特的风景线。

宋代刻苏轼集中，有《和陶诗》四卷，苏辙作《诗引》，有云"其和渊明，辙继之者亦一二焉"。苏辙《栾城集》中有和苏轼和陶诗多首，但未单独编集。而东坡《和陶诗》则自宋流传至今，《天禄琳琅书目》载："《东坡先生和陶渊明诗》，一函四册。宋苏轼著，四卷，前苏辙诗引。《文献通考》载《苏东坡前集》四十卷、《后集》二十卷、《奏议》十五卷、《内制》十卷、《外制》三卷、《和陶集》四卷、《应诏集》十卷，又载陈振孙语曰：杭蜀本同，但杭本无《应诏集》。是轼《和陶集》，宋时杭、蜀刊本皆有之。其在全集中，系别为四卷，原可单行。此本无校刊人名氏，似即从全集中抽出，且纸致墨润，实为宋印之佳者。"① 不过，傅共注本东坡兄弟追和的《和陶诗》，在后世却鲜有流传记录。

傅共为福建仙游人，绍兴二年（1132）特奏名进士，有《注释东坡和陶诗解》②。《直斋书录解题》著录傅共所注苏轼、苏辙《和陶诗》本，当即傅共所编，自苏轼、苏辙文集中辑出和陶渊明诗，予以注释，并单刻行世。

《三家宫词》三卷

是书不署编者姓名，《直斋书录解题》卷一五《总集类》云："唐王建、蜀花蕊夫人、本朝丞相王珪所著。"《文献通考》卷二十八、《蜀中广记》卷九七著录相同，《四库全书总目》卷一八九《总集类》著录为"明毛晋编"。

王建（768—835）字仲初，颍川（今河南许昌）人，曾任陕州司马，世称王司马。工乐府，与好友张籍齐名，世称张王乐府。他最先以组诗的形式撰作《宫词》100首，后人不断仿作，影响颇大。

《花蕊夫人宫词》100首，即仿王建作者。宋王安国叙称"花蕊者，伪蜀孟昶侍人，事在国史"③，指后蜀主孟昶妃费氏，青城（今属成都都江堰市）人，以才色入宫。蜀亡，随孟昶入宋。《全唐诗》卷七九八亦将《宫词》收入孟昶之花蕊夫人名下。但因词中有"法云寺里中元节，又是官家诞降辰"，与孟昶事迹不合，而

---

① 《天禄琳琅书目》卷三，《清人书目题跋丛刊》（十），中华书局1995年，第55页。

② （宋）李俊甫《莆阳比事》卷三，《宛委别藏》本。

③ 《成都文类》卷一五《宫词》，景印文渊阁《四库全书》本。

合于前蜀王建七月十五日的生辰。经浦江清等先生考证,《宫词》作者当是王建妃徐氏,成都人,与其姐共侍王建,号小徐妃,宫中称花蕊夫人。

王珪(1019—1085),字禹玉,成都华阳(今四川成都)人。庆历二年(1042)进士。神宗熙宁三年(1070),拜参知政事。累拜尚书左仆射兼门下侍郎,封岐国公。著有《华阳集》一百卷,今存四库辑本六十卷、附录十卷,另有《王岐公宫词》一卷单行,今存明五川精舍印本。

传统宫词以吟咏宫廷琐事和宫女哀怨为主要题材,唐崔国辅有《魏宫词》,顾况有《宫词》,元稹有《连昌宫词》等,这些单篇宫词都以抒写宫怨为主。直至王建创作《宫词》100首,以七绝组诗的形式,吟咏当代宫廷秘闻琐事、调情、宴乐等多个方面,揭开了宫词的新篇章,因此不少人认为宫词创自王建。花蕊夫人即前蜀主王建妃徐氏,深爱王建所作,刻意仿作《宫词》100首。据《续湘山野录》记载:"王平甫安国奉诏定蜀民、楚民、秦民三家所献书可入三馆者,令令史李希颜料理之。其书多剥脱,而二诗弊纸所书花蕊夫人诗,笔书乃花蕊手写,而其辞甚奇,与王建《宫词》无异。建之辞,自唐至今,诵者不绝口,而此独遗弃不见取。受诏定三家书者,又斥去之,甚为可惜也。遂令令史郭祥缮写入三馆。既归,口诵数篇与荆公,荆公明日在中书语及之,而禹玉相公、当世参政愿传其本,于是盛行于时。文莹亲于平甫处得副本,凡三十二章。"[①] 此条记载将王建、花蕊夫人、王珪三家《宫词》作者联系在一起,后者受前者影响,因果关系明确。据《成都文类》卷一五载王安国《花蕊夫人宫词叙》,传录《花蕊夫人宫词》事发生在宋神宗熙宁五年(1072)。王珪"传其本"时,很可能已经加上王建及自己所作,并以"三家宫词"的名义刊行。四库辑本王珪所著《华阳集》后附录,节录王安国《花蕊夫人宫

---

① (宋)释文莹《续湘山野录》,中华书局1984年,第81页。

词叙》文,而注出自《三家宫词》,似可作辅证。不过,宋代即有人认为三家之中多赝作,如赵与时说:"王建以《宫词》著名,然好事者多以他人之诗杂之。今世所传百篇,不皆建作也。……王平甫谓馆中校花蕊夫人《宫词》,止三十二首夫人亲笔。又别有六十六篇者,乃近世好事者旋加搜索续之,语意与前诗相类者极少,诚为乱真。世又有《王岐公宫词》百篇,盖亦依托者。"[①] 三家《宫词》流传,真赝掺杂,自宋以来,考证、作注者不在少数,而仿作者亦复不少。

宋赵与时又说:"余首卷辨王建《宫词》多杂以他人所作,今乃知所知不广。盖建自有《宫词》百篇,传其集者但得九十篇,蜀本《建集序》可考。"[②] 是则《王建集》尝刻行于蜀中,花蕊夫人、王珪原本蜀人,因此我们仍将《三家宫词》视作巴蜀总集。不过,宋刻十卷本失传已久。今传上、中、下三卷本,由明毛晋重编,有明天启间刻本。

《相如子云集音释》

(明)罗廷唯编注,嘉庆《四川通志》卷一八七《经籍》"总集类"著录,无卷数。是书今未见传本,当是汇辑汉司马相如、扬雄二家文集,并加以注释。罗廷唯字会甫,号贯溪,永川人。嘉靖三十二年(1553)进士,为枣强令,奉命督理仓储。年三十三卒。所著有《贯溪文集》《琴音古选》《枣强邑略》《葵心亭纪闻》,裒萃《汉相如子云集音释》,事见嘉庆《四川通志》卷一四六本传。

《蜀名家诗抄》二卷

(清)彭端淑编,嘉庆《四川通志》卷一八七《经籍·集部》

[①] (宋)赵与时《宾退录》卷一,中华书局1983年,第1页。
[②] (宋)赵与时《宾退录》卷一,中华书局1983年,第1页。

著录。端淑（1697—1777）字仪一，号乐斋，丹棱人。与弟肇洙、遵泗号称三彭，又与李调元、张问陶合称"清代蜀中三才子"。著述甚丰，现存有《萃龙山记》一卷、《白鹤堂诗稿》十卷、《白鹤堂诗文稿》《文稿》一卷、《诗稿》四卷、《时文稿》三卷，《戊戌草》一卷、《雪夜诗谈》三卷、《国朝诗话补》一卷、《明人诗话补》一卷等，见《清代蜀人著述总目》著录。而所编总集有《八家诗选》三卷及本书，惜皆失传。清王昶曾见《蜀名家诗选》（即本书），赞赏有加："成都人来，辱赐书，且以《蜀名家诗选》见示。适草奏方毕，燃三寸烛读之，尽漏下二十余刻，如伐于山时获梗梓，如斲于石时遇璆璧也。古人录诗，或以诗存人，或以人存诗，若《箧中》《谷音》《天地间》诸集，诗不必皆工，不工不足为颣，期于诵其诗可以知其世。执事之选，得毋与此同？川东西山水奇丽怪险甲天下，以是大小《雅》之材，自古接踵相望。独明季迄于今，衰替百有余年，山水之气蓄而必有所钟焉，又得执事以道其先，副墨之子，洛诵之孙，焉知不有命世而出者邪？"①此书盖仿《箧中集》等编例，以人存诗，以见蜀名家诗大观。

《刘杨合刊》四卷

（清）沈宗元辑，民国二十二年（1933）铅印本。

辑录富顺刘光第诗文及绵竹杨锐遗稿，编为诗文各二卷，1914年由成都昌福公司刊行，系《蜀藏》之一。前有沈宗元《刊缘》，后有高楷撰《刘杨合传》。沈宗元（1884－1951）字与白，长宁人。民国初元曾任教育司长。有《曾文正公学案》等数十种著述。他编纂是集，旨在表彰乡贤。《合刊》收入刘光第《衷圣斋诗集》《衷圣斋文集》、杨锐《杨叔峤先生诗集》《杨叔峤先生文集》

---

① （清）王昶《春融堂集》卷三一《又答彭乐斋观察书》，清嘉庆十二年（1807）塾南书舍刻本。

4种,以刘、杨遗著搜求不易,"期于速广其传,故版本未暇求精"①。此书为研究"戊戌六君子"之刘、杨诗文及政治思想,提供了珍贵的文献,功不可没。

第二节 《蜀十五家词》

吴虞辑。原名《蜀名家词》,取苏轼、李白、李珣、毛熙震、陈与义、李流谦、李石、吴泳、王灼、虞集、牟巘、欧阳炯、尹鹗、卢祖皋、阎选词集,汇为一编。其中《东坡乐府》三卷,他则人自一卷,总十七卷。涉及唐、五代、宋、元几代词家,然人自为集,编刻颇为随意,不以时代先后为序,实为丛书。且名为"蜀十五家",其间录陈与义、卢祖皋词,二人实非蜀人。陈与义曾祖陈希亮虽为蜀眉州人,然自其迁居洛阳,至陈与义遂为洛阳人,世无以陈与义为蜀人者。至卢祖皋,实为浙江永嘉人,因号蒲江,且与临邛蒲江人魏了翁为同年(庆元五年进士)友,明曹学佺《蜀中广记》卷六一引卢祖皋《酴醾词》,遂以"宋临邛卢申之"称之。至卷一〇四,更明言:"卢申之名祖皋,邛州人,有《蒲江辞》一卷,乐章甚工,字字可入律吕。"清彭遵泗《蜀故》卷一言:"花庵词客曰邛州卢祖皋字申之。"今检《花庵词选》续集卷八:"卢申之名祖皋,号蒲江,楼攻媿先生之甥,赵紫芝、翁灵舒诸贤之诗友。乐章甚工,字字可入律吕,浙人皆唱之。有《蒲江词稿》行于世。"曹、彭二人,随意转引,不足为据。

《中国丛书综录》著录本书,题"吴虞辑,民国排印本",首都、上海、川大等多家图书馆有藏本。而一些馆藏目录,或题"宣统二年(1910)刻本",盖因冯煦宣统二年为朱孝臧编年本《东坡乐府》所撰序而致误。本书封面题"蜀十五家词,丁丑署",当为1937年(丁丑)题签,则本书当为1937年重印本,故每册后

---

① 沈宗元《〈刘杨合刊〉刊缘》。

附有"勘误表",如第一册后附"东坡乐府卷一勘误表",第二册后附"东坡乐府卷二勘误表""东坡乐府卷三(勘误表)",第三册后附"李太白词勘误表""李德润词勘误表""无住词勘误表""淡斋词勘误表""方舟诗余勘误表""鹤林词勘误表""颐堂词勘误表",第四册后附"道园乐府勘误表""陵阳词勘误表""欧阳舍人词勘误表""尹参卿词勘误表""蒲江词稿勘误表""阎处士词勘误表",显为重印时勘误所致。至初印本,今未见收藏。考《吴虞日记》民国九年(1920)3月20日记:"官印刷局交《名家词》来校误,花会中当出版也。"① 4月7日记:"冯少襄交来《蜀名家词》请校。予为校《东坡乐府》二卷,至夜二鼓毕。"② 4月8日记:"校《东坡乐府》第三卷毕。"③ 据此,则此书初名《蜀名家词》,1920年由四川官印刷局出版,曾请吴虞校录。考今本《李太白词》《李德润词》《毛秘书词》《欧阳舍人词》《尹参卿词》《阎处士词》六家,集后并题"成都吴虞校录",而《日记》明言校勘之《东坡乐府》后则未题署。《东坡乐府》与《无住词》《淡斋词》《方舟诗余》《鹤林词》《颐堂词》《道园乐府》《陵阳词》《蒲江词稿》共九家,均无"吴虞校录"字样。考其版式、收词多寡,与《彊村丛书》本全同。而重印本之"勘误表",亦即据《彊村丛书》本校正而来,甚至《彊村丛书》本《蒲江词稿》后所附之朱孝臧校记,本书亦一例照录,且置之于目录后、正稿前,尤为不类。而陈与义、卢祖皋二家,《彊村丛书》本原作"洛阳陈与义""永嘉卢祖皋",本书改为"蜀陈与义""邛州卢祖皋",以足"十五家"之数,甚无谓也。可见,上述九家均取自《彊村丛书》,自《东坡乐府》不署校录者例视之,或均为吴虞校录,加上明确标署的六家,则全书似均经吴虞校录者。

---

① 《吴虞日记》,四川人民出版社1983年,第530页。
② 《吴虞日记》,四川人民出版社1983年,第533页。
③ 《吴虞日记》,四川人民出版社1983年,第533页。

吴虞（1872—1949），字又陵，亦署幼陵，号爱智、黎明老人，四川成都人，晚清民国时期的著名思想家、诗人、词人。年二十入尊经书院，师从吴之英、廖平。后留学日本早稻田大学，习法政。曾担任《政进报》《四川政报》《法政杂志》主笔、编辑，屡撰文宣扬"反孔非儒"及"女权"思想。以教书、著书为业，在当时的教育界、学术界享有极高声誉。著述颇丰，著有《吴虞日记》《秋水集》《朝华词》《吴虞文录》《吴虞文别录》《吴虞文续录》等，编有《宋元学案粹语》《骈文读本》《爱智庐七言诗录》《国文撰录上编》《荀子文讲录》《中国文学选读》等。本书未题编辑者，既经吴虞校录，《丛书综录》题"吴虞辑"，亦不为无据。

自《花间集》编刻流传以来，西蜀词家名满天下，言及词体发展变化，无不归重巴蜀。《花间》名家多蜀产，李白、苏轼之作，流芳千古。宋代文学以词称首，苏轼独占鳌头，李流谦、李石、吴泳、王灼诸家虽居二流以下，然在蜀亦自名家。牟𪩘、虞集堪称元代蜀中文坛代表，其词亦足称。而明代以下，本编无一人登录，实为遗憾。

《花间》而后编蜀词集者，并不多见。民国《长宁县志》卷一五《艺文》著录。民国长宁人沈宗元（1884－1951）尝辑《蜀词综》三十卷，原名《续花间集》，后更今名，辑清代及民国蜀人词集60多家，选词达3000余首，并收录因游宦而终老于蜀，如顾复初、胡玉泽、方旭等词家。惜未见刊行，今也难觅传本。今人戴安常辑有《近代蜀四家词》（四川人民出版社1987年），汇集广汉张祥龄（1852－1903）、富顺宋育仁（1857－1931）、荣县赵熙（1867－1948）、华阳林思进（1873－1953）四家词，推为近代蜀词复兴的代表作。而明、清之选，仍付阙如。今人李谊辑有《历代蜀词全辑》（重庆出版社1992年），可借以窥见历代蜀词创作的成就。然蜀词历代名家选集之作，尚有待于后人。

本书以丛刻形式面世，各家自成一集，且编序混乱，实不足以视为总集。然既以"蜀十五家词"为题，仍属巴蜀名家总集讨论的范畴，故略为叙次。

第二章　巴蜀家族总集

　　巴蜀历史上产生过许多著名的世家大族，尽管经过宋元之际与明清之际毁灭式的打击，没有形成吴越钱氏那样历数千年而不衰的名门，但在宋、明、清时期，巴蜀仍涌现出一些名门望族，为巴蜀文化作出了贡献。家族式的传承与教育模式，对文学创作有直接的影响，并形成家族式的特质。因此，从家族的角度汇集作品并进行文学创作及理论的探索，也是传统文学文献整理的一种方式，所谓"睹乔木而思故家，考文献而爱旧邦"，正是传承数千年的文化意识。因此，家族总集的产生，可谓顺其自然。家族式的总集，有很多是由家人纂集的，称为"家集"，这种现象在清代尤其多见，当代学者徐雁平著有《清代家集叙录》（安徽教育出版社 2017 年），著录家集 1244 种，可见盛况。家族总集的编纂，对学者研究家族及地域文化及其在文学史上的意义，无疑具有较大的价值。宋代著名史学家李焘就曾编纂《谢家诗集》一卷①，可惜其书久佚，具体内容不得而知。而巴蜀家族总集传世最多、影响最大者，莫过于眉山苏氏。由于三苏在文坛上的巨大影响，有关三苏的选集，占了巴蜀家族总集的绝大比重，形成了巴蜀家族总集的重要特色。

第一节　三苏系列选集述略

　　苏洵、苏轼、苏辙父子三人一出夔门，天下知名，"三苏""苏门四学士""苏门六君子"等名目光耀千秋。三苏均活跃在北宋文坛，虽然遭遇坎坷，但却创造了非凡的成就，留下了许多脍

---

① 《宋史》卷二〇九《艺文志》八"总集类"著录。

炙人口的作品。不过,承载这些作品的文集,同样有跌宕起伏的遭遇。崇宁二年四月乙亥,"诏毁刊行《唐鉴》并三苏、秦、黄等文集"①。一时之间,三苏文集成了禁书,只能在民间私下流行。到了南宋初,党禁消除,苏轼的影响逐渐恢复。乾道九年(1173),宋孝宗御制《苏文忠公全集赞》《苏轼赠太师制》,更把苏轼的影响推到顶峰。《老学庵笔记》卷八云:"国初尚《文选》,当时文人专意此书,故草必称'王孙',梅必称'驿使',月必称'望舒',山水必称'清晖'。至庆历后,恶其陈腐,诸作者始一洗之。方其盛时,士子至为之语曰:'《文选》烂,秀才半。'建炎以来,尚苏氏文章,学者翕然从之,而蜀士尤盛。亦有语曰:'苏文熟,吃羊肉;苏文生,吃菜羹。'"②随着南宋统治者的提倡,苏轼影响不断扩大,而编刊三苏总集者日渐增多。《宝礼堂宋本书录》云:"南渡之后,文禁大开,苏氏父子文字为一时所尚,坊肆争相编刻以谋锥刀之利,有所谓《三苏文粹》者为流行。其后又有《重广》《分门》之辑,益趋繁陋。此盖不满于其所为,而别树一帜者也。"编者或基于文学鉴赏,或基于科举应试,或基于贩书获利,争奇斗妍,不一而足。据不完全统计,自宋至清,以各种名目编选的三苏总集,多达40余种。今略为梳理,条次于下。

三苏遗集

《南行前集》《后集》

(宋)苏洵、苏轼、苏辙合著。嘉祐四年(1059)十月,三苏父子举家自眉山南行,乘船顺岷江、长江而下,于十二月抵达江陵。沿途所作诗文100篇,编为《南行前集》,苏轼作序(见《苏

---

① 《宋史》卷一九《徽宗纪》,中华书局1977年,第367页。
② (宋)陆游《老学庵笔记》卷八,中华书局1979年,第100页。

文忠公全集·东坡集》卷二四）；次年正月自江陵陆行北上，二月十五日抵达京城，作诗73篇，编为《南行后集》，苏辙撰引（已佚）。这是三苏父子合著的一部诗歌总集，真实记录了南行旅途见闻。当时尝刻行，今未见单行本。其诗十存八九，见于三苏各自文集中。

《三苏遗文》

（宋）吕商隐编。尤氏《遂初堂书目》著录该书，但卷帙、编者不详。陆游《跋三苏遗文》云："此书蜀郡吕商隐周辅所编。周辅入朝为史官，得唐安守以归，未至家，暴卒，可悲也。淳熙十一年正月十一日，务观识。"[1]《三苏遗文》或编于商隐进士及第之前，具体内容不详。吕商隐字周辅，成都人，吕陶之孙。乾道二年（1166）进士。淳熙四年（1177），在四川安抚制置使兼知成都胡元质幕府，六年被命赴阙，七年除国子博士兼国史院编修官，迁宗正丞，仍兼史院。乞归，除知崇庆府，卒。《全宋文》卷5838录其文2篇。

《三苏翰墨》一卷

（宋）佚名辑，《宋史》卷二〇九《艺文志》八著录，题"苏轼等书"。此书今未见传本，考金元好问有《题苏氏宝章》诗云："二老风流有典刑，诸郎兰玉映附庭。峨眉宝气千年在，未数陈家聚德星。"注云："长公忠义如颜平原，次公冲淡似林西湖，故字画有不期合而合者。最后数帖，所谓'苏氏三虎，叔党最怒'耳。"[2]又金赵秉文《三苏帖二首》之二有"君家一日会三苏，翰

---

[1]　（宋）陆游《渭南文集》卷二七《跋三苏遗文》，《四部丛刊》景明活字本。

[2]　（金）元好问撰、（清）施国祁笺注《元遗山诗集笺注》卷一二，清道光二年（1822）南浔瑞松堂蒋氏刻本。

墨人间今古无"之句①，元胡祗遹《紫山大全集》卷四也有《题三苏翰墨》之诗，则该书在金、元间尝流行于世，盖摹刻三苏父子及子孙翰墨而成书。

《苏明允哀挽》二卷

（宋）佚名编，郑樵《通志》卷七八《艺文略》、焦竑《国史经籍志》卷五均于"总集类"著录，当为编集祭奠吊唁苏洵之作，姑置于此。

三苏文集

《重广眉山三苏先生文集》

（宋）佚名编，董应梦刊本，今存残本二帙，共七十卷，而分卷至卷八〇止②。卷二八后有跋："饶州德兴县庄溪书痴子董应梦重行校证，写作大字，命工刊板，用皮纸印造，务在流通，使收书英俊得兹本板，端不负于收书矣。绍兴庚辰除日，因笔以纪，志岁月云。"傅氏云："宋绍兴三十年饶州德兴县银山庄溪董应梦集古堂刊本，半页十三行，行二十七字，白口，四周双阑。字数人名在版心上、中、下不一律，遇宋帝空一格。合三苏文分体裁之，与《文粹》体例同，而卷数不同。"③此本刊于绍兴三十年（1160），是现存最早的三苏选集，按文体编选三苏文章，卷一至卷四为书信，卷一五至卷八〇收录其他文章及杂著，亦收录诸如《尚书解》《孟子解》《论语拾遗》等著述，而较多的则是策论等可供科举程式借鉴的文章，当是书贾售利之作。七十卷残本存北京大学图书馆，另有三卷残本存台北"中央图书馆"。

---

① （金）赵秉文《滏水集》卷九，《四部丛刊》景明钞本。
② 参祝尚书《宋人总集叙录》卷二，中华书局2004年，第85页。
③ 《藏园群书经眼录》卷一八，中华书局1983年，第1531页。

《标题三苏文》六十二卷

（宋）游孝恭编，淳熙三年（1176）刻。《天禄琳琅书目后编》卷六著录："蜀本《标题三苏文》二函十册，不著编者姓名。书六十二卷，汇三苏文，分门纂辑，曰上书、曰奏议、曰杂论、曰权书、曰衡论、曰程试策、曰进策、曰策问、曰几策、曰策略、曰策别、曰策断、曰进论、曰程试论、曰历代论、曰南省讲三传、曰书、曰答书、曰杂文（杂说附）、曰记（赞附）、曰序、曰行状、曰碑、曰墓志、曰海外论。或加子目，或节全文。前有《三苏文叙录》，标'历阳状元张孝祥编'。又《三苏年谱图》，标'左朝请大夫、权发遣成都府路提典刑狱事何抡编'。卷一后有条记云：'武溪游孝恭德菜标题。此文集校正，复增《叙录》《图谱》于卷首，庶几开卷则三公（原误'分'）之议论灼见其肺腑矣。淳熙丙申冬至日，刊于登俊斋。'或即游孝恭所编也。巾箱本。是书与《三苏文粹》同一选刻苏氏父子之文，而门目序次迥不相同，此书割并毫无体例。书首《叙录》《图谱》更为芜陋，乃坊贾嫁名便鬻之所为耳。"① 此书盖据《三苏先生文集》重编，分类系文，而添加状元王十朋《叙录》及提刑何抡《图谱》以增卖点，《天禄书目》定为"坊贾嫁名便鬻"，颇为恰当。游孝恭字德菜，武溪（今湖南泸溪）人。登俊斋或即其书斋名，既题"蜀本"，当刊于蜀中。今存残本三十四卷，国家图书馆收藏。

《经进三苏文集事略》一百卷

（宋）郎晔编注，约于光宗绍熙二年（1191）刻成进呈。《宋史》卷二〇九《艺文志八》著录"《三苏文集》一百卷，郎晔进"。郎晔字晦之，杭州人。从学张九成，淳熙十四年（1187）特奏名

---

① 《天禄琳琅书目后编》卷六，《清人书目题跋丛刊》（十），中华书局1995年，第316页。

进士，除迪功郎、嵊县主簿，未赴而卒。与周辉为友，尝注三苏文及《陆宣公奏议》投进，未报。著有《横浦日新录》。事见周辉《清波别志》卷二及《咸淳临安志》卷六七。此书原本不存，书名亦未见前人著录，今参合现存《经进东坡文集事略》六十卷及《宋史》著录"《三苏文集》一百卷"拟定书名卷数。《清波别志》载其"尝注三苏文"，今存宋刻残本《经进东坡文集事略》亦有注，张金吾云："《经进东坡文集事略》残本二十九卷，宋刊本，季沧苇藏书。宋迪功郎、新绍兴府嵊县主簿臣郎晔上进，当即注《陆宣公奏议》者。前有孝宗《御制文集赞》及《赠太师制》。东坡诗文衣被天下，然文集未有注者。是书钩稽事实，考核岁月，源源本本，具有条理，可与施元之、王十朋诗注相颉颃。原书卷数无考，今存卷一至卷十一、卷三十至卷四十，又卷二十一至二十七每卷'二'字俱有补缀之迹，细审板口，似是'五'字所改，或卷五十一至五十七欤？"[①] 而《四部丛刊》影印本则据乌程张氏、南海潘氏所藏残宋本等拼合为六十卷，录苏轼文 498 篇，按文体分类编排，郎注则采用双行小字夹于正文中。这是宋代苏文选集中的唯一注本，不仅选文最多，品类最全，而且质量上乘，具有较高的文献校勘和辑佚价值，影响较大。《经进东坡文集事略》六十卷很可能就是朗晔"注三苏文"之苏轼文部分，另外四十卷为苏洵、苏辙文。民国年间，上海蟫隐庐刊行罗振常辑本《经进三苏文集事略》，包括《老泉先生文集》十二卷《考异》一卷、《经进嘉祐文集事略》一卷《考异》一卷、《老泉先生文集补遗》二卷、《经进东坡文集事略》六十卷《考异》四卷《补遗》一卷《续补》一卷、《经进栾城文集事略》一卷《考异》一卷，以及《郎氏事辑》一卷，有辑佚考辨之功。不过，也有学者认为该书"材料

---

① 《爱日精庐藏书志》卷三〇，《清人书目题跋丛刊》（四），中华书局 1990 年，第 536 页。

来源不一，且并没有恢复朗注之旧，学术价值不高"①。1957年北京文学古籍刊行社出版南宋郎晔注、庞俊校订的《经进东坡文集事略》六十卷，1960年台湾世界书局、1979年香港中华书局也曾刊印《经进东坡文集事略》六十卷。

《东莱标注三苏文集》五十九卷

（旧题宋）吕祖谦编，黄虞稷《千顷堂书目》卷三一著录"吕祖谦《三苏文选》五十九卷"，当即此书。《天禄琳琅书目后编》卷一一著录："《东莱标注三苏文集》二函十册，宋吕祖谦编。三苏人各为编，凡苏洵十一卷，苏轼二十六卷，苏辙二十二卷。编各分体，加以点抹，于题下标注本意，与蜀本及《文粹》篇目并异。"②从书名题署和著录情况看，此书编者是吕祖谦。不过，也有不同看法。《宝礼堂宋本书录》云："南渡之后，文禁大开，苏氏父子文字为一时所尚，坊肆争相编刻以谋锥刀之利，有所谓《三苏文粹》者，最为流行。其后又有《重广》《分门》之辑，益趋芜陋。此盖不满于其所为，而别树一帜者也。东莱久负盛名，坊间刊本每相引重，以增声价。……以意推之，此亦必托名之作，而非真出吕氏之手。"怀疑此书出自书商伪托，可备一说。

此书既"人各为编"，所录苏洵文有十一卷，而经傅增湘辗转配齐之另一本《东莱标注老泉先生文集》则作十二卷。经祝尚书先生比勘，两本卷次不同，篇次小异，十二卷本选文稍多，"疑属同一书而版本不同，故编次略异"③。以理揆之，当是书贾翻刻时调整增删以便贩卖，故不必尊重"东莱标注"的权威性而随意

---

① 王永波《宋人对三苏文章的选编与刊刻》，《铜仁学院学报》2020年第1期，第25页。

② 《天禄琳琅书目后编》卷一一，《清人书目题跋丛刊》（十），中华书局1995年，第369页。

③ 《宋人总集叙录》卷三，中华书局2004年，第142页。

更改。

十二卷本《东莱标注老泉先生文集》目录后有吴炎刊书识语："先生父子文体不同，世多混乱无别。书肆久亡善本，前后编节刊行，非繁简失宜，则取舍不当，鱼鲁亥豕，无所是正，观者病焉。顷在上庠得吕东莱手抄，凡五百余篇，皆可诵习为矜式者，因与同舍校勘讹谬，析为三集，逐篇指摘关键，标题以发明主意；其有事迹隐晦，又从而注释之。诚使一见，本末不遗，义理昭晰，岂曰小补之哉！鼎新作大字锓木，与天下共之，收书贤士，伏幸垂鉴。绍熙癸丑八月既望，从事郎、桂阳军军学教授吴炎济之咨。"据此可知本书编刻时间在绍熙四年（1193）癸丑。咨即咨文，一般指官方往来文书，书商刊此文，亦有借重官方权威之意。通过吴炎咨文，可以明确当时编选三苏文章的混乱情况：一是书肆无善本，二是编次取舍不当，三是文字错误多到"无所是正"的地步。而"顷在上庠得吕东莱手抄""先生父子文体""凡五百余篇"，明言吕祖谦手抄三苏文500多篇，堪为"矜式"，而"校勘讹谬""析为三集""标题以发明主意"及注释则是吴炎与上庠同舍所为。而书首则题"东莱标注""若峰吴炎校勘"，与咨文所述编纂实情背离，则此书或即吴炎所编，而借"东莱"盛名以利销售，吴炎所称的"注释"，亦与郎晔注雷同，故罗振常辑本《经进三苏文集事略》中之《老泉先生文集》十二卷，即据此本迻录，其《重校郎注老泉文集序》有曰："念东莱于三苏，向取郎注，姑检其中之《汉高论》一篇与《古文关键》相校，果若合符，不禁拍案叫绝。"郎晔《经进三苏文集事略》成书时间不早于绍熙二年（1191），而吕祖谦（1137—1181）卒于淳熙八年，自然不可能看到郎注。而《古文关键》取用郎注，当是建安蔡文子所为，清钱泰吉所称"宋蔡文子注《古文关键》，于三苏文引郎氏注"是也[①]。

---

① 清钱泰吉《甘泉乡人稿》卷九《曝书杂记》下，清同治十一年（1872）刻光绪十一年（1885）增修本。

明杨士奇《书三苏文选后》云:"《三苏文选》一册十二卷,东莱所选,建安蔡文子为之注。皆取其论治体而便于科举之用,虽不能皆纯,而读之可以启益胸次,动荡笔端,未必无助也。"① 所谓"《三苏文选》一册十二卷",当即《东莱标注老泉先生文集》部分。潘宗周《宝礼堂宋本书录》云:"天禄琳琅有《东莱标注三苏文集》,编各分体,加以点抹,题下标注本意。据吴炎咨启测之,此亦必三苏合刻,版心有署'泉几'者,亦其一证。然天禄本洵文十一卷,此为十二卷。"则此十二卷本虽单行,却因祖本是"三苏合刻",故仍题《三苏文选》,注者则改题蔡文子,蔡文子很可能也是刊书者。

《东莱标注三苏文集》选编三苏各体文章 529 篇,今存五十一卷含文 435 篇,所选篇目与《三苏先生文粹》大同小异,删去《三苏先生文粹》中有关《尚书解》《论语解》《孟子解》等专经著述,所选文章"主要偏向于经论、史论、策论、奏议、书启等实用性的文体,其中策论最多,进策、策问、策略、策别等占大多数,而文艺性较强的传记、游记及其他文字基本没有"②。编选科举应用文字,这对进士及第不久的吴炎来说,可谓轻车熟路。刘克庄称吴炎"少以文鸣乡校,入太学益知名,尤长于策,士争诵习",可见挑选论策文字正是吴炎的长处。吴炎(1153—1221),字济之,莆田(今属福建莆田市)人。绍熙元年(1190)进士,授桂阳军学教授。历太学博士,通判兴化军。事见刘克庄《太学博士吴公墓志铭》(《后村大全集》卷一五四)。

此书用功于篇目编选及文字校勘,质量稍优,在文章辑佚与

---

① (明)杨士奇《东里文集》卷一〇《书三苏文选后》,景印文渊阁《四库全书》本。
② 王永波《宋人对三苏文章的选编与刊刻》,《铜仁学院学报》2020 年第 1 期,第 26 页。

校勘方面,杜海军认为"具有无可替代的价值"①。

此书今残存五十一卷,藏国家图书馆,北京图书馆出版社2004年据以影印收入《中华再造善本丛书》。

三苏文粹

《重广分门三苏先生文粹》一百卷

(宋)佚名编,南宋刊本,今藏日本宫内厅书陵部,上海古籍出版社2012年据以影印入《日本宫内厅书陵部藏宋元版汉籍选刊》。

是书每半页14行,行24字,语涉宋帝、朝廷字样(如"上""陛下""仁""哲""制""诏""二圣"等)皆空格。避讳至"桓""构"止,如卷三三苏洵《誉妃论》"天地必将构阴阳之和",改"构"作"储"。但并不严格,如卷二八苏辙《陆贽论》"万荣构乱之日"不避,卷九五苏轼《富郑公神道碑》"交结构扇""构以飞语"不避,卷九三苏轼《司马温公行状》"哀安桓灵"不避,"孙二人,植、桓皆承务郎",恒字缺末笔;卷六七苏辙《论所言不行札子》"齐桓公"不避,"桓公曰"又避。而"慎""惇"字不避,当是宋高宗绍兴年间刊本。既称"重广分门",很可能是要与《重广眉山三苏先生文集》等区别开来,"分门"即分类编排,与《重广眉山三苏先生文集》等以人系文有明显区别。《重广眉山三苏先生文集》刊刻于绍兴三十年(1160),此书刊刻时间估计稍后于此,亦即绍兴三十年、三十一年之间(1161)。无论如何,本书也是现存《三苏文粹》系列最早的版本,其珍贵性自不待言。

《天禄琳琅书目后编》卷六著录云:"《重广分门三苏先生文

---

① 杜海军《〈东莱标注颍滨先生文集〉对苏辙文的辑佚与校勘价值》,《浙江师范大学学报》2009年第3期,第28页。

粹》四函，二十八册，不著编者姓名。书一百卷，汇三苏文，分门纂辑，曰五经论，曰六经论，曰《书》解，曰《洪范》论，曰《中庸》论，曰《春秋》论，曰南省讲《三传》，曰《论语》解，曰《论语》拾遗，曰《孟子》解，曰《太玄》论，曰帝王君论，曰帝王臣论，曰圣贤论，曰列国君论，曰列国臣论，曰历代君论，曰历代臣论，曰历代论，曰历代土风论，曰权书，曰衡论，曰史论，曰谥法论，曰论，曰秘阁试论，曰几策，曰策略，曰策别，曰策断，曰进策，曰策，曰策问，曰私试策问，曰上书，曰奏议，曰表状，曰书，曰启，曰记，曰叙，曰引，曰字说，曰杂书，曰杂说，曰迩英进读，曰评史，曰评《文选》，曰颂，曰赞，曰碑，曰铭，曰传，曰祭文，曰行状，曰神道碑，曰墓志铭，而以《颍滨遗老传》终焉。"① 一百卷本与《三苏先生文粹》七十卷本有几点不同，凸显了"重广分门"的含义。一是编排方式不同，七十卷本人自为编，然后依类编次；一百卷本按类编排，然后以人为序。二是分卷更多，收文更全。一百卷本不仅分卷多出三十卷，而且奏议、表状、启、碑、铭、传、祭文、行状、神道碑、墓志铭等文体为七十卷所无，所收文章也较多。其中苏洵文由 68 篇增至 94 篇，不仅所收文类较全，而且基本网罗了所有名篇。三是分类更清晰，标题更醒目。如第一卷同样收苏洵《易》《礼》《乐》《诗》《书》《春秋》六论，而一百卷本标为"六经论"，七十卷本仅标"论"。又如"历代君论""历代臣论"下，并标明汉、三国、晋、唐等朝代名及所收文章篇数，一目了然。不过，也因分类琐细，进而有破碎原书篇章的毛病，如苏洵《权书》十篇，便被分置多处，而卷三一又立"权书十篇"之目，注云："内除五篇分见以前诸卷，《子贡》十三卷，《六国》十六卷，《孙武》十九卷，《高祖》二十一卷，《项籍》二十九卷。余五篇，即列于本卷。"颇

---

① 《天禄琳琅书目后编》卷六，《清人书目题跋丛刊》（十），中华书局 1995 年，第 315 页。

觉不便。四是刻工精良，大字疏朗。一百卷本每页 28 行，行 24 字，便于阅读。又一百卷本与七十卷文字偶有不同，如卷八二苏洵《张益州画像记》，起首"元年秋"，而七十卷本作"至和元年秋"；"为人慷慨有节"，七十卷本作"为人慷慨有大节"，说明两本所据底本不同。一百卷本少"至和""大"三字，《四部丛刊》景宋钞本《嘉祐集》卷一四所载本文亦无此三字，说明一百卷本曾据宋刻三苏别集本选录文章，其文献价值不言而喻。

《三苏先生文粹》七十卷

（宋）佚名编，婺州义乌青口吴宅刻本。以人系文，其中苏洵文有十一卷 68 篇，苏轼文有三十二卷 279 篇，苏辙文有二十七卷 312 篇。所录文章大体按论、策、书、记、序等类别编排，编例仿陈亮《欧阳文忠公文粹》。其选文重在论、策、书，也有陈亮"姑掇其通于时文者以与朋友共之"之意①，以便科举程试之用。是书尚存完本，傅增湘著录云："宋婺州吴宅桂堂刊本，版高五寸四分，关面阔三寸九分，是巾箱本。每半页十四行，每行二十六字，白口，四周双阑。……避宋讳至'慎'字止。字体俊整，镌工精湛。目后有牌子，文曰'婺州义乌青口吴宅桂堂刊行'。首叶冠以《御制苏文忠文集叙赞》，十一行二十字。第一至十一卷老泉先生，十二至四十三卷东坡先生，四十四至七十卷颍滨先生。"② 此本现藏国家图书馆。此本避宋孝宗讳（慎）而不避光宗讳（惇），当刊于宋孝宗时，今藏国家图书馆。另有二部残本，分别藏于国家图书馆及上海图书馆。

孝宗时，婺州东阳胡宅桂堂也刊有小字巾箱本。同一时期同一地区出现两个刻本，三苏之影响于此可见一斑。此本清瞿镛尝著录："《三苏文粹》七十卷，宋刊本，不著纂辑姓氏，前有标目，

---

① （宋）陈亮《欧阳文忠公文粹·跋》，景印文渊阁《四库全书》本。
② 《藏园群书经眼录》卷一八，中华书局 1983 年，第 1531 页。

无序跋。选老泉文六十八首,东坡文二百七十九首,颖滨文三百一十二首。目后有真书墨记云:'婺州东阳胡仓王宅桂堂刊行。'与《欧阳文粹》板式相同,当是同时所刊。纪文达未见宋本,讹认明人辑录,故不获与《欧阳文粹》并列。每半叶十九行,行二十六字,敬、殷、匡、恒、贞、徵、让、树、桓、构、慎字皆阙笔,而惇字不阙,光宗前刻本也。"① 《欧阳文粹》刊于乾道九年(1176),每半页14行,行26字,瞿氏既云《三苏文粹》"与《欧阳文粹》板式相同",则"十九行"当为"十四行"之误,版式就与义乌吴宅刊本相同了。此本《中国古籍总目·集部》60345153著录为"宋婺州吴宅刻、王宅桂堂补刻",今藏国家图书馆。

另外,在宋宁宗时,还刊有大字本。清陆心源认为:"《三苏先生文粹》七十卷,宋蜀大字本,季沧苇旧藏,不著编辑者姓氏。李氏手跋曰:'此书有宋刊密字本,绝精美。此本疏朗,乃宋刊之别体。明时东雅堂、奇字斋所依仿也。补写诸卷,雅洁足以相称。珍赏家之于古书,如君子善成人美如此。李兆洛过眼,因识。'按:此北宋蜀中刊本,每页二十四行,每行十八字。版心有字数及刊工姓名,语涉宋帝皆空格,'桓'字以下讳不缺避,盖北宋刊本也。"② 称此为北宋刊蜀大字本,眉山既是三苏故里,又是南宋蜀刻中心,刊选三苏选集自然合情合理。不过,呕心沥血搜罗乡邦文献的傅增湘,在亲赴静嘉堂查阅后,断定此书"避讳至'扩'字止,盖宁宗时刊本也",并加按语称:"《三苏文粹》,余生平所见者三本,皆密行小字巾箱本。此本板式宽展,大字精严,纸墨莹洁,殊为罕觏。且老泉文后附诗二十二首,为明刊本十四行本所无,尤为足珍。陆氏定为蜀本,余审其字划方严峻整,恐仍是

---

① 《铁琴铜剑楼藏书目录》卷二三,《清人书目题跋丛刊》(三),中华书局1990年,第365页。

② 《皕宋楼藏书志》卷一一三,《清人书目题跋丛刊》(一),中华书局1990年,第1274页。

浙本耳。南渡以后苏文解禁，上自九重，下迄士庶，咸嗜其文，几行一世。留都为士大夫所萃止，或此时别开大版以供诵习，非如短书小帙徒备怀挟之用也。"① 傅氏否定了北宋蜀大字本的说法，断此为浙本以及"别开大版以供诵习"的说法，有理有据。此本至今仍归日本静嘉堂收藏，遗珠海外，憾恨实多。至论其校勘辑佚价值，清瞿镛认为："老泉文有《洪范》三论及后序、《辨奸论》为《嘉祐集》不载；东坡文有《迩英进读》《评史》《评文选》等篇为《七集》本不载，当取诸本《大全集》本；颍滨文有诸论为四集本不载者，皆取诸《古史》。文中字句，多与集本不同，亦互有得失，可资参校。"② 又如苏洵文后附诗22首，卷四四苏辙《诗论》《春秋论》为《栾城集》所无，弥足珍贵。

《三苏文粹》在明世累经翻刻，今浙江图书馆藏有明嘉靖十年（1531）金鳌刻本，国图、北大、上海、复旦、南京、辽宁等图书馆藏有明刻本，版式均同宋刻。清瞿镛云："明嘉靖中有重翻本，颇清整，讹字亦不多……板式与同，亦足为善本矣。"③

《重广分门三苏先生文粹》七十卷

（宋）佚名编，《中国古籍总目·集部》60345154著录，今藏上海图书馆，存卷一三至一五、二七至三〇、三七、四二、五〇、五一，共残存十一卷，其中卷一三至卷一五、五〇配婺州吴宅桂堂刊本。是书题为"分门"，实际则依人系文，"不解其义"④。

纵观上述各选本，除《经进三苏文集事略》一百卷明确由郎晔编注，《东莱标注三苏文集》五十九卷、《标题三苏文》六十二

---

① 《藏园群书经眼录》卷一八，中华书局1983年，第1532页。
② 《铁琴铜剑楼藏书目录》卷二三，《清人书目题跋丛刊》（三），中华书局1990年，第365页。
③ 《铁琴铜剑楼藏书目录》卷二三，《清人书目题跋丛刊》（三），中华书局1990年，第365页。
④ 《宋人总集叙录》卷二，中华书局2004年，第94页。

卷的编者有相对明确指向外，《重广分门三苏先生文粹》一百卷本及七十卷本、《重广眉山三苏先生文集》八十卷的编者均不可知，很可能出自书贾之手。其编刻时间集中于高宗、孝宗、光宗、宁宗四朝40年间，正是所谓南宋中兴的时期，苏文备受欢迎，成为科举士子诵习的重点对象，因此像三苏文选这样的科举辅助读物，自然成为书贾翻刻渔利的首选对象。浙江、福建等刻书中心均有多种刊本，传至今日者也有几种。而眉山作为三苏故里，又是当时的三大刻书中心之一，所刻三苏读物应当不在少数，可惜除大字本《三苏先生文粹》疑似蜀刻外，没有一种流传至今。究其原因，这类科举读物在当时数量虽多，但并不受藏书家重视，因而收藏者不多，见诸著录者更少。蜀中经宋末、明末兵燹动荡，典籍散佚，传世无闻，自不为怪。即明季三苏文选屡经编刻，蜀中所编仍然传世稀少。宋代蜀刻三苏文选本之珍稀，自不难想象。难怪傅增湘得闻蜀大字本消息，随即东渡日本借阅，虽留下几多遗憾，但其拳拳乡邦文献之心，仍然令人感慨万千。

宋刻三苏文选各本，或全或残，虽在宋代未足为重，但今日均难掩其珍贵的文献价值。其中郎晔编注《经进三苏文集事略》质量较高，历来受人重视，成为后人参校三苏文集的重要文献。《三苏先生文粹》七十卷本校勘质量尚可，也成为今人辑佚及校勘三苏文集的重要参考书。安平秋等先生从日本宫内厅影印之《重广分门三苏先生文粹》一百卷，刊印精美，收罗文章较多，完璧回归，其价值终将受到学人的重视。

明清编选三苏文集

由于三苏在后世影响巨大，以"三苏文集""三苏文粹"为名的选本，在后代每有翻刻，而新增各种名目的选本也层出不穷。然大抵以便利科举为名，售书获利为旨，虽艺文为宗，选辑点评，然影响有限。因现存各种选本较多，限于条件，难以一一获观原书，愧疚实多。兹列表如下，尚冀有道君子订讹补阙。

书　名	编者	版本	收藏地（图书馆）	著　录
《三苏先生文集》七十卷	阙名	明成化二十年许仁刻本	上海 山东	中国古籍总目集 60345155
《三苏先生文集》七十卷	阙名	明嘉靖四十三年归仁斋刻本	天一阁	中国古籍总目集 60345155
《三苏先生文集》七十卷	阙名	明刻本	南京 浙江	中国古籍总目集 60345155
《三苏文集》七十一卷首一卷	阙名	明嘉靖十二年杨煦刻本	上海 浙江	中国古籍总目集 60345156
《大宋眉山苏氏家传心学文集大全》七十卷	阙名	明正德十二年刘弘毅慎独斋刻本	上海	中国古籍总目集 60345157
《大宋眉山苏氏家传心学文集大全》七十卷	阙名	明刻本	国图 山东	中国古籍总目集 60345157
《谨依眉阳正本大宋真儒三贤文宗》二十卷	阙名	明刻本	北大 浙江	中国古籍总目集 60345158
《嘉乐斋三苏文范》十八卷首一卷	明杨慎辑 明袁宏道评释	明天启二年刻本	北大 上海 南京	中国古籍总目集 60345159
《合诸名家评注三苏文定》十八卷	明杨慎辑 明李维桢评注	明崇祯五年豹文斋刻本	国图 复旦 南京	中国古籍总目集 60345160
《三苏文纂》五卷目录一卷	明冯汝弼辑	明嘉靖二十一年刻本	清华 南通 无锡	中国古籍总目集 60345161
《三苏文汇》六十卷	明茅坤、钱谷、钟惺等评	明末刻本	中科院 山东 浙江	中国古籍总目集 60345162
《三苏文钞选》五十八卷	明茅坤评	明金閶簧玉堂刻本	北大	中国古籍总目集 60345163

续表

书　名	编者	版本	收藏地（图书馆）	著　录
《三苏文选体要》四卷	明茅坤等选、清章诏增订	清康熙间金间童休氏刻本	国图	中国古籍总目集 60345164
《三苏文钞》二十卷	明李贽、郑德徵辑评	明崇祯间宜和堂刻本	山东大学	中国古籍总目集 60345165
《新刻三苏论策选粹》八卷	明李时渐	明万历间刻本	石家庄天一阁	中国古籍总目集 60345166
《静观室三苏文选》十六卷	明钱谷	明万历七年刻本	北大	中国古籍总目集 60345167
《静观室三苏文选》十六卷	明钱谷	明万历三十九年刻本	天津	中国古籍总目集 60345167
《静观室三苏文选》十六卷	明钱谷	明刻本	上海	中国古籍总目集 60345167
《选辑诸名家评注批点苏文》八卷	明詹奎光	明万历六年詹斗光、吴元礼刻本	南京浙江安徽	中国古籍总目集 60345168
《新刻批选三苏文要》三卷	阙名	明万历六年刻本	吉林	中国古籍总目集 60345169
《镌李相国九我先生评选苏文汇精》六卷	明李廷机评选	明书林萧少衢师俭堂刻本	北大浙江	中国古籍总目集 60345170
《汇锲注释三苏文苑》八卷	明李叔元	明万历三十二年余泗泉萃庆堂刻本	辽宁	中国古籍总目集 60345171
《苏隽》五卷	明王世元辑　明汤宾尹评	明万历四十一年王世元刻本	国图	中国古籍总目集 60345172
《苏隽》五卷	明王凤翔	明万历间刻本	中央党校福建师大暨南大学	中国古籍总目集 60345172
《苏隽》五卷	明王世元辑　明汤宾尹评	明郑大经刻本	南京	中国古籍总目集 60345172

续表

书 名	编者	版本	收藏地（图书馆）	著 录
《眉山苏氏三大家文选》四卷	明董应举辑评	明崇祯间董应举刻本	辽宁	中国古籍总目集60345173
《新镌张太史评选眉山桥梓名文隽》三卷	明张鼐	明末书林萧世熙刻本	山东 辽宁	中国古籍总目集60345174
《苏文隽》三卷	明张鼐	明万历间书林萧世熙刻本	山东	中国古籍总目集60345178
《鼎镌黄状元批选眉山三苏文狐白》四卷	明黄士俊	明万历间余绍崖自新斋刻本	清华 安徽 厦大	中国古籍总目集60345175
《三苏文盛》二十卷	明钟惺	明刻本	北大	中国古籍总目集60345176
《新刻徐陈二先生评选三苏文则》八卷	明徐肃廙辑 明陈继儒评	明万历四十八年陈孙贤刻本	重庆	中国古籍总目集60345177
《三苏文钞》十二卷	明陈仁锡	明刻本	河南 广东社科院	中国古籍总目集60345179
《三苏文苑》八卷	明孙镰	明末刻本	国图	中国古籍总目集60345180
《三苏文百家评林》十六卷	明茅坤批选	明书林徐挺刻本	国图	中国古籍总目集60345181
《三苏文选》十卷	明江浩	明刻本	华东师大	中国古籍总目集60345182
《苏集选》九卷	明陈仁锡评	明末刻本	河南	中国古籍总目集60345183
《三苏全集》	清弓翊清等	清道光间眉州三苏祠刻本	国图	中国古籍总目集60345184
《三苏策论》十二卷	阙名	清光绪二十四年石印本	上海	中国古籍总目集60345185
《三苏经史策论》四十卷	阙名	清光绪二十八年文运书局刻本	上海	中国古籍总目集60345186
《三苏文集》十六卷	阙名	清宣统元年上海会文学社石印本	上海	中国古籍总目集60345187
《三苏文集》四十四卷	阙名	清宣统二年上海会文学社石印本	南京	中国古籍总目集60345188

由上表可见，明清人所编三苏选集，有一部分直接翻刻宋本，或改头换面以便渔利。宋代所编除《经进三苏文集事略》一百卷和《重广分门三苏先生文粹》一百卷两本选录三苏文较多，不局限于科举应试文体外，《重广眉山三苏先生文集》《标题三苏文》《东莱标注三苏文集》《三苏先生文粹》及《重广分门三苏先生文粹》七十卷本等，所选多科举应用文。至明代，虽科举应试内容有变，三苏文虽不像在南宋那样，因官府提倡、士子热衷而大受欢迎，但三苏的影响依然很大。故书商不惜借用名家点评等形式，翻新花样，巧立名目，不断编选翻刻，以获取最大利益。如题名杨慎编、明袁宏道评释的《三苏文范》十八卷，《四库存目》即疑其出于伪托，谓："旧本题杨慎编，然所取皆近于科举之文，亦不类慎之所为，殆与《翰苑琼琚》均出依托也。"[①] 明代文选中虽也有一些名家手笔，但所选往往囿于宋选面目，不能网罗三苏名篇，反映三苏的文学成就，因此影响并不很大。如钟惺选《三苏文盛》二十卷，谭元春撰序称其"取旧牍再删次之，略衷诸评，合为一帙"。这样在旧选基础上删削增评的模式，在当时比较盛行，以致出现大量的圈点、评选、批注，甚至汇集诸家评论的选评本总集，客观上引导士子熟悉三苏文章，也进一步扩大了三苏的影响。

第二节　明清家族总集述略

《杨氏文集》三卷

（明）杨嗣龙辑，光绪《射洪县志》卷一六《艺文》著录。其书多采杨澄、杨最章疏及平生所为诗文、诸名士赠答诗序记铭等

[①]　《四库全书总目》卷一九二《总集类存目》，中华书局1983年，第1745页。

类，汇为文集三卷。杨澄、杨最均为射洪人，以父子同科进士知名①，致位通显。杨嗣龙，射洪人，崇祯间贡生。崇祯十年（1637）任金坛县丞②，调镇江府司理，升南京中城副兵马司，转北城正兵马司，补云南县知县。著有《北城谳语》《国乘纪要》《金华浪语》等书。事见光绪《新修潼川府志》卷二一《先贤传》。

《李忠烈公四世劫灰集》七卷

（清）贾绂麟编，民国三十四年（1945）渠县旅省同乡会重印本，参徐雁平《清代家集叙录》第718页。

绂麟字荪谷，渠县人，增生，曾纂订同治《渠县志》。

同治《渠县志》卷四六《经籍》著录该书为四卷。今存民国三十四年重印本为七卷，收入李含乙《秦邮草》一卷、李珪《说剑斋诗文》一卷、李瑢《片石斋文集》一卷、李瑢《片石斋诗集》一卷、李甡《濠梁文集》一卷、李甡《濠梁诗集》一卷、李漱芳《沥情吟》一卷。卷首有民国三十四年刘兆玉《重印李忠烈公四世劫灰集序》，称："乡先贤李忠烈公《四世劫灰集》者，李忠烈公含乙《秦邮草》一卷，其嗣长公鹤汀先生《说剑斋》一卷，次公梅岑先生《片石斋》一卷，其孙楚材《濠梁集》一卷，其元孙艺圃侍御《沥情吟》一卷，阅四世，为稿五，汇集合刻也。"其后有咸丰三年（1853）贾绂麟撰《李忠烈公四世劫灰集合刻序》及《题后》、艾存阳《题辞》。

李含乙（？—1644），字生东，号青藜，渠县人。崇祯七年（1634）进士，授高邮知州，累官礼部主客司郎中。丁母忧还渠，与张献忠战，死。是集录其祖孙四代之作，为贾绂麟所编，初刻于咸丰三年。含乙以力挽亡明死难，清高宗谥以"忠烈"。其曰"劫灰"，指煨烬之余，诗文止存什一。

---

① 嘉靖《潼川志》卷二。
② 光绪《金坛县志》卷五《秩官》。

《费氏诗钞》四卷

（清）释含澈辑，清咸丰四年（1854）刻本，《清代家集丛刊》第188册据以影印。

释含澈号雪堂，其事迹见前《方外诗选》介绍。

此本前载汉安刘景伯序、无名氏《费仲若先生传》《费此度先生传》、张玢《费直敏先生小传》及《费滋衡先生纪略》，正编四卷，以人系诗，诗按体编次，人名下附小传，盖沿用《剑阁芳华集》《蜀诗》《蜀雅》等体例。卷一录费经虞诗12首，费密诗54首，费锡琮诗9首，并录费锡璜古乐府9首，卷二至卷四皆录费锡璜诗，盖以存诗多少分卷。末附《费此度诗补遗》，录诗10首。此书编次有序，刻印精美，半页9行，行21字，版心中有"绿天兰若"字样。据咸丰六年（1856）刘景伯序称："雪堂上人以新刻《费氏诗》示余，且曰：'吾乡费氏，三传皆工诗。滋衡举鸿博不就，遁世无闷之意，与仲若、此度同，其诗为蜀中一大宗。晚投东海，谓天下无人知其诗，实谓天下无人知其为遗民者。今录其集，并仲若、此度、厚菴之诗，俾读费氏诗者，益重费氏当时一德，逃名不仕，窜隐山水，流寓秦、扬。其感时抚事之见于诗者，大半消磨于荒榛莽墟，风霜兵火之间。谨录所及见者，题曰《费氏诗钞》。'"是亦诵其诗、知其人、论其世之意。其录诗大抵遵《蜀雅》等而有所增补，是含澈所编多种总集中用功较深的一种。

《阶庭偕咏》

（清）费锡琮、费锡璜撰，清刻本，《清代家集丛刊续编》影印入第188册。

是编收录费锡琮诗239首，远较《费氏诗钞》所收为多；收录费锡璜诗90首，为弟兄二人合集。

《雪鸿堂全集》二十四卷

（清）李钟峨辑，清康熙五十七年（1718）刻本，《中国古籍总目》集部60344993著录。

是编刻录李蕃《雪鸿堂文集》十八卷，卷首有王掞、汪份、黄越、赵吉士、杨开运、姜其垓、宋和、车景锃、吴琎、李光坡、李光墺序，詹明章题辞，查云标《通江李锡徵先生传》，吴翊载《通江李锡徵先生赞》；又刻李钟璧《雪鸿堂文集》四卷，卷首有陈邦彦、查云标、李钟侨、宋和、陈书序，版心有"燕喜堂"3字，卷末有李钟峨跋；李钟峨《雪鸿堂文集》二卷，卷首有车景锃序，版心有"垂云亭"3字，卷末有门人朱评跋。三集各自成集，各有序跋，故《四库全书总目》分别著录于"别集类"。

至李蕃、李钟璧、李钟峨父子三人共用"雪鸿堂文集"名，四库馆臣云："考古来集部之名，往往相复，然无一家之中共一集名者。惟吕本中、吕祖谦俱称"东莱集"，然祖谦集加'太史'字以别之，见《文献通考》。又洪岩虎及其子希文皆名《轩渠集》，然希文集加'续'字以别之，非竟相同。钟璧之父蕃有《雪鸿堂集》，已著录，而钟璧此集，仍以"雪鸿堂"为名，父子竟无所别，亦未有之创例也。"① 而于钟峨集提要又云："是集乃其督学福建时所编，凡赋、颂一卷，诗一卷，多馆课及应酬之作。案：钟峨父蕃有《雪鸿堂集》，其兄钟璧集袭用其名，钟峨又袭用其名，殊不可解。如以为家乘之总名，则又各为卷第，例亦难通也。"② 实则李钟璧、李钟峨集版心有"燕喜堂""垂云亭"，有所区别。之所以共用一集名，朱评跋云："通江李夫子视吾闽学，岁试竣，

---

① 《四库全书总目》卷一八四《别集类存目》，中华书局1983年，第1670页。
② 《四库全书总目》卷一八四《别集类存目》，中华书局1983年，第1667页。

重锓赠公太夫子《雪鸿堂全集》。既校订成帙，方汇刻赋、颂、诗三种，共二卷，仍名曰《雪鸿堂文集》，明绍述也。"这样做是为了强调同出一门，学有所承，希望以通江三李媲美于眉山三苏。李钟峨主持编刻《雪鸿堂全集》，投书四方，广求序跋，而本书所载多家序跋，往往借此发挥，如康熙五十七年王掞撰序云："西蜀能文之士，莫若司马相如、扬雄、王褒之徒，其后则莫若三苏氏。……三苏氏之文，大抵亦皆以文为文，独老苏氏以适用为主。故蜀人之文，其适于用者，莫若老苏氏，巴西李懒庵之文近之。"陈邦彦序云："千百载后，将以称二苏者称二李，与二江之双流并雄于灵关玉垒。"

是编合三集而题"二十四卷"，更有题署为"通江三李文集"者①，则可视为李氏家集，徐雁平《清代家集叙录》第1511页予以著录，甚是。唯不题编者，考王掞序李蕃集云："懒庵没二十余年，仲子芝麓检讨视学闽南，方以有用之文期多士，因梓其先集以行。"而李钟峨跋其兄钟璧集，有云"辄手录其完璧于前，杂附其残篇于后，而概删其未成律者"，则固尝手编其兄集而刊之，故朱评跋有"既校订成帙，方汇刻赋、颂、诗三种，共二卷"之语，则三集均经李钟峨编刊，固署其为家集编者。

李蕃（1622—1694），字锡徵，号懒庵，通江人。顺治十四年（1657）举人，官黄县知县。被诬入狱，后归乡著述以终。长子钟璧，字鹿岚，康熙三十五年（1696）举人，官平南县知县。次子钟峨，字雪原，号芝麓。康熙四十五年（1706）进士，官翰林院检讨。

《张氏三先生集》

（清）张问彤、张问安、张问陶撰，清嘉庆二十年（1815）至道光二十九年（1840）刻《张氏三先生集》三种本，《清代家集丛

---

① 谢国桢《江浙访书记》，上海书店出版社2004年，第165页。

刊续编》影印入第 178—180 册。

遂宁三张在清代较为知名，洪亮吉《闻张大令吉安五十初度书此代柬》诗有"东吴百里思前约，西蜀三张步后尘"之句，注云："君在京邸时，与遂宁三张并名。"① 但三张诗文选集却未有所闻。此刻本系列虽名为"《张氏三先生集》三种"，但所刻遂宁张问彤《饮杜文集》《饮杜诗集》二卷，张问安《亥白诗稿》八卷，张问陶《船山诗草》二十卷、《船山诗草补遗》六卷，各单独自成一集，序跋、目录完整，可以说是 5 种别集，而无统一的编卷、目录及序跋，因此不属于总集。

《大竹王氏昆仲遗诗》六卷

（清）伍肇祥、江国霖编，道光二十九年（1849）刻本，民国三年（1914）成都昌福公司重印本题作《二王诗集》，见徐雁平《清代家集叙录》第 170 页。

是编收录大竹王怀曾《待鹤楼诗抄》三卷、王怀孟《零砾诗抄》三卷。王怀曾字鲁之，大竹人。嘉庆十五年（1810）副贡，道光二年（1822）顺天举人，以镶黄旗教习期满出宰山左，历任长清、安丘、兰山、东平等县知县，旋卒于官。其仲弟怀孟（1787—1840），字小云，与兄怀孟俱有神童、才子之称，然怀才不遇。嘉庆十五年（1810）举人，官长宁教谕。道光二十年（1840）卒，年五十四。

《待鹤楼诗抄》卷首有道光二十六年（1846）伍肇祥序："其季弟鼎臣恸两兄诗不可无传，收拾余烬与小云遗稿，属澝与江晓帆太史编次，各得诗三百余首。"卷末孔宪钰跋云："《待鹤楼诗抄》，吾师鲁之先生所著。辛丑岁，钰谒先生于长清留馆署内，以《诗抄》六册见示，仅录一册，余没于火。……幸钰所抄之册，得

---

① （清）洪亮吉《更生斋集》卷八《闻张大令吉安五十初度书此代柬》，清光绪三年（1877）洪氏授经堂增修本。

因伍琼甫、江晓帆两先生付之剞劂，以广其传。"伍琼甫名濬祥，綦江人。道光十六年（1836）进士，授户部主事，官至御史。著有《怀园诗草》。光绪《四川綦江续志》卷三有传。江晓帆名国霖（1811—1859），字雨农，大竹人。道光十三年（1833）进士，殿试一甲第三名，授翰林院编修，历国史馆协修，出任惠州知府，累擢广东巡抚。以为官清誉及著述讲学知名于时。民国《大竹县志》卷九有传。

《埙篪集》十卷

（清）刘沅辑，咸丰二年（1852）刻本，《清代家集丛刊续编》影印入第180册。

是编收录刘濖、刘沅兄弟之诗，前四卷取自刘濖《芳皋弃余录》，后六卷录刘沅《止唐韵语存》，按古律绝分体编排。卷首有咸丰二年刘沅序。民国《温江县志》卷五《艺文》著录《芳皋弃余录》四卷云："濖弟沅，籍双流，录濖及己诗，合刊为《埙篪集》，序言：'家兄耽吟咏，有诗名，而不喜存稿，所作旋多毁弃。'故题曰《芳皋弃余录》。惟集中有五言排律九首厕于五古，则其失也。"据此，则《埙篪集》由刘沅编辑而成。

刘濖，字方皋，一作芳皋，号六峰，双流（一作温江）人。嘉庆元年进士，由庶吉士改刑部，官广西郁林州知州。民国《温江县志》卷九有传。刘沅（1768—1855）字止堂，一字止唐、芷塘，双流县人，濖弟。乾隆五十七年（1792）举人，任湖北天门知县，改国子监典簿，辞归。后授徒成都。刘沅为著名学者，著述甚丰，有《槐轩全书》等。民国《双流县志》卷三有传。

是集除咸丰二年豫诚堂刻本外，还有咸丰十年（1860）虚受斋刻本、民国十九年（1930）致福楼刻本、民国二十二年（1933）鲜于氏特园刻本等，均存。

《秀华百咏合刻》二卷

（清）冯誉骢、誉骧兄弟合撰，清光绪十二年（1886）避喧园刻本，参见徐雁平《清代家集叙录》第1469页。

是编合刻冯誉骢、誉骧兄弟吟咏历代妇女诗各100首。卷首有光绪十二年黄仲宣序，又有黄天锡、杨茂清题词。冯誉骢、冯誉骧兄弟撰有《西山唱和集》，见前。

《曾太仆左夫人诗稿合刻》

（清）左锡嘉编，光绪十七年（1891）定襄官署刻本，《清代家集丛刊》影印入第189册。

是集录清曾咏、左锡嘉诗文，刻为合集：《吟云仙馆诗稿》一卷，华阳曾咏（吟村）撰，收诗91首；《冷吟仙馆诗稿》八卷，阳湖左锡嘉（婉芬）撰，收入《浣香小草》《吟云集》《卷葹吟》《冷吟集》四集诗；《冷吟仙馆诗余》一卷，左锡嘉撰，前有井研廖平二序，盛称其词，意可方李清照；《冷吟仙馆文存》一卷，左锡嘉撰，收文3篇，其中有曾咏墓志，可考其生平文行。后有《冷吟仙馆附录》一卷，胡毓筠、张景祁等撰《题辞》及林尚辰所撰《诰封夫人外姑曾母左太夫人寿言节略》。虽丛刊各集，然首尾完整，夫妻琴瑟和谐，诗文相友，颇具特色。"曾太仆"即曾咏（1813—1862），字永言，号吟村，成都华阳人。道光二十四年（1844）进士，官户部主事，转郎中，咸丰八年（1858）授吉安府知府，同治元年（1862）卒。"左夫人"即左锡嘉（1831—?），字小云，号婉芬，后以夫曾咏殁，改号冰如，常州阳湖人，咸丰辛亥归户部曾咏为继室。曾咏殁后，抚孤子成才。

据卷首光绪十五年（1889）曾国荃序称："四川曾吟村太仆以名进士观政农部，出守章江，深得士民心。……哲嗣旭初大令仕晋中……洎余持节两江，乃远道寄太仆《吟云诗稿》一卷，并左恭人《冷吟馆诗词》各集，属余为序。"则是集编成，曾旭初曾求一时名贤赠诗、题辞。又据其后光绪十六年（1890）仪征卞寅第序："《吟云仙馆诗集》者，华阳曾吟村太仆所撰。太仆殁，而左夫人小云编录之者也。其合编之《浣香小草》《吟云集》及《卷葹吟》《冷吟集》暨《诗余》各若干卷，则小云夫人之作。而前三卷作于太仆存时，故题曰《吟云》；后五卷作于太仆既殁之后，故取拔心不死、励志冰霜之义，题曰《卷葹》、曰《冷吟》云。"则是编成于左锡嘉之手无疑。

《白雪堂二瞿合稿》

（清）瞿正模辑，民国十九年（1930）抄本，参见徐雁平《清代家集叙录》第29页。

这是四川丹棱瞿氏家集，收录瞿敬筎《白雪堂诗稿》三卷、《白雪堂赋稿》，瞿敬止《瞿敬止诗文》《瞿崇道诗》《制艺》5种，各自成编。《白雪堂诗稿》卷首有民国五年（1916）李廷锡序、民国三年（1914）齐肇璜序、民国四年（1915）毛鼎元叙、民国七年（1918）熊炳周序、张炳奎题识，卷末附毛鼎元《先大父拄山公墓志铭》、张士林《道光乙酉科拔贡进士拄山瞿公敬筎父子祖孙孝友列传》、瞿敬筎《四川选拔贡卷（道光乙酉科）》等。《瞿敬止诗文》附录《瞿敬止传》、瞿敬止《四川乡试朱卷（嘉庆己卯科）》等。

是编因收录瞿敬筎（1799—1862）、瞿敬止诗文及附录资料，故合称"白雪堂二瞿合稿"。二稿均由后人辑录，裔孙瞿正模跋云："先大父生平诗稿最多，迭经兵燹无存。嗣胞伯讳国琳道过浦邑，闻塾馆有诵先大父之诗者，随录存之。先严又各地搜集，计共百首，意欲刻印给散吾族，不果，旋卒。模尝悲先严之有志未逮也，于是继其志而述其事，遍访亲友，又得数十首。……因纂辑成卷，呈诸父执辈参阅校正，付诸剞劂。"则是集由正模父国琮、伯父国琳及正模先后辑录，而由正模汇辑刻行。齐肇璜序亦说："甲寅春，拄山先生孙正模搜罗撷拾，得其祖古今诗体律绝若干首,辑成一卷,并附抄熙堂先生诗数首,持以质诸先正。"今考民国《丹棱县志》卷六《科第》"拔贡"有"瞿敬笏(道光乙酉)"的记载,而无及嘉庆己卯(1819)举人瞿敬止,瞿敬止为"丹棱举人,道光十一年任江津县学训导",道光《重庆府志》卷四有记载。由此可见,民国间纂修《丹棱县志》,修志者未见《白雪堂二瞿合稿》。

《刘氏文征》

(清)刘炳廷辑,卷数不详,光绪《新修潼川府志》卷一六《经籍》著录。刘炳廷为蓬溪人,著有《藜照山房诗草》。所编本书,似为其家集,故光绪《蓬溪县续志》卷四《著述》题为"著"。

《棣华集》

(清)钟锡玳、钟锡瓒合撰,民国《中江县志》卷八《人物·著述表》:"《棣华集》,钟锡玳颁玉、钟锡瓒罂亭同撰。"

《泸州高氏兄弟诗钞》四卷

(清)高钺编,民国十三年(1924)排印本,收入《清代家集丛刊续编》第181册。

是编汇集泸州高棠《塔阴书屋诗钞》、高树《珠岩山人诗钞》、高楠《藉禅室诗钞》、高楷《快隐堂诗钞》,合四兄弟之诗,编为四卷。泸州高氏为晚清名门,子弟杰出。高棠,字剑门,光绪五年(1879)举人,有《塔阴书屋诗钞》一卷。高树(1848—1935),字蔚然,光绪十六年进士,选翰林院庶吉士,官至军机章京,简放锦州知府。著有《金銮琐记》《鸰原录》《思子轩传奇》《江阳山人诗草》等。高楠(1854—1903),字城南,光绪十六年(1890)进士,历官翰林院编修,河南监察御史,累官工部给事中。著有《高给谏遗诗》《高给谏日记》《高给谏奏稿》《高给谏遗集》《庚子日记》《鸰原录》《高给谏骈文》《高给谏诗钞》《籍禅室诗钞》等。高楷，字竹园，光绪元年恩科举人。曾任容城、涞水知县，参纂光绪《泸州志》，著有《快隐堂诗钞》一卷。

民国十三年排印本，汪世杰题签。前有民国十三年高树、顾继善、高钺序，王潜题词，后有江油张政跋，谓："乙丑六月盛暑中，乘轮自渝抵泸，富顺萧琦武以此本见贻。高氏兄弟诗今亦初见，三百年中与绵州三高后先遥映，亦盛矣哉。"高钺序云："钺先祖父赠通奉公于先严暨伯叔公幼时喜与言诗，为录唐宋绝句五律，人各一册。……伯叔父及先严为诸生时，为南皮张文襄赏识，于是蜀人谓泸州有四高。通籍后，时事日非，先严不愿作诗，并旧作亦抛弃。庚子忧愤之极，作诗遣愁，随录成帙，录毕病殁。钺往年将手泽排印赠亲友，近日忽忆及伯叔父均有诗，宜合编为集。"高钺为高楠之子，是合编伯叔父之诗为《泸州高氏兄弟诗钞》，在民国十三年，以人系诗，人各一集，间附注释，刊印精美，对研究泸州风土人情及高氏家族文化多有裨益。

《哀颜录》二卷

（清）汪世杰辑，光绪《井研志》卷一五《艺文》"总集类"著录。

井研人王茂其教习卒于京师，京朝贵人及师弟朋友为文吊唁哭泣者数十百人，挽歌联语传诵一时。犍为人汪世杰护丧归乡，哀集此编，上卷京师所收，下卷则乡人谏词。以王茂其以颜子自命，卒年三十二，故署名《哀颜》以纪其实。事见光绪《井研志》卷一五。

《诗存合编》三卷

胡仁宏编，民国二十二年（1933）资阳石印本，《清代家集丛刊续编》影印入第181册。

是辑分三编，上编录胡德珍《问花轩遗诗》，中编录胡仁宇

《竹雨山房遗稿》，下编为胡仁宇所辑《片玉拾存》，收录资阳乡贤及与资阳相关之诗作。卷首有胡仁宏总序，卷末有胡仁宏再跋。胡仁宏为胡德珍之孙、胡仁宇之弟，其合编是集于民国二十二年，总序称："久存有先祖《问花轩遗稿》、先父《亡儿》二作、先兄《竹雨山房遗著》，更觅得咸同以来县中诸先生断简残篇，合而刊之，庶几于古人之不可见者见，后之来者亦因是而可见矣。"汇编家族文献，颂诗尚贤，兼集一邑乡贤之作，于乡邦文献，颇有贡献。

《一家诗选》

干庄椿选编，民国十一年（1922）石印本，见徐雁平《清代家集叙录》第 1547 页。

是编收录温江干家斌《鞍马吟选抄》、夹江干鹏轩《慵斋杂兴选抄》、夹江干庄椿《壮游草选抄》、夹江干寿椿《遣怀草选抄》4种诗选，可谓干氏一家之诗。因编集家谱，而抽出另印，以便家藏，见卷首民国十一年干庄椿序。

《蕉雨桐云馆遗稿》

（清）陈忠镜辑，民国年间游悔庐刊本，《清代家集丛刊》影印入第 190 册。

是编录其父陈本植遗稿及时人追怀之文。其中《蕉雨桐云馆遗稿》录陈本植遗文，《荣寿集》收陈本植五十大寿贺寿诗文，《永慕集》收墓志铭及时人哀祭太夫人的诗文等，《燕喜集》录燊儿娶妇贺喜诗文，《哀感集》录其三兄丧事挽联，《述怀集》录符节陈时利剑秋、陈光弼志钧诗文及时人《题辞》及题赠诗词联匾等，《游悔庐剩稿》录忠镜（鉴秋）文一卷、陈时利鉴秋制艺 3 篇、试帖诗 1 首。

据《永慕集》载吴鸿恩撰《陈公海珊墓志铭》：陈本植（1830—1884），字珠树，号海珊，四川合江人。官奉天东边兵备道。其子陈忠镜（1875—?），一名时利，字鉴秋，一作剑秋。曾任四川国税厅坐办，历任农商部参事、国务院咨议。大约在六十岁以后，编辑家集。

第三章　巴蜀作家总集

本章探讨以巴蜀籍作家为搜罗对象的总集，按作品时代先后为序，记录至清末为止，而以各府县作家作品总集终焉。

第一节　《宋代蜀文辑存》

《宋代蜀文辑存》是近代著名文献学家傅增湘编纂的一部地方文章总集，旨在搜罗宋代巴蜀地区作家别集以外的文章，历时十六年编成，总计一百卷，收作者450余人，文章2600多篇，蕴含有关巴蜀地方文学、文献以及蜀学研究的珍贵资料，内容涉及思想、政治、军事、经济、法律、天文、地理以及工农业生产等多个方面。

一、《宋代蜀文辑存》的纂辑

《宋代蜀文辑存》一百卷，近人傅增湘纂辑。

傅增湘（1872—1950），字沅叔，别号书潜、双鉴楼主人、清泉逸叟、长春室主人、藏园老人等，四川江安县人。光绪二十四年（1898）进士，曾任直隶提学使。辛亥革命后，历任肃政厅肃政史，1917年至1919年，曾任教育总长。五四运动中，因反对北洋政府罢免蔡元培，受牵连免职，此后即潜心收藏图书和研究版本目录学。1927年任故宫博物院图书馆馆长，1929年赴日本访书。总计藏书逾二十万卷，不乏宋金元刻本及明清善本，是近代著名的藏书家。精研目录学和版本学，著有《藏园群书经眼录》，刊有《双鉴楼丛书》《蜀贤丛书》等。《宋代蜀文辑存》则是他呕心编纂乡邦文献的代表作。

所谓乡邦文献，一般是指编者故乡人物著述、乡土史志以及地方金石版刻文献等。傅增湘对乡邦文献的挚爱体现在两个方面，一是对乡邦文献的刻意收集，二是对乡贤著述的编刻传扬。傅先生对乡邦文献的挚爱，有口皆碑。在他七十岁高龄时，曾倾尽家财收购宋蜀刻本《南华真经》，"明知举之将力穷于绝脰，设使纵之，必悔失于交臂。审虑徘徊，情难自已，遂毅然举债收之。"又如明初刻本《蜀鉴》"详于江山险易、道里远近及历代战争饷运之径途，要有深旨"，他收藏之后即加以订正，"异日当取余校本重订刊行，以飨乡人，倘得嗜学之士，就郭氏之例，采宋元以来之事迹，辑成续编，则裨益于乡国，其功尤伟矣。"至于收藏乡邦文献的目的，他在《宋代蜀文辑存序》中，有明确的表述：

> 余自髫岁离乡，寄迹京津，岁月悠悠，俄然老大。中间只通籍后得假归扫墓，故于蜀中风物，梦寐难忘，尝思生为蜀人，宜于故乡薄有建树。事会不偶，此愿未偿，而怀土之思，久而弥挚。生平粗知学问，仰承祖训，尤嗜藏书，凡乡人遗著及蜀中故实，力勤搜考，冀为他时表彰蜀学之资。先刊成《蜀贤丛书》，自宋本《扬子方言》迄于元本《道园遗稿》，凡十有二种。嗣有志于蜀文，乃遍收蜀人遗集，旧刻难逢者则别求写本，写本不得者则尽力传钞，自《咸平集》以下至《则堂集》，通十五家，咸粲然大备。《蜀中广记》百余卷，亦依文津阁本录副存之，昕夕劙摩。又旁及纪传杂志诸书，以供探讨。于是蜀中人物与夫氏族之源流，固已犒知其领要矣。余以雅好丹铅，因得博观图史，上自馆阁之储，下而坊肆所鬻，旁及都邑之书府，南北之藏家，偶有异编，咸得寓目。且交游既广，气谊相孚，尺简时通，一瓻可假。至于海上之涵芬楼，旧京之北平、东方两馆，时为访书，与有

雅故，志乘之富，冠绝一时，新旧骈罗，余可按图而索焉。

可见，傅先生刻意收集乡邦文献，旨在有所纂述，"表彰蜀学"，也完成了两部大著：一是编刻《蜀贤丛书》，收书十二种，均为影印宋元珍本蜀贤著述；二是编辑《宋代蜀文辑存》，为此，他曾向东方图书馆及张元济商借大量藏书[①]。

傅先生编纂《宋代蜀文辑存》的工作，开始于1928年，至1944年初完稿并刊行，可见他对此书的用心良苦。孙鸿猷序称："昔杨升庵编纂《蜀艺文志》，越二十八日而书成。先生雪纂星抄，历十六年之久，积稿充于栋宇。其用心之苦，肆力之勤，执事之敬慎而强毅，以视前贤为何如也！"龙门书店重印版前载刘子健《重印小引》说："傅先生的编纂，是极有系统，极详尽的整理。因为是在抗战中沦陷区出版的，不但流传不广，连知道有这部书的都不多。重印以后，一定对于今后从事研究宋代的学人，有很大方便。"

此书刻印于1944年，因工程浩大，造价昂贵，傅先生不得已出售宋元抄校本一百多种，并在友人孙仲山资助下，再加陶心如亲自督工，才印成250部。其时在日占区，傅先生面对倭寇占我领土、亡我文明的双重侵略，编纂并出版一部包含大量宣扬抵抗外族侵略文字的著作，需要多大的胆识和勇气！其中蕴含的爱国深情和对故土的眷恋，更是不言自明。尽管此书在当时流传不广，但它在后世为人所重，影响逐渐扩大，却是理所当然。1971年香港龙门书店影印，1974年台湾新文丰出版社再度影印，2005年北京图书馆出版社影印发行，各大图书馆收藏，学者引用滋多，也引起了研究者对该书的重视。

---

① 徐雁平、武晓峰《傅增湘先生对蜀中文献的收集与传播——兼谈〈宋代蜀文辑存〉的编辑出版》，《四川图书馆学报》1995年第3期，第74页。

二、继承和发扬蜀人编纂总集的传统

巴蜀学人素来注重乡邦文献,也有编纂地方总集的传统,从宋代的《成都文类》,到明代的《全蜀艺文志》,再到近代的《宋代蜀文辑存》,以及今天的《历代蜀词全辑》和正在编纂中的《巴蜀全书》等,为我们展现了古代巴蜀地区灿烂辉煌的创作成就,也提供了极为丰富的文献资料,滋润着一代又一代的学子。同时,由于僻处一隅,对了解中原文化造成一定障碍,蜀籍先贤们为弥补地域上的先天不足,作出了种种努力,而于编纂地方总集外,他们也编纂全国总集,以应付科举和学习文化知识之需。从《唐三百家文粹》《国朝二百家名贤文粹》,直至今天的《全宋文》等,均可看出蜀人对总集编纂的重视。

编纂总集是保存和传播诗文的好方法,自《诗经》《楚辞》《文选》以下,一直到今天,这一优良传统始终得以继承和发展。在这一特定的领域,巴蜀大地有着突出的贡献,巴蜀地方总集的编纂源远流长,表现不俗。据《蜀中广记》卷九七所载,早在唐大历三年(768)前后,岑参任嘉州司马时,编有《嘉定诗》,是较早的地方诗歌总集。王蜀时嘉州司马刘赞编有《蜀国文英》八卷,北宋时章粲编纂《成都古今诗集》六卷,南宋嘉定中广都费士戣纂集《固陵集》二十卷。可惜这些地方总集失传已久,无从考见其编录情况。

今存最早的蜀地总集,是五代后蜀赵崇祚编选的《花间集》,这也是我国文学史上第一部文人词总集,所收作者十八家,多为蜀人或在蜀任官、生活者,史称"花间词派",收词"五百首,此近世倚声填词之祖也"①。

流传至今的《成都文类》五十卷,由袁说友嘱托扈仲荣等编

---

① 《直斋书录解题》卷二一《歌词类》,上海古籍出版社1987年,第614页。

纂于庆元年间,则为我们考察蜀地总集编纂情况提供了又一个范本。"所录凡赋一卷,诗歌十四卷,文三十五卷。上起西汉,下迄孝宗淳熙间,凡一千篇有奇。分为十有一门,各以文体相从,故曰'文类'。每类之中,又各有子目,颇伤繁碎,然《昭明文选》已创是例,宋人编杜甫、苏轼诗,亦往往如斯,当时风尚使然,不足怪也。以周复俊《全蜀艺文志》校之,所载不免于挂漏。然创始者难工,踵事者易密,固不能一例视之。"① 是书在编例上踵承《文选》,诗文兼收,按文体编排。所收诗文,以事涉成都(实则泛及全蜀)为准,而不论作者是否蜀人,而成都作家作于他处之文,也不列入,完全符合地方总集的编纂方法。所收诗文,以宋代居多,卷帙较司马刘赟《蜀国文英》八卷、章棨《成都古今诗集》六卷已大幅增加,宋代蜀郡人文盛况,于此也可略见一斑。据袁说友序:"爰属寮士,掫诸方策,裒诸碑识,流传之所脍炙,友士之所见闻,大篇雄章,英词绮语,折法度,极炫耀,其以益而文者,悉登载而汇辑焉。"这段话有两点值得注意:一是求精,即摘录为成都而作的名篇,从而继承了《文选》的选文标准;二是求全,即将"以益而文者,悉登载而汇辑",则是凡所谓名篇者,尽量登录,因此数量增多,不可能做到篇篇精华。贪多与求精本是两个不同的标准,揉作一体,结果只能是既不精也不全。该书从发凡起例之初,就已埋下体例不纯的祸根,为人诟病,理所当然。不过,也有因祸得福之处:因求全而保存了不少珍贵文献,书中不乏仅见于此的篇章,连后来的《全蜀艺文志》也不载,其文献价值因此倍增,为人所重,得以留存后世。该书有清钞本、《四库全书》本及今人赵晓兰整理本(中华书局2011年)。

杨慎所编《全蜀艺文志》,成于明嘉靖二十年(1541),序称"始事以八月乙卯,竣事以九月甲申,自角匦轸,廿八日以毕",

---

① 《四库全书总目》卷一八七《成都文类》提要,中华书局1983年,第1699页。

二十八天编成百余万字的总集，其神速固然令人惊叹，但也与编纂基础密切相关："先君子在馆阁日，尝取袁说友所著《成都文类》、李光所编《固陵文类》及成都丙丁两《记》、《舆地纪胜》一书，上下旁搜，左右采获，欲纂为《蜀文献志》而未果也。大中丞东阜刘公礼聘旧史氏玉垒王君舜卿、方洲杨君实卿编录全志，而谬以艺文一局委之慎。乃捡故簏，探行箧，参之近志，复采诸家，择其菁华，裁其繁重，拾其遗逸，翦其稂稗。"① 可见，杨慎是在其父所编未完稿《蜀文献志》的基础之上，为《四川总志》编纂艺文部分，又参考出土文献，而成是编。因此，尽管速成，但编纂质量仍不低，刘琳、王晓波先生认为："《全蜀艺文志》之所以具有很高的文献价值，还在于杨慎选录诗文的标准与一般诗文选集有所不同，一般诗文选集主要从文学的角度来进行选择，而杨慎的视野则更为广阔，他更注意于诗文的史料价值，也就是说，他更注意从史志的角度来选文。""较之《成都文类》，增加了世家、传、碑目、谱、跋、行记、题名等文体，这说明前者收文的范围较之后者更为广泛。在这些文体下所收录之文，多是珍贵的四川史资料。"② 杨慎虽说是文学大师，但因为修志的缘故，他增加类目，选录具有史料价值的诗文，以符合通志的要求，从而造成了《全蜀艺文志》与一般诗文选集在价值取向上的差异。不过，按文体编纂，仍同于《文选》以下诸选集，故明俞廷举称其"卷帙浩繁，各体具备，不啻《昭明文选》"③。至于选录文章的范围，"凡名宦游士篇咏，关于蜀者载之；若蜀人作仅一篇传者，非关于蜀亦得载焉，用程篁墩《新安文献志》例也。诸家全集，如

---

① （明）杨慎编，刘琳、王晓波点校《全蜀艺文志·序》，线装书局2003年，第11页。
② （明）杨慎编，刘琳、王晓波点校《全蜀艺文志·前言》，线装书局2003年，第5页。
③ （明）杨慎编，刘琳、王晓波点校《全蜀艺文志·序》，线装书局2003年，第13页。

杜与苏，盛行于世者，只载百一，从吕成公《文鉴》例也。同时年近诸大老之作，皆不敢录，以避去取之嫌，循海虞吴敏德《文章辨体》例也。"选录有关巴蜀的诗文，正是地方总集的编法；诗文非关蜀事，但作者是蜀人且作品传存稀少，也予以甄录，也符合地方志艺文因人存文的编法；至于不录同时人作品，以免好恶褒贬之讥，也是审慎的修志态度。可以说，《全蜀艺文志》绝非仓促成编，应付了事，而是杨慎传存乡邦文献的用力之作。

明代钩辑蜀地总集者，还有傅振商辑《蜀藻幽胜录》四卷，曹学佺辑《四川集》五卷，费经虞辑《蜀明诗》十五卷。近人吴虞辑有《蜀十五家词》十七卷，傅增湘辑《明蜀中十二家诗钞》。今人李谊有《历代蜀词全辑》《历代蜀词全辑续编》，廖永祥辑有《蜀诗总集》十二卷，巴蜀书社出版有《近代巴蜀诗钞》，许吟雪、许孟青辑有《宋代蜀诗辑存》等。

此外，蜀人还编纂刻印了一些总集，如成都吕商隐编《三苏遗文》，眉山成叔阳编《唐三百家文粹》四百卷等。五代后蜀韦縠编选《才调集》十卷，以"韵高""词丽"为选录标准，收录唐诗人180人，诗1000首，是现存唐五代人选唐诗中规模最大的一种。而无名氏所编《二百家名贤文粹》三百卷，今存近二百卷，前有王称序，称："吾乡抑文章之所自出，乡人有欲集国朝闻人胜士之文，刊为一集者，属予为序。"则是书乃眉山人所编，当与《唐三百家文粹》性质相类，未知是否也为成叔阳所编。其成书时限在宋宁宗庆元二年（1196）前后，稍晚于吕祖谦所编《宋文鉴》，分论著、策、书、碑记、序、杂文六大类，62门，与《宋文鉴》所分61门大抵相当，选文及编例均沿用《文选》之法。唯所选二百家之中，蜀人已近60家，几乎占有三分之一的分量，对蜀文辑佚具有重要价值。所收文章，宋人文集漏收者也不在少数，如收录斜川居士苏过文章十余篇，见于《斜川集》者仅1篇，其文献价值十分珍贵。

清乾隆年间，李调元辑《全五代诗》一百卷，较《全唐诗》

略有增补。四川大学古籍所编纂《全宋文》，则是当今蜀人对总集编纂的最新贡献。

三、《宋代蜀文辑存》的编纂体例

傅增湘先生以一己之力编纂《宋代蜀文辑存》，旨在"扬蜀国之光华，即以彰一朝之文治"。其编纂体例，详具卷首"凡例"，与传统地方总集编纂方法相比，颇具特点：

首先，只收集外文，不录诗词，辑录对象与一般地方总集有明显的区别。传统地方总集，如《成都文类》《全蜀艺文志》《吴都文粹》等，一般遵从《文选》的编法，诗文并录，虽类属总集，而实则为诗文选集。《宋代蜀文辑存》则仅收文章，傅先生说："自来总集如《唐文粹》《宋文鉴》之类，皆诗文并采，今编中诸人遗诗正复不少，只缘力有未逮，不得兼营，蜀诗之辑，留俟后贤。"可见，傅先生不收诗词，并非刻意为之，而是"力有未逮"。同样，不收释道及妇女作品，也是"力有未逮"，用傅先生的话说就是"非敢歧视，实以力孱智短，不及旁骛"。在收录文章方面，与传统地方总集多采用选录不同，"本编意主网罗放逸，凡其人文集之失传者，有见即录，不加选择。惟公牍文移徒存格式，初无言论者，则径予删削，然或其人文字罕见，亦间存一二"。有别于前人的选录，而是"意主网罗放逸"，只要是现存别集以外的佚文，都在收录的范围，自然符合"辑存"的体例，而"与《文选》之旨亦异，盖欲使前人已佚之集借此复传于世"。不过，对一些"徒存格式"的文章，或"径予删削"，或"间存一二"，取舍标准，很难做到前后一致。

其次，巴蜀佚文，仅采宋代，也是其特色之一。一般地方总集采录作者诗文，往往不限朝代，多取前代及当代之文，以彰显本地人文盛况。《宋代蜀文辑存》则局于宋代，"蜀文总集，今所传者莫先于扈仲荣等所编之《成都文类》，其书最称罕秘，四库钞本外惟故宫图书馆藏有明刊，余领馆事，时得取观焉。其次则杨慎所编之《全蜀艺文志》，蔚然大观。若傅振商之《蜀藻幽胜录》，斯简陋无足取矣。然诸书所采，皆以文涉于蜀为断，而撰者不皆蜀人，其人亦不限于宋代也。兹编主旨，凡为蜀人皆在所录，视诸书义例为宽，而画以时代，是为途转隘。"傅先生纂辑宋文，旨在"扬蜀国之光华，即以彰一朝之文治"，并认为这是"不朽盛业"。萧方骏称："独是辑文之法，有综数代而辑者，有就一代而辑者，大抵皆合天下之人文而萃于一集焉。若只辑一代之文，而又限于一省者，则为途既隘而取材益艰，非公读书之勤，见闻之富，殆未易语此。"至于为何独辑宋代，而不涉汉、唐、元、明，实因宋代乃中华文明的高峰期，而蜀文之盛，也无过于宋，用傅先生友人长寿孙鸿猷的说法，就是"欲网罗吾全蜀之文，盖无逾于天水一朝"。

再次，编纂方法，独具一格。地方总集大多按类编排，或按文体，或按内容，而《宋代蜀文辑存》则以人为经，以时代为纬，"本编以人为主，其人略以时代先后为次，文多者人占一卷或数卷，少者数人合为一卷。"萧方骏谓："就其人之年代，文之先后，甄综而次第之，按其姓氏、爵里、生平为小传，表诸首，略仿元遗山选《中州集》以诗系人、以人系传之意，而宋代三（原误"四"）百余年间名篇巨制，坠简逸文，悉萃于一编，览者可以明夫吾蜀人才盛衰得失之故矣。"此种编法，傅先生自认为得益于陈子龙《经世文编》："兹编大旨以文存人，略仿陈卧子《皇明经世文编》之例，人自为卷，不发门类，与历代之《文粹》《文鉴》不同。"不过，早在陈氏之前，宋无名氏所编《圣宋文选》，收录"自欧阳修以下十四人，惟取其有关于经术、政治者，诗赋碑铭之类不载焉"，人自为卷，所收张耒文多达七卷。可见，按人编年，以文多少分卷，这种方法早已有之，并非发凡起例于陈子龙，傅先生只是略举所见，或许也有"经世"之志吧。

按类编排与按人存文，各有优劣。就地方文献而言，按类编排，更利于观览，故历代地方总集多以类相从。而《宋代蜀文辑存》之旨，意在网罗放佚，则以人为主，自然恰当。至于作家作品的编排次第，傅先生称"其文之次第，略仿《宋文鉴》之例"。《宋文鉴》原名《皇朝文鉴》，宋吕祖谦编，其所选诗文，按赋、诗、骚、诏、制、奏疏、表、铭、颂、赞、碑文、记、序、论、策、书、启、杂著等文体分类排列，《宋代蜀文辑存》所收文章，也按文体排列，其顺序大体依照《宋文鉴》。

对同一类文体下的不同篇章，则依所采书籍的时代先后排列，并注明出处。"凡文俱注原书出处，并详记卷第，以便检寻。惟采自方志者多未详记修纂年代，嗣知其缺漏，而原书久已分散，无从追补，特此申言，志余疏失。"这是傅先生严谨之处，值得肯定。"所引诸书，务求善本，如《诸臣奏议》《宋文鉴》《播芳大全》皆从宋板钞出，其余亦多旧刻明钞，视时本特为精确。惟《二百家名贤文粹》三百卷，系蜀中选刻，所存蜀人为多，余幸得残本，未睹全编，特志于此，冀吾乡人得据以访寻焉。"以大藏书家更兼遍访海内藏书，存其善本，赋予《宋代蜀文辑存》较高的文献价值，傅先生对学术负责的做法，尤其值得称道。"采辑之书，别为'引用书目'以备稽考。惟其中孤本秘籍多出借观，原书既不无差失，传写更未免夺讹，迨至付刊之日，原本已不可寻，故凡有文义难通，无从校正者，未敢辄改，以示阙疑。"注明引书出处和附录引用书目的方法，乃现代学者司空见惯的做法，可以说是学术规范。而在傅先生之前的总集编纂者，往往不会这样做，敝帚自珍，秘不示人，让后人大费周章地寻绎出处，比起傅先生这样坦诚示人的做法，高下立见。

至于钩辑文献的方法，傅先生在自序中也有总结，可资借鉴。

> 至采辑之事，语其伦次，可分数端，先取于蜀文之总集，如《成都文类》《全蜀艺文志》之类是也。次取于宋文之总集，如《皇朝文鉴》《播芳大全》《名贤文粹》《碑传琬琰集》之类是也。宋文存者，以章奏为多，《宋史》所载，不无节

略,故先取之《诸臣奏议》,次则取之《历代名臣奏议》,大率皆鸿裁钜制,首尾相联。又次则史籍之中,蕴材特富,如《通鉴长编》《北盟汇编》《系年要录》是也。惟卷盈数百,披检难周,最后得《宋会要稿》《中兴礼书》,卷帙尤丰,典制大文,最为赅博,而卷次凌杂,门类纷繁,浏览踰年,始得藏事。虽采文无几,而致力已勤,斯皆荦荦大者。第其中多有秘钞孤椠,固非常人所得窥观也。地理之书,惟方志统系分明,为用滋广。一统志有人而无文,通志艺文所收,类皆习见,惟石仓撰《蜀中广记》,多见古书,时有遗篇,足资掇拾。其府州县志,率取阅于北平、东方二馆,不足者更远假之涵芬楼,因是全蜀之志,余所见已十得八九,甄奇抽秘,亦复闳多。其旧碑逸记,属于名胜古迹者,咸省志所失收,此稀遘之机,洵意外之获,恐蜀中亦未易致此也。此外,石刻之文,境域益广,兰泉《粹编》,世推鸿博,陆氏八琼精舍继作,补正良多。其详纪蜀刻者,莫古于《舆地纪胜》,而据其碑目,存者寥寥。燕庭之《金石苑》,专收蜀品,摹刻原文,考辨精详,可供引据。近时江阴缪氏久居蜀幕,曾假节使之力,下符征索,荒崖古寺,椎拓无遗,故《艺风堂碑目》所藏石本特完。余尝从太学假观,据目摘钞,时有创获,惟剥蚀已甚,较少完篇耳。其余散落他州,正多名笔,钟幽撷逸,尤费披寻。至如山水之游观,仕宦之治绩,工役之修举,文教之振兴,大而学术之辨章,细而名物之考订,旁及书籍之题识,与夫艺术之渊源,为文既百品千名,其途亦横驱别骛,于是因人以求之,因地以求之,因时以求之,因类以求之,有脉络之可寻,庶踪迹之易至。惟古今图籍既浩如烟海,而乡贤遗著已寖付尘霾,乃就群书,广加推检,凡经说史编,百家诸子,名儒选述,说部丛谈,甚至海外之逸书,二氏之秘典,罔不手披目玩,肆力探挈。然或终卷而不逢一人,或连汇而转有奇获,或推甲以知乙,或循委而得原。或广罗善本，借以补正阙讹；或旁涉旧闻，因之顿开疑滞。

显然，傅先生查阅文献，颇有章法：先检地方总集，再阅断代总集，这是编纂地方总集的捷径；查阅史部文献，先取载录原文的奏议集等，再取经剪裁的史书，而本朝人所撰史书，如《续资治通鉴长编》《建炎以来系年要录》《三朝北盟会编》等，更是普查的重中之重；叙典章制度的专书，如《宋会要》《文献通考》《中兴礼书》等，也需重点查阅；而地方府县志、通志，则需逐一查检，金石碑刻文献也属重点查阅对象；最后，对因人、因地、因时、因类牵连而及的文章线索，出入诸子百家，触类旁通，爬索搜剔，一代之文，遂灿然大备。

傅先生以文献大家的功底编纂此书，编录校订均手自为之，历时十六年之久，引书达 300 余种，网罗作者 450 余人，辑存宋代蜀人遗集不存者及别集外遗文达 2600 多篇，前有凡例、自序，及孙鸿猷、周玉柄两序，萧方骏一跋，并载总目及引用书目、作者考，每卷下注明作者存文篇数，篇题下注明文章出处，又将续辑文章附于卷末。全书编排谨严，体例完备，校订谨慎，大为世人称赞。

傅先生继承和发扬了巴蜀地区编纂地方总集的传统，在编纂体例上，综合《宋文鉴》与《经世文编》之长，采取以人为主，以时代为先后，以文体为类别的方法，继承并完善了总集的编纂体例。今人所编《全宋文》，大体上也沿用了傅先生的体例，并在文体分类与序列方面有所改进，又在集外文辑补方面收获颇多，受到学界好评。傅先生发凡起例之功，自然不容抹杀。

四、《宋代蜀文辑存》的价值与缺陷

《宋代蜀文辑存》作为巴蜀地方总集，是"巴蜀全书"的重要整理对象之一。它包含丰富的内容，蕴含珍贵的文献资料价值，对研究宋代文化及蜀学，有着重要参考意义。即使在《全宋文》已经出版的今天，仍有着独特的价值。

其一，《全宋文》作为全国性的文章总集，虽所收文章远远多于《宋代蜀文辑存》，但《宋代蜀文辑存》所收为巴蜀地方作家作品，具有明显的地方特色。宋代蜀人在经学、文学、史学方面，均有十分突出的成就，而载录这些成就的文献，除了各自专著外，散见于宋人文章中的资料则弥足珍贵。以辑录集外文为特色的《宋代蜀文辑存》，自然占有巨大的优势。

其二，《宋代蜀文辑存》编刻于战火纷飞、国难当头的年代，难度可想而知。傅先生在自序中总结有五难：考定作者籍贯之难，考定作者世系之难，辑补佚文之难，搜求孤本秘籍之难，普查金石志乘之难。他感叹说："纂辑之功，其艰巨殆同于创作！"正因为大藏书家、文献学家傅先生的独力纂著，因而赋予该书以独特的附加价值，对研究总集编纂方法以及版本学、校雠学等，具有重要的参考价值。

其三，《宋代蜀文辑存》作为《全宋文》编纂阶段的重要参考书，其所收作品及作家小传，多为《全宋文》直接采用。但作为集体项目编纂的《全宋文》，其质量不可能像一人所编的《宋代蜀文辑存》那样齐整。由于参与者个人的原因，有不少《宋代蜀文辑存》已收的作家和文章，《全宋文》却遗漏了。如《宋代蜀文辑存》卷二七收刘泾文11篇，而《全宋文》漏收其人；卷三二收刘象功文2篇，《全宋文》漏收其人。据初步统计，《宋代蜀文辑存》已收，而《全宋文》漏收者，总计有40多人。加之《宋代蜀文辑存》所采用的一些书籍，今天已经亡佚了，因此，《宋代蜀文辑存》仍然具备文献辑佚价值。

其四，《宋代蜀文辑存》所录文章，经过傅先生选择底本并亲手校对，具有一定的校勘价值。如赵宗尧撰《阆州香城宫建五百罗汉堂记》，系据《金石苑》所载原碑文移录，较为原始，而《全宋文》则据道光《保宁府志》卷五六收录《香城宫碑记》，盖经修志者以意删补，两者文字差异较大，应以《金石苑》所载为正，可见傅先生选择底本是正确的。又如卷六二白麟《贺叶枢密兼都督启》，同据《五百家播芳大全文粹》卷一八转录，而《全宋文》据四库本校点。其中"蛮夷猾夏"四库本改作"寇贼奸宄"，"戎狄乱华"改作"敌国渝盟"，"蠢兹羯虏"改作"𫘤兹巨敌"，"驱驰狡众，蹂躏神州"改作"驱驰徒众，糜烂生民"，当系清人因忌讳而乱改。又如"久驻东巡之驾"作"又驻东巡之驾"，"白麾黄钺"作"载麾黄钺"，"腥风"作"惊风"，"苟待拯溺救焚之手"作"苟符拯溺救焚之手"，等等，文字差异颇大，而《宋代蜀文辑存》所录文字，明显优于四库本，可见傅先生选录底本较恰当。又如卷五九赵逵《禳水疏》，与《全宋文》同据《五百家播芳大全文粹》卷八一转录，底本"重云归水，山涨返壑"一句，《全宋文》照录，而傅先生校改作"重云归山，涨水返壑"，当属正解。

当然，《宋代蜀文辑存》虽由傅先生一手编成，然历时既久，刊刻艰难，因此存在以下几个方面的问题，直接影响了《宋代蜀文辑存》的使用价值。

首先，《宋代蜀文辑存》原编所收作家文章难免有遗漏，如前面所举刘泾，《宋代蜀文辑存》收文 11 篇，我们核检《全宋文》普查条目，可得文章线索 30 多条，再重点普查相关县志、金石文献后，查得的刘泾文章总数有 45 篇之多。一些作家虽有文集，但遗漏甚多，例如，南渡后非常重要的人物张浚，其文集散佚已久，前人辑有《张魏公文集》，存文仅 25 篇。《宋代蜀文辑存》收文 209 篇，编为五卷，所辑数量是前人的八倍还多。《全宋文》所辑总计 351 篇，较之《宋代蜀文辑存》又增多 142 篇。本人校点《宋代蜀文辑存》时，累计辑得张浚现存文章 400 多篇，较《全宋文》增加 60 余篇。《宋代蜀文辑存》原编存文 2666 篇，《宋代蜀文辑存校补》补辑文章多达 2532 篇，可见原编缺漏文章较多。原编未收妇女及僧道之作，漏辑的巴蜀籍作家数量颇多，据初步统计，至少超过 290 人。

其次，对作家籍贯的考定，《宋代蜀文辑存》偶有失误，书中所收作者，有一些并非蜀人，如卷二六所收黄晞，本是建安（今福建建瓯）人，傅先生以其"后入蜀"而收录。经考察，黄晞并未入蜀定居，不当收录。而更多的则是漏收巴蜀作家，如简州蔺融、眉州石待问、成都章献刘太后等。《宋代蜀文辑存》所收作者有453人，经初步查考，估计蜀籍作家总数应在700人以上。

再次，原书前有《作者考》，然较简略，且有不少错误。我们在《宋代蜀文辑存校补》中补撰了作家小传，订正了原编诸多错误，可参看。

此外，《宋代蜀文辑存》所收文章，间或存在误收或所收为节文者。张冠李戴类的误收也有一些，如卷三陈尧佐《庄懿皇太后谥册文》，据《太常因革礼》卷九七所载，实为冯元所撰《庄懿皇太后谥议》，而《宋会要辑稿》礼三二之一八及《宋大诏令集》卷一五所载才是尧佐所撰《庄懿皇太后谥册文》，《宋代蜀文辑存》失收。而收录节文的情形则相对较多，如卷四所载梅挚《瘴说》，实为节文，而《粤西文载》卷五八所载《五瘴说》方为全文。收录节文的情形更多地出现在奏议类文章中，如卷二一据《文献通考》卷七八辑录范百禄《请大祀以公卿摄事疏》，实为据《续资治通鉴长编》卷四六三所录《转对言三事疏》之第三事，既为节文，又犯了重收的错误。重收的情形，又如卷四三张浚《奏房势及海道进取等事疏》（据《历代名臣奏议》卷二三四收录），与卷四一所收《奏房势及海道进取等事状》（据《永乐大典》卷一〇八七六辑录）为同一文；卷五八虞允文《奏论收复巩州分兵守险疏》（据《永乐大典》卷八三三九辑录）与同卷《论收复巩州分兵守险疏》（据《历代名臣奏议》卷三三六收录）内文相同，属重收。

《宋代蜀文辑存》的大量错误，产生于刊刻过程中，由于校对不精，错讹衍倒，比比皆是。不经过认真细致的校勘，无法让人放心使用。

尽管《宋代蜀文辑存》不可避免地有些失误，但瑕不掩瑜。编纂总集本身就是既费时费力，又容易出错的工作，更何况在战乱频仍的年代，傅先生以一己之力而成此巨著，错漏自是难免。

傅先生在本书自序末感叹道："迫卒图成，芜颣丛集，信今传后，抚卷滋惭。倘异时寰宇清泰，政教昌明，后起英流，垂情遗献，念此八表尘昏之日，尚有七旬头白之翁，淬掌腐心，掇拾丛残，创撰兹编，为昔贤延其寿命。或者鉴其苦心，更搜坠简，循斯往式，拓起鸿规，则是编也，借以充筚路之先驱，庶免为覆瓿之弃物，尤余所馨香祷祝，四顾苍茫而不能无望于后贤者矣。"

第二节 《明蜀中十二家诗钞》

此书由近代著名文献学家傅增湘编录。

傅增湘对乡邦文献的搜集和整理，有口皆碑，不仅倾尽财力收购宋蜀刻本，如见"乡邦名帙"之宋本《苏东坡集》，"虽举债亦愿为之"[①]，还收购并校订《蜀鉴》，希望有人能"辑成续编"以"裨益于乡国"。他认为"生为蜀人，宜于故乡薄有建树"，"凡乡人遗著及蜀中故实，力勤搜考，冀为他时表彰蜀学之资。先刊成《蜀贤丛书》，自宋本《扬子方言》迄于元本《道园遗稿》，凡十有二种"[②]。所辑刻之《宋代蜀文辑存》，搜罗宋人别集以外的蜀籍作家作品，尤重爱国爱乡之作，颇具特色，因此备受后人称赏。《明蜀中十二家诗钞》则是傅先生另一部"表彰蜀学"之作，由傅增湘亲手钞录成册，巴蜀书社1986年影印出版，这也是目前较常见的唯一版本。除影印本前有《出版说明》述其价值外，几乎无人专门研究，甚至引用者也不多。

傅先生钞录本书的具体时间，未见明确记载。稿纸双边上下均镌有"藏园钞本""仿书棚本行格"字样。傅氏入居藏园在1916年前后，1914年曾为张元济鉴定《河岳英灵集》二册为书棚本，1923年底张元济尝委托他商购《曹石仓十二代诗选》。《十二家诗

---

① 《张元济、傅增湘论书尺牍》，商务印书馆1983年，第41页。
② 傅增湘《宋代蜀文辑存序》。

钞"的前四家"从《石仓十二代诗选》",其抄写年代很可能就在 1924 年前后。时年五十余,精力尚健,书体端庄遒劲。后八家未注明所钞底本,其中熊敦朴、高世彦、赵贞吉、杨珂、邹智五家,仍钞自曹氏选本,而笔力稍弱,当非出自同一时期,很可能钞成于 1941 年前后,那段时间傅氏正集中精力整理蜀文。可见,其大部分诗均钞自《石仓十二代诗选》。《石仓十二代诗选》是明曹学佺选编的一部大型诗歌总集,其中明诗部分所占比重尤大,但散佚严重,四库本《石仓历代诗选》共五百零六卷,所收明诗仅存前二集共二百二十六卷。据见过全帙的清礼亲王记录"闽中初拓精本",所选明诗多达一千一百九十四卷,其中含有《四川集》一册五卷[①]。今国内存者含明诗六百余卷,传至日本者也非全帙,也未见"《四川集》五卷"的收藏著录,因而藏园钞存者弥足珍贵。

如果作为明诗选本,仅存 12 人,是难得好评的。毕竟明代川籍能诗者大有人在,明末清初费经虞、费密父子所编《剑阁芳华集》收罗诗人已有 300 多名,今人廖永祥《蜀诗总集》所录明诗人多达 507 名,区区 12 人自不足以代表明诗创作成就。更何况其间尚无久负盛名的"景泰十二子",以及杨慎等蜀贤。显然,藏园意在保存蜀贤作品,而不在甄选明诗,随手抄录,价值无法等同于精心编纂的选集。

第三节 《剑阁芳华集》与《蜀诗》

《剑阁芳华集》是明末清初人费经虞、费密父子编纂的一部蜀诗选集,《蜀诗》则是在费氏父子原编《剑阁芳华集》的基础上,由孙澍重编而成。

费经虞(1599—1671),字仲若,号鲜民,私谥孝贞先生,新

---

① 朱伟东《〈石仓十二代诗选〉全帙探考》,《文献》2000 年 3 期,第 218 页。

繁人。明崇祯十二年（1639）举人，十七年授昆明知县，十九年迁云南府同知。其时明朝灭亡，张献忠入川，蜀中大乱，遂投牒乞归，薙发明志，于清顺治四年（1647）四月出滇，寓居雅州数年。顺治十年（1653），举家入陕，徙居沔县。十五年（1658）二月至扬州，遂家焉。康熙十年（1671）正月卒。经虞屡经颠沛而不废读书，著述甚丰，解经以汉儒注说为宗，有《注周易参同契》一卷、《四书广训》一卷、《四书字义》一卷、《毛诗广义》三十卷、《字学》十卷、《古韵拾遗》一卷、《临池懿训》三卷、《雅伦》三十卷、《剑阁芳华集》二十卷等，大多散佚。今存《雅伦》《剑阁芳华集》《蜀诗》等，均为费经虞原著原辑，其子费密订补。

费密（1625—1701），字此度，号燕峰，门人私谥中文先生，是明末清初四川著名的思想家，清代经学和考据学的开创者之一。费密早有孝名，顺治三年（1647）底，至昆明迎父归川。次年经建昌卫（今四川西昌），为凶者蛮所掳，顺治五年赎归，奉父至雅州。旋入嘉定杨展幕，参与抗击张献忠之战，失败后辗转多地避乱。顺治十年（1653）客居沔县，授徒为业。十四年（1657）奉父母出沔县，次年徙居扬州，读书著述，潜心学问。著有《弘道书》十卷、《中传正纪》一百二十卷、《圣门旧章》二十四卷、《荒书》四卷、《二氏论》一卷、《家训》四卷及文集四十卷，总计多达50余种、三百多卷[①]，并助父完成《雅伦》及《剑阁芳华集》等。

《雅伦》是费氏有关诗学辨体理论的重要著作，由费经虞草创，费密增补，初稿于顺治年间成于汉中，后屡经费密修订（《费燕峰先生年谱》卷一），至康熙四十九年（1710）始刊刻成书，共二十六卷（有《续修四库全书》影印原刻本）。费氏以儒名家，他们从儒家经史观念出发，强调诗教，推崇《诗经》，重视汉、魏古

---

① 刘智鹏《费密著述考》，《四川师范大学学报》2004年第6期，第127页。

诗，认为"先圣孔子乃删为经，兴起学者。自汉以来，讲授不绝，而历代才人俊士，咏歌性情，词赋递迁递变，体格渐降"①，因此，他们在论派辨体、衡鉴选诗以及向后人指示诗法时，仍然以"留心《风》《雅》，必上窥汉、魏，下尽唐人"为主旨（《雅伦》卷二《体调·杜少陵体》）。由费密而传至其子锡璜，所撰《汉诗说》十卷，仍重诗教而推崇汉诗。由此可见，诗宗汉唐而上溯《风》《雅》，可视为费氏之家传诗法。他们不仅论诗选诗持此宗旨，在吟咏性情的同时，仍不忘践行其旨。费密之诗，李调元称其"以汉魏为宗，遂为西蜀巨灵手"（《蜀雅》卷三）；费锡璜之作，沈德潜称其"熟古乐府，苍莽中时有古音。……古体直接汉魏，近体追踪盛唐，虽生当乱离，时露噍杀之音"（《国朝全蜀诗钞》卷二引）。可见，费氏祖孙三代不仅有家传诗法，而且在诗歌创作方面也卓有建树，产生了费经虞、费密、费锡琮、费锡璜祖孙四位诗人，开创了清代四川诗歌走向复兴的局面。

《剑阁芳华集》二十卷附《目录》一卷

《剑阁芳华集》二十卷，惟以稿本、抄本传世，未见刻本。四川大学图书馆所藏传抄本共9册，含《剑阁芳华集》原目录一册，每卷下均题"成都费经虞撰，男密补"。

考清康熙间李苏纂修《江都县志》，卷九有费经虞传，称"偕子密流寓江都县之野田庄，闭户著《剑阁芳华集》二十卷、《雅伦》三十卷，为艺林所重"，与后世所称二书为父纂子续大抵相合。嘉庆《四川通志》卷一八七《经籍》"总集类"著录："《剑阁芳华集》二十卷，费经虞及子密辑明代及胜国蜀中诸遗老诗。"民国年间纂修《新繁县志》卷三〇则称："《剑阁芳华集》二十卷，明费经虞编，子密增补。是编纂辑有明一代蜀中之诗，每人系以

---

① （清）费经虞《雅伦自序》，《全明诗话》，齐鲁书社2005年，第4438页。

小传，密又附益同时人之作。"今存抄本有《剑阁芳华集》原目录，亦题"成都费经虞撰，男密补"。

据《剑阁芳华集》原目录，仍作二十卷，很可能是最初稿本的目录。而经重新整理的抄本也含目录，与旧目录相比较，除分卷相同外，每卷所收作者、编序及作品数量均有所调整。原目录载作者334人，新目录载359人，收诗1548首，调整幅度比较大。如新、旧目录卷一九均收方外诗，旧目录34人，139首，而新目录仅27人，101首；卷二〇均收闺秀诗，旧目录14人，48首，而新目录仅11人，22首。可见新整理抄本对原编进行删削增补，做了不少的工作。

《剑阁芳华集》汇辑明代及清初诸遗老所作蜀诗，是巴蜀总集编纂史上第一部断代蜀诗总集。其编纂体例与《才调集》《花间集》相似，以人系诗，大抵按诗人出生年月或及第时间先后为序。始自元末明初人赵天泽，传末有注云："天泽旧失字，密按《图绘宝鉴》云：天泽字冰渊，善画梅。"可证全书为父子合编，当经密一手编定。除辑录由明入清的遗老诗外，末两卷录方外、闺秀诗，也继承了巴蜀总集的传统。其选录诗人，最重人品，因此侧重收录理学之士、气节之士、隐逸之士的诗作，这与费经虞、费密本身作为明朝遗老的身份是分不开的。因此，他们纂集此书，也有表彰忠义的用意。如卷九录黄辉诗68首，因黄辉以复兴古学、古文知名，"其诗文佳者多不传"，而孙澍重编《蜀诗》也称黄辉："诗未足成家，然观其言，其人益贵，古今正人君子不可多得，故亟录之，凡三十八首。"又如卷一二录张亮《绝命词》三首之二云："吾家理学世传名，肯把妻儿累此身？江水滔滔成血泪，主持名节几多人？"饱含理学说教意味，而且前有忠节详传，后附家书，有"名节为重，不暇顾家"之语。又如余子俊名下，又录邱濬作传达3000余字，而诗仅《三岩纪游》《游中江真虚观》《程源伊来使索诗》《平蕃诗为尧总戎作》4首700余字。杨廷和名下，既有传，且云"其始末详在国史及熊过所为墓表，兹不载"。其下又载富顺熊过所作墓表全文，多达9000余字，而录诗5首，仅300余字。可谓本末倒置，冲刷了作为总集的编纂体例。

除收诗录传比例失当外，《剑阁芳华集》还存在编次混乱的问题。如卷五任瀚诗，《早朝奉天殿》《和李夏二阁老九日游邵园用韵》《次韵许松皋太宰》《送胡仲望还蜀》为七律，而《钓台杂咏》三首为绝句，《关中得卢北纪书》等以下十首又为七律，《听秋江道人弹琴》以下9首为古诗，《闲居漫兴》又为七律，《今昔行》又为古诗，《怀远诗》为七律，《游仙曲》三解为拟古，《咸下望东关》以下5首为七律，《题华清宫妃子名》又为古诗，《寄唐兴杨道人》为绝句，《陈愚猛士歌》《书乳泉壁送客》为古诗，《岁暮采药》二首又为七律。末附二则，又似诗话。卷八庄祖诰下无传，直接录诗5首后，又引《江西通志》补之。卷一〇张应登、李自蕃仅有传无诗，卷一〇录入来知德《游鹅赋》，卷一三录刘养贞《反长门赋序》（无赋），又录《秋怀赋》等。卷一八录入马士琪《秋暮咏怀》《忆蜀中诸弟》2诗，当入卷二〇闺秀。卷一九弘忍诗前，云杨文骢序其诗，而《园居》诗后则补入文骢小传，而目录并无此人，亦未收其诗。此外，此书分卷也不尽合理，如多数卷在20-30页之间，而卷二多达52页，卷二〇则仅有7页。如此种种，让人怀疑此编仅是钩辑文献，未经剪裁编辑。可见，作为草创的蜀诗总集，《剑阁芳华集》的编纂体例并不成熟，甚至存在很大的问题，所以问世以后，虽经修订，但诸多问题仍旧存在，故此一直未能刊刻行世。后来孙澍将其改编为《蜀诗》，刊刻行世，影响不断扩大，而作为蓝本的《剑阁芳华集》就只能以稿本、抄本的形式，流转于收藏之家了。

尽管如此，作为断代蜀诗总集的开山之作，直接引导了清代蜀诗总集编纂的繁荣局面。李调元、孙澍、张沆、孙桐生、王增祺、释含澈等总集编纂的后起之秀，言必称费氏，其影响可见一斑。孙澍云："明季桂林太守新繁费经虞仲若辑蜀诗，权舆太祖，迄于思陵。厥子密此度续纂，历国朝顺治、康熙初元，题曰《剑阁芳华集》。近绵州李雨村观察借为蓝本,订《蜀雅》,炳炳烺烺,具井络英灵之盛。……故予于仲若是编,斤斤焉为之校量者,诚以一代之文献无征不信,而蜀风之盛,自汉以来,昔人所谓几于齐鲁者,洵非诬云。"①

《蜀诗》十五卷

(明)费经虞、费密原辑,(清)孙澍校订,清光绪十三年鹅溪孙氏古棠书屋刻本。

是编嘉庆《郫县志》卷三九《典籍》著录:"《补注费仲若明蜀诗》十五卷,孙澍。"清丁仁《八千卷楼书目》卷一九《集部》著录:"《明蜀诗》十四卷,明费经虞编,古棠书屋本。"同治《重修成都县志》卷七于张兑、李楫、李凤翱、陈杰传下引是书,则称"费仲若《蜀诗选》",而《清史稿》卷一二三《艺文志》四著录:"《蜀诗》十五卷,费经虞编。"可见,诸书征引著录该书,书名、卷次、编者均不一致,比较混乱。

扉页题:"《蜀诗》,权舆有明洪武,讫崇祯,计共得蜀人二百六十四家,选诗一千一百七十六首。旧编二十五卷,今合为十五卷。鹅溪孙氏藏板。"卷首有道光十三年(1833)孙澍、孙锁二序及《蜀诗总目录》。孙澍序云:

> 新都杨用修尤英年早达,著书立言,媕雅一代,视诗为余事,源本六朝、初唐,以矫李、何诸子竭声尽情、发扬踔厉之失。后力议大礼,远谪滇、云,傅粉佯狂,终老荒逖,而忠孝节义,豪情飙流,不可掩遏。家兄瘦石曩尝选订其集,尊为西土大宗,诚有见也。明季桂林太守新繁费经虞仲若辑蜀诗,权舆太祖,迄于思陵。厥子密此度续纂,历国朝顺治、

---

① (清)孙澍《蜀诗序》,清光绪十三年(1887)鹅溪孙氏古棠书屋刻本。

康熙初元，题曰《剑阁芳华集》。近绵州李雨村观察借为蓝本，订《蜀雅》，炳炳烺烺，具井络英灵之盛。惟取遂宁吕大器、井研胡世安，冠冕三巴。夫世安崇祯进士也，实逮事我世祖，官至大学士，列其诗，其人之本末具见。若大器则功业彪炳，卒于王事，详载《明史》。雨村重其人欤？则胜国之孤臣，不当与新命之元老共称；重其诗欤？则西山薇蕨之歌，不闻与牧野檀车之什并著。若谓讴吟不关事实，将一州之人物无所成名，而操觚之士不免妄作，节义之志荒，山川亦黯无色矣。故予于仲若是编，斤斤焉为之校量者，诚以一代之文献无征不信，而蜀风之盛，自汉以来，昔人所谓几于齐鲁者，洵非诬云。

序中对明代蜀诗情状及费氏父子所辑《剑阁芳华集》的意义及其影响，都有比较中肯的评介，并且表明《蜀诗》的编纂宗旨，不仅在保存一代之文献，更要标榜忠臣义士、正人君子的品节，故多选录弘扬节义与理学、隐逸之诗。其兄孙锃序也肯定费氏父子编纂《剑阁芳华集》的贡献，并说："曩未尝付梓，蜀中人士鲜闻知。道光十二年岁次壬辰，雏张玉泉孝廉以其尊人云谷所抄藏副本见贻。……舍弟子皋时司铎渝南，因转寄，勤补并错简是正"，历一年半而书始成，"是编也，可谓广博而取精多矣；撰次蜀人之行，可谓有序而不紊矣；采撷蜀人之言而衷诸忠孝节义，可谓有物矣。"可见，孙澍对《剑阁芳华集》做了校订并补编的工作，他依据的底本是张邦伸所抄二十五卷本，与各书著录的二十卷本可能有卷次分合的差异。

是书《总目录》末题"蜀明诗总目录全"，正文卷末题"蜀明诗卷第十五"，这可能是诸书著录称"明蜀诗"的由来。正文卷一至卷一〇，卷一四、卷一五，卷次下题"新繁费经虞仲若辑，岷阳孙澍子皋校订"。卷一一、卷一二下题"新繁费密此度选辑，岷阳孙澍子皋校订"，其中卷一一选费经虞诗12首，前有"增"字，当为孙氏据《蜀雅》增入。卷一三录费密诗53首,题"绵州李调元雨村选",当为孙氏据《蜀雅》增入。可以说,本书对是对《剑阁芳华录》的重编,对原书的裁剪增补的幅度比较大。具体来讲,孙氏做了以下几个方面的工作。

其一,将原编二十五卷裁剪为十五卷,将二十卷本所收诗人359家、诗作1548首,压缩至264家、1176首,全书规模缩减接近三分之一。

其二,调整编序,将蜀献王、蜀惠王、蜀成王调至卷一,且单独成卷,以显示其尊崇帝王的思想,打破了《剑阁芳华集》按时代先后排列的体例。卷一选录古近体诗九首,蜀献王朱椿《送方希直还汉中》1首,前有小传,称"东西川二百年不被兵革者,皆王力也",篇末有孙澍评:"词意古穆,犹见缁衣好贤之雅。"又录蜀惠王朱申凿《张三丰像赞》1篇,蜀成王朱让栩诗7首,卷末有澍案语,总述蜀王诸作,叹其文献无传。

其三,对原书进行重大改编,大量删除原书的诗人和诗篇,如原编卷九录黄辉诗68首,《蜀诗》裁至38首;原编卷一一收王应熊诗57首,《蜀诗》仅录26首等。同时增加一些重要诗人,如据《蜀雅》补入费氏父子,又补入自蜀徙居吴的王彝、徐贲等人。而对杨慎等影响较大的诗人,则增补大量诗作,如原编卷四仅录杨慎诗45首,而《蜀诗》则录慎诗293首,独占卷四、卷五;原编卷一〇录来知德诗赋38首,《蜀诗》卷七录53首,删《游鹅赋》等,补入《太白山堂成四首》等纯理趣诗,称其"多自得之趣,是学道人诗"。

其四,修订原编,内容包括改写传记、增加评语、校改文字等。对原编小传的订补,如卷二周洪谟,原编录入汤斌《周洪谟传》原文2000余字,《蜀诗》卷二改作"洪谟,长宁人,字尧弼。负经济才,谙国家典故,其计积谷、御寇、备蛮荒、处流民诸疏,皆确凿可行。官至礼部尚书,晋太子少保。集若干卷,今录诗二首。"较为得体。至增加评注,则时有可观。而擅改诗题、臆改文字，则可以说是孙澍的败笔。如原编卷一含蜀献王、蜀惠王、蜀成王诗，《蜀诗》析出独成卷一，并删去原编蜀献王《读基命录》《赐方教授三首》4 首诗，仅保留《送方希直还汉中》1 首，且多改动字句，并删末六句"子如我思，道岂云远。岁行在子，文闱秋开。较艺至公，迟子西来"。无名氏签贴云："蜀贡院内有至公堂，至今犹存。据此诗，可知建自明初，又可知明朝秋闱即在蜀王府中。孙子皋澍刻《明蜀诗》，删末四句，失此掌故矣。"原编收蜀惠王《张丰仙像赞》一诗，《蜀诗》改题为《张三丰像赞》，并改原句"若有人兮"为"猗与夫君"，删去"距重阳其未远，步虚靖之遗芳"等句，破坏原诗完整性，殊不可取。原稿录蜀成王《春日》及《拟古宫词》30 首，《蜀诗》改录《玉阶怨》《早秋》及《拟古宫词五首》，所改多恶趣，如将原作"绮窗垂柳影婆娑，长日花砖未肯过。六院不通人语寂，一双鹦鹆巧言多"，改为"绮窗垂柳绿婆娑，长日庭砖景又过。六院不通花落尽，门前鹦鹉骂人多"之类，不仅将毁坏原诗意境，而且用语粗俗。又如卷一一录陈周政诗 5 首，也多有改动，如《寄李溼水》："洞庭春水落花流，君若来时莫待秋。卖剑买牛无一事，夕阳高醉岳阳楼。"洞庭，原作"武溪"；落花，原作"罨花"；卖剑买牛，原作"买犊夕阳"；夕阳高醉，原作"短筇拟伴"。如此臆改原诗，与孙桐生《全蜀诗钞》实为同好，不仅损害原作者权益，而且也降低了本书的文献价值，实属画蛇添足。

综上所述，《蜀诗》对《剑阁芳华录》不仅是改头换面，而且伤筋动骨，称为孙澍重编，也不为过。孙澍号雨皋，亦号子皋，郫县人，孙锞弟。乾隆六十年（1795）举人，任綦江教谕，期年即告归，与锞著书不辍。有诗文集，最著者为《太玄经注》。嘉庆《郫县志》卷二八有传。

第四节　《全蜀诗汇》与《蜀诗钞》

与元明时期蜀中总集编纂的冷清相比，清人的贡献卓著。可以说，巴蜀地方总集的编纂，在清代才进入高峰期。特别是诗歌总集的编选，犹如雨后春笋，破土而出。先是费经虞、费密父子纂辑蜀诗，编成《剑阁芳华集》二十卷，收录明初至清初蜀中诗，后来孙澍据以改编成《蜀诗》十五卷，刻印传世，颇具影响。李调元也以《剑阁芳华集》为蓝本，编著《蜀雅》二十卷，选录清初至乾隆时期蜀人诗，编选评点，成为影响最大的一部蜀人诗歌总集。此外，广汉张邦伸编辑《全蜀诗汇》，其子张怀泗编选《蜀诗钞》，再续父子编选蜀诗总集的佳话。

《全蜀诗汇》十二卷

（清）张邦伸辑，上海图书馆藏残稿本，《巴蜀珍稀文学文献汇刊》据以影印入第18册。

张邦伸编有《唐诗正音》，见前。

据张邦伸自撰《云谷年谱》乾隆四十二年丁酉条载："秋，选辑《全蜀诗汇》十二卷。"则是编成书于乾隆四十二年（1777）秋，未言刊刻于何时。今残存手抄本，半页9行，行20字。录诗220首，登录清初至康熙年间诗人59家。卷末有张怀泗跋云：

> 先君子辑有《全蜀诗汇》，自国初及乾隆己卯以前蜀先辈诗，搜罗甚富，计十六卷。刻于固陵，板毁于火，只存一部为渔璜弟携入都门，拟稍有余资为重刻计。此其最初原本也，

存之家塾，子弟其谨藏之。怀洵谨识，道光十二年四月朔。①

据此，《全蜀诗汇》刻于固始（原误"陵"），失火毁板，仅存一部刻本为张怀渭（字渔璜）携入京城。张怀渭生于乾隆四十四年（1779年，见《云谷年谱》），其携书入京，当在嘉庆六年（1801）乡试中举之后。也就是说，张邦伸在乾隆四十二年（1777）编成《全蜀诗汇》十二卷，次年又重修《固始县志》二十八卷，至乾隆四十六年（1781）六月，因母卒于固始官舍，十一月经西安返乡，十二月抵中江。其命工雕刻《全蜀诗汇》，当在乾隆四十二年（1777）至四十五年（1780）之间。从"板毁于火，只存一部"的记载看，雕板后未及大量刷印即失火毁板，其印本在乾隆四十六年之前流传入蜀的可能性并不大。因此，始辑于乾隆三十四年（1769），刊行于乾隆四十六年十月的《蜀雅》，其间无一字言及《全蜀诗汇》，不难理解。嘉庆《四川通志》卷二〇〇引《雨村诗话》有"云谷在固始时刻《诗汇》"的记载，说明李调元曾见过《全蜀诗汇》，但很可能是在《蜀雅》刊行之后了。

但是，就《全蜀诗汇》残本来看，却与《蜀雅》脱不开关系，不仅所收58人均见于《蜀雅》，而且所有诗篇均为《蜀雅》收录。即以费密诗为例，《全蜀诗汇》残本共收费密诗15首，其中《浮溪》《栈中》《客至》《沔县村居》《梦中作》《江晚》6首因错简杂入吕潜《汴梁》诗后，《咏史》《纺车口》《赣州》《仙霞岭》《冬菊》《听解二弹琴》《移家定军山下》《杜宇》《北岸山尽》《春猎曲》（此首为田金诗，见《蜀雅》卷九）等10首诗列费密名下，而错简的6首诗当接在《北岸山尽》之下。《蜀雅》共收费密诗59首，《全蜀诗汇》残本所收15首诗，全部见于《蜀雅》卷三，排

---

① 原件见上海图书馆藏残稿抄本《全蜀诗汇》卷末，转引自王虎《张邦伸〈全蜀诗汇〉与清代地方诗歌总集编纂》，《重庆文理学院学报》2020年第1期，第109页。

列先后顺序一致，其间忽略不取的多是古诗，如《咏史》与《纺车口》之间，略去了《蜀雅》所收之《北征》《丰城安汉看梅同徐时俊》《斗鸡行》等篇。由此可见，《全蜀诗汇》残本所录费密诗，很可能摘录自《蜀雅》，且有错简和误收田金《春猎曲》两个低级失误。略去古诗而只收律、绝体，与其余58人的选录体例基本一致，如《全蜀诗汇》残本录杨岱22首律、绝诗，只比《蜀雅》所录23首少《巫山高赠友人》1首古诗，其摘录体例已很明显。选录诗作涉及诗人59家，其中吕潜、田金漏落姓名，其余57人名下均附小传，略及姓字、爵里、科第、仕宦、著述等内容，如"傅作楫，奉节人。康熙丁卯举人，官至都察院副都御史。有《雪堂》《燕山》《辽海》《西征》《南征》等集"。与《蜀雅》卷一四所载相比，仅少了"作楫字济庵"之"字济庵"3字，以及末尾一段诗话："济庵诗，余从农部唐鸾港处觅得。其诗如老将临戎，步伐森严，不事攻撼，而气自夺人。"《蜀雅》对所收作家，间或附有评论文字，而《全蜀诗汇》残本则不载评论语，其59家排列顺序大抵依科甲先后排列，与《蜀雅》相同，分别见于《蜀雅》之卷二（吕潜、吕溥、李永周）、卷三（费密）、卷九（田金、熊天祥等）至卷一五（严瑞龙）。由此可见，《全蜀诗汇》残本与《蜀雅》的关联度极高，大约是从《蜀雅》中摘取律、绝诗，摒去古体，而撮录成编，价值不大。

另外，嘉庆《四川通志》等书曾征引《全蜀诗汇》，从引文内容看，与上述残本明显不同的是，各书征引的作家小传，大多附有诗歌评论文字。如嘉庆《四川通志》卷一八七"《雪堂诗集》四卷"条注引张邦伸云："雪堂诗如老将临戎，步伐森严，不事攻撼，而气自夺人。"其评语与《蜀雅》如出一辙。而张沆《国朝蜀诗略》卷四傅作楫名下载："李调元云：'《雪堂诗集》，如老将临戎，步伐森严，不事攻撼，而气自夺人。'张邦伸云：'济庵诗，高健雄浑，李于麟不足多也。'"反观《四川通志》所引，可谓张冠李戴。《国朝蜀诗略》卷八李光绪名下引《蜀诗汇》云："耿堂诗宗法韦、孟，绝去町畦，是得唐贤三昧者。"此条又见同治《重修成都县志》卷七征引，文字全同，而《蜀雅》未收李光绪。可见，张沆所见之《全蜀诗汇》与嘉庆《四川通志》征引者并不相同。嘉庆《四川通志》征引各条①，与《蜀雅》大抵雷同，而张沆《国朝蜀诗略》所引，应当出自张邦伸原本，与《蜀雅》并无关联。因此，我们有理由怀疑嘉庆《四川通志》等书所征引的《全蜀诗汇》与残抄本，大多抄自《蜀雅》，而非张邦伸原本。

然而，当代学者王虎却认为："李调元在编纂《蜀雅》时的蓝本之一正是张邦伸的《全蜀诗汇》。"② 王先生据《全蜀诗汇》残卷与《蜀雅》做了逐篇比对，得出"《全蜀诗汇》残卷所选录的诗歌，除极其个别的以外，均被李调元照录于《蜀雅》之中"的结论，并指出两书所录诗人与诗作的顺序也基本一致，甚至连"魏惟度"写作"魏惟宪"的错误都"照录不改"。王先生还细心地列出"《全蜀诗汇》评点内容及史志征引情况表"，依据嘉庆《四川通志》等书所征引《全蜀诗汇》的条文，指出"李调元《蜀雅》中对多位诗人的小传与评点也直接照抄张邦伸的《全蜀诗汇》"。的确，如果《全蜀诗汇》残本与诸书所征引的《全蜀诗汇》信实可靠的话，李调元的确难以摆脱"抄袭"的嫌疑。

回顾两书的编纂过程，相互参考的可能性极低，但两书雷同的地方如此之多，必然存在抄袭者。不过，不是李调元抄袭《全蜀诗汇》，反而是残抄本及诸书所引《全蜀诗汇》有抄袭《蜀雅》的可能。兹列举疑点如下：

其一，嘉庆《四川通志》卷二百引《雨村诗话》云："余同年成都张鹤林鸎，乾隆庚辰进士，官检讨。三（原误"二"）十四年

---

① 参见王虎《张邦伸〈全蜀诗汇〉与清代地方诗歌总集编纂》，《重庆文理学院学报》2020年第1期，第113页。
② 王虎《张邦伸〈全蜀诗汇〉与清代地方诗歌总集编纂》，《重庆文理学院学报》2020年第1期，第116页。

十月初五卒于京邸。余已序其集，而并采佳者入《蜀雅》。云谷在固始时刻《诗汇》，亦收其诗至四十五首，鹤林可不没矣。诗学东坡，有《冬夜书怀》六首，竟可入室。"这里谈到《蜀雅》与《全蜀诗汇》都收录张嵩诗的情况，《诗汇》收录达45首，而《蜀雅》卷一九仅录15首，可以证明两书各自成编，并非如残抄本那样所有诗均为《蜀雅》所收。

其二，嘉庆《四川通志》等书所引"全蜀诗汇"及"张邦伸云""蜀诗汇"各条，其内容绝大部分与《蜀雅》相同，仅有几条不见于《蜀雅》。表面看来，《蜀雅》的确有参照甚至抄袭《全蜀诗汇》的可能。幸好张沆《国朝蜀诗略》有几处同时征引二书，除卷四傅作楫名下引二书（见前）外，卷二费锡璜名下既引《蜀雅》云"本朝蜀诗，自此度后，滋衡当推为一大宗"，又引张邦伸云"滋衡乐府，上逼二陆，下捐三晁"，已可见二书的差异。而卷五岳钟琪名下又引：

> 李调元云：威信，我朝名将也。剿平川陕沿边诸番寇，威重华夷，边民慴服，恩眷隆重，列镇四川几三十年。其殁也，以忠州陈昆邪教倡乱，日夜驰至，擒捕余党，归至重庆，卒。上震悼，谥恤有加云。
>
> 张邦伸云：勤襄于军旅之间，辄寄啸笔墨，边塞诸作，多燕赵声。及退居林下，吟咏花鸟，又复神似范、陆，所谓奇人，真不可测。岁甲申，余得勤襄军中诗，喜其沉雄悲壮，思付剞劂，而限于力。同年友孙雨庵闻之，力肩其事，得刊布于蜀中，诚义举也。往事如昨，弹指十有余年，今雨庵归道山久矣。读勤襄诗，不禁思亡友不置云。

所引李调元云云，见《蜀雅》卷一六，仅将"先秦之庄浪人，以父荫袭历官至川省提镇，遂家于成都"改作"我朝名将也"，"剿平"以下，一字不差。至末尾则删去原书评语："公于军旅之间，辄寄啸于笔墨，边塞诸作，多慷慨悲歌之气。而退居林下，寄情花鸟，又复神似放翁、石湖诸君。所谓奇人，真无所不可。"有意思的是，嘉庆《四川通志》卷一八七"《姜园诗草》二卷、《蛮吟草》一卷、《复荣草》一卷"下所引《全蜀诗汇》云云，与张沆删去的评论文字全同。这正好说明《四川通志》等据以征引的《全蜀诗汇》，反过来抄袭了《蜀雅》！

由此我们可以作出推断：《全蜀诗汇》（原本）与《蜀雅》是同一时期两位好友各自选辑的清诗总集，不仅收诗多寡不同，而且所收诗人也有出入，诗人小传与评语更不相同，不存在相互抄袭的问题。要说抄袭，也是伪造本《全蜀诗汇》抄袭《蜀雅》。

其三，残抄本后张怀泃跋也有可疑处，其一是称"最初原本""计十六卷"，与《云谷年谱》所载"十二卷"不符；其二是所谓"国初及乾隆己卯以前蜀先辈诗"，与事实有出入。如所收张嚣诗，张嚣卒于乾隆三十四年（1769）己丑，晚于乾隆己卯10年，与"己卯以前蜀先辈"的说法不相吻合。如果是按科第年限算的话，张嚣进士及第于乾隆庚辰，晚于乾隆己卯1年。

其四，嘉庆《四川通志》卷一八七"《斯迈草》一卷、《心谓集》一卷、《登岱草》一卷"条引《全蜀诗汇》云：

> 愚庐豪放不羁，避俗客如寇，遇知己有过，即面折之，以是多忤。相欢如余，犹不免颈赤。丙戌，与诸同年饮京师之石头衕衕，出其《纪行诗》一册以示余。有年友略摘其疵，即大恚，几施拳勇，因不欢而罢。其尚气如此。诗始学杜陵，既而仿太白为游仙击剑之学。常有《调鼎图》一卷，属余题，大率蓬莱仙岛，不似人间也。余诗亦以太白、曼倩况之，愚庐得诗大喜，每为人诵之。

此条见《蜀雅》卷一九，几乎一字不差。愚庐为何明礼号。丙戌为乾隆三十一年，是年李调元任吏部文选司主事，张邦伸入京会试，二人均在京师，均有机会"与诸同年饮京师之石头衙衙"。《调鼎图》为何明礼自绘小像，民国《崇庆县志·江原文征》载沈裕云、李调元、胡德琳等所题诗文，而不载张邦伸之作。调元《题何愚庐调鼎图》有"君不见，太白漂泊黄河间，挂席欲进波连山。一朝待诏金銮殿，御手调羹供奉班。又不见，世人不识东方朔，神仙采得回生药。大隐金门侍玉壶，法婴笑唱元云曲"之句，与"余诗亦以太白、曼倩况之"若合符节，可为李调元撰何元礼评传的铁证。而《全蜀诗汇》云云，分明抄袭自《蜀雅》。

因此，我们怀疑嘉庆《四川通志》所引之《全蜀诗汇》，与残抄本《全蜀诗汇》，都是作伪者摘抄《蜀雅》而托名张邦伸。由于《全蜀诗汇》散佚已久，张怀泂其时尚幼，或未得见原书，故乍见手抄十六卷本，即定为"最初原本"。或者张怀泂跋也为人伪撰，难以确考。奇怪的是，嘉庆《四川通志》征引《全蜀诗汇》多条，而并未征引《蜀雅》。张怀泂、张怀渭两兄弟均曾参与纂修《四川通志》，张怀渭见过原书，不应该不清楚《四川通志》所引《全蜀诗汇》的真伪，为何视而不见，具体情形就不得而知了。

至于嘉庆《金堂县志》卷五有高辰"选集《全蜀诗汇》"的记载，王虎先生认为："张邦伸应在编纂好《全蜀诗汇》之后，曾请业师高辰审阅校订，并在刊刻时题有高辰名讳，故而嘉庆《金堂县志》的撰者才会未加详辨，将高辰误记为《全蜀诗汇》的选辑者。"① 可备一说。

《蜀诗钞》

（清）张怀泂辑，四川大学图书馆藏有抄本1册。

张怀泂（1773—?），字玉泉，广汉人，邦伸长子。寄籍德阳，嘉庆六年（1801）举人，补南部县教谕，教学不倦，文风丕变。

---

① 王虎《张邦伸〈全蜀诗汇〉与清代地方诗歌总集编纂》，《重庆文理学院学报》2020年第1期，第110页。

道光十年（1830），署简州学正（民国《简阳县志》卷六）。十三年（1833），署射洪县教谕（光绪《新修潼川府志》卷一九）。十九年（1839），任会理州学正（同治《会理州志》卷四）。尝与弟怀渭同应聘修《四川通志》及《新都县志》，以赅博称。所著有《蜀经籍志》《鼎元录》《读书偶识》《庆诞记》《蜀艺文志补》等书。事见同治《续汉州志》卷九《儒林传》。

是书不分卷，朱笔圈点，有"南通冯氏景岫楼藏书""国立四川大学图书馆藏"二印。此书仅存一册，存王汝璧（60 首）、唐乐宇（22 首）、杨藩、雷轮（12 首）、李晛五人诗共 96 首。以人系诗，人有小传，较简略，如"王汝璧字镇之，铜梁人。乾隆丙戌进士，官至江苏布政使"，仅列姓字、爵里及科第、官职。选王汝璧诗多达 60 首，古律兼收，而以《善哉行》四言古诗六首居首。《西门行》《东门行》《平慎行四章》等，《国朝全蜀诗钞》未选入。其选诗篇多与《国朝全蜀诗钞》等不同，而文字多从原集，如《渡桑乾河》"河声五月寒"，《国朝全蜀诗钞》改作"河流"，"人随沙碛远"，改作"沙蹟"，而本书则从原集。唐乐宇、杨藩、雷轮、李晛 4 家诗，也多有《国朝全蜀诗钞》所未选者，如唐乐宇《春郊漫兴》四首，《国朝全蜀诗钞》仅选第一首"烟横萧寺野云低"等。可见是集当属怀洵自选，别具慧眼，杨藩、雷轮、李晛等人诗《国朝全蜀诗钞》等未选，颇具史料价值。惜仅存残帙，不为完璧。

第五节　《蜀雅》

《蜀雅》是清代李调元编纂的一部断代巴蜀地方诗歌选集。

李调元（1734－1803），字鹤洲，又字赞庵、羹堂，号雨村，别署童山蠢翁，四川罗江县人。与张问陶、彭端淑合称"清代蜀中三才子"，在戏剧评论、诗文创作与文献编辑出版方面卓有建树。乾隆二十八年（1763）进士，入翰林院，历任吏部考功司主事兼文选司、翰林院编修。四十年（1775），迁文选司员外郎，升广东学政。四十六年（1781），擢直隶通永兵备道。次年，因护送《四库全书》不力获罪，被流放伊犁。后削职遣返原籍，居家著述终老。著有《童山诗集》四十卷，撰辑诗话、词话、曲话、剧话、赋话著作达五十余种。其论诗与袁枚齐名，禀承蜀土论诗崇先贤、重汉魏、尚奇气的传统，主"诗道性情"说。然论者或谓其附翼袁枚，甚至讥为"随园唾壶"①。而当代学者则认为其诗学观点不乏一得之见，尤其在弘扬蜀学传统以提振清代蜀中诗坛方面，仍有贡献。至其收藏图书十万卷，辑刊《函海》三十集，共一百五十种书，则贡献巨大。所辑《全五代诗》一百卷、《蜀雅》二十卷等总集类著述，即刊入《函海》中。

据杨世明《李调元年谱略稿》载，《蜀雅》编于乾隆三十四年（1769）中，是年李调元丁父忧守丧在京，于秋末返蜀营葬事。调元所作《张鹤林诗集序》云："余时以艰守京师，掘挡先人后事，适选本朝蜀诗，名曰《蜀雅》。""余亦不日归里。"② 可见，《蜀雅》之辑，始于是年，而刊刻于乾隆四十六年（1781）。既称"本朝蜀诗"，则是辑录清初至乾隆年间蜀诗，也包含一些由明入清之诗人，前二卷中如吕大器、胡世安、李鉴、柳寅东、王范、费经虞、李实、吕潜等，均曾在明朝科第并入仕，调元或以其卒于清朝，故不管是前朝遗老还是新朝权贵，撇开封建士大夫极为看重的气节不论，简单地加以收录。而与此不同的是，张沆《国朝蜀诗略》、孙桐生《国朝全蜀诗钞》则"凡已臣于明而复仕我朝，及明科第而卒于国初者，不录"③，二者对"国朝蜀诗"的取舍是有别

---

① （清）朱庭珍《筱园诗话》，郭绍虞主编《清诗话续编》，上海古籍出版社1983年，第2367页。

② （清）李调元《童山文集》卷五《张鹤林诗集序》，乾隆年间刻《函海》本。

③ （清）张沆《国朝蜀诗略》卷首《凡例》，清咸丰九年（1859）刻本。

于李调元的。清孙澍《蜀诗序》云："明季桂林太守新繁费经虞仲若辑蜀诗，权舆太祖，迄于思陵。厥子密此度续纂，历国朝顺治、康熙初元，题曰《剑阁芳华集》。近绵州李雨村观察借为蓝本，订《蜀雅》，炳炳烺烺，具井络英灵之盛。惟取遂宁吕大器、井研胡世安，冠冕三巴。夫世安崇祯进士也，实逮事我世祖，官至大学士，列其诗，其人之本末具见。若大器则功业彪炳，卒于王事，详载《明史》。雨村重其人欤？则胜国之孤臣，不当与新命之元老共称；重其诗欤？则西山薇蕨之歌，不闻与牧野檀车之什并著。若谓讴吟不关事实，将一州之人物无所成名，而操觚之士不免妄作，节义之志荒，山川亦黯无色矣。"对李调元的做法颇有微词。

孙澍序中所谓以《剑阁芳华集》"为蓝本订《蜀雅》"，是指参照费经虞、费密父子所选辑《剑阁芳华集》中明末清初人部分，而有所增补，如开篇的吕大器，《剑阁芳华集》收诗12首，而《蜀雅》收诗21首，诗歌编排次序也不相同，而且将《采石矶》七律改为《采石矶晚眺》七绝。孙澍以《剑阁芳华集》为蓝本改编《蜀诗》，于吕大器亦录21首，并于《采石矶晚眺》诗下注云："右诗原七律，今从李雨村《蜀雅》改本。"还有作者相同而录诗完全不同者，如王范，《剑阁芳华集》录《剑烂柯山》《访友人山居》二诗，《蜀雅》则改录《崇祯宫词》二首，而且作家小传也与《剑阁芳华集》的繁琐不同，《蜀雅》要简炼得多。《蜀诗》于明末清初部分，径取《蜀雅》者不在少数，如费经虞、费密等即是，也从侧面说明《蜀雅》并非剿袭前作，所谓"蓝本"，只是借鉴而已，并非完全照录，增补删订，居功亦多。

如果说《蜀雅》对《剑阁芳华集》的利用是有所取舍、有所删订的话，当代学者王虎认为张邦伸《全蜀诗汇》也是《蜀雅》的蓝本，并且是直接利用。王虎依据《全蜀诗汇》残卷与《蜀雅》进行详细比对后，指出"《全蜀诗汇》残卷所选录的诗歌，除极其个别的以外，均被李调元照录于《蜀雅》之中，并且《蜀雅》所录诗人以及诗歌的顺序，基本与《全蜀诗汇》的编次相同"，而且

"《蜀雅》中对多位诗人的小传与评点也直接照抄张邦伸的《全蜀诗汇》"①。《蜀雅》成书晚于《全蜀诗汇》4年,李调元既是张邦伸同窗好友又是亲家,完全有机会借用其成果。但如此明目张胆的"照录",而李调元于《蜀雅序》中竟无一字言及此事,不免令人疑窦丛生。残存稿本《全蜀诗汇》后有张怀洵跋,言《全蜀诗汇》刻板毁于火,仅余一部为其弟携入京,川中仅有其家藏稿本十六卷。检残稿本所存58家诗人小传,大抵简述姓字爵里及科第仕宦经历等,而无评诗言语。反观川中自嘉庆《四川通志》等书所征引《全蜀诗汇》诸家小传,则多含评论,且措语与《蜀雅》雷同。因此,我们有理由怀疑嘉庆《四川通志》所引的《全蜀诗汇》,反而有抄撮《蜀雅》而拼凑成书的可能,固非张邦伸原著。当然,怀疑终归是怀疑,因《全蜀诗汇》散佚,其与《蜀雅》渊源究竟如何,尚难据残稿作出判断。

《蜀雅》辑选作者169人,计收诗作约920篇,按诗人科第或年甲先后编次,作者名下有简单的小传,并附录相关诗话等评论资料。个别诗作后有评语,当是雨村即兴之作,并非统一体例。卷二〇收录流寓、僧道、妇女之作,也沿用蜀人编纂总集的惯例。而另辑青羊宫吟、碑谶、谚谣附于后,则是汲取《全蜀艺文志》的经验,于呈现多彩多姿的蜀中文学形态,大有裨益。

不过,正如《剑阁芳华集》草创难精一样,《蜀雅》也存在不少问题。首先,作为选本,不仅要选出杰出的作家与作品,还要顾及全局,做到大体均衡,以期全面反映蜀中诗坛盛况。而《蜀雅》所选大家,如卷五至卷八选编费锡璜诗四卷,诗作180首,约占全书五分之一的篇幅,是调元心中首屈一指的大家,所谓"本朝蜀诗,自此度后,滋衡当推为一大宗"(卷五)。此度即费密,本书卷三选其诗一卷59首。费氏父子虽为蜀中文坛宿将,以

---

① 王虎《张邦伸〈全蜀诗汇〉与清代地方诗歌总集编纂》,《重庆文理学院学报》2020年第1期,第116页。

儒传家，诗名亦盛，但选录比例如此之大，是否恰当？其次为调元之父李化楠，卷一八录其诗一卷29首，而卷一四录傅作楫诗58首，与高人龙、陈书、张翔凤、李钟璧、何鈖、董新策、张晋生、高大申、周泗合编为一卷。费锡璜、傅作楫在《国朝全蜀诗钞》中被奉为大家，而李化楠则不以诗名。至于与李调元、张问陶并称蜀中三大才子的彭端淑，仅入选1首，而《国朝全蜀诗钞》则选入30多首。可见，从铨选诗作的质量与数量来看，《蜀雅》不如《国朝全蜀诗钞》做得合理，容有可议。其次，全书体例不统一，如卷一一"杨昆"名下注"一首"，卷一五"严瑞龙"名下注"一首"，而绝大多数作者名下并无此例。又如卷二〇首标"流寓"，下录王寡郎、彭龄、黄霖三人为流寓，而其后"宿士敏"则为夹江人，不属流寓，当漏标"羽士"一题；"海明"以下为僧侣，当漏标"僧人"一题；"冯氏"以下为女性诗人，当漏标"妇女"一题。

孙桐生编选《国朝全蜀诗钞》，其《凡例》称："乾隆三十年以前之诗，均照李雨村先生《蜀雅》选本录入。惟于其时代科分舛错者，详为订正。"尽管《蜀雅》中大多数诗已载入《国朝全蜀诗钞》，但孙氏臆改原文甚多，且编序不同，尚有部分未录入，《蜀雅》仍存文献校勘价值。加之《蜀雅》作为较早出版的一部蜀诗总集，影响较大，蜀中方志多从录诗，其价值仍不容一笔抹煞。

《蜀雅》始刻于乾隆四十六年（1781），有《函海》本。民国年间据此本排印，收入《丛书集成初编》，有所改订。

第六节　《国朝蜀诗略》及《诗缘正编》

《国朝蜀诗略》十二卷

《国朝蜀诗略》十二卷，（清）张沆辑，（清）蔡寿祺删订，清咸丰九年（1859）刻本。

张沆,字槎仙,成都人。嘉庆二十四年(1819)举人,道光十三年(1808)为石泉县训导。参与纂修《石泉县志》十卷①,著有《困勉斋诗录》八卷。事见王增祺《诗缘》正编卷一。

蔡寿祺,原名殿济,字梅盦,江西德化人。道光二十年(1840)进士,改庶吉士,授编修。同治四年(1865),因弹劾恭亲王被革职,潦倒终身。著有《梦绿草堂诗钞》《凤箫集》。事见清王家相《清秘述闻续》卷一五、徐世昌《晚晴簃诗汇》卷一四三。

是编刻于咸丰九年(1859),前有道光十八年(1838)张沆自序,论及巴蜀文学源流及蜀诗总集编纂的必要性,兹录于下:

> 西蜀天末一隅耳,而文教之盛,昔人谓与齐鲁同风,岂虚语哉!溯自玉牒一章,创自神禹,西国文章,实始此焉。自时厥后,吉甫盛于周,长卿盛于汉,伯玉、太白盛于唐,老泉、子瞻、子由、伯生、用修盛于宋、元、明,江汉炳灵,世载其英矣。惟明末运衰,流寇纷起,蚕丛文物,尽丧青羊。当此之时,山川亦黯无色也。我国家承乾定鼎,岷峨清淑,乘时以钟,而作育陶成,又至勤至备,迄于今人才辈出,著述之富,炳炳烺烺,人以为蜀诗之盛,未有过于今日者矣。而岂知朝廷之教泽涵濡,固已几二百年之久且深哉!虽然,不能无虑焉。间尝北入梓,东游渝,访张运青相国、王纯嘏制府、王镇之中丞诸先生集,俱不可得。及询诸父老,始知或缘兵燹残毁,或缘后嗣式微,或又缘子孙远宦,板徒虚存,遂使钜制鸿篇,湮没不著。夫此数公者,皆爵显当时,功闻后世,而又巍科早揽,足以震人耳目。今其著作,尚不可尽见如此,况其他乎?倘不急为辑刊,安知百余年后,不并今之存焉者亦澌然皆尽也,其何以彰教化之盛哉?

---

① 道光《石泉县志》卷首赵德林序,清道光十四年(1834)刻本。

沉自束发受书，即矢此志。半生游历，留意搜罗，行囊之贮，积稿累累。迩来供职北川，训课之暇，手自选录，共得诗十二卷，上自名公巨卿，下迨闺中方外，无不备载。试取编内所录，以较吉甫、长卿暨唐、宋、元、明诸先辈作，虽体制面目庸有不同，而其同禀山川之秀，各擅文艺之奇，诚无古今，其才一也。世有读是编者，知其诗之所以佳，又思其诗之所由盛，则国运文运俱于此可得其大凡，岂仅关一州之文献云尔哉。是为序。

张沆对是编颇为自信，搜罗既完备，所选诗作也能与前辈"同禀山川之秀，各擅文艺之奇"。是书录清朝蜀人诗，"意在表彰我朝全蜀文献"。卷首有《凡例》9条，与多数诗选"以人存诗"的传统不同，强调"因诗存人，不因人存诗"；依科甲及时代先后编次诗人，所录"皆已故之人，且以杜声气结纳之弊"；诗人小传兼顾评论，注重诗品；录诗"先古后今，先五言后七言"；每人录诗数量高下悬殊，并非"故为取弃"，而是限于"所见"；录闺阁、方外诗，承继了巴蜀总集编纂传统，而只录"贤媛"之作以重品格，则入理学家选诗路数。既强调以诗为评选标准，又看重人品高下，自难兼顾首尾，不免落下遗憾。

是编选录诗人161名，诗作908首，分十二卷。每卷篇目多寡不一，如卷一仅23首，卷二多达136首，卷一一有142首，卷一二仅31首。选诗以费锡璜136首居首，自占一卷，其次马仁骥61首，傅作楫49首，张问安41首，李瀛洲31首，张问陶29首，彭端淑28首，李调元27首，何椿龄23首，僧道中张清夜11首居多。选入诗作与选家的眼界密切相关，选诗多寡虽不能判断诗家高下，却能说明选家对诗人诗作的认同程度。如其选入张问安诗41首，张问陶29首，徐世昌谓："亥白为船山兄，同致力于诗，名不逮船山。其诗骨格遒上，声律安谐，而一出于雅正。张槎仙沉辑《蜀诗略》,谓'亥白造诣在船山上',信然。"① 是则其选诗多寡,也有高下之意存在其间。张问陶是公认的清代蜀诗之冠,孙桐生《国朝全蜀诗钞》选其诗多达六卷554首,相较本编区区29首来说,显然对船山诗歌的认同度更高。

至诗家小传,则是本书的一大亮点,考索生平事迹,鉴裁人格诗品,远较诸书详细。如卷一邱履程,《蜀雅》《国朝全蜀诗钞》仅"字鸿渐,号一庵,成都人。顺治辛卯举人"数语,而《蜀诗略》则作"原名广生,字鸿渐,成都人。顺治辛卯举人。《蜀志》:鸿渐父丰,前明明经,逆献陷成都,丰肩鸿渐于室,书'大明处士'四字胁间,自经死,一家悉为贼屠,独鸿渐得不死。从军之雅州,为文自伤。时程凤翔以兵部主事为监军,见其文奇之,妻以其兄之子。鸿渐学益励,顺治辛卯举于乡。诗与费此度齐名,年三十余卒。子善庆,诸生,亦能诗。"

是编选录诗,大抵乾隆之前,参考李调元《蜀雅》,如卷一王新命3首诗,便与《蜀雅》全同。至嘉庆、道光间诗,则所谓"北入梓,东游渝""半生游历,留意搜罗"所得者。其于是编,用力甚勤,又经蔡寿祺删订,虽议论容有不妥之处,而于清代蜀诗研究,备载文献,正本清源,颇有助益。王增祺《樵说》称其"辑《蜀诗》十二卷,盛行于时"②。

《诗缘正编》十卷

(清)王增祺辑,有光绪十六年(1890)华阳王氏韩城刻本(存)、光绪二十八年(1902)成都聊园刻本(存),民国《华阳县志》卷二六《艺文》"总集类"、《清代蜀人著述总目》著录。

王增祺生平,见《诗缘》前编介绍。

王增祺钩辑《诗缘》,可以说是毕生事业,据民国《华阳县

---

① (民国)徐世昌《晚晴簃诗汇》卷一〇六,民国退耕堂刻本。
② 《诗缘》正编卷一,光绪十六年(1890)刊本。

志》卷一五本传:"增祺少好为诗,年甫冠,即手录蜀中先辈及朋好之作,或全章,或断句,刻为《诗缘》。历官陕西韩城、石泉、洋县知县,晚岁还蜀,更取《诗缘》加以刊定,分正、续编若干卷,其意在借诗存人。而近数十年,耆旧凋徂,佚闻莫理,得是编以稍知其姓字梗概,亦有足多焉。"今检光绪十六年韩城刊《诗缘》正编十卷,扉页题"诗缘正编定本"(刘鼎臣署),"光绪庚寅刊于韩城",半页10行,行21字,黑口,版心题"正编卷"数。目录后有增祺自跋云:"戊寅秋,吾母赵太宜人锡白金百两,命作重刊《诗缘》手民之赀。……光绪十七年辛卯季春谷雨日,蜀西樵也谨识于长安寄庐。"则是经一年始刻成,所费不赀,拳拳之念,令人赞叹。是编辑录清代巴蜀诗人之诗,自张沇始,大约有续编张氏《蜀诗略》之意。以人系诗,按籍贯编录诗人诗作,诗人下有小传,并以《樵说》评点诗人逸闻及诗风,或摘录佳句附后。其编诗人先成都而后资州、重庆等地,同籍诗人则不复按生年或科甲先后编排,显得凌乱。卷一至卷四录成都诗人99人,卷五至卷八录其他州府诗人74人,卷八录僧侣悟朗以下9人,卷九录女诗人34家。大约依其见闻所得,故录成都籍诗人之作为多。所录多同时人之作,有违"生者不录"的惯例,与《蜀诗略》体例有别。是编既有从文献角度保存诗人之意,更有评选诗歌之举,用心良苦,致力甚勤。虽较前几版有所订正,而即以此"定本"来看,卷中仍有非成都籍而入成都编者。网罗文献,汇为总集,其难可知!

《诗缘正编续》十卷

(清)王增祺辑,光绪二十八年(1902)成都聊园刊(存),《清代蜀人著述总目》著录。

前有光绪二十六年自序:"予不敏,性乐存人诗。顾惟谫陋,四十年间,存者日夥,时复佚之,以故《诗缘》有初刻、有定本。若谓初无取舍,是欺人也,不敢也;若谓取舍悉当,是自欺也,不为也。然则奈何？以诗存人，以人存诗，举有之，一惟其缘，而予无与焉。是于诗辑也，非选也。《诗缘》之外，有《樵说》，中亦多诗，则又何说？曰：十七年《诗缘》定本所未收，及续得与夫零缣寸锦不忍割弃者，则说以存之，且不尽诗也，故名以别之。自兹以往，又辑诗若干册，于是《樵说续》外有《诗缘续编》。志则犹之前也，诗与人则异矣。"《诗缘续编例言》："是编先分各行省次第，次分府厅州县，诗人所隶系焉。登科第者以其获隽之年为先后，子不先父，弟不先兄，恒理所关，则变例以从理。一门群从无科第者，亦附其间。录二氏诗宜宽，然打禅语、唱道情是魔非诗，悉摈之，不以多为贵也。"

是集继正编而补录巴蜀诗人诗作，对正编已录诗人，则注"再见"二字。计录诗家137人，分为十卷。以人系诗，诗按古律五七言编次。诗人名下有小传，简述科第历官及著述，而以《樵说》述其逸闻及诗歌品格等，对诗学史之研究颇有价值。卷一录傅世熙以下19人，皆成都籍。卷二录徐文贲以下33人，皆成都籍，也录当世诗人之作，如录吴虞诗8首。卷三录金伯纶等资州、绵州、西昌籍15人。卷四录金玉麟以下保宁府、顺庆府、叙州籍14人。卷五录陈嘉猷等重庆府、忠州籍8人。卷六录张朝墉等夔州籍10人，其中杜翰藩多与王增祺酬唱，录诗58首。卷七录陈谦等潼川府等籍7人。卷八录钟琦等嘉定府、泸州籍15人。卷九录方外含澈、李复心2人，一僧一道，均已见正编，含澈补录14首，李复心补录4首。卷一〇录叶福贞以下女诗人14人，叶福贞已见正编，补录8首，其余人按成都至潼川籍叙次。大抵禀承以诗为缘、以诗入选的原则，四十余年孜孜以求，在选家中亦属难能可贵。

第七节 《国朝全蜀诗钞》及《续钞》

《国朝全蜀诗钞》六十四卷

（清）孙桐生编，有光绪五年（1879）长沙刻本，《清续文献通考》卷二八二《经籍考》、《清代蜀人著述总目》著录。

孙桐生（1824—1908），字小峰（一作筱峰），号左绵痴道人、巴西忏梦居士、痴道人、情主人、饮真外史、蓉溪外史等，四川绵阳人。道光间，屡应乡试不第，设馆授徒，以解窘境。至咸丰元年（1851）始中举，次年中进士，钦点翰林院庶吉士。三年（1853），选授湖南安仁县知县。同治二年（1863），调任桃源县知县。八年（1869），权永州郡守，以平反前宪谳案撤任，谪岳州椎局。光绪六年（1880），调任郴州知州。为官清廉，颇有政声。离任后，主讲绵州治经书院十余年。毕生系心于诗文著述，尤致力于乡邦典籍的编纂与刊印。著有《未信编》《未信续编》《未信末编》各二卷，《永鉴录》二卷，《永州府题名记》一卷，《郴案日记》一卷，《楚游草诗》四卷，《卧云山房文钞》二卷。编刊《明臣奏议》十二卷、《熊襄愍公集选》二卷，校刻《吴吴山三妇合评〈牡丹亭〉》二卷，并四次筹资刊印《红楼梦》，成为蜀中早期著名的红学家。民国《绵阳县志》卷七有传。

《国朝全蜀诗钞》（本节以下省称《诗钞》）编成于光绪元年（1875），刻印于五年（1879）六月。首载孙桐生自叙，云"余自束发受书，即耽吟咏，自顾无殊才绝艺可表著于世，深念一代文献具见于斯，兹当风尘厌倦，息影蓬庐，流览篇章，未忘结习，爰取四十年来所物色采辑者，都为六十四卷"，是则其留心巴蜀文献，浸淫蜀诗，积40余年之功，选辑是编，分六十四卷，收录363人的作品，总计5900多首，为寄情乡邦文献之力作，正如卷末李廉跋所称"休明之鼓吹，文献之蒐罗，于是焉在"。汇辑清代巴蜀诗人之作，精加裁择，借以指示"一代文献"，是为本书之第一大功。在此前选及清诗者，费氏父子所选《剑阁芳华集》存录了部分明遗民及由明入清诗人之作，后来孙澍据以选为《蜀诗》，又补入费氏父子及部分清初人诗，下限在清康熙年间。李调元编《蜀雅》编选清人诗，包括由明入清者，时代下限在清乾隆年间。张沆《国朝蜀诗略》旨在选录清朝全蜀诗人佳作，收录160余人，诗作900余首，所录诗人时代下限延至清嘉庆年间。《诗钞》无论所收诗人数量，还是作品数目，均远胜前人，所录诗人延及同时同辈甚至晚生之作，时代下限延至清同治年间，就总集文献价值而言，大胜于前。

就选旨而言，孙氏自叙言："诗之有选本也，自唐殷璠《河岳英灵集》、高仲武《中兴间气集》始也。选诗之区以地也，自元汪泽民《宛陵群英集》、明袁表、张燮同选之《闽中十子诗》始也。"《诗经》可以说是诗歌选集的鼻祖，其中的十五《国风》等即是地方诗集，孙氏不是不知道，只是奉之为"经"罢了。而他特意拈出《河岳英灵集》《中兴间气集》，含有萃取一代诗歌菁华之意，至于《宛陵群英集》《闽中十子诗》，则汇聚一方英俊之作。换言之，《诗钞》既要选录有清一代蜀诗精华，又要抉择清诗名家，以上继司马相如、扬子云、陈子昂、李太白、苏氏父子兄弟以及虞伯生、杨升庵，"掉鞅词坛，雄视百代"。而他推举的"昭代名家"，"如费滋衡之雄浑，傅济庵之沈著，王镇之之酝酿深醇，而张船山尤能直道心源，一空色相"。费密、傅作楫、王汝璧、张问陶四人，是孙氏推举的清代蜀诗大家。从选诗数量看，张问陶入选554首，分为六卷，约占全书的十分之一，显然是作为川籍诗人的领军人物。王汝璧入选308首，分为四卷，傅作楫入选72首，独占一卷，费密则仅33首，与他人合编为一卷。显然，入选数量的多少，与诗人存世诗作的数量密切有关，不能作为评价诗人的唯一标准。四人居于第一境界，各领风骚，对清代蜀中诗坛影响较大，尤其是张问陶，足与全国名家相颉颃，孙氏推为第一人选，颇具慧眼。此外，张怀溎入选159首，刘硕辅入选278首，孙缵入选168首，各占2卷；李崧霖入选93首，独为一卷；朱鉴成入选90首，与他人合为一卷。孙氏举为"清丽""超练""俊迈苍雄""豪宕""恢瑰"几种诗风的代表，以为"力追正始，笔有千秋"，自成一格，足可传世，所谓"不待选而后传者也"。这些人作为蜀中诗坛的中坚力量，自然也是《诗钞》的重点，9人入选共1755首，占二十卷，几近全书三分之一的分量。而"掇辑菁华，附庸风雅"与"单词小言，偶有会心"两个层面的诗作，则需"借选而后传"，这也是《诗钞》用心所在，所谓"整齐荟萃，勒成一书"，以反映蜀诗全貌，正是孙氏编纂本书的用意。至选录标准，则"以人存诗""以诗存人"并举，而"悉就佳者录之"，则可见衡鉴蜀诗的选旨。

《诗钞》的编纂体例，基本继承了蜀人编纂诗词总集的传统——断代选录、按人结集、分体编排。如后蜀人韦縠编辑《才调集》，选录有唐一代富有"才调"的诗人作品，按古诗、律诗等类别系录于诗人名下。后蜀赵崇祚编辑《花间集》，选录唐五代词作，按词牌系录于词人名下。明末清初人费经虞、费密父子编辑《剑阁芳华录》，选录明末清初人诗，按古诗、律诗等体系录于诗人名下，诗人的编序大抵以科甲、年齿先后为准，与《才调集》选录大家置于卷首以张体式有所不同。其后孙澍订补费氏父子之作而成《蜀诗》，以及李调元《蜀雅》、张邦伸《全蜀诗汇》、张怀泗《蜀诗钞》、张沅《国朝蜀诗略》等，编纂模式与费氏父子大同小异。释含澈也说："旧友杨立生工部为予言，绵州孙小峰太史选《全蜀诗钞》，仿佛罗江李雨村太史《蜀雅》、新繁费此度先生《剑阁芳华集》，盖五十余年矣。"[①]

《诗钞》以清代蜀诗为断限，上限是部分由明入清之诗人，而对"已臣前明而复仕我朝，及前明科第而卒于我朝者，悉不录"，

---

① （清）李炳灵、释含澈辑《蜀诗续钞·序》，清光绪二十二年刻本。

这与《蜀雅》入清皆收的选录标准不同，所谓"不必借才于胜国"，实则是对明清断限的标准不同。下限是卒于光绪元年（1875）之前的诗人，所谓"集中所录，均系已往之人，且以杜标榜声气之弊"，但也录有同治年间科第之人，并非均卒于光绪元年之前，孙氏的解释是"年深途远，莫定存否，未能割爱，暂登简端，非敢自乱其例"。至诗人编排次序，仍沿用科甲、年齿之序，所谓"集中名次先后，悉依科名序列。其有诸生布衣，则按时代以编之，方免混淆"。诗人名下选入之诗，仍分体编排，"先古后今，先五言后七言"，以"便于诵阅"。并于最后几卷选录妇女、僧人、道士的作品，也是《才调集》等选本的传统做法。凡此皆沿用旧例，发明无多。

孙氏最大的变例，则是改易原诗，所谓"就原作稍为改易节删，以归纯净者"。不过这种做法，可谓双刃剑，经过改易的诗，或许更符合编选者的旨趣，但相对于原作来说，既有损于原诗意境，又破碎了文献原貌，可谓弊大于利。其间窜易尤甚者，当属取自《蜀雅》与《听雨楼随笔》二书之诗，如卷一二《将抵灌口》诗，《蜀雅》卷一七、乾隆《灌县志》卷一一作《将抵灌口即目》，诗云："十里一柳村，陌上柳无数。柳下见平畴，田外仍柳树。深秧围茆屋，入去莽无路。时有荷锄人，自绕阡陌度。"《诗钞》改"陌上柳"作"秀色纷"，"柳下见"作"村外列"，"田外仍柳树"作"青青接烟树"，"深秧"二句改作"秧针铺作氇，农歌起前路"，"荷锄"作"荷蓑"，"自绕阡陌度"作"驱犊烟中去"。盖因前四句都含"柳"字，嫌碍眼而改之，意境顿异。甚至还有因擅改而致错之例，如卷一八《次韵留别袁竹坡》诗"更怜双别泪，一半到潜沱"，《诗钞》改"潜沱"为"溥沱"，而据《铜梁山人诗集》卷三"潜沱"下有注云："时家兄归蜀。"改作"溥沱"，显误。因此，嗜改原诗成为本书一大特点，迹同再造，无复旧貌，并不值得提倡。

《诗钞》汇聚文献、编选蜀诗的功劳，无疑是巨大的。乾隆三十年（1765）以前之诗，参照《蜀雅》，而略有增删及调整顺序；乾隆三十年以后之诗，均采自残编断简，而数量则"较《蜀雅》已多三四倍"，见其用力之勤。《诗钞》取自《蜀雅》的作品，除了润饰删改之外，于诗篇也非悉数照录，如卷五选杨岐《蓬莱阁杂咏》《红桥泛舟》，而不选《雪》一首。也有在《蜀雅》基础上大量补充者，如张鹏翮，《蜀雅》选《旅夜书怀》一首，而本书则增选《归化城望昭君青冢》等23首；又如马玉琪，《蜀雅》录1首，此则存一卷。此外，对作家传记、诗话等资料，也多有补充。除继承《蜀雅》之外，《诗钞》采录诗作较多的文献，还有王培荀《听雨楼随笔》、王昶《湖海诗传》、蒋超《峨眉山志》及《四川通志》、文集等，其文献价值，自然超过《蜀雅》。后来李炳灵、释含澈有《蜀诗续编》之作，对孙桐生的工作作过总结："左绵孙小峰太史踵雨村《蜀雅》而有《国朝全蜀诗钞》之刻，作者三百六十余人，为卷六十有四，矩制零章，甄采略尽，且间为小传，于扬风抁雅之中，寓知人论世之意，洵蜀西文献一大观也。第急于成书，且生存不录，尚有遗佚。"① 肯定孙氏对"蜀西文献"的贡献是对的，但说孙氏"急于成书"则不合实际，而指其"生存不录"的条例导致"遗佚"，目的在为《续钞》之作张本，而"不录生者"本是选集的优良传统，无可非议。

当然，《诗钞》除随意改字之外，由于成书时间略显仓促，往往未能检核原书，延续了《蜀雅》等选本的失误，如卷四李珪名下误入刘临所作《题扇头桃花》《题驿壁哀前宫人之被虏者》等诗。此外还有个别误刻字，如"刘了庵"误为"刘子庵"之类，实有重新校勘之必要。

《诗钞》于光绪五年（1879）六月刻于长沙，每卷首题"左绵孙桐生小峰甫选辑"，卷末题"宜宾李廉小石甫、乐山唐步瀛蓬洲甫校刊"，书首有孙桐生光绪元年（1875）自序，末有光绪五年五

---

① 李炳灵《国朝全蜀诗续钞序》，清光绪二十二年（1896）刻本。

月李廉跋。首刻之后,未再重刻,但应该有两个印本,姑且称之为初印本与重印本,1985年巴蜀书社据四川省图书馆所藏影印本,即是重印本。重印本于初印本有所剜改,如卷二二"继前因"改作"悟前因",卷三三"已见一斑"改作"已见深致"之类。而最大的改动则是卷二一末增补六页,又删卷末原跋及附录《楚游草》诸诗。

《国朝全蜀诗续钞》七卷

（清）李炳灵、（清）释含澈合编,清光绪二十二年（1896）新繁龙藏寺潜西精舍刻本,《巴蜀珍稀文学文献汇刊》据以影印入第28册。民国《新繁县志》卷三〇《艺文》、《清代蜀人著述总目》著录。

李炳灵字可渔,一字我鱼,重庆垫江人,光绪五年举人,选授德阳县教谕。二十七年（1901）,任剑阁县儒学训导。曾参与纂修光绪《垫江县志》、光绪《德阳县志续编》,与陈忠良合编《垫江县乡土志》,又编《桂溪耆旧集》十二卷（存）。《国朝全蜀诗续钞》卷三录其诗23首,有小传。

李炳灵编选是集,是为补续孙桐生《国朝全蜀诗钞》而作,期以展示一时"诗学之盛",且免"乡先生一生撰著""委诸蟫蠹",其自述编纂过程云:"余瑟居多暇,不揆梼昧,搜辑名流佳什。多者则汰之,以精选择；少者则存之,以传姓名。积久成帙,用资观感而备遗忘。……去年秋,薄游繁江,晤雪堂上人。……因出是编商确,并约同选。上人欣然见许,为之订正补遗,付诸手民。"是此集初编成于李炳灵之手,而经由含澈修订补辑。含澈序云:"予尝刻《及见诗钞》《及见诗续钞》,载乾、嘉、道、咸之人,间有采于《蜀雅》《芳华》二集,不尽为蜀人已矣。兹援可渔广文之意,复将严、杨诸蜀人之诗,另汇成帙,可续孙太史之不逮。至可渔广文所选杨忠武公诸作,实有补予《及见诗钞》《及见续钞》之不及也。"可见此编最终定稿于含澈。释含澈编有《方外诗选》等多种总集，见前。

因孙桐生"生存不录"，故《全蜀诗钞》录诗人至同治间止。此编为补足道、咸、同、光之诗，且于乾隆、嘉庆以前诗人也多有补充，李炳灵《凡例》所谓："著录诸公多系孙选所遗，细检其诗，实有不容湮没。亦有孙选时未见专集，只采一二首，兹获窥全豹，亟登之，以补其疏略。"

是编录诗人218家，分七卷。卷一录杨遇春等58人，卷二录宋沛霖等37人，卷三录李炳灵等41人，卷四录蔡时田等25人，卷五录杨益豫等43人，卷六录吕燮枢等13人，卷七含澈1人。所录诗人有补辑诗作者，如卷四录蔡时田（乾隆辛卯进士）17首，杨弘绪（康熙辛丑进士）23首，高辰8首，李惺39首，《国朝全蜀诗钞》已收其人，此系补录诗作。而更多则是增补诗人，其中大部分与含澈有交往，如卷三何元普录诗23首，其《寄雪堂上人》有叙云："自同治甲子来，余与方外订诗交者，雪堂一人而已。"所选诗大抵与雪堂相关。其至交好友杨益豫录28首，吕燮枢30首。而该书编者之一的李炳灵也入选23首，而含澈更独占卷七，录诗达291首。所收多同时代人，较之孙桐生"不录生存"的体例而言，则又有所不同。

是编以人系诗，附有小传。然编排体例混乱，正如李炳灵《凡例》所云："此编踵孙小峰太史《全蜀诗钞》之后，与雪堂上人相约纂辑，随手付梓。为时匆促，故名次未依科第，序列先古体后近体，亦未及整理，草创而已。"含澈所编，也是随见随录，较之孙桐生《全蜀诗钞》的编纂体例，差了许多。

2005年，巴蜀书社出版社了由《近代巴蜀诗钞》编委会编纂的《近代巴蜀诗钞》，上继《全蜀诗钞》，弘扬巴蜀诗坛正声，延续了巴蜀地区总集编纂的优良传统。

第八节　《蜀秀集》等课艺诸集

前人编选诗文总集，有供读者学习和借鉴的功用。自科举日兴，总集编纂也成为科举的助力，唐代科举与总集同步兴盛，便是明证。同时，也出现了专门服务于科考的总集，如许南容集《五子策林》十卷、无名氏编集《元和制策》等。南宋魏天应辑《论学绳尺》十卷，冠以《论诀》一卷，钩辑当时场屋应试之文，是现存较早的科举文总集，或称为八股文鼻祖。明清以来，科考采用八股文，书院多有模拟科考的八股文制义，因之汇为总集者比比皆是，正如杭州《学海堂课艺七编》杨文莹序所说"天下行省书院课艺之刻，岁无虑数万首"①。既有各地书院试艺之结集，如杭州《诂经精舍文集》、广州《学海堂集》、天津《会文书院课艺初刻》，也有汇刻者，如清光绪八年撷云腴山馆刻《各省课艺汇海》。据鲁小俊先生统计，"存世书院课艺总集在二百种以上"②。《蜀秀集》作为其中之一，正是巴蜀地区书院课艺代表作的结集。

《蜀秀集》九卷

（清）谭宗浚编，道光五年初刊本，《历代地方诗文总集汇编》据光绪二十三年重刊本影印入第440—445册。

谭宗浚（1846－1888），字叔裕，谭莹之子。八岁作《人字柳赋》，十六岁中举人，同治十三年（1874）进士，授编修。光绪二年（1876），提督四川学政，八年（1882）任江南乡试副考官。历充国史馆纂修总纂、功臣馆纂修等职，十一年（1885）出为云南

---

①　（清）杨文莹《学海堂课艺七编序》，清光绪十七年（1891）刻《学海堂课艺七编》卷首。

②　鲁小俊《书院考课与八股文》，《文学遗产》2017年第6期，第121页。

粮储道，再权按察使。后引疾归，光绪十四年（1888）卒于归乡途中。著有《辽史绪论》《希古堂文甲集》《希古堂文乙集》《荔村草堂诗钞》《荔村草堂诗续钞》《芳洁斋赋草》等。

《蜀秀集》九卷，是谭宗浚督学四川时所编，汇集尊经书院课试之作，所谓"妙选时髦，量加程校""爰汇菁华，都为一集"，故称"蜀秀集"。前有自序云："余以辁才，谬持使节"，"间尝召巾褐以谈文，偕章缝而树讲，谓经师派别递衍于累朝，而正学昌明莫隆于昭代。"可见其"辁才"之旨在昌明正学，以追求"颛门名家，实事求是"。他眼中的"正学"自是"经学"，这也是尊经书院的主旨。考察"正学"，大略有五端，所谓"讲明训诂之学，其善一也"，"考证史传之学，其善二也"，"稽求器数之学，其善三也"，"校刊经籍之学，其善四也"，"讲习词章之学，其善五也"，他将"课之以孥经，引之以读史，旁兼诸子，下逮百家"，而将"词章之学"置于最末，"但求合法，不尚新奇"，正是练习"制艺"，应对"场屋"之法。"岁历三稔，制逾千篇，爰汇菁华，都为一集"，可见《蜀秀集》是尊经诸生精品习作的结集。

是集共收诗文356篇，所录作者多达95人。除收录诸生习作外，还收录了谭宗浚"拟作"11篇，往往排在同题诸作之首，以为示范。所录诸生习作，有"下车观风卷"、"尊经书院季课卷""尊经书院呈阅卷"和"属经古"之成都、嘉定、叙州、资州等各地"岁考""岁覆"及"科考""科覆"试卷，当是谭宗浚在督学任内课试四川诸生的试卷。"其中文字偶有删润者，多系学使改笔"①，则谭宗浚不仅命题示范，而且还对入选试卷有所"删润"。可以说，这部由督学亲手编纂并撰范文的试题集，对蜀学的影响，是值得重视的。

清代学术潮流，无论是前期的考据学，还是后期的今文学，执牛耳者均为江浙学派。同光之前，蜀学相对沉寂，虽有锦江书

---

① 张选青《蜀秀集跋》，《蜀秀集》卷首目录后。

院课艺诸生，然多以科举为事，在学术领域之建树，向来不为外人所重。同治十三年（1874），提督四川学政张之洞与总督吴棠等，应薛焕等官绅之请，以"通经学古课蜀士"为旨，创办尊经书院，历数十年，培养了杨锐、廖平、宋育仁、骆成骧、吴玉章、吴之英、吴虞、张澜等优秀人才，从而对复兴蜀学，产生了深远的影响。尊经书院的首任山长薛焕不以学术见长，所用主讲为浙江海宁钱保塘和嘉兴钱宝宣。二人学自浙派，长于考据，通经学古，不教八股制艺，为蜀学注入了新风，王闿运所谓"两钱主讲，五经斯立"是也①。"两钱"虽非一流学者，钱宝宣甚至被讥为"浙派之潦倒者"②，但拟聘的俞樾、李慈铭、王闿运等大儒不来，代表浙派的二钱主讲，仍为尊经书院初期学风的树立，作出了贡献。钱保塘著有《清文室文钞》十二卷，卷一二有《成都尊经书院策问》，分别以《四书》《五经》《说文》《三史》《史例》《地理总部》《制科》《儒家》为问，出经入史，兼顾子部，尽显考据风范，而不标榜辞章，正是江浙派的特点。因此，尊经书院成立的第二年，继任督学的谭宗浚课艺诸生，自然离不开浙派的影响。至光绪四年（1878）底，王闿运入蜀，担任尊经书院山长，湖湘派经世之学逐渐取代了江浙派考据之学。因此，编纂于光绪五年冬之《蜀秀集》，以江浙派学风为主，应在情理中，如廖幼平所说："是年冬，学政谭宗浚集尊经诸生三年以来课艺及下车观风超等卷，刊为《蜀秀集》八卷。所刊皆二钱之教，识者称为江浙派。"③他将谭宗浚编刊《蜀秀集》的时间系在光绪四年冬，其时王闿运未至，尊经书院是江浙派学风占主导地位，所以才有"所

---

① （清）王闿运《致张尚书》，《湘绮楼诗文集》笺启卷二，岳麓书社1996年版，第845页。

② （清）王闿运《湘绮楼日记》（光绪五年五月二日），岳麓书社1997年，第792页。

③ 廖幼平编《廖季平年谱》，《儒藏·儒林年谱》第50册第18页，四川大学出版社2007年。

刊皆二钱之教"的推断。然而这一系年并不可靠，现存《蜀秀集》刊本扉页题"光绪五年己卯刊于成都试院"，卷首谭宗浚序末题"光绪五年十月"，序言"岁历三稔"，卷首"目录"末张选青跋语亦题"光绪五年十月既望"，因此，《蜀秀集》编刊于光绪五年是肯定的。其时王闿运执掌尊经书院已近一年，对尊经书院的学风进行了大刀阔斧的改革，并因此与钱宝宣等产生矛盾，其不满情绪时时见诸《湘绮楼日记》。编纂于此时之《蜀秀集》，如果"所刊皆二钱之教"，则是难以想象的。《蜀秀集》中，有关经学的试卷占了三卷，史学一卷，而诗赋杂著则占了五卷。前四卷与《成都尊经书院策问》题大体相似，而后五卷则是"词章之学"，固然与编者爱好文学密切相关，但拟作诗赋多仿汉唐及东坡，恐怕也与王闿运诗宗汉唐，重视拟古，脱不了关系。

尊经诸生中，有前任督学张之洞特意向谭宗浚推荐的"五少年"，即杨锐、廖平、张祥龄、彭毓嵩、毛瀚丰。五人均有习作入选《蜀秀集》，其中锐33篇、毛瀚丰30篇、张祥龄12篇、廖登廷（即廖平）9篇、彭毓嵩2篇。此外，邱晋成21篇、范溶17篇、曾培12篇、戴孟恂11篇、张孝楷8篇，算是入选较多者。尊经书院的高材生宋育仁也入选6篇，而同为高材生的吴之英等人则1篇未入。可见，作品入选与否及多寡，也与个人喜好密切相关。虽不能反映尊经初期的整体教学水平，但相差应不太远。因此，本书对书院教育史及蜀学研究的参考价值，不容低估。王祖源在《尊经书院初集序》中指出："戊寅冬，督学使者南海谭编修曾拔其尤，刻《蜀秀集》，精得包举众艺，表见群英，识者谓与《诂经》《学海》相颉颃。三年灯火成学，斐然于此，叹蜀才之善变也。"结集以观学风，继而影响全蜀乃至全国，其意义自然非凡。其后《尊经书院初集》《二集》《三集》等仿效而作，其影响可见一斑。

是书光绪五年（1879）刊于成都试院，共九卷，扉页题"谭叔裕编订"，卷首有谭宗浚序，有《蜀秀集目录》及光绪五年

(1879)十月既望尊经书院监院事张选青跋,每卷首题"惜分阴斋订"(《蜀藏丛书·巴蜀珍稀教育文献汇刊》据此本影印)。后于光绪二十三年(1897)补刊重印于尊经书院,仅将卷四罗长玥《魏晋南北朝崇尚郑学考》一文换作傅世洵《秦郡县考》,其他均依原版重印。

《尊经书院初集》十二卷

(清)王闿运辑,清光绪十一年(1885)四川省城刻本,《蜀藏丛书·巴蜀珍稀教育文献汇刊》影印入第35至38册。

王闿运(1833—1916),字壬秋,一字壬父,号湘绮,湖南湘潭人。晚清著名经学家、文学家。他于光绪五年(1879)入主尊经书院,成功地将湖湘学术引入蜀中,培养出杨锐、廖平、宋育仁、吴之英、张森楷、张祥龄、吕翼文等精英人才,对改革四川学风、文风起到了举足轻重的作用。

是集盖编辑于光绪十年(1884),刻成于次年四月。前有光绪十一年(1885)丁宝桢《序》、四川承宣使易佩绅《序》、四川成绵龙茂兵备使者福山王祖源《序》,《尊经书院初集目录》下署"湘潭王壬父夫子阅定"。是编所录为尊经书院课艺之作,丁宝桢《序》称:"院长壬秋先生所作《释蒙》《退食自公》等篇,解说精当,言皆有物,与余所言贵求心得之论,适相符合。又观其《自记》曰:'今愿与诸生先通文理,然后说经,理通而经通。'旨哉斯言。"则所录以王闿运之作为范本,诸生习作随后,大抵以解经说理、通经致用为旨。至编辑此集的来由,王祖源《序》有所交待:"张孝达学使之创建尊经书院也,其章程'诸生应课佳卷,帖示讲堂',非以明不私,特以蜀士三万,而院额百名,县鹄国门,便学射者知所观摹耳。"则汇聚课艺佳卷以昭示全蜀,以便学习观摩,本是张之洞创建书院时立下的规矩,因此谭宗浚辑《蜀秀集》开其端,王闿运编《尊经书院初集》继其后,"评改涂乙,不厌详说,每一帖示,等石经之初立,若左赋之方成,四方观临,刀简复沓。学者既苦钞写之多劳，又恐鲁鱼之滋误，请付梓人，乃成是集。公余卒读，窃以研经则搜大义而剪支离，制辞则屏晚近而宗阮谢，苟比《蜀秀》，其间盖远"[①]。则是编助益尊经诸生，于蜀学复兴，实有意义。

是编十二卷，前八卷以儒家经典为题，卷九至卷十论史，其后为诗赋杂文等，体现了"尊经"的主题。如《蜀秀集》收录"谭叔裕"范文一样，本书收录院长程作（王闿运）《释蒙》《释贡》《退食自公解》《朱裳考》等篇，诸生中录文较多者有刘子雄、周道洽、戴光等人。所录文章，大抵文中有圈点，篇末有点评。如卷五评廖平《伯子男辞无所贬解》"要言不烦，说不嫌，尤佳于正义"，卷一一评周宝清《代太常博士答刘歆移书》云"文廉干不及廖平，详婉过之。引左、毛相表里数条，精于梅鸶"，全书压卷之篇为吴之英《梓潼县文昌庙碑》，评云："意主六星，于晋贤一说，并能兼举，疏分节断，章次有法。至其古藻斓班，尤足追四杰。"评点试卷佳篇的用意明显。

《尊经书院二集》八卷

（清）伍肇龄辑，清光绪十七年（1891）尊经书局刻本，《蜀藏丛书·巴蜀珍稀教育文献汇刊》影印入第 39 至 40 册。

伍肇龄（1826—1915），字崧生，邛州人。道光二十七年（1847）进士，授翰林院编修。同治初因肃顺案罢归，回成都任锦江书院主讲和尊经书院山长。后复职，累官翰林院侍讲学士。著有《石堂诗钞》《石堂藏书》。专意于宋儒之学，以身心性命之学为宗，编刻经、史、诗、文，凡十余部。

是编继《尊经书院初集》而选，前有伍肇龄《尊经书院课艺二集序》云："同治甲戌，官绅协谋，别建尊经讲舍，始专考经

[①]（清）王祖源《尊经书院初集序》，《蜀藏丛书·巴蜀珍稀教育文献汇刊》第 35 册，第 158 页。

义,兼习古文词。十余年来,登进者历科转盛,风会所趋,人人皆知读书之有益矣。余以谫劣,谬膺斯席,见前谭学使有《蜀秀集》之刻,携板以去,王壬秋院长始刻《课艺初集》。因命杨生桢、罗生元黼详检官师两课,梓为《二集》,仿《初集》式,不刻近体。亦有传观遗失,宜刻而未刻者,略存梗概云。"其后为《尊经书院二集目录》,下题"邛州伍肇龄崧生阅选,南江岳森林宗参订",共八卷,前五卷考论儒家经典,后三卷选录诗赋杂文,体例步趋《初集》,选入作者如刘子雄、戴光、杨桢等已入《初集》,盖所谓"传观遗失"者。选文以李滋然《三易考》居首,以戴光《蜀本中国考》殿后,入选佳篇较多者有周国霖、胡念祖、方守道、周凤翔等人。但所录诗文则仅有圈点而未缀评语,也未选院长范文,与《初集》略有不同。

《尊经书院课艺三集》八卷

(清)刘佛卿辑,清光绪二十三年(1897)刻本,《蜀藏丛书·巴蜀珍稀教育文献汇刊》影印入第41至42册。

是编前有《尊经书院课艺三集目录》,题"院长刘佛卿先生选"。佛卿名岳云(1849—1917),一名震,字佛卿,号致庵,江苏宝应人。光绪十二年(1886)进士,分任户部主事,累迁郎中,授绍兴知府。著述丰富,有《格物中法》《食旧德斋杂著》《测圆海镜通释》《算学丛话》《五经算术疏义》《喻利算法》《矿政辑略》《四川尊经书院讲义》等存世。其学重音韵训诂,汉宋兼采,又主"西学中源"说,倡导经世致用,深谙算学,是晚清著名学者。他于光绪二十二年(1896)出任尊经书院山长,一时学风为之转变。所选《尊经书院课艺三集》,仍仿《初集》以"程作"之名出题发问,多录算学、音韵训诂、典制沿革及中西通商之作。与前二集侧重传统学术的选旨有明显区别,而更重视经世致用之学,如算学、通商及矿业等。而后三卷多选拟古诗赋杂文之作,则回归传统,照应科举,也有"西学中源"及洋为中用之意。可以说,本编体现了刘氏的学术导向，对尊经书院后期学风的转变，起了促进作用。所选诸生，以孙忠瀹、邵从恩、苏兆奎、邓镕之文为多，也选有前二编所录如杨桢、胡念祖、方守道等人之文，可见不拘一期，而兼顾前者，足见学风导向的差异。

《九峰制艺》四卷

（清）罗星辑，见道光《綦江县志》卷七。

罗星生平，见《诗选便读》介绍。

《合阳课艺存真》4册

（清）程祖润辑，民国《新修合川县志》卷三四《艺文》著录，芸香书屋刻本，不分卷。

程祖润（1805—1861），字雨琴，世居丹徒，入祥符县籍为诸生，登道光二十四年（1844）进士第，初任新繁县知县，有政声。道光二十七年（1847）调署合州，二十八年（1848）调江津县知县。累升道员，总办川东防剿军务。咸丰十年（1860）十二月卒，年五十六。尝刻《繁江课艺》行世，著有《妙香轩集》。事见光绪《丹徒县志》卷二八本传及民国《新修合川县志》卷三四。祖润擅长帖括诗赋，其在合阳，月课为多，皆悉心校核，手自点定，造就名士如周作孚、刘肇观、张中榜、陈蕴辉、陶凤占、王启霖、陈在宽，名称极盛。是编集合阳月课诸生之作，四书制艺试帖而外，兼课诗赋论四首，刻于道光二十八年（1848）春。不久卸任，遂携板去。初无"存真"二字，翻刻加之以防伪。是编与《繁江课艺》皆其悉心课士之作，可借以考见清末官学课艺风格，研究教育等诸多问题。可惜未见传本，尚待寻访。

第九节 《浣花濯锦集》等闺秀诗总集

《浣花濯锦集》八卷《补遗》一卷

《浣花濯锦集》八卷《补遗》一卷，（清）朱云焕辑，有嘉庆元年（1796）刻本，嘉庆二十三年（1818）犍为张氏小书楼金粟山房刊本。

朱云焕（1730—1804），字霞堂，一作遐塘，江陵人。乾隆三十六年（1771）举乡试第二，授太平知县，终永宁令。致仕后居华阳，主讲潜溪书院十余年，一时名士多出门下。尝校刊《全蜀艺文志》，嘉惠实多。年七十五卒。著有《龙门草》十六卷、《潜溪书院志略》八卷。又辑《浣花濯锦集》，网罗蜀中自汉以来才女之诗。嘉庆《华阳县志》卷三九下载李元《朱霞堂先生墓志铭》云："蜀多才女，自汉以来宫嫒命妇及民间女子，所传诗歌盛焉，亦有微贱而渐就澌灭者，公博稽不遗余力，务俾香阁清魂与江声并永，为《浣花濯锦诗》上、下两卷。"所载书名及卷数与今传本及嘉庆《华阳县志》卷四〇《典籍》著录均不同，盖未刊之稿。是编有李元序、陈卓跋，以人系诗，录诗近千篇，诗人近百人。陈卓《朱霞堂浣花濯锦集跋》称："展葡萄之幅，约计千篇；开玳瑁之函，兼收百美。垂诸艺苑，不数华阳士女之编；贻我清辞，应嗤南部烟花之计。"① 不无溢美。而清王培荀云："《浣花濯锦》集古今蜀中闺秀诗，仅二册，而一人或三四见，诗亦重复参差，惜无人为刊正。"② 然蜀中自古以来即多才女，其篇什散见简端，不便观览。是编汇为一集，虽不无遗漏与重复，而功莫大焉。清李调元称："《浣花濯锦》女娘词，自古骚坛半蜀姬。一骑索观忙

---

① 嘉庆《华阳县志》卷三九下《艺文》。
② （清）王培荀《听雨楼随笔》卷八，清道光二十五年（1845）刻本。

底事,丽人中有万嬛诗。"① 绵竹女诗人李锡桂《题蜀中闺秀浣花濯锦集》云:"闺阁钟灵秀,天教蜀国多。词源开帝后,花样学星娥。江汉风同化,巴渝女亦歌。生成云锦烂,何待浣春波。"② 李锡桂尝与德阳女诗人曾宏莲同辑《国朝闺秀所知集》,故于蜀中闺秀诗,颇有研究。

《锦江闺秀联吟》

未知编者,《诗缘》正编卷一〇录李锡桂、曾宏莲诗自此。

第十节 巴蜀府县作家总集述略

《锦里玉堂编》五卷

(宋)宋璋编,见《宋史》卷二〇九《艺文志》八"总集类"。宋璋,成都人③,宝元进士④。宋时称翰林院为玉堂,从题名看,应当是选录成都人在翰林院之作为《锦里玉堂编》。

《符江诗存》一卷

(清)李超琼辑,清光绪二十二年(1896)活字本,《历代地方诗文总集汇编》影印入第446册。

李超琼(1846—1909),字惕夫,号紫璈,合江人。同治十二年(1873)举人,光绪十二年官(1886)溧阳知县,旋调江阴、吴县、南汇,历宰八邑,皆得民心,宣统元年(1909)卒。所著

---

① (清)李调元《童山诗集》卷三九《谢朱霞堂云焕送浣花濯锦集》,清乾隆刻《函海》道光五年(1825)增修本。
② (清)沈善宝《名媛诗话》卷五,清光绪鸿雪楼刻本。
③ 嘉庆《四川通志》卷一八八《经籍·集部附录》。
④ 嘉靖《四川总志》卷四《科第》。

《石船居古今体诗剩稿》二十卷,一官一集,其诗工力深稳,自成一格。事见民国《上海县续志》卷三〇、《晚晴簃诗汇》卷一六五。是编辑录合江先贤诗为一卷,合江古称符县,故以名集。首有光绪二十二年(1896)受业金坛林之祺元序、潘昌煦序,元序称:"我师裒集自唐以来合江邑人之作,附于古昔君子操选政者'以诗存人,以人存诗'之例也。"潘序称:"乙未秋,我师有《符江耆旧传》之刻,衣冠肃集,灵爽疑存,乔木葱茏,光气无恙,借钜笔以表阐,俾潜德之弗湮。嗣乃采干崇岩,求珠沧海,复辑《符江诗存》一卷……循《箧衍》之辞,仿《极玄》之作。分系厓略,则遗山《中州集》之亚也;追述先著,则竹垞《明诗综》之例也。"则是编沿《箧衍集》《极玄集》之例,以人系诗,按朝代编次,作家名下有小传,录先汪至李超瑜等42人之诗,共179首,作为正编。又附录苏轼以下35人之诗,并夹注说明,取事关合江者,以为一地名胜。其援据文献,有《全蜀艺文志》等总集及方志,而考据甄别,态度审慎,如不取《合江志》所录隋刘珍诗,颇有见地。录蒋肇龄诗38首,为诸人之冠,亦属合江诗人翘楚。至以季弟李超瑜3诗压卷,哀其英年早逝,亦合不录生者作品的选家通例。卷末自跋其后,所谓"名曰《符江诗存》,言存者之仅仅有此也,非敢削也,盖有待也",惓惓乡邦之心,于此可见。

《江阳诗文偶钞》

(清)曹国佐选辑,民国《泸县志》卷六、《清代蜀人著述总目》著录。

曹国佐,字斗垣,泸县人,嗜著述,编有多种总集。是编盖抄录泸州诗文成集,未见传本,条例未详。

《阳安诗文钞》二卷

(清)傅为霖辑,民国《简阳县志》卷二〇《经籍篇》、《清代蜀人著述总目》著录。

傅为霖（1831-1906）字润生，简阳人。光绪六年（1880）进士，官通山知县。晚主简州凤山书院。卒年七十六。著有《淡斋集》三卷（存）、《简州乡土志稿》十卷、《简州傅氏谱》七卷。民国《简阳县志》卷一三有传。

是书编刻于光绪十八年（1892），今未见传本，然民国《简阳县志》多有征引，存其大概。民国《简阳县志》卷二〇《经籍》载其自序，以孙桐生《全蜀诗钞》于简阳诗人多有遗漏，"乃与同志数人汇国朝州中人诗古文词，都为一集，付之剞劂，以备艺林之采撷，而制艺诗帖律赋不与焉。其诠次，大抵古诗先于律诗，古文先于骈文，亦不沿宋、元以来批点之陋习，惟每人名下附著其表字爵里，以为知人论世之助，仿姚武功《极玄集》例也。其人尚存，则所著虽佳，亦不录，以避标榜声气之嫌，从《昭明文选》，不取何逊例也。汪柳桥先生为吾邑之领袖，名最盛，著作亦最富，故所存独多。家晓亭太守，年代久远，什仅得其二三。汪菊田先生，予素所亲炙，然索其嗣君石庵茂才遗稿，已半就茧落。其他，则或人止一篇，或耳其名而求之不一得，非敢有所去取也。诸君并欲以亡儿怀焜诗文附刊于后，予以小儿牙牙学语，尤不敢为前人续貂也。刻即成，爰识其梗概，以质后之君子。"则是编仅录清人诗文，不录存世者及科举试帖文。作者名下有简传，以人系诗文，分体编排。民国《简阳县志》附方于彬《简阳县诗文存序》，称"光绪中，傅润生先生有《阳安诗文钞》之刻，顾所收以清代为断，未溯元、明而上"，未收明以前诗文，的确是本书缺陷。

《二王诗选》二卷《友声录》四卷

（清）王士元编，民国《简阳县志》卷二〇《经籍篇》"总集类"、《清代蜀人著述总目》著录。

王士元（1836—1908）编有《古诗选》，见前。所辑《二王诗选》《友声录》今未见传本，姑附此待考。

《阳安诗文钞续》二卷

（清）李仙衢辑，民国《简阳县志》卷二〇《经籍篇》、《清代蜀人著述总目》著录。

仙衢字萃波，简阳人。同治十二年（1873）举人，任国史馆誊录。是编未见传本，民国《简阳县志》卷二〇《经籍篇》存其自序，有云："润生山长辑《阳安诗文钞》，搜罗甚广，遴选亦宽，自汪柳桥数人外，其他零篇断什，率以牵连得录，如吴如张，乃一字不及，非其弃而不取，盖亦原叙所云，限于耳目故也。余惟吾郡地舆辽阔，如宫父庶侯之说，文献当不仅此，爰检箧中旧书，并采他本，共得乡先达诗古文词若干首，谨都为二卷，授之梓人。虽篇什殊未足窥全豹，而其潜德英声，或可借此不泯。染指无难知鼎味，又奚必多之为贵乎？汪柳桥冠冕吾邑，其遗稿备载钞，兹复搜得一二，仍具存之。傅晓亭、汪菊田集，他未之见；吴海山、张积斋两茂才，余凤曾得其《诗草》，故所钞较多，初非有去取于其间也。"是则续补仍以清代为主，且尝刊刻行世，今未见其本。

《新繁诗略》六卷《续编》二卷

（清）杨昌翰辑，光绪二十一年（1895）新繁杨氏刻本，《历代地方诗文总集汇编》影印入第447册。

是编卷首有光绪二十一年杨桢序、杨昌翰自序及《凡例》《参订姓氏》《引用书目》《目录》。昌翰字涤臣，益豫子，成都新繁人。国子监生，能诗，以军功保举为湖北房县知县，以不习吏事去。后客死京师[①]。

新繁诗自费密父子崛起于明清之际，上继宋、明，下启有清一代，蜀中诗坛为之一振。昌翰是编，盖效仿梅鼎祚《宛雅》、张

[①] 民国《新繁县志》卷一三。

应遴《海虞文苑》、清王辅铭《练音集》、鲍楹《清溪先正诗集》、马淑《渠风集略》、王珩《东皋诗存》例而辑录新繁籍诗人诗作，对费氏父子祖孙颇为推重。

杨桢撰序，列举宋梅挚、明马祯峨、费经虞、费密及清杨宏绪、姜兆璜、杨益豫、吕燮枢等新繁诗坛的重要人物，评述新繁诗歌发展的几个阶段，慨叹诸家著作星散，"惜无荟萃众长，勒成一集，以继《成都文类》《剑阁芳华》者"，因此肯定昌翰征存"乡邦文献"的"编辑之功"，谓可作沈德潜《清诗别裁集》和李调元《蜀雅》之蓝本。虽不无溢美，然钩辑之功，实不可没，于后世纂辑《新繁文征》，多有裨益。昌翰自序称："乃以待选家居，发先世藏书，宋、明及国初则采自诸家选本，近代诸家或从藏弆家借录，或从其后裔藏本钞存，悉心搜求，编为五卷，而以《历代论录》一卷附焉。"

《诗略》卷一录宋、明诗，以梅挚为首。卷二至卷五录清诗，以费锡琮为首，而录费锡璜诗141首、杨益豫诗144首为最。卷六附录历朝书录、传志、诗话37则。《续编》上、下两卷，录一时友朋之作。昌翰自志云："昔昭明选楼，生存不录；元结《箧中》，同辈未登。唐、宋以降，尽沿其例，体制偶破，訾议横生，盖待论定、杜标榜也。自国朝渔洋感旧入选，悉依故交；随园同人存录，半皆好友。著录虽非古法，欣赏实有奇文。余选繁诗之后，得友朋诗一帙，分为二卷，授之手民。非敢继轨辙于王、袁，实以发幽光于桑梓。"卷上录沈锡周等13家95首诗，录其弟杨桢诗即多达48首。卷下录闺媛2人、释子2人，亦沿用巴蜀选诗惯例。是编所录，虽有违选例，但也有保存文献之功。

《南士遗吟录》一卷

（清）包汝谐选辑，今存宣统三年（1911）刻本。

汝谐字弼臣，南溪人。同治六年（1867）举人，选授盐源县训导，累官资州学正①。民国《南溪县志》卷六《艺文》著录《南士遗吟录》，一名《邑先辈各体诗合选》，二卷，清包汝谐"选邑先辈诗，自嘉、道以来至光绪末，凡三十家，生存者不录"。钟朝煦序云："南溪自乾、嘉而后，洎咸、同之间，罗似山先生导清源于前，包弼臣先生振芳尘于继，一时耆宿竞发春华，并轨齐羁，飞翰骋藻。……爰约同人，袠为斯录。仿中州人诗之集，辑襄阳耆旧之诗……此亦是南溪文献。"

民国《南溪县志》附《南溪文征》卷一有包汝谐《邑先辈诗录合选序》，论南溪学术渊源与诗歌流派云："吾邑自嘉、道以来，诗道渐启，词坛鳞次，其间杰出如刘芝庭、万师黄两先生，门人著录常数百人。刘门则包云皋刑部，自翰林视草，兼娴古学，其余亦簪笔踵起。而万门则侔誉六朝，与唐元、白相上下，蜀以南拈韵者多宗之。若萧亦士、黄立三、温验修三君，沆瀣一气，而罗令仪一派实大其传。以故萧门往往有罗门弟子，而萧子铭、温子忠、包韫斋、陈和埙诸君，则又罗门之私淑弟子也。此后如顾幼东、萧用和诸君，亦皆以碎锦遗珠焜耀人心目。兹承邑人士之命，附掺选政，因腆然各甄存之，俾后来作家咸鉴而兴起焉。"则《南士遗吟录》一卷，原稿二卷，题《邑先辈诗录合选》，一名《邑先辈各体诗合选》，选录嘉庆至光绪间南溪诗人30家，不录生存者，使南溪诗家源流自清，学诗者有所依托。今《南溪文征》存诗二卷，盖多转录之。

《南金集》三卷

（清）张正珏选。民国《南溪县志》卷六《艺文》著录。

正珏字擘云，廪生，南溪人，学于同乡岁贡生欧阳拔②。是集选录钟鼎荣、何安澧、曾树藩、李选青四家诗，四人力学为童子

---

① 光绪《叙州府志》卷三一。
② 民国《南溪县志》卷五《人士》。

师，居李庄乡附近，抑郁贫困以终。正珏辑其遗诗，自序云："是用时绎绪论，甄采乡先生之遗著，合而纂之，命曰《南金》，盖本家广武奇薛兼语而名之也。集中钟氏大本齿相悬绝，几一世隔，如何子约卿，以方千里人，故订忘年焉。维李与曾则年实齐等，而先入地者也。此外耳目所未及者几何，或他日更网珊瑚于海底，而逐次排比过原集焉，或竟不焉，未可逆臆也。"是集未见传本，录以俟考。

《增订二酉英华》二十四卷

（清）冯世瀛辑，今存光绪元年（1875）刻本。

世瀛字壶川，号雪樵，自称味无味斋主人，重庆酉阳人。道光十一年（1831）举人，补成都府金堂县训导。著有《五经集解》5种、《石经考辩》二卷、《耕余琐录》十二卷，今存同治十年（1871）刻本；《雪樵经解》三十卷，今存光绪八年（1882）秋树根斋刻本；参纂同治《增修酉阳直隶州总志》二十三卷，今存同治二年（1863）刻本。著有《候虫吟草》十六卷，今存同治十年冯氏味无味斋刻本。事见同治《增修酉阳直隶州总志》卷一五、《清代蜀人著述总目》。

本书辑录酉阳籍作家59人，诗作2900多首，编为二十四卷。编例同孙桐生《国朝全蜀诗钞》，所录诗作以冉崇云、田旦初、田砚秋、蔡世佑为多，远远超过《全蜀诗钞》所录酉阳作家数量，钩辑保存文献之功居多，是研究酉阳历史文化及民风民俗的重要文献。该书编成于同治十一年（1872），由冯世瀛学生夏永勋、夏晋光捐刻于光绪元年（1875）。

《桂溪耆旧集》十二卷

（清）李炳灵辑，光绪十一年（1885）凌云书院刻本，《历代地方诗文总集汇编》影印入第446册。

李炳灵与新繁僧含澈同编《蜀诗续钞》八卷，见前。

卷首萧铭寿序、李炳灵自序。是书编于光绪十一年，辑录垫江耆旧诗，编为十二卷，自序称："余书斋暇日，选辑《耆旧诗》十二卷，付之剞劂。胜国以前无闻矣，自明迄清，代有传人，第作者不必人皆有集，有集矣不必尽传，合为一编，斯足信今而传后。展卷之下，某也科名，某也仕宦，某也循良，某也文学，皆得晓其姓氏。下逮隐士畸人，幽栖岩谷，断什零缣，亦为登入，不使沉沦于蛛丝蠹窟中，甚快事也。"旨在"俾先贤之遗文逸藻不随陵谷为变迁"，且有再辑遗文，"勒为续编"之愿望。因垫江于唐武德间置清水县，天宝间更名桂溪，故以名集。

是集收录诗人自明夏宏至清同治间诸生任泰仪，凡61家，其中陈维、萧秀棠、李义得、李象钧各占一卷。以人系诗，附以简传，大抵按科甲及生年先后编排。录诗至同治五年丙寅，下距本集成编有二十年，可称《耆旧集》。

《金玉合刊》二卷

（清）魏鲁、陈崇俭撰。二人均为新都人，民国二十二年（1933）新都桂湖诗社取二人诗合刊排印。

是本前有王镕《魏陈二君传略》及《题重刻金玉合刊诗草》、民国二十一年方旭序、张元钰《玉垒山房诗选序》、民国十八年魏宗越序、民国二十一年世善《题新都魏幼禽玉垒山房诗钞》、《题新都陈朴安金石斋诗钞》、刘咸荥题词、陈东元题词。魏鲁（1855—1914），字幼禽，著《玉垒山房诗选》；陈崇俭（1878—1929），字朴庵，著《金石斋诗钞》。二人交好，共同主持桂湖诗会，留下不少唱和诗作，情深谊笃。故后人合刊《金石斋诗钞》《玉垒山房诗选》，各取集名中一字题为《金玉合刊》。

结束语

　　本书讨论的是宽泛意义上的地方总集,大凡与巴蜀相关者,均在视野之内。依据检阅古籍所得结果,初步分为巴蜀编刻总集、巴蜀地方艺文总集、巴蜀作家总集三大类。对总集所收作品内容的时间断限,至1912年止,因此一些编辑于民国时期的总集,也在讨论之列,但出自当代学者之手者,不在其列。由于研究基础薄弱,个人能力有限,因而所谓的"研究",还停留在文献搜集与初步归类整理的阶段,针对的主要是编者、编纂体例及著录、流传等方面的问题。

　　巴蜀地方总集,发端于盛唐诗人岑参所编《嘉州诗》,不过该书久已失传。现存最早的蜀地所编总集,是五代后蜀韦縠所辑《才调集》和赵崇祚所编《花间集》,与已经失传的刘赞编《蜀国文英》一道,构成诗词文均有结集的盛况,成为唐末五代时期蜀地总集的一大亮点。这些总集不仅编于蜀地,而且是为改革蜀中文风而编,《才调集》的强调才情,《花间集》的崇尚雅丽,针对的正是当世文坛淫靡俗滥之风,故推举元、白、温、李、韦这样的大家,开宗立派,影响不小,及至后世,仍有"才调体""花间词"之说,余音袅袅。可以说,通过编纂总集以影响文坛风气,高扬《诗经》《文选》旗帜,蜀人早得其中三昧。因此,《才调集》《花间集》所采虽不尽是蜀人蜀地之作,然与巴蜀文坛息息相关,不免有"他山之石,可以攻玉"之意存于其间。谈论现存巴蜀总集,以《才调集》《花间集》开篇,并冠以"巴蜀编刻总集"之名，我们认为还是恰当的。自宋至清，此类总集时有编纂，总计数量超过一百种，其中影响较大者，有宋蒲积中编《古今岁时杂咏》、无名氏编《新刊国朝二百家名贤文粹》、杜大珪编《名臣碑传琬琰集》、明杨慎选《五言律祖》《唐绝增奇》等、李宾编《八代文钞》，清李调元编《全五代诗》、释含澈编《方外诗选》等。其选编范围，或通代，或断代，或以名家，或以闺秀，或以僧道，或以地域，品式多样，不一而足。至编纂体例，则多依《才调集》《花间集》，采用以人系诗的方式。或者沿用《文选》体例，如宋无名氏编《新刊国朝二百家名贤文粹》、清李寿萱《五朝诗铎》、简伯璋、陈崇哲合编《八代文粹》等，按文体依次编集。也有按内容编类者，如宋蒲积中《古今岁时杂咏》等，但所占比例不大。至编纂旨趣，或供赏鉴，或资教育，而为辅助科举读物，仍占不小比例，承载了巴蜀文化学以致用的精神。

地方总集与方志艺文有天然的联系，都以网罗反映地方文化的作品为特色。方志登载诗文，或见于山川古迹，或登于艺文专卷。宋元方志述艺文，《乾道四明图经》按文体选录诗文四卷，《云间志》卷下录诗赋杂文，而无"艺文"之名；《琴川志》录诗文四卷，以"叙文"为名；《景定建康志》则有《文籍志》五卷，《咸淳毗陵志》又有《词翰》四卷；《至元嘉禾志》甚至以大半篇幅登录诗文，而以"碑碣""题咏"为名；《延祐四明志》《至正四明续志》则以"集古考""集古"为名登载诗文，《嘉泰会稽志》则名为"古诗文"。高似孙《剡录》卷四、卷五，既以"书"为题著录"戴逵《五经大义》三卷"等著述，又以"文""诗"为题杂录诗文。然均不以"艺文"为名，毕竟《艺文志》始于班固《汉书》，至唐魏徵等纂《隋书》，更名为《经籍志》，只录典籍，而不载诗文。明程敏政辑新安艺文，而以《新安文献志》为名。杨慎仿《新安文献志》体例，而更名为"艺文志"，虽为创举，实则继承《嘉州志》与《嘉州诗》、《成都志》与《成都文类》以来巴蜀的修志传统，而予以发扬光大，兼备总集遴选诗文与方志著录典籍的特点，搜罗宏富，集明以前巴蜀文献大成。不过，作为《四川总志》的附属，篇幅巨大，有枝蔓之嫌，因此清代学者章学诚认为："史体尚谨严，选事贵博采，以此诗文阑入志乘，已觉繁多，而以选例推之，然则又方嫌其少，然则二者自宜各为成书，交相裨佐明矣。"① 因而主张以"艺文志"著录典籍，而附录"文征"专载诗文，其论于修志自有道理，事实上后世方志也多用此法。而杨慎所编《全蜀艺文志》实可单行为总集，创为方志艺文一体，备载巴蜀文献，成为研究巴蜀文化的重要史料，其影响已远远超过总集的范畴。其后杜应芳等摹仿杨氏而作《补续全蜀艺文志》，保存诸多珍贵史料，然多录同时人作品，于选集体例有碍。傅振商萃选《全蜀艺文志》而成《蜀藻幽胜录》，略有增补，录存美文，别开生面。此编述方志艺文之外，还从游蜀诗、蜀地唱和诗、蜀中各地艺文集几方面，梳理巴蜀地方总集，以见巴山蜀水钟灵毓秀之功。

巴蜀文坛，异彩纷呈，名家辈出，代不乏人。司马相如、王褒、扬雄、陈子昂、李白、苏洵、苏轼、苏辙、虞集、杨慎、李调元、张问陶，以至郭沫若、巴金等文化巨擘，名震中外，辉耀千古。因而以巴蜀籍作家作品为编辑对象的总集，自宋而下，采掇补苴，暨至清末，遂蔚为大观。本编从巴蜀名家、家族、时代、地域四个维度，考述巴蜀作家作品总集。名家选集，如宋代傅共所辑苏轼、苏辙的《和陶集》，无名氏辑王建、花蕊夫人、王珪《三家宫词》，明代罗廷唯编注司马相如、扬子云《相如子云集音释》，清彭端淑编《蜀名家诗抄》，沈宗元辑刘光第、杨锐遗稿而为《刘杨合刊》，近代吴虞辑李白、苏轼、虞集等词而为《蜀十五家词》，虽不能尽显巴蜀名家风采，也可聊备一观。至家族总集，则以三苏为冠，三苏为蜀中文坛翘楚，自宋、明以降，堪为蜀人榜样，故选集多达40余种，或供科举，或资赏鉴学习，成为巴蜀

---

① （清）章学诚《天门县艺文考序》，乾隆《天门县志》卷八。

总集最大的特点，也可见三苏在蜀中的巨大影响。此外，尚有射洪杨氏《杨氏文集》、渠县李氏《李忠烈公四世劫灰集》、新繁费氏《费氏诗钞》《阶庭偕咏》、通江李氏《雪鸿堂全集》、遂宁张氏《张氏三先生集》、大竹王氏《昆仲遗诗》、双流刘氏《埙篪集》、什邡冯氏《秀华百咏合刻》、华阳曾氏《曾太仆左夫人诗稿合刻》、丹棱瞿氏《白雪堂二瞿合稿》、蓬溪刘氏《刘氏文征》、中江钟氏《棣华集》、泸州高氏《泸州高氏兄弟诗钞》、资阳胡氏《诗存合编》、温江幹氏《一家诗选》、合江陈氏《蕉雨桐云馆遗稿》等家集传世，一定程度上反映了巴蜀家族文化的繁荣，但各家在文学创作方面的影响远不及眉山苏氏。至以巴蜀籍作家为对象编录的总集，我们以朝代为序，略加讨论。宋代是巴蜀文学最辉煌的时期，明代有杨升庵踵足其后，近人傅增湘编《宋代蜀文辑存》《明十二家诗钞》，承载了傅氏留心巴蜀故籍，苦心搜求的成果。明清之际，新繁费经虞、费密父子辑明蜀诗为《剑阁芳华集》，虽事属草创，体例未纯，但"筚路蓝缕，以启山林"，清代蜀诗总集编纂盛况空前，费氏当居首功。罗江李调元继编《蜀雅》，辑清初至乾隆之诗，规模体例，颇具影响。同时，广汉张邦伸编辑《全蜀诗汇》，其子张怀泃编选《蜀诗钞》，其书虽失传，但乾嘉诸君考据蜀诗文献之心之功，自当青史留名。郫县孙澍取《剑阁芳华集》与《蜀雅》订为《蜀诗》，搜获明清之际蜀诗创作成果，实有总结之功。张沆《国朝蜀诗略》效法《蜀雅》，意在表章清代蜀诗，体例较善；王增祺辑《诗缘》正编、续编，继张沆而编选蜀诗，钩辑评点，功在不磨，虽继《蜀雅》《蜀诗略》体例，而多录同时人诗，有违选例。孙桐生编《国朝全蜀诗钞》，规模盛大，用功甚勤，但好改原诗，实落弊端。李炳灵、释含澈合编《全蜀诗续钞》，继孙桐生而辑选一朝之诗，且补孙选所遗，以观一时"诗学之盛"。然多补与含澈交游密切者，较之孙氏"生存不录"体例，已落下乘。当代学者辑有《蜀诗总集》（廖永祥编，天地出版社2002年）、《近代巴蜀诗钞》（巴蜀书社2005年）、《宋代蜀诗辑存》

（许吟雪、许孟青编，四川大学出版社 2000 年）等，蜀诗之编，渐趋完善。此外，以《蜀秀集》《尊经书院初集》等为代表的书院课艺诸编，既是研究清末巴蜀教育的重要资料，也是探讨其时文风丕变的第一手资料。《浣花濯锦集》等辑录蜀中闺秀诗，弘扬巴蜀多才女的传统，亦为文苑添姿加彩。最后，再说巴蜀府县作家作品总集，自宋代《锦里玉堂编》以下，得清李超琼辑《符江诗存》、傅为霖辑《阳安诗文钞》、李仙衢辑《阳安诗文钞续》、杨昌翰辑《新繁诗略》、包汝谐辑《南士遗吟录》、张正珏辑《南金集》、冯世瀛辑《增订二酉英华》、李炳灵辑《桂溪耆旧集》等，可借以考见蜀地尚文之风及一时乡贤之作。

概览巴蜀总集编纂史，随处可见巴蜀文化之影响，其中最突出者，莫贵于勇于创新的精神。清吴之皞说："予惟蜀九州之上游，于形势居其上，于风气则开其先……他无不开先领异者，以故涂山、石纽，实开幅员；化碧、埋轮，实开义烈；武宗吉甫，文祖渊、云。射洪、彰明，律扬初盛。眉山父子，绮思禅解，不落二头。此聊指其一二创获者，若钜而须眉之士，细而香奁之英，有不出，出必开先竞秀，当自展卷得之。"①"开先竞秀"既是巴蜀文学的特色，也是巴蜀总集编纂的光彩夺目处。《花间集》开创第一部文人词集、第一篇词论、第一个词派，在词史上占有举足轻重的地位；杜大珪编《名臣碑传琬琰集》，开了碑传总集的先河；杨慎编《全蜀艺文志》，开创了方志艺文总集一体，对后世方志编纂、地方总集编纂影响极大。

---

① （清）吴之皞《四川总志序》，康熙《四川总志》卷首《旧序》。

参考文献

一、专著类

[1] （清）张廷玉等撰：《明史》，清乾隆武英殿刻本。

[2] （宋）司马光等撰：《资治通鉴》，中华书局1956年版。

[3] （宋）王尧臣撰；（清）钱东垣辑释：《崇文总目辑释》，清汗筠斋丛书本。

[4] （清）倪灿：《宋史艺文志补》，清光绪广雅书局丛书本。

[5] （宋）黄休复：《益州名画录》，广汉钟登甲乐道斋本。

[6] （宋）史绳祖：《学斋占毕》，景印文渊阁《四库全书》本。

[7] （宋）王应麟：《玉海》，清光绪九年浙江书局刊本。

[8] （明）胡应麟：《少室山房笔丛》，明万历刻本。

[9] （明）何宇度：《益部谈资》，清抄本。

[10] （清）张邦伸：《锦里新编》，巴蜀书社1984年版。

[11] （清）张邦伸：《云谷年谱》，清嘉庆九年刻本。

[12] （清）王培荀：《听雨楼随笔》，清道光二十五年刻本。

[13] （清）李慈铭：《荀学斋日记》，越缦堂日记本。

[14] （清）沈涛：《铜熨斗斋随笔》，清光绪会稽章氏刻本。

[15] （清）金鹗：《求古录礼说》，清光绪二年孙熹刻本。

[16] （宋）晁公武：《郡斋读书志》，四部丛刊三编景宋淳祐本。

[17] （宋）陈振孙：《直斋书录解题》，上海古籍出版社1987年版。

［18］（明）孙能传：《内阁藏书目录》，清迟云楼钞本。

［19］（明）杨士奇：《文渊阁书目》，丛书集成初编本。

［20］（明）高儒：《百川书志》，清光绪至民国间观古堂书目丛刊本。

［21］（明）祁承㸁：《淡生堂藏书目》，清宋氏漫堂钞本。

［22］（清）钱曾：《读书敏求记》，四库全书存目丛书本。

［23］（清）永瑢等：《四库全书总目》，中华书局1983年版。

［24］（清）陆心源：《皕宋楼藏书志》，《清人书目题跋丛刊》（一），中华书局1990年版。

［25］（清）陆心源：《仪顾堂题跋》，《清人书目题跋丛刊》（二），中华书局1990年版。

［26］（清）丁丙：《善本书室藏书志》，《清人书目题跋丛刊》（二），中华书局1990年版。

［27］（清）瞿镛：《铁琴铜剑楼藏书目录》，《清人书目题跋丛刊》（三），中华书局1990年版。

［28］（清）杨绍和：《楹书隅录》，《清人书目题跋丛刊》（三），中华书局1990年版。

［29］（清）潘祖荫：《滂喜斋藏书记》，《清人书目题跋丛刊》（三），中华书局1990年版。

［30］（清）潘祖荫：《滂喜斋宋元本书目》，《清人书目题跋丛刊》（三），中华书局1990年版。

［31］（清）管庭芬：《钱遵王读书敏求记校证》，《清人书目题跋丛刊》（三），中华书局1990年版。

［32］（民国）章钰：《钱遵王读书敏求记附录·卷校证补遗一卷》，《清人书目题跋丛刊》（四），中华书局1990年版。

［33］（清）张金吾：《爱日精庐藏书志》，《清人书目题跋丛刊》（四），中华书局1990年版。

［34］（清）沈德寿：《抱经楼藏书志》，《清人书目题跋丛刊》（五），中华书局1990年版。

[35]（清）黄丕烈：《黄丕烈书目题跋》，《清人书目题跋丛刊》（六），中华书局1993年版。

[36]（清）顾广圻：《顾广圻书目题跋》，《清人书目题跋丛刊》（六），中华书局1993年版。

[37]（清）朱绪曾：《开有益斋读书志·金石文字记》，《清人书目题跋丛刊》（七），中华书局1993年版。

[38]（清）缪荃孙：《艺风藏书记》，《清人书目题跋丛刊》（七），中华书局1993年版。

[39]（清）缪荃孙：《艺风藏书再续记》，《清人书目题跋丛刊》（七），中华书局1993年版。

[40]（清）周中孚：《郑堂读书记》，《清人书目题跋丛刊》（八），中华书局1993年版。

[41]（清）耿文光：《万卷精华楼藏书记》，《清人书目题跋丛刊》（九），中华书局1993年版。

[42]（清）乾隆四十年敕撰：《钦定天禄琳琅书目》，《清人书目题跋丛刊》（十），中华书局1995年版。

[43]（清）嘉庆二年敕撰：《钦定天禄琳琅书目后编》，《清人书目题跋丛刊》（十），中华书局1995年版。

[44]（清）钱谦益：《绛云楼题跋》，《清人书目题跋丛刊》（十），中华书局1995年版。

[45]（清）吴焯：《绣谷亭薰习录》，《清人书目题跋丛刊》（十），中华书局1995年版。

[46]（清）吴寿旸：《拜经楼藏书题跋记》，《清人书目题跋丛刊》（十），中华书局1995年版。

[47]（清）彭元瑞：《知圣道斋读书跋》，《国家图书馆藏古籍题跋丛刊》本，北京图书馆出版社2002年版。

[48]（民国）傅增湘：《藏园群书经眼录》，中华书局1983年版。

[49]祝尚书：《宋人总集叙录》，中华书局2004年版。

[50] 王晓波：《清代蜀人著述总目》，四川大学出版社 2009 年版。

[51] 中国古籍总目编纂委员会编：《中国古籍总目》，中华书局 2012 年版。

[52] 徐雁平：《清代家集叙录》，安徽教育出版社 2017 年版。

[53]（明）刘大谟修，杨慎纂：嘉靖《四川总志》，明嘉靖二十四年刻本。

[54]（清）刘长庚修，侯肇元纂：嘉庆《汉州志》，清嘉庆十七年刊本。

[55]（清）朱鼎臣修，盛大器纂：嘉庆《郫县志》，清嘉庆十七年刻本。

[56]（清）孙真儒修，李觉楤纂：嘉庆《新都县志》，清嘉庆二十一年刻本。

[57]（清）常明修，杨芳灿纂：嘉庆《四川通志》，清嘉庆二十一年木刻本。

[58]（清）吴巩修，王来遴纂：嘉庆《邛州直隶州志》，清嘉庆二十三年刻本。

[59]（清）赵德林修，张沆纂：道光《石泉县志》，清道光十四年刻本。

[60]（清）宋灏修，罗星纂：同治《綦江县志》，清同治二年刻本。

[61]（清）李玉宣修，衷兴鉴纂：同治《重修成都县志》，清同治十二年刻本。

[62]（清）阿麟修，王龙勋纂：光绪《新修潼川府志》，清光绪二十三年刻本。

[63]（民国）刘佶修，刘咸荥纂：民国《双流县志》，民国十年修二十六年重刊本。

[64]（民国）罗国钧修，薛志清纂：民国《夹江县志》，民国二十四年铅印本。

[65]（民国）侯俊德修，刘复纂：民国《新繁县志》，民国三十六年铅印本。

[66]（民国）陈法驾修，曾鉴纂：民国《华阳县志》，民国二十三年刻本。

[67]（民国）郑耀烈修，王升远纂：民国《六合县续志稿》，民国九年石印本。

[68]（清）刘锦藻：《清续文献通考》，民国景十通本。

[69]（唐）刘禹锡：《刘梦得文集》，四部丛刊景宋本。

[70]（宋）袁说友：《东塘集》，景印文渊阁四库全书本。

[71]（明）程敏政：《篁墩集》，明正德二年刻本。

[72]（清）朱彝尊：《曝书亭集》，四部丛刊影印清康熙五十三年刻本。

[73]（清）李调元：《童山集》，清乾隆刻《函海》道光五年增修本。

[74]（清）陈寿祺：《左海文集》，清刻本。

[75]（清）洪亮吉：《更生斋集》，清光绪三年洪氏授经堂增修本。

[76]（清）李元度：《天岳山馆文钞》，清光绪六年刻本。

[77]（清）顾广圻：《思适斋集》清道光二十九年徐渭仁刻本。

[78]（明）胡震亨：《唐音癸签》，景印文渊阁四库全书本。

[79]（清）董浩编：《全唐文》，中华书局1983年版。

[80]（明）杨慎纂；刘琳、王晓波点校：《全蜀艺文志》，线装书局2003年版。

[81]傅璇琮：《唐人选唐诗新编》，陕西人民教育出版社1996年版。

[82]《四库全书存目丛书》编纂委员会编：《四库全书存目丛书》，齐鲁书社1997年版。

[83]徐雁平、张剑主编：《清代家集丛刊》，国家图书馆出版

社 2015 年版。

[84] 李勇先、高志刚主编：《巴蜀珍稀文学文献汇刊》，成都时代出版社 2015 年版。

[85]《历代地方诗文总集汇编》编委会编：《历代地方诗文总集汇编》，国家图书馆出版社 2016 年版。

[86]（明）李东阳：《怀麓堂诗话》，清知不足斋丛书本。

[87]（清）郑方坤：《五代诗话》，清粤雅堂丛书本。

二、论文类

[1] 夏勇：《清诗总集研究（通论）》，浙江大学 2011 年博士论文。

[2] 吴肇莉：《云南诗歌总集研究》，浙江大学 2012 年博士论文。

[3] 李美芳：《贵州诗歌总集研究》，浙江大学 2013 年博士论文。

[4] 史哲文：《安徽清诗总集研究》，苏州大学 2017 年博士论文。

[5] 徐雁平、武晓峰：《傅增湘先生对蜀中文献的收集与传播——兼谈〈宋代蜀文辑存〉的编辑出版》，《四川图书馆学报》1995 年第 3 期。

[6] 刘智鹏：《费密著述考》，《四川师范大学学报》2004 年第 6 期。

[7] 朱则杰：《关于清诗总集的分类》，《甘肃社会科学》2008 年第 1 期。

[8] 夏勇：《清代地域诗歌总集编纂流变述略》，《西南交通大学学报（社会科学版）》2009 年第 1 期。

[9] 杜海军：《〈东莱标注颖滨先生文集〉对苏辙文的辑佚与校勘价值》，《浙江师范大学学报》2009 年第 3 期。

[10] 朱则杰、黄治国：《"翠屏诗社"考》，《四川师范大学学报》2013 年第 6 期。

[11] 陈凯玲：《广东清诗总集综论——以存世 13 种省域总集为线索》，《学术研究》2014 年第 5 期。

[12] 蒋旅佳：《论宋代地域总集编纂分类的地志化倾向》，《中山大学学报》2016 年第 3 期。

[13] 彭志：《误题撰人词及相关问题考辨》，《沈阳大学学报》2016 年第 3 期。

[14] 王文荣：《清代苏南地方诗总集论略》，《江苏理工学院学报》2016 年第 5 期。

[15] 夏勇：《地域总集研究的回顾与前瞻》，《杭州电子科技大学学报》2017 年第 1 期。

[16] 陈坤：《明代四川提学官参与四川总志修纂考论》，《攀枝花学院学报》2017 年第 1 期。

[17] 李文泽、霞绍晖、邓秋良：《山川毓秀文章汇萃——历代巴蜀作家文学总集编纂评述》，《湖南行政学院学报》2017 年第 6 期。

[18] 张冬冬：《论〈汜南诗钞〉的编刊及其影响》，《许昌学院学报》（社会科学版）2019 年第 1 期。

[19] 李美芳：《论明清云贵川地方诗歌总集的外发、自生与共生现象》，《玉林师范学院学报》（哲学社会科学）2019 年第 3 期。

[20] 史哲文：《论清代皖人宗族诗歌总集传统与文学世家建构》，《安徽大学学报》（哲学社会科学版）2019 年第 6 期。

[21] 王虎：《张邦伸〈全蜀诗汇〉与清代地方诗歌总集编纂》，《重庆文理学院学报》2020 年第 1 期。

[22] 王永波：《宋人对三苏文章的选编与刊刻》，《铜仁学院学报》2020 年第 1 期。

后　记

八年前，因《巴蜀全书》总编纂舒大刚教授嘱托，开始关注巴蜀地方总集，并承担《巴蜀全书》总集类文献的搜集与整理工作。嗣后申报教育部人文社会科学研究项目，忝获批准资助（15YJA751032）。当时刚校补完成的《宋代蜀文辑存》付梓，在慨叹宋代蜀中人文荟萃之余，又觉傅氏原编遗漏之多，更愿禀承傅老遗愿为作补编，于是普查相关文献，约可补录宋代作家200多人、近100万字的文章，汇成《宋代蜀文辑存补编》，并拟附撰10万余字，探讨蜀人好编总集的前因后果及震古烁今的贡献——这就是当时申报课题的主要内容。后因工作量巨大，且需耗费较多的时间和财力，加之申报出版资助失败，遂致原计划搁浅。在项目中期检查时，申请改变项目内容，以撰写"巴蜀地方总集研究"20余万字单独成书结题，从而剔除《宋代蜀文辑存补编》部分内容以另谋出版途径。幸报部获准，使课题研究得以继续。

《巴蜀全书》总集类文献的整理与研究，与本课题相辅相成，助益良多，首先感谢《巴蜀全书》编委会各位专家的诸多教益。李冬梅教授、张尚英教授将尚未出版的研究成果慷慨借观，提供了众多的巴蜀总集线索，谨致谢忱！本书撰写过程中，参阅了祝尚书先生《宋人总集叙录》、徐雁平先生《清代家集叙录》中的相关条目，也参考了李文泽、霞绍晖、夏勇、蒋旅佳、王永波等先生的诸多研究成果，谨致谢忱！巴蜀书社总编侯安国先生，本书责编谢正强先生、且志宇先生认真审稿，剔讹补缺，备尝艰辛，

谨致谢忱！

本书虽以"研究"为题，实则内容以总集叙录为主，谈不上深入研究。且巴蜀总集多不知数，难免挂一漏万，尚待方家是正。

本书编者

2020 年 6 月 1 日